致梦曾开山造路，
建龙车飞云，战妖魔除害，
守危城三月余，救人无数。

欣梦享
ENJOY LIVING

师妹

归山玉 著

# 师妹

海峡出版发行集团 | 海峡文艺出版社

**图书在版编目（CIP）数据**

师妹 / 归山玉著 . — 福州 : 海峡文艺出版社，
2023.2（2023.4 重印）
ISBN 978-7-5550-3192-5

Ⅰ. ①师… Ⅱ. ①归… Ⅲ. ①长篇小说－中国－当代
Ⅳ . ① I247.5

中国版本图书馆 CIP 数据核字 (2022) 第 196273 号

**师　妹**

归山玉　著

**出 版 人**　林　滨
**出版统筹**　李亚丽
**责任编辑**　陈　瑾
**编辑助理**　王清云
**特约监制**　杨　琴
**特约策划**　孙一民
**出版发行**　海峡文艺出版社
**经　　销**　福建新华发行（集团）有限责任公司
**社　　址**　福州市东水路 76 号 14 层
**发 行 部**　0591—87536797
**印　　刷**　三河市兴博印务有限公司
**厂　　址**　河北省廊坊市三河市杨庄镇大窝头村西
**开　　本**　710 毫米 ×970 毫米　1/16
**字　　数**　369 千字
**印　　张**　17　**插页**　3
**版　　次**　2023 年 2 月第 1 版
**印　　次**　2023 年 4 月第 2 次印刷
**书　　号**　ISBN 978-7-5550-3192-5
**定　　价**　49.80 元

# 目录

〈第一章〉东岛天极 001
〈第二章〉多管闲事 011
〈第三章〉仙门禁法 018
〈第四章〉天极三美 022
〈第五章〉亲传弟子 032
〈第六章〉木剑花枝 040
〈第七章〉露水月草 047
〈第八章〉娑婆界内 054
〈第九章〉大乌妖现 061
〈第十章〉吞天塔内 068
〈第十一章〉樱喜种灵 076
〈第十二章〉三缄真假 085
〈第十三章〉寒潭水刑 093
〈第十四章〉祭祖大典 103
〈第十五章〉少年心事 112

# 目录


〈第十六章〉· 一心向善 …… 125
〈第十七章〉· 重回天极 …… 134
〈第十八章〉· 金鸾池宴 …… 144
〈第十九章〉· 西海太初 …… 149
〈第二十章〉· 十四封信 …… 159
〈第二十一章〉· 无生断意 …… 169
〈第二十二章〉· 木剑之意 …… 178
〈第二十三章〉· 镇仙玉动 …… 187
〈第二十四章〉· 一枝棠花 …… 197
〈第二十五章〉· 月宫之主 …… 205
〈第二十六章〉· 双剑之战 …… 215
〈第二十七章〉· 神术剑意 …… 227
〈第二十八章〉· 镇仙玉失 …… 252
〈第二十九章〉· 少时好友 …… 263

第一章

# 东岛天极

在四海八荒之外，有一片名为玄苍的大陆，那里的人们天生具备灵力，只是每个人灵力觉醒的时间不同，有人孩提时代就早早觉醒，有人成家立业后方觉醒，也有人一生无法觉醒，只得庸碌地过一生。在玄苍大陆，每一个灵力觉醒的人，皆可以拜入仙门修行灵术，以灵术斩妖除魔，维护玄苍大陆的秩序。

玄苍大陆有十二大仙门，最有名的四大仙门分别是：东岛天极、南山雪河、西海太初、北庭月宫。其中东岛天极是玄苍大陆仙门之首，亦最难被找到，它在玄苍大陆以东，人们想要找到它，得先跨过茫茫海域，拨开海上的无边迷雾。

今日是天极外门弟子入考内门的第一天。在三考正殿内外有外门弟子三百二十七人，每一张紫檀桌上都摆放着一个小巧的白玉香炉，袅袅升起的香雾有助于提神静心。桌案上有试卷八十八张。

铃萝正看着第三十七张试卷发呆，鼻间熟悉的天极木香没能起到静心的作用，反而刺激得她的额角一抽一抽的。她有些茫然地看了一眼手中的笔，又抬首环顾四周一圈。乌泱泱的人头，统一的墨绿色门服，男女腰带上都文着天极的入山符。在她左边的少女抬首，耳上的碧绿泪坠光泽漂亮。她对上铃萝略显茫然的视线时柔柔地笑了一下，无声说道：加油。一切都跟当年一样。

铃萝深吸一口气，目光复杂地看回桌上的试卷。就在前不久，她还在跟玄苍大陆灵术境界第一的冥渊以及四方禁兽展开生死决斗，四方禁兽出现，将要毁灭玄苍大陆时，冥渊说时机未到，便将她击落进水天镜中。

冥渊被尊为玄苍大陆灵术境界第一人，拥有足以毁天灭地的力量，就连十二大仙门都唯他马首是瞻，听其号令，并称他为灵术之祖。与冥渊这一战，铃萝本以为自己即将身死，却在那澄澈的水天镜中看见了往昔的一幕幕场景。水天镜是上古神武，与天地同寿，可以照见一个人的过去、今生与来世，也可以逆转时空。

铃萝看见水天镜中自己过去经历的人、事、物，心生动荡，从水天镜中恢复意识后，一眨眼竟然回到了她还在东岛天极当外门弟子的时候。

铃萝被心魔控制时，做出了不少难以挽回的事。她从水天镜中看见了未来和过去的事，如今时光倒转，曾经的一切事情还没有发生，东岛天极岁月静好。望着眼前的平静世界，铃萝心里唏嘘，姿态懒散地提笔答卷。重来一次又如何？冥渊莫非以为她会改变决定不成？铃萝对水天镜逆转时空、让她回到过去的事并不感到太过惊讶，甚至觉得有些无聊。如果这是冥渊的阴谋，那她只怕是要让对方失望了。冥渊要她再来一次，那她就把当年的路再走一遍。想救的人她就是要救，想报的仇她也一定要报。

东岛天极分三极宗、天昼宗、天云宗。天极内有三位掌门，其中大掌门穆横天，掌三极宗；二掌门青樱，掌天昼宗；三掌门云守息，掌天云宗。而三位掌门之中，又以大掌门为尊，统掌整个东岛天极。

铃萝朝高台上瞟了一眼，坐在最上方的男人留着八字小胡，体态臃肿，微微一笑时脸颊两边的肉都在抖动。他盘坐在一张白色绒毯上，以御剑灵力将绒毯悬浮于地面之上。此人是天云宗范堂主，今日的监考人。这人表面笑呵呵，慈眉善目，看起来很好说话，却是天极门规的忠实拥护者，门规如何规定，他就如何执行。于是在发现下方本宗弟子作弊时，范堂主放在桌边的手屈指微弹，香炉烟雾氤氲，桌案边作弊的弟子闻香晕倒在案上，被在场中巡逻的内门弟子带走了。

范堂主笑呵呵地说道："按第一百六十三条门规处理，脱去门服，抹去天网印记，逐出宗门。"

铃萝在水天镜中看见过，曾经的自己这会儿正全神贯注，为了进内门而努力答题，现在却有些漫不经心，甚至抽空回头看了一眼热闹。她的位置在内殿最后一排，三十二扇殿门折叠，她一眼望去，殿外长阶下整整齐齐地排放着桌案。场中巡逻的内门弟子身着白衣金带，无论布料还是花纹符咒都比外门弟子要精致漂亮。

"专注。"一支玉笛轻敲她的桌案，走到她身旁的内门弟子轻声提醒着她。

铃萝听见这声音微微愣住。她回首看向桌案，余光打量着身边这位白衣金带的青年——玉冠束发，一手负背，另一只手握着翠绿玉笛转了一圈，将其横在腰腹位置。那玉笛有流萤光点坠落，是少见的上品武器。青年姿态从容，面白眉细，漂亮的丹凤眼却不显疏离，而是谦谦温和的样子。这是三掌门的爱徒之一，于休，也是她曾敬爱的二师兄。她再逢故人，回到过去的真实感又增强了几分。

铃萝学着于休，握着手中的毛笔转了一圈，然后墨滴洒在了纸面上。铃萝压着唇边的笑意，装作端正姿态继续答题。

于休不由得低头瞥了她一眼，这位外门师妹字迹工整，已答题目全对，就是刚才看热闹的心态和戏耍之姿显得有些顽皮。

水天镜逆转时空前的铃萝笔试满分，此刻的她却对着几道题陷入了沉思之中。当初她是非常努力上进的，作为外门弟子的时间里都在学习练功，毕竟她是躲避追杀才来到东岛天极，在入内门之前，不与旁人接触，话少，存在感很低。直到一年一度的外门入考，她笔试、武试皆为第一，入内门，被三掌门收为亲传徒弟，这才引人注意。

太久远的记忆，铃萝花时间想了许久才记起。

从正午至日暮时，木香燃尽。

范堂主说道："停笔，今日三考结束，回吧。"

铃萝起身，随着队伍离去。到了殿外，离开范堂主的视线范围后，众人才放松谈论起来。

"我好恨，我最后一卷半个字都没写就结束了！"

"太难了，太难了，阿娘，今年的题太难了，呜呜呜——"

"之前是谁被带走了？这人这么大的胆子，敢在范堂主眼皮子底下作弊？"

"师兄！师兄你第三十六卷最后一题选的什么啊？师兄！"

"我哪里知道选什么？没做！"

"铃萝——"后边追上来的少女耳边摇晃着碧绿的泪坠，在暮光下显得耀眼。

琴鸢来到铃萝身边，笑着邀请："我们一起去晚斋堂用膳吧？"

铃萝独来独往，不与人接触，存在感极低的情况下，只有跟她一同入门的琴鸢会跟她说话。这样的邀请有过数十次，都被铃萝拒绝了。她连吃饭都是回小院自己做，因为被追杀，外门对她来说也有一定风险，她不愿去人多的地方。想想一个月后逍遥宗的人就会找到东岛天极来要她这个"杀人凶手"，她非得赶在这之前进了内门才能逃过一劫。

"铃萝？"琴鸢见眼前的少女低头沉思着，似乎没听见自己的话，不由得伸手在她眼前晃了晃，"又不去吗？"

铃萝这才回过神来，歪头朝琴鸢看去，笑得明媚："去。"

琴鸢被这笑容怔住。她一直觉得铃萝很安静乖巧，但偶尔看去有几分阴郁，让她忍不住好奇想要探究为何。这还是她第一次见铃萝笑，也太好看了吧！

琴鸢牵着她的手，高兴地说道："我们一起走，你就没去过几次晚斋堂，怕是连路都找不到吧？"

"我的确不记得了。"铃萝抬眼朝前方看去，"我从未好好看过外门的风景，都快忘记哪儿是哪儿了。"

琴鸢扑哧一笑，另一只手朝四周比画道："你整日就关在屋里看书，别说外门了，你连同门弟子怕是都不认得几个，要不是我天天找你玩，你是不是连我叫什么都不记得？"

铃萝笑得娇憨，她现在的心态跟之前完全不一样。以前只顾着练功，进步，做人上人，从除魔卫道的仙门宗师成为让人闻名色变的二十六魔之一，再与灵术之祖的冥渊为敌，同归于尽。

“过三芳殿，往戒律堂的方向走，能看见内门的云上苑，再过西水湖，就到晚斋堂了。”琴鸢边走边给她指路。

铃萝神色认真地听着，心里却在轻蔑地笑。眼前云雾缭绕，建筑精美，就连石子路都是花簇相拥，被点缀成通往仙境的道路。按照水天镜逆转时空的顺序，再过十年，这人间仙境都将被她夷为平地。未来铃萝与东岛天极众人的那一战，天地都为之震动。她因复仇入魔，实力大涨，可谓一剑动山河，连大掌门都因无法阻止她，陨落在此次战役之中。那一战中，她虽诛灭仇敌，却也因被心魔影响，误伤了许多无辜弟子。若不是那个不识趣的剑修来得及时，恐怕整个东岛天极都将被殃及。

当世第一剑修，论剑道也在她之上。

铃萝想起这个人，不由得挑了一下眉，朝西水湖面看去。湖水澄澈，碧绿莲叶与小巧莲花相映，红色的鲤鱼在水里悠闲畅游。那会儿他就在这湖上，迎着狂暴的剑风，半步未退地拦下了自己的一剑。那人长得仙风道骨，却是块木头。少时抢她剑道第一的名号就算了，她成了二十六魔之一后这人更是跟她不对付，她要杀的人总是被他拦在身后。不过也幸亏如此，她没因被心魔控制成为滥杀无辜之人。可若要跟他拼剑法，自己又委实差了那么一点儿，直到她死都未曾在剑道上超越他。不过这木头剑修后期自己送上门来，落在她手里可没好过几天。铃萝这么一想又舒心了，连带着眼角眉梢都染上三分笑意。

晚斋堂人不少，还有些内门弟子，他们多是负责外门事务的，所以干脆也在外门的斋堂里用膳。距离铃萝不远处的一桌内门弟子身边还坐着一名外门弟子，几个人看起来关系亲近。

琴鸢幽幽地说道：“秀满师兄有内门师兄们照拂提点，今年一定能进内门。”

铃萝正挑着碗里的萝卜丝，闻言只“嗯”了一声。

琴鸢咬着筷子又说道：“秀满师兄练功不勤，银子却不少，跟内门的师兄们合起伙来欺负其他人，许多人心里有怨气却又拿他没法。”

“铃萝，你要是进了内门，可千万别跟这几位师兄接触。”琴鸢皱着脸说，“他们秉性不佳。”

铃萝：“好。”

今日她怎么这么听话？琴鸢好奇地看去，却见铃萝认真地挑着碗里的胡萝卜，一丝都容不下，莫名地就觉得这姑娘执着得可爱。琴鸢心中感叹着，去给她重新打了一份饭菜来。

“喏，吃吧，这份没有胡萝卜。”

铃萝有些惊讶地抬首。

琴鸢拿过她手边有胡萝卜的这碗饭菜：“我替你吃这个。”

铃萝拿着筷子在碗里戳了戳。她跟琴鸢的交集并不多，在外门时就是对方单方面主动，自己不理睬，入内门后，她们各自去了不同的宗门，更是少有交集。

铃萝漫不经心地想，不知道未来在天极那一战，这善良的姑娘是否被误伤了？

铃萝入的是天云宗外门，天极每年都会举办一次升入内门的考试，称为入考，为期十日。外门弟子住在山脚舍堂里，分多人居住和单人居住的小院。因为东岛天极实在是太大了，哪怕外门、内门弟子加起来有好几千，也不缺住所。

铃萝回到自己的舍堂小院，站在门口，打量着屋内熟悉又陌生的摆设，静了静。片刻后，她进屋关门，躺在床上闭眼休息，心里想着也许明早一睁眼又会回到她功法鼎盛时期，可惜事与愿违。

翌日她被琴鸢的声音叫醒："铃萝！铃萝！快醒醒，该去上早课了！"

铃萝总有种不真实感，到底在那场梦境里身为二十六魔之一的她和现在作为外门弟子的她哪个才是真实的？如果梦境中的她是真实的，那曾经身为堂堂二十六魔之一的自己现在竟然还要去上早课！

铃萝打着哈欠，神色有些恍惚。她拿过放在一旁的墨绿色门服穿上，随手将散下的长发束起，开了门，耀眼的日光让她不自觉地眯起眼。

今日入考在下午，上午有两个时辰的早课教习。早课是分了宗门的，三宗弟子各回各家的习堂上课。在外门负责教学的人被称作尊主，有时会是内门的优秀弟子，有时也是某堂主或者掌门。后者的情况是极少的。

堂上的尊主侃侃而谈，堂下的铃萝昏昏欲睡。晨间的风偏凉，从窗外吹来拂过脸颊，让她稍稍清醒。

铃萝抬眼时，见到窗外池边有一行人从浅粉棠花下走过。走在末尾的少年身着墨绿门服，却将手脚的阔袍紧束，少了几分儒雅之气，显得干练。他怀抱三个酒坛，低头走着。忽然走在前边的内门弟子转身踹了他一脚，少年弯腰，身子矮了一瞬，随后又直起背。看来这一脚的力道不小。

铃萝眨了眨眼，一行人很快隐入棠花下，消失在她眼中。只是她怎么感觉这人有点儿眼熟？她努力回想着。踹人的是琴鸢昨日说过的秉性不佳的内门弟子，被踹的这人她应该没见过，却觉得那身影和轮廓很是熟悉。难道这又是哪位被她忘记的故人？铃萝仔细想着，一直到早课结束也没能记起那是谁。下午众人再次到三考殿进行笔试。因为睡了个回笼觉，她来得有些晚，去往正殿时路过台阶下的桌案，那里几乎已经坐满了。

内殿门口的琴鸢正朝她招手，示意她快点儿上去。

铃萝不慌不忙地走着，快到台阶处时，见一颗板栗从某人桌边滚落到道路上来，板栗的主人立马弯腰捡起。她不由得瞥了一眼，瞧见桌案上的木名牌上写着三个字：越良泽。

铃萝微微睁大了眼，下意识地停住，脑子蒙了一瞬。她垂眸朝坐在桌案边的青年看去，晨间在习堂窗外棠花下的惊鸿一瞥让她思索良久，此时再见到他的正脸时，终于想起来了。哪怕他还是少年，略显清秀的眉眼也足够她认出他来。越良泽，那个从她手中救下半个东岛天极的人的仙门第一剑修，总是与她作对的木头人。

“铃萝，铃萝！”殿门前的琴鸢焦急地喊道。

铃萝却死死地盯着眼前的人，动也不动。

许是察觉身旁人的异样，少年缓缓抬首，朝桌案边驻足的少女看去。他黑长的眼睫轻颤，眼眸中映出少女的模样，明亮沉静。

“静坐。”后方传来范堂主清朗的嗓音，“今日三考即将开始，分卷。”

“快走！”琴鸢下来拉过铃萝的手，带着她朝正殿跑去。

铃萝回头看去，只见内门弟子们开始从后往前分卷，那身着墨绿门服的少年已垂首看回身前的桌案。桌案上的天极木香袅袅升起，这次依旧没能让她静心。铃萝忍不住数次回头张望，试图再看看越良泽，被巡逻的于休发现，用玉笛点了点她的桌案。

于休轻声说：“范堂主在看你呢。”

铃萝这才收敛些。她握着笔却没动，秀丽的眉微皱着。越良泽怎么会在东岛天极，还是天云宗的外门弟子？水天镜逆转时空前，铃萝第一次见到越良泽时，他是怪慈仙首的徒弟。越良泽天赋异禀，在金鸾池宴上横空出世，单手拔出镇仙玉剑震惊全仙门的人并赢了她，成为剑道第一人，是二十岁破生死境，受万人崇拜的剑圣。

现在他居然……是天云宗给人抱酒坛还挨踹的外门弟子？

铃萝神色怪异，恨不得直接去殿外抓着少年的衣领再仔细看个清楚。若是没有看清全貌，她还能猜测两个人是同名同姓，可刚才对视时，那少年的眉眼与长大后的越良泽如出一辙，尤其是那双眼睛，沉静如幽潭，却又藏着万千情绪。

铃萝不由得攥紧了手中的笔，指尖微微泛白，鼻间吸入淡雅的木香，让她回过神来。得弄清楚这到底是怎么回事，铃萝下定决心，重新提笔答卷。

日暮，木香燃尽。

范堂主高声宣布：“停笔，今日三考结束，回吧。”

铃萝是第一个起身的。旁边准备收卷的于休还被吓了一跳。

铃萝却没看他，迈步朝殿外走去。

于休有些好奇地看了她一眼。

“铃萝！”琴鸢小声叫着追上去，挡住了他的视线。

人群朝着殿外走去，大家都穿着一样的门服，铃萝却紧盯着越良泽的背影，一直到殿外，众人开始互相谈论，气氛变得热闹，地势也变得开阔。

“铃萝？”琴鸢追出来时已经找不着人了，她茫然地看了一圈，抓了抓头发，满脸疑惑神色。

铃萝已经跟着越良泽走远了。

越良泽走的地方很偏，远离了热闹的众人。

铃萝早就不记得天极外门的地势，加上她的思绪还停留在越良泽是剑道第一人上，于是跟得很小心。前方是戒律堂，一般被尊主或是师父处罚的弟子才会来这里。

越良泽一声不吭地走了进去。

铃萝没有跟进去，悄悄在外等着。约莫半个时辰后，越良泽出来了，看起来没什么异样，也不知道在里面做什么。铃萝继续跟着，接下来越良泽去了晚斋堂的厨房。铃萝爬上了院墙外的棠花树，隐在枝丫中偷偷观察他。

越良泽拿着扫帚在厨房打扫。

铃萝难以理解，怎么说他也是外门的弟子，不是杂役，怎么不修炼，却干起活来了？但更让她难以理解的画面出现了，白日踹过越良泽的几名内门弟子从厨房出来，手里各拿着一小坛酒，开了封，酒香四溢。

"哎，今儿个去戒律堂代罚了吗？"洪茂调笑着问道。

越良泽扫地的动作不停，他低声回道："去了。"

"好，不愧是咱们的好师弟。"洪茂一边嘲笑，一边回了厨房，旋即又拿着杯子出来，倒了一杯酒朝越良泽甩去，"师兄赏你的。"

酒杯啪地被摔落在越良泽脚边，些许酒水溅洒在他的鞋上。其他人都发出了哈哈的嘲笑声："愣着干吗？还不快谢谢你师兄！"

越良泽不卑不亢地说道："谢谢师兄。"

铃萝都快看傻了，额角不住狠抽着，睁大了眼看去，心中不住反问：就这？就这？这人真是越良泽？一定是同名同姓的人吧！

洪茂戏弄完人，临走前说道："今儿个你殷文师兄也被罚，明天记得把他那份也跪了。"

越良泽没答。

殷文喝道："听见没？还是说你不乐意？"

越良泽这才开口："知道了。"

"知道就行，赶紧把这里扫干净，回头再拿三碟脆香饼来找我。"洪茂几个人转身离去。

铃萝看得也想去踹越良泽一脚，好让他清醒清醒。你现在在干什么呢？你可是未来仙道最强剑修，那怪慈老头最宠爱的徒弟，众仙门弟子崇拜尊敬的剑圣！你在这里被几个生死境都没破的废物教训还要替他们去戒律堂受罚？你真是……铃萝咬牙切齿，心说简直岂有此理！我都没享受过这待遇，凭什么这些废物可以这么支使你？当初我要你做点儿什么事还得连哄带骗，凭什么？

铃萝气得不行。她下树时狠狠地揪了一把花枝，摇落一片花雨。

院墙下的越良泽瞥见飞舞的花雨，不由得抬首朝花树看去，神色微愣。看来老天都跟他过不去，他刚扫干净的地又因为这花雨得再扫一遍。

铃萝一直盯着越良泽，见他打扫完地，又给在外面巡夜的洪茂三人端了点心送去，被支使着跑腿，忙到入夜才被他们放过。她本以为越良泽该回山脚舍堂了，却见他拐了个弯，走了不同的路，去了位置最偏的药斋。

因为药斋附近满是苦味，所以很少有人来。越良泽也没进药斋，而是绕过七拐八拐的小路，去了药斋后山，他走过一条林间小道，来到一座被棠花树包围的小院子前。

铃萝心中满是疑惑，为什么他住在这么偏僻的地方？还不在舍堂里？

越良泽走到院边，点燃路前的石灯，灯光照亮一方天地。这小院布置得十分精致，有花藤与葡萄藤，还开辟了一小片地，里面种着青菜，放在青菜地旁边的簸箕里晒着部分干果，厨房门边还挂着好几圈柿饼。

铃萝一一看去，倒是不太意外，甚至觉得正常，不愧是他。因为她知道越良泽有个怪癖，只吃自己做的食物。当年越良泽被自己困在天照山时，她虽派了灵魔按时给他送吃的东西，却得知这人碰都没碰，就那么撑了半个月。

铃萝回来听灵魔说起此事，都以为这男人该饿死了。去看时，她发现越良泽还以自己雄厚的灵力强撑着。

铃萝在一旁支着下巴笑问：“倔什么呢？给你送的饭菜里又没下毒。”

越良泽淡淡瞥了她一眼，只说：“我自己做。”

“好啊。”她笑道，“今日我就尝尝我们剑道第一人的手艺。”

她的话里满是嘲讽之意，越良泽却并未动怒。事实证明，剑道第一人的手艺很不错。至少跟越良泽厮混的日子里，铃萝也只爱吃他做的食物。

屋门的吱呀声拉回了铃萝的思绪。她朝前方看去，越良泽进了厨房，里面灯火明亮，少年的影子在窗上晃动。烟雾缭绕，动刀切菜的声响在夜里与蛐蛐声重叠着。

铃萝看着窗上剪影撇嘴，被人欺负完还得回来自己做饭吃，你还真是块木头，没脾气的吗？她在屋外蹲守着，不时闻到屋里传来的饭菜香，勾得她的肚子轻轻叫了两声。

铃萝为了跟踪越良泽，晚饭都没吃，换作以前，她就直接进去抢食吃了，可此时只能在心里骂骂咧咧地离开，去晚斋堂偷了几块冷冰冰的饼吃。

这夜铃萝做了个梦。

在后厨的院墙下，她把酒杯摔在拿着扫帚的越良泽的脚边，趾高气扬地喝道：“不准扫！”

越良泽看都没看她一眼，低头继续扫地。

她气得要死，又摔了一个杯子过去：“越良泽，我说不准你扫！”

越良泽没听她的。

铃萝摔了一个又一个酒杯，越良泽都沉默不言地扫了，她气得冲过去要抓起少年的衣襟暴揍他一顿，却抓了个空，少年如花雨般四散消失。

铃萝瞬间就醒了，耀眼的光线穿过窗户洒进来，外边传来琴鸢充满活力的声音："铃萝！起来去上早课啦！"

啊，又是早课。

铃萝揉了揉眼睛，起床出门。

琴鸢问："你昨天去哪儿啦？我找了好一会儿都没见你。"

"随便走了走。"铃萝含混答着。

"今天是入考第三天，下午的笔试你有把握吗？"琴鸢苦着脸说，"我可愁了，之前师姐们说笔试越到后面越难，我昨天就感受到了。"

铃萝漫不经心地听着她说话，思绪还在越良泽那边。

两个人去了晚斋堂用膳，与从里面出来的越良泽擦肩而过。

铃萝脚步一顿，悄声问琴鸢："你认识那人吗？"

"嗯？"琴鸢顺着她的视线看去，"啊，这人我知道，是越师兄。"

"师兄？"铃萝喉头一滚，难以置信地惊呼。

琴鸢点头说道："嗯！他比我们早入门两年，是师兄没错啊。"

他还早入门两年？

越良泽竟然是她的师兄！

铃萝深感震惊。当初她在外门完全不关心周围的事情所以不知道就算了，为何后来越良泽一剑成名也没人说过他曾是东岛天极的弟子？世人只知道他是圣剑宗怪慈的徒弟。难怪当年他莫名其妙地跑来阻拦自己摧毁天极，原来是有师门情谊在？等等，她看他昨日受的苦，还师门情谊，简直滑天下之大稽！

早课时铃萝暗想着，环视一圈习堂，不见越良泽的身影。怎么，他是外门弟子却连习堂早课都不来？下午开始第三天的笔试，这次越良泽来了。笔试结束后，铃萝又悄悄跟着越良泽，暗中观察他。今儿他又去了戒律堂，代洪茂师兄几个人受罚。这次时间有些久，一个时辰后他才出来，外表看不出什么，铃萝却闻到了血腥味。

今日他受的罚不只是跪刑，还见血了。去完戒律堂，越良泽又被洪茂师兄支使去干活，干完活还得去晚斋堂洗盘子，洗完才回药斋后山做晚饭。

铃萝这几天什么也不做，就盯着越良泽。她总觉得这人是装的，是在扮猪吃老虎，凭他的天赋实力，他怎么会被如此欺负？

他一定是在忍。

铃萝心想：我倒要看看你能忍到什么时候。

入考的第六天早上，公布前五天的笔试成绩。

在三考殿门前，公示榜上放出了所有参考弟子的成绩。

铃萝还在找越良泽的名字，就听身边的人念叨："铃萝？铃萝是谁啊？这人竟然得了满甲排在榜首！"

"看上面写的是天云宗的。"

天云宗弟子茫然地挠头："我就是天云宗的，怎么对此人没印象？"

琴鸢在旁边捂着嘴笑。

铃萝花了点儿时间才找到越良泽的名字。

他排在第三十名，刚好是能入选内门的名次。

看他习堂早课都不去，她还以为他笔试成绩也会很差，现在看来他果然是藏了一手。

铃萝忍不住想去看此时的越良泽是何表情。

她找了一圈，在公示榜外围瞧见洪茂几个人的身影，心中"咯噔"一声，悄悄跟了过去。

铃萝刚过去，就见在殿外台阶角落里，洪茂揪着越良泽的衣襟骂："臭小子，你故意的是不是！"话音落地就是一拳朝越良泽的脸上招呼过去，带着狠劲的拳头，直接把人揍倒在地。边上还有两三名外门弟子，是跟洪茂几个人走得近的秀满师兄等人。

秀满师兄此时气急败坏，怒而上去踹人："去年你考都不考，平时也不见你修炼，这次你特地来考笔试还刚好占了我的名次，你就是故意恶心我！"

"我说师弟，平时看着老实，却挺会玩阴的啊。"殷文冷眼看着越良泽被暴打，"知道我们要保秀满到及格排名内，你就故意去考挤他下去，是不是这个意思？"

见越良泽不答，洪茂气极，上前朝他的腰腹狠踹了一脚："说话啊！"

秀满跟着踹了一脚："师兄在问你话！"

越良泽弓着身子，抱头承受着毒打。

铃萝一直以为他是在装，但他是不是忍过头了？这样了他还不反抗，竟然任由这几个废物又打又踹!

"铃萝！"琴鸢找到她，追了过来，撞见前方几个人行的事惊讶地捂住了嘴。

这几个人因为太过愤怒，没有注意台阶上方从转角处出来的于休与范堂主。

"越良泽你说话啊！哑了是不是？"秀满发泄着自己的怨气，弯腰抓起越良泽的衣领握拳就要揍去，"我这次跟你没完！"

岂有此理！铃萝感觉忍无可忍了！

因为今日是武试，铃萝带了佩剑，而她只是做了一个剑诀，琴鸢就见利剑出鞘，发出危险的低鸣，朝洪茂几个人斩去。

台阶上方，手握玉笛朝人群指去的于休不由得顿住。

长剑轻颤发出锐利声响，势不可当的剑风让洪茂几个人惊惧地看了过来，眨眼间被剑风震退，姿态狼狈地一屁股坐倒在地，震惊地看向朝越良泽走去的少女。

剑柄将抓着越良泽的秀满撞飞后向上飞去，落下时被铃萝握在手中，剑尖指向地上的少年，她脆声道："拔剑！"

## 第二章

# 多管闲事

越良泽嘴角淌血，有些艰难地伸手擦了一下，剑鸣声声，他听出了其中的兴奋与杀意。铃萝逆着光站在他身前，长剑锋芒锐利，映着天上的悠悠白云。她实在是看不下去了，这帮废物都能把越良泽揍成这样，为什么我不行？要打让我来！

水天镜逆转时空前，我就想看他跪在我的剑下求饶的样子了！

“铃萝……我们有话好好说，你可千万别冲动啊！”琴鸢在一旁看得瑟瑟发抖。她本以为铃萝是去救人的，哪承想那剑尖下一瞬就对准了越师兄！

铃萝略显咬牙切齿地说：“起来，拔剑！”

越良泽擦着嘴角的血迹，缓缓站起身。他比铃萝要高半个头，此时抬了抬眼皮，看向眼前的人。剑尖抵着他的咽喉，只要铃萝再往前一刺，就能划开他的皮肤将他整个贯穿。

“此地禁止私斗。”温润的嗓音自上方传来，于休没法再旁观下去。

“堂主……”从地上爬起来的秀满师兄看见台阶上方的两个人，吓得脸色都白了。

洪茂三人也是满脸惊惧之色，当即跪下道：“弟子知错！”

范堂主实在是太胖了，连下地走动都困难，因此常年盘坐于绒毯上，以御剑之姿而行。他来到台阶下，面色慈祥，目光扫视一圈，呵呵笑道：“既然你们知道错了，那现在就去戒律堂领罚。”

“是！”洪茂几人立马起身告退。

三宗门里最不能惹的堂主之一就是眼前这位，因为他赏罚分明，严格执行门规，绝不会有半点儿怜悯通融之心。范堂主看向没动的两个人，笑道：“你们二人是不乐意吗？”

越良泽垂着眼眸，没有辩解，绕开铃萝的长剑迈步离去。铃萝深知范堂主的脾性，也没有多费口舌，跟在越良泽身后走着。琴鸢想追却不敢，只得无奈又担心地看着他们。范堂主掐了个灵诀，朝公示榜的方向掠去。

“走吧。”于休温和地同她说道，“今日武试就要开始了。”

琴鸢沮丧地转过身去，铃萝被罚去戒律堂，今日武试就参加不了了呀。若是铃萝只御剑震飞了洪茂几人，没有指着越师兄说出那句“拔剑”，范堂主也不会以私下武斗罚她。可纯挨揍的越师兄为什么也要被罚?

戒律堂。

同门相争，私下武斗，按门规需被罚思跪三个时辰，禁食一日，再被派去各个斋堂干活七日，所以一般大家有冲突也不会打起来，打起来也绝对不会让范堂主撞见。铃萝跪在暗室的小隔间里，隔间的墙上挂着东岛天极开山掌门的画像。人像画风极其简略，宛如线稿，寥寥数笔，却勾勒出一个精妙人儿的背影，周遭仙山白云百花等物都比他精致，出现在一幅画上时，却又都是这人的陪衬。祖师爷有着传奇的一生，给东岛天极留下了上千年的传承。

大仙门之名并非说说而已。十二大仙门，每一个都有着几百或者上千年的历史。

铃萝不是第一次来戒律堂。她以前也被罚过，戒律堂四大酷刑她“有幸”领教过其中两个。水天镜只倒退了时间，这些曾经发生的事，想必她还是躲不过的。隔间小得只能容纳一个人，祖师爷的画像下有一盏油灯，她要一直跪到油灯熄灭才算结束。

铃萝抬头看了一会儿画像，复又无聊地低头，三指做诀，掐出一朵小小的烟花来。以前她空有一身灵力，却不知该如何运用，全靠师父教导。如今少了那些弯路，各招各式的剑诀、符诀已烂熟于心，她甚至还有自创的。只不过现在灵力不及当年，哪怕她知晓如何运用，力量也支撑不起她这样做，而且她的法器也不在手边。若是不历经当年的苦难，她就没法获得魔修的力量。

铃萝望着指尖闪烁的烟花微微出神。如果水天镜把时间倒回两年前，也许她会做出不一样的选择。可现在这个时间，一切都太迟了。铃萝掐灭指尖的烟花，双手结印，复习着以前的剑诀与符诀。三个时辰不知不觉过去。外面已是晌午，日光正盛。待油灯熄灭后，铃萝起身揉了揉膝盖，双腿有些僵硬，她靠着隔间门站了一会儿才出去。

“咯吱”一声，她刚打开门，就撞见从对面出来的越良泽。他身形瘦弱，宛如青竹，似坚韧又易折，衣襟染血，破皮的嘴角带着血色却显三分欲。本该狼狈的人却目光清明，神色安静，完全不在意似的。两个人目光相撞，越良泽略显迟疑，而铃萝重重地哼了声，满脸嫌弃地越过他离去。越良泽，你蠢死了！活该被揍！铃萝在心中说道。

越良泽沉默地走在她后面。两个人来到前堂。

“哎，给你。”戒律堂管事将分配木牌从窗边扔给了铃萝，“还有块是你师兄的，你给他拿去。”

“师兄”一词触动了她的神经，她的额角狠狠地抽了一下。

越良泽走到她身边，铃萝把木牌递给了他。他低声道了一句：“多谢。”

铃萝语气古怪地说道：“原来你会说话啊。”

越良泽对她的嘲讽沉默，垂首敛目，便要朝外走去。

“站住！”后边出来的秀满仍是一副气急败坏的样子，“越良泽你给我站住！”

越良泽回首看去，却没等到秀满过来动手或者痛骂，身边的少女已经不耐烦地开口说：“他凭什么要听你的？你敢再过来一步，信不信我再给你一剑？”

秀满被这话吓住了，立马刹住脚步，恶狠狠地看着铃萝说：“这是我跟他之间的事，你少插手！”

“哟，怎么着？你们几个刚出来就又想进去了是不是？”戒律堂的管事师兄倚在窗边，打着哈欠说道，“烦不烦哪！”

“秀满，这里是戒律堂，你懂点儿规矩。”

洪茂几个人也出来了，此时俨然一副慈爱师兄相地来到越良泽身边，笑着揽过他的肩膀说：“今日之事我们做得确实有些鲁莽，范堂主罚得不冤。”

“我看师弟、师妹都过了入考线，过几天就能入内门，届时就是我内门的师弟、师妹，师兄们必定会好好关照的。”这阴阳怪气的话里满是威胁之意。

越良泽依旧沉默着，姿态不卑不亢。

铃萝却不客气地嘲笑道：“几位师兄该知道，在参与入考一事上帮助他人作弊者，按照门规可是要被逐出师门的。”

秀满听了这话，脸色微变。

“小师妹，你说什么胡话呢？”殷文皮笑肉不笑地说道。

洪茂皱着眉，严词说道：“师妹，你不能因为今日之事心中有怨，就胡说八道诬陷我们。”

“洪师兄，之前你们愤怒之下说了什么你们自己清楚。要是记不清了，也别怕我去请示范堂主严查一番，看看到时候是你们手段高明，还是范堂主更胜一筹。”铃萝瞥了一眼越良泽，哼笑道，“洪师兄的关照，师弟、师妹们可受不起。可师兄若是真想如此，那我也想请范堂主好好关照一下几位师兄。”

依着范堂主的性格，她若是真跑去号上两嗓子，范堂主必定会严查此事。

洪茂的脸色“唰”地一下就黑了。

靠窗边看戏的戒律堂管事弟子说：“哎，何须劳烦堂主？我们戒律堂现在就可以查一查，怎么样？要不要我——”

“师兄！绝无此事！”殷文急忙上前一步说道。

“是吗？”管事弟子摊手道，“可这小师妹说得挺像那么一回事啊。”

“师妹今日挨罚，肯定心中有怨气，言辞混乱。”洪茂沉声说道，“当师兄的自然不会太计较。”

铃萝笑了笑，露出可爱的虎牙，抬手指着越良泽说：“是啊，今日被罚，大家心中可都有怨气，所以师兄们日后若是再单独‘关照’越师兄，师妹我可是会忌妒的。”

越良泽不由得看了她一眼。

洪茂收回搭在越良泽的肩上的手，憋着一口气说："师妹说什么呢？我们都是一视同仁的。"

"既然如此，那几位师兄忙，我先去领罚。"铃萝眼神轻蔑地扫了一眼洪茂几人，转身离去。后边的秀满与殷文气得咬牙切齿，却见走了没几步的人又回过头来，朝那沉默的少年说："越师兄，走啊。"

越良泽握着木牌的手指微屈，他不发一言地跟了上去。

洪茂几个人也向管事师兄告退，离开了戒律堂，一个个脸色都很难看。

"这小丫头片子哪里蹦出来的？"殷文狠狠地说道，"多管闲事！"

秀满惆怅道："怎么办？她知道我们的事，要是真去范堂主那里说的话……"

他不敢想象！

"慌什么？她八成是在诈我们，根本没有证据。"洪茂沉声说道，"倒是她竟然敢为了越良泽出头，还真是什么都不懂。"

"但这事在范堂主那边肯定留下了不好的印象，最近暂时消停一会儿，咱们来日方长。"

铃萝也知道洪茂几个人不会就此善罢甘休，但就是看不惯越良泽被他们当条狗似的瞎使唤，还动不动就又打又踹。凭什么啊！当初他处处阻止我复仇，我都没如此欺辱他，这帮废物凭什么！铃萝表示不服。

两个人都被分配去了药斋。药斋三十丈内都弥漫着苦味，铃萝十分嫌弃，却只能忍着。药斋师姐领着两个人到药斋说："最近刚来了两批新的药材，你俩就负责按照药典上写的分类。"

"是。"

"虽然我不会来看，但你们可别偷懒哦。"药斋师姐打趣道。

等师姐走后，铃萝才拿着药盒去院里，清理晒在木架上的药材。院里都被一排排木架占满，只留了几条过道。越良泽也拿了药盒，去院里的另一个角落，与铃萝隔得远远的。铃萝抽空看了一眼，发现他竟离自己那么远，顿时气不打一处来。你这是对待救你于水火的小师妹该有的态度吗？简直岂有此理！铃萝屈指敲了敲木架，发出清脆的声响。

越良泽恍若未闻，专注地挑拣药渣。她气得翻白眼。他躲那么远干什么？洪茂打他的时候他怎么不知道躲？铃萝心中嘀咕，却也没有主动跟他说话。心想他爱理不理。她看了一眼药典，将混在一起的药材分开归类。有的木架层太高，她够不到，便回屋搬来小板凳踩上去。分了一会儿后，她开始不停地打喷嚏。

"阿嚏——"铃萝揉着鼻子，下了板凳，掩面打喷嚏打个不停，眼泪都被逼出来了。她泪眼蒙眬地朝手里抓着的药材看去，是切片被晒干后的尼龙花叶。尼龙花常年只开花不长叶，而它的叶片是极其珍贵的药材，可谓几十年难得一遇。偏偏铃萝对它过敏，而它气味不明显，长得也跟普通叶子差不多，没什么特点。她一吸入尼龙花叶的气味，就会一直打喷嚏。

铃萝没好气地将手中的尼龙花叶甩进药盒里："阿嚏——"可恶！接连不断的喷嚏声终于引来了越良泽的注意。他侧目朝铃萝那边看去，见她蹲在地上不停掩面打喷嚏后眉头微蹙，迈步走了过去。一道阴影自头顶落下，铃萝不用看也知道是谁，没好气地说道："走开！阿嚏——"她才不要给越良泽嘲笑自己的机会。

越良泽停下脚步，听话地没有靠近，下一瞬就转身走了。

铃萝见此却更气。你简直——阿嚏！此时她也不知道是被越良泽气的还是被打喷嚏折磨的，红红的眼眶里已有泪花闪烁，顺着眼角溢出，在她的脸上滑出一道泪痕。

铃萝忍不住下意识地叫了一声："越良泽！"她这一声喊得像是奓毛的猫在装凶。没人回应。铃萝擦了擦眼泪，起身看了看院里，没瞧见少年的身影，正纳闷时，见越良泽从屋里出来了。他手上端着杯黑乎乎的水，过来放在铃萝的药盒边，苦味冲天。

铃萝捏着鼻子，皱巴着脸问道："这什……阿嚏！"

"药。"越良泽低声说，"解过敏。"

少年的嗓音干净明朗，十分好听。

铃萝却没心情欣赏，气道："你……你才……阿嚏！过敏！谁跟你说我……阿嚏！过敏了？阿嚏——我才没有过敏！阿嚏！"

越良泽说道："用三味子和静灵草灰混搭，见效快，水是温的，再放就凉了。"

这是铃萝目前为止听他说的最长的一段话。

"阿嚏！"

越良泽说完又走了，回去继续分拣药材。

铃萝气鼓鼓地看了他一眼，端着药水一饮而尽。药水苦得她又掉了几滴泪。这家伙该不会是故意调得这么苦的吧？他好歹给个蜜饯甜果啊！铃萝刚这么想，就见越良泽又回来了。他朝她摊开手，掌心中有一颗糖炒栗子。她也没管太多，一边打喷嚏一边将糖炒栗子拿来剥开吃掉。甜粉的栗子在口腔里化开，冲淡了部分苦味。

铃萝吸了吸鼻子，睁着眼看他："阿嚏——"

越良泽迟疑片刻，问："还要吗？"

铃萝朝他伸出手。越良泽把最后两颗栗子放在了她的掌心里。甜而不腻，吃了还想吃，铃萝舔了舔唇，压下再问他要栗子的想法，指着药盒说："你来收拾这边。"

越良泽没说话，却走过去拿起药盒看了看，确认里面装着的药材后，开始动手整理。

你还真是块木头不成？又不说话了！铃萝又觉得气得肝疼，好在这药见效快，她打喷嚏的次数逐渐减少。其间她捂着脸站在旁边，闷声问道："秀满师兄说你是故意去考笔试压他的排名，真的吗？"

越良泽不答。

“问你……”话到嘴边又被她压了回去。

铃萝想起洪茂他们也经常如此呵斥越良泽，便不想跟他们一样。

她重新问道：“是不是真的？”

越良泽踮脚将长板上的药篓拿下，同时“嗯”了一声。

铃萝：“你大声点儿！”

越良泽看了她一眼，又低头看回药篓，说：“我是故意的。”

这一瞬间铃萝竟然有一种吾家有儿初长成的欣慰感。她之前说什么来着？这家伙就是在装！要准确控制排名到刚好挤掉秀满，这不是一件容易的事，他不是没脑子的人。

铃萝又问：“既然你有胆子坏人好事，那平时怎么没胆子反抗，任由他们打你？”

越良泽认真地细分着手中的药材，头也没抬地说：“打不过。”

铃萝呆住了。“你再说一遍？”铃萝紧盯着眼前的人，眼神十二分专注。

越良泽又重复了一遍：“打不过。”

你在说什么胡话？你怎么可能打不过那几个废物！

你可是——

铃萝额角狠抽，抬手捏了捏眉心，深呼吸。

越良泽是在大仙门西海太初的金鸾池宴上横空出世的，一剑惊天下，在那之前是个无名之辈，也许此时的越良泽真的打不过洪茂师兄。就像现在的她也打不过东岛天极的掌门。或许越良泽跟她一样，空有一身灵力却不知如何运用，甚至一度连剑都握不住。

铃萝神色怪异地打量他几眼，忽然上前抓过他拿药的手，一指搭在他的灵脉处试探。灵力微弱，非常微弱，似有似无。他到底是大仙门世家，就算是外门弟子，标准也不会这么低。越良泽能以如此微弱的灵力进东岛天极，怕不是走的后门吧？

越良泽安静地任由她抓着手，也不惊讶，似乎知晓铃萝的意思，却无所谓。修仙之人，在入门与突破两道坎上，靠的都是自身的灵力。有的人生来就有灵力，却也分多少，也就是资质高低。像这样的人开局已是一脚踏进修仙界，可以靠后期修炼增强灵力。有的人生来就没有，而没有就是没有。这类人想要踏足修仙界，第一个目标就是让自己能修炼灵力。而大多数人穷其一生也无法做到这点。有灵力和没有灵力，在入门这道坎上，有着天壤之别。

铃萝在越良泽身上探到的灵力，介于有和没有之间，很是微妙。灵脉他是有的，灵力却微弱得像是灵脉不存在似的。这说明他也就身体能比一般人强壮健康耐打，可若是修炼法术或者剑道，怕是连最简单的剑诀都使不出来。



铃萝神情恹恹地放开他，说：“以你这灵力，你今日若是去参加了武试还不得被人笑话？”她也算是明白为什么他只挨打不反抗了。就凭他这微弱的灵力，他确实打不过洪茂他们几个。

越良泽将手中的药材放进药盒里，不见丝毫情绪起伏地说：“我不会去。”

“你还挺有自知之明。”铃萝嘲笑道，“你是怎么进的东岛天极？”

他还比她早进两年。

越良泽说：“从山下进的。”

铃萝心想若是说越良泽是木头不会说话吧，他偶尔一开口又真能气死人。

铃萝：“我说的是以你这微弱的灵力，你是怎么成为东岛天极外门弟子的？”

十年后的越良泽，那一身雄厚灵力，能支撑他半个月不吃不喝。当初，她如果不是想起还有这么一个人被困在天照山她设下的阵法里，来了兴趣回去看看，还不知道这人会拒食到什么时候。按照他的脾气，他要么一直饿到死，要么硬闯。话说回来，当年他怎么不硬闯阵法，却在那里傻兮兮地饿半个月？她的阵法虽强，可若越良泽真想出去，用尽全力破阵，也是困不了他这么久的。铃萝的思绪歪了片刻，还没听见越良泽的回答，自己又打了一个喷嚏。

越良泽侧身看着她。

“阿嚏——”铃萝微微睁大了眼，“怎么……阿嚏！又来了！阿嚏！你不是说……阿嚏！”他不是说喝了药就没事的吗？

越良泽看着她，静了片刻，伸出之前被铃萝抓着的右手说：“我刚分类了尼龙花叶，你又碰到了。”

铃萝：“阿嚏！”可恶！她指了指空了的杯子，“阿嚏！”

越良泽识趣地拿过杯子回屋里重新给她配药。

铃萝打着喷嚏，眼泪又被逼出来了，看着屋里的人都有些模糊。少年清瘦挺拔的背影虚化成了两三个。她忍不住想越良泽是不是故意的。他明知道她因为什么过敏，却不阻止她！又或者说他习惯了，习惯有人对他动手动脚而不反抗。铃萝因为不停地打喷嚏，注意力不集中，想了些乱七八糟的事。越良泽端着新做的药出来递给她，这次她没有犹豫直接喝下了。喝完后，她又被嘴里的苦味折磨得掉了两滴泪。

“栗子……”她含混地说道，“板栗。”

“没了。”越良泽见她皱眉，又拿了一块晒过的药片给她说，“这是甘草片，甜的，能解苦。”

铃萝接过药片放嘴里含着。这一瞬间她忽然想起，自己过去也听过这话，也是在天照山。她在外受了伤回来，雨夜里惊雷阵阵，灵魔们都因为她受伤暴怒而瑟瑟发抖不敢靠近她。那会儿她又累又饿，在床上辗转反侧，又因雷雨不想下地出去。她忘记了还被困在天照山的越良泽。在她因伤痛反复而迷迷糊糊时，这人耐心地喂她吃饱喝足，哄着她喝完药，在她因药味太苦而发脾气时，将药片放至她的唇边说：“甜的，能解苦。”

铃萝一度认为那会儿越良泽是因为想要离开阵法而讨好她才有此举动。他为除魔卫道而来，那天晚上自己毫无防备，他若下杀手，必能成功。可惜他没动手。

第三章

# 仙门禁法

铃萝在药斋里待了一天，入夜后药斋师姐才让两个人回去。她刚出药斋大门就看见等在外边的琴鸢。

“铃萝！”琴鸢朝她招了招手，“你没事吧？”

铃萝摇头，余光瞥见越良泽一言不发地走过两个人身边离去。

铃萝忍不住伸手按了按太阳穴。她以前不知道十六岁的越良泽是什么脾气，现在领教了。他简直是将沉默是金贯彻到底，若是没人主动问他，他能把自己化作比空气更容易忽视的尘埃。空气还会因为气味变化而被人注意，尘埃不会。

“越师兄……”琴鸢偷瞄了一眼越良泽离开的背影，小声地跟她说，“越师兄也没事吧？”

他好得很！铃萝继续摇头。

“你今日被禁食，我这里给你留了点儿吃的东西，供你明天来药斋饿的时候吃。”琴鸢将手里拿着的食盒递给她。

铃萝接过食盒后说：“谢谢。”

两个人朝山下舍堂走去。琴鸢跟她说着今日武试如何，末了又闷闷不乐地说道：“你被罚七日，武试没法参加可怎么办呀？”

铃萝正在看食盒里颜色不一还散发着淡淡花香味的糯饼。她有些漫不经心地答：“笔试成绩已经能入选了。”

“话是这么说，可白天那会儿我看你的剑法比其他人都要厉害，不去参加太可惜了。”琴鸢说，“若是笔试、武试都有个好成绩，说不定就能被堂主以上的人选作亲传弟子，那可比内门普通弟子要风光许多。”

这话倒是提醒了铃萝。水天镜逆转时空前，她笔试、武试双甲满分，出尽风头，引起各方注意后成了三掌门的亲传弟子，因为有靠山护着在逍遥宗的人找上门来时才没被带走。时间倒转后，她没能参加武试，虽是稳进内门，可普通弟子与亲传弟子的区别也挺大的。

如果她不是三掌门的亲传徒弟——

就一定会被大掌门交出去，命运堪忧。

铃萝双指捏了块糯米团饼放嘴里咬着，语气含混地说道："我会看着办的，你……"

琴鸢却满眼震惊地看着她："你……你……你——"

铃萝略显茫然地朝她眨了一下眼。

"我什么都没看见！"琴鸢捂着眼睛背过身去，"你快吃！"

铃萝莞尔一笑。她完全不把戒律堂和东岛天极的门规放在眼里，但琴鸢跟她不一样，说罚禁食就禁食，一口水都不喝的。她只吃了一块点心，怕再当着琴鸢的面吃下去她会崩溃。铃萝收起食盒后说："你不用担心我，接下来的几天好好发挥，加油。"

琴鸢从指缝里看去，见她没再吃东西后才放下手，点着头说："嗯！我一定会跟你一起去内门的！"

铃萝不知道琴鸢为什么这么喜欢她，邀请被拒绝过数十次也不气馁，遇见她总是立马笑着打招呼。看得出来琴鸢很想与她做朋友，可铃萝实在想不到自己到底哪里吸引了她。自己这种人有什么好的？她孤僻乖张，脾气阴晴不定，杀心还重。然而铃萝评价的是在未来已经成为二十六魔之一后的她。在此时的琴鸢眼中，铃萝只是一个不爱跟人说话，有些内向却温柔的十六岁女孩。尤其是白天见她一剑劈开众人，琴鸢更喜欢她了，觉得铃萝正直又善良，勇敢且强大。由此可见，这姑娘看人的眼光是真的差。

武试只剩最后三天。

铃萝却得在药斋里干活七日，无法参加不说，入内门也要比其他人晚几天。

越良泽看上去一点儿也不在意。

进不进内门他根本就无所谓，去年考都没去考，今年也只是为了针对秀满和洪茂师兄几个人才去的。越良泽看准了秀满武试绝对过不了，只能靠笔试拼一把，所以才去捣乱，完全没想到会遇上铃萝插手，让秀满也被罚，进内门这事是彻底没戏了。

武试最后一天。

铃萝将药盒放在木架上，抬手扎头发时跟越良泽说："喂，我今天要出去，活你自己干，不准跟师姐说。"

越良泽头也没回地"嗯"了一声，对于她今日要去哪里又为什么偷懒把活都给了他完全无所谓。

他这反应铃萝是一点儿都不意外。除了第一天因为过敏有过交谈，剩下这几天他们都是各做各的事，除了偶尔铃萝支使越良泽搬东西、拿东西，谁也没有主动找话题。

她说什么越良泽都照做，干完活后就各回各家。铃萝走时越良泽也没看她一眼，他安安静静地分着药材，干着两人份的活。

他还挺乖。

三考殿，演武场。

武试分批次，外门弟子对阵内门弟子，无论是剑道、符法、咒法，都得出自东岛天极才行。今日是武试最后一天，主要集中在剑道上。范堂主坐镇，共派出两名内门弟子：三掌门的亲传徒弟之一于休和大掌门之女、东岛天极的大小姐穆雅。

演武场上，身着白金色门服的少女一手负剑而立，细眉杏眼，生得十分精致，眼尾上挑地扫视着下方的人群，自带睥睨傲气。下边的人甚至不敢直视她的双眼，那股傲然和凌厉气势无声压制着众人。

“下一位。”穆雅淡淡地说。

演武场屋檐上，停留着两三只羽毛颜色十分艳丽的圣灵鸟，它们身子娇小，却有着细长的深蓝色尾羽，雌鸟尾是直的，雄鸟尾端缩成一个圆。这种鸟也被当作东岛天极的象征之一，平时自由自在地生活在大山中，还有弟子专门喂养。此时这三只圣灵鸟被铃萝用共生灵控制，被迫朝演武场和台下看去。

共生灵是仙门禁法之一，属于咒法系列。因为强迫占据对方五感的咒法，不仅能用在飞禽走兽上，也能用在活人身上。若是被占据五感的一方有过自我意识的抵抗，很可能会永远失去五感之一或是被灵力反噬而死。所以共生灵被仙门抵制，禁止修炼，留下来的残卷在五百年前被十二大仙门一起毁掉了。

它本不该存于世上。

铃萝之所以会共生灵，是她的师父东岛天极的三掌门教的。借着圣灵鸟，铃萝看见穆雅又一剑挑飞某弟子，仙气飘飘地站在台上，目视下方众人又说道：“下一个。”

观战台上的于休神色略显无奈。穆雅已经连着淘汰三十二个人了。她天赋高，在剑道上唯有大师兄能压她一头，平时因此自傲，除了大师兄与掌门，谁也镇不住她。她在这次武试上出手太狠。再这样下去，怕是没人能在她手里拿甲。

于休侧身看向范堂主，低声说：“堂主，是否要换她下来？”

范堂主不紧不慢地说道：“让她继续。”

按照规矩，至少得有一人在穆雅手上撑过五招才能换人。于休觉得这规矩没被破之前，范堂主都不会换人。他看回台下的外门弟子们，心中叹息：今年遇上穆雅算他们运气不好。

铃萝若有所思地看着这场景。现场同水天镜中映照的过去的事一样，穆雅大杀四方，狂虐外门弟子。外门弟子的气势被一杀再杀，后来上台与穆雅对剑的人甚至在发抖，这样的行为无疑惹来了穆雅更深的鄙视与不屑对待。那场比试中，直到铃萝上场，她凭着她体内瞬间爆发的灵力，一招压倒穆雅，将其击退至武场边缘，一脚在外。

在短暂安静后，引发全场欢呼声。之前被穆雅虐的外门弟子看得爽了，铃萝却就此被穆雅记恨上了。两个人之间的恩恩怨怨太多，铃萝没去仔细回忆，因为发现这次上场的是琴鸢。与上一名握剑都在发抖的弟子不同，琴鸢手很稳，沉着气，显得非常认真。

“天云宗外门弟子琴鸢，请师姐赐教。”

穆雅压着眉，上下打量了琴鸢一眼后漫不经心地说：“别废话，我先让你半招。”

琴鸢心里不气是不可能的，但她不能为此失去理智，越是生气，越要沉着应付。但她一出招，众人就知道她输定了。

穆雅说到做到，让她半招，在这半招后，手中长剑横劈出一道凌厉剑风，琴鸢心中赞叹好快，同时剑风已扫到脸边逼迫她急速后退，因此她乱了招式，被穆雅一剑割断耳边泪坠。

碧绿色的泪坠掉落在地，刚被剑风扫过，落地时碎成了两半。琴鸢鼻子一酸，眼里就盈满了泪。胜负已定，穆雅都没正眼瞧她，只余光扫了一下，哼道：“没用。”

“下一个。”

琴鸢十指紧握成拳，深吸一口气，把眼泪逼了回去，弯腰将泪坠捡起，闷声道：“谢师姐赐教。”她这才下台去。

于休开始感到头痛。接连四五十人，都被穆雅羞辱离去。今年没有铃萝，也没人能在穆雅手里接过五招，范堂主根据规则无法换人，最后还是穆雅自己退下，换了于休上。

铃萝看完了今日的武试。同之前不一样，没她参加打穆雅的脸，穆雅就一路血虐几十个人。因为没有发生她一招击退穆雅的事，也就没能引来其他堂主和三掌门到场。铃萝解了共生灵咒法，开始想别的办法去找三掌门。

第四章

# 天极三美

屋檐上停留的圣灵鸟朝内门的方向飞去，其中一只在飞过山林时忽然吐血坠落，掉入山涧死去。

铃萝站在溪河边，低头看向被河水冲下来的圣灵鸟。竟然死了一只。她眯起了眼。看来她目前的力量不够稳定，这招她还是少用的好。

有一条横跨天极山的河流，水深刚到成人的膝盖，却完美隔开内门与外门的地界。河水水质清澈干净，鱼虾应有尽有。河边生长着不少名贵药草，还常开一种淡粉色小花，密密麻麻一簇簇挨着，四季不败。这河流被称作定山河，过定山河往上走，是东岛天极内门。一山比一山高，山峰之上另有一番天地。

铃萝对内门远比外门要熟悉。她记得在水天镜倒转时光之前，三掌门会偷偷带她走别人不知道的小路下山去东海城玩。

他只带她一个。

三掌门一共就收了三个亲传弟子，最受宠的无疑是铃萝。他亲自教导她，对她嘘寒问暖，全力护她平安，她犯错了他也不会太过责骂，不得不罚时便睁一只眼闭一眼，过后还会带些新奇玩意来讨她欢心，偷偷带她出去玩，给她买漂亮衣裳、饰品等。

铃萝有时也不得不承认，三掌门是除娘亲以外对她最好的人。尽管两个人最终反目，并且她亲手杀了对方。杀三掌门的那一瞬间，铃萝感受到的是痛快之意，并无半点儿不舍之情。三掌门对她好，是因为她长了一张跟某人相似的脸，还有同样相似的嗓音和性格。这一切都让那个男人疯狂，且他为此做出了疯狂的事。



铃萝越过定山河，抬手摸了摸冰凉的脸颊。按照三掌门对她这张脸的喜爱程度，自己只需要见他一面就行了。因为铃萝知道，三掌门疯狂地爱着“她”。在弄清楚真相前，铃萝对他很崇拜，憧憬成为像师父这样强大又温柔的人，所以她才在得知真相后想逃离。但真正让铃萝产生弑师的想法，是在被囚禁、被百般羞辱之后。

三掌门住在青石坊，在天极的最东边。入坊前有上千长阶，蜿蜒向深处，这一路两旁都有高高的棠花树交相辉映，枝丫、花叶在长阶上缠绕，形成一道道花树拱门。夜里长阶边的石灯会随着阵法感应自己燃亮，将这一片地方映照得美如仙境。此时正是日暮时分，圣灵鸟在铃萝的驱使下来到棠花山道上。它停在花枝上，转动脑袋观察着周围，忽然啼鸣一声，吐血坠落在地。

铃萝望向身后的最后一只圣灵鸟说："就剩你了，来，争点儿气，去看看他是否在青石坊里。"

圣灵鸟先一步飞走。这一路圣灵鸟的所见就是铃萝的所见：记忆中熟悉的山底、熟悉的长阶与花林，还有矗立在花道偏上、一眼望不到尽头、数不清的白玉牌楼群——它们在缀满棠花的枝丫间若隐若现，每当暮风吹拂，花枝摇曳时，其上雕刻的飞虎便目露威严之色。圣灵鸟的身影映在间柱上的飞虎眼中，忽听"砰"的一声响，圣灵鸟被青石坊附近的结界弹飞，吐血身亡。刚到花道尽头的铃萝知道青石坊有结界，却真不知道这结界还防圣灵鸟。

结界被触发，三掌门自有感应。

落日西沉，光亮在此时彻底暗淡，山风猎猎，长阶旁的石灯忽地燃亮，铃萝听见风声尖啸，也感受到了久违的熟悉气息靠近。

"嗥——"一只黑色的灵体虎兽从长阶上疾驰而来，冰蓝色的眼眸紧盯着铃萝。在彼此快要靠近时，虎兽身形暴涨，顷刻间就与周边花树同高，发出的嘶吼声带来冷冽刮骨的寒风。

铃萝扬首看去，灵虎嘶吼带来的风吹得她衣发飘起。

灵虎垂首看向铃萝，张嘴似要朝她咬去："嗥——"

"退下。"男人温和的声音在林间响起，暴躁的灵虎停止攻击，瞬间变回普通虎兽大小。

铃萝神色微愣，虽与她计划不符，却也将就上了。

她当即跪下，略带颤声道："擅闯堂主居舍，弟子知错，但恳请范堂主给弟子一个机会！"

对方静默片刻，接着低笑一声，饶有趣味道："你一个外门弟子，来此何事？"

他也没有澄清身份。

铃萝故意的。她很肯定只要让三掌门见到她，就一定会触动他深埋心底的记忆，但平白无故找上门去也会引人生疑，再加上——她还想把洪茂几个人解决了。

铃萝继续颤声说道："还请范堂主明察，武试那日，是因为我见洪茂师兄常常欺压越师兄，又在笔试上帮秀满师兄作弊，一时气不过才出手。"她话里带着点儿委屈之意，俨然是小女孩气不过不服输来告状的样子。

"笔试作弊，可有证据？"对方问道。

“我只听其言，未见证据，但他们让外门弟子代替自己去戒律堂受罚，并支使他人帮忙巡逻和欺压同门一事是我亲眼所见！”铃萝抬头朝前方看去，满脸倔强之色，“弟子忍了又忍，无法对这些事视而不见，还请范堂主严查。”

冠冕堂皇，说得漂亮，铃萝在心中感叹自己这演戏的本事进步很大。这般瞎话她竟张口就来。从前面对三掌门时她还会心有忌惮，现在却无所畏惧。

三掌门在暗处静静地打量她好一会儿，铃萝维持着倔强不服输的表情，耐心等着。半晌后，她见灵虎回身朝后看去，灯火与夜色相映，一个身材高挑的人影从转角处的花树后走出。他一袭白衣，在夜里很是显眼，墨色的长发尽数散下披在肩后，显得慵懒又随和，衣上的金线绣纹精致漂亮，且都是某种符咒。

男人细长的凤目微挑着，似笑非笑地望向跪在下方的少女。

东岛天极有三美：

第一美是景，青石坊。

第二美是物，棠花酒。

第三美是人，云守息。

云守息是三掌门的名字，称号是参息真君。他实力甚至在大掌门之上，却不善管内门事，除了重大节日外，鲜少在内门露面。能常见到他的，就数座下两名亲传弟子。哪怕水天镜倒转时光前与他共处数年，再次见到这张脸铃萝还是被惊艳一瞬。

云守息长得是真好看。至少在她的记忆中，只有一人能与之相比。可惜那人的颜值太不稳定，所以要问这天下谁长得最好看，铃萝还是会答云守息。墨眉凤目，白面朱唇，云守息漫步来到她身前，弯腰时黑发垂落，发梢轻扫过她的面颊，凉凉的。他伸出骨节分明的手轻钩着铃萝的下颌，使她抬首，望进那双漂亮的眼里。

云守息低声笑问：“叫什么名字？”

“天……天云宗外门弟子，铃萝。”她带着颤音说道，表现出对此人的惊惧，却强撑着，就是这种小倔强的样子，让云守息越发觉得她像记忆中的故人。

“现在可看清我不是范堂主了？”

铃萝：“弟子……弟子知错。”

“那你可知道我是谁？”云守息笑着发问，话里带着戏弄的引诱意味。

铃萝略略咬牙，垂首道：“弟子拜见三掌门。”

“哦？”云守息尾音上挑，打趣道，“竟知道？”

“弟子不知这是三掌门的住处，以为刚才的灵力爆发是范堂主……但长得如此好看的，全天极只有三掌门一人。”铃萝开始说鬼话。

“这话答得倒是机灵。”云守息悠悠地说，“方才听你所言，你是来找范堂主告状的？”

铃萝抿了抿唇，小声说：“是揭发。”

云守息呵笑了一声，铃萝立马改口："三掌门说得没错，是告状。"

"可你在受罚期间擅闯内门，即便你所言非虚，按照范堂主那脾气，你这趟只怕是有来无回。"云守息直起身，视线却未从她身上移开，"何况你连地方都找错了。"

铃萝挺直的背微微塌下，她像是有点儿怯懦，却依旧倔强地说道："可弟子也知范堂主不会对作弊这事视而不见，所以宁愿赌这一把，只是不想惊扰了三掌门，是弟子的错，弟子甘愿领罚。"她这一番鬼话说得越发顺溜。

云守息招了招手，身旁的灵虎便站起身，颔首在他的掌心里蹭了蹭。

他说："我可不是范炙那不知变通的驴脾气，我数三声，你即刻下山回去，灵虎也会在三声后去追你。

"若是你在内门境地被追到了，我便送你去范炙那边。

"若你没被追到，今日我就当无事发生。"

铃萝重新抬首看去，双眼明亮。

云守息抬手比了个数，笑着看她："三。"

"二。"

"多谢三掌门。"

"一。"

铃萝起身就跑。

夜里风声飒飒，云雾缭绕。云守息眉眼含笑地看着少女离去的方向，那一抹墨绿身影落在他的眼里久久未散。灵虎也并未在三声后就去追。很久很久后，云守息才伸手摸了摸灵虎的头，笑着说："去，把她抓回来。"

灵虎得令，化出一道残影，朝山下追去。

铃萝没有跑来时的路，若是这样就暴露了。

她老老实实地按照正道走，佩剑不在，便使用了疾风咒，脚下生风地一掠而过。

云守息没想到她一个外门弟子会用疾风咒，所以放水让灵虎过了很久才追。结果铃萝已经甩了灵虎老大一截，灵虎根本追不上了。灵虎追到定山河边，却不见人，烦躁地原地踏步一圈，最后耷拉着耳朵回去复命。

云守息还站在原地没动，见灵虎独自回来，有些惊讶地挑眉。

灵虎朝他嚎了一嗓子，说出实情。

那小丫头跑太快，早已回了外门。

"罢了。"云守息轻笑一声，转身朝石阶上走去，"瞧她今日受惊不少，明日再去吧。"他边走边说："你再去范炙那边，告知他作弊一事。"

曾经是云守息把她捡回去的，这次是铃萝主动送上门去，掌控者因此变成了铃萝。铃萝心情舒畅地回了外门，顺路去晚斋堂偷了两块热乎乎的饼，准备回去休息，走了没两步后忽然想起越良泽。这天色，平日他们都干完活各回各家了。今日他要做两人份的活，不知道完成没有？铃萝想了想，还是决定回去看一眼。

药斋院里还亮着灯火。铃萝拿着饼翻墙进了院里，却发现越良泽跪在院门外，不由得哑然。不看不知道，一看吓一跳，她过去纳闷地问道："你跪在这里干什么？"

越良泽神色平静，对她的突然到来并无太大反应，被问话也只是低声答："罚跪。"

铃萝问："谁罚的？"

"师姐。"

铃萝："师姐来过了？"她回头看了一眼没有分完类的药材，有点儿头痛。

越良泽只"嗯"了一声。

师姐前些日子都没来过，怎么偏巧今日就来了？

铃萝又问："师姐发现我不在，怎么反倒罚了你？"

"活没做完。"越良泽说。

铃萝："没做完可不会被罚跪，偷懒才会被罚跪。"

越良泽瞥了她一眼。

铃萝被他看得眼角轻抽："意思就是，偷懒的是我，师姐罚你做什么？"

越良泽："师姐不知道。"

"你没说？"铃萝有点儿惊讶。

越良泽回道："你走前说不准我告诉师姐。"

铃萝一时不知该说什么。想骂吧，她看着他那平淡无波的眼神又骂不出；想笑吧，又觉得这事并不好笑。但就是有一团气自心底生出，在她的胸膛里横冲直撞却找不到发泄口，她感觉很郁闷。越良泽没说她走了。师姐见活没做完，以为偷懒的人是他，这才罚他。铃萝气得将手里热乎乎的饼塞进越良泽的嘴里，在少年惊诧地看过来时，命令道："给你的，不许不吃！"

越良泽咬着饼沉默。

铃萝在他身旁跪下，气呼呼地说道："就你是好人，就你正直善良，就你一身浩然正气，就你是仙门第一人！

"起来！谁要你帮我跪了？我自己跪！"

越良泽沉默片刻，缓缓站起身，拍了拍衣摆的灰尘，转身走了。

岂有此理！

铃萝的额角狠狠一抽，她转头就要叫他站住，却听越良泽说："我去把里面的药材分完。"跪是要跪的，没干完的活他也要继续做。

铃萝到嘴边的话卡住，她眼巴巴地瞧着越良泽朝院内走去，

真是让人郁闷。

她恨恨地咬着饼，嘴里嘀咕了一句："就你会做好事。"

越良泽刚拿上药盒，就听到铃萝喊："要跪多久？"

“还有半个时辰。”他说。

这么久？

铃萝嘴里叼着饼看他在院里忙活。两个人谁也没有说话，安安静静，一个罚跪，一个干活。只是没想到过了一会儿师姐又来了。她提着一个小食盒，看见跪在院门前的铃萝时挑了挑眉。刚巧越良泽从屋里出来，拿着药盒与她打了个照面。

双方都愣了愣。

“小师妹替你师兄罚跪呢？”师姐上前摸了摸铃萝的头，怜惜道，“真是个好孩子。”

“放下吧，先过来吃点儿东西。”师姐朝越良泽招了招手，在台阶边坐下，将食盒打开，“哎，师姐也不是真想罚你们，只是戒律堂那边非要我过来监督一下，我都快被他们烦死了。”

“至于吗？分个药材有什么好监督的？”师姐不屑地说道，“这帮人又想监督，又受不了药斋的苦味不肯过来，一帮废物。”

越良泽来到院门前，在铃萝身边重新跪下。

铃萝凉凉地睨了他一眼。

师姐将食盒里的糯米团饼装在小碟子里递给两个人：“吃吧，吃完了再继续做。”

两个人齐声道：“谢师姐。”

越良泽拿着糯米团饼，却没有吃。团饼里有红豆馅，一口下去软糯又甜，比晚斋堂里的饼要精致得多，铃萝吃得很开心。

药斋师姐给两个人的杯子里倒水，感叹道：“你们师兄妹感情真好。”

“咯——”铃萝被噎住了。

师姐看向越良泽，严肃地说道：“不过话说回来，你是师兄，怎么能让师妹罚跪，自己去收拾药材呢？罚跪可比分药材要重得多，你这样不行啊，跟我师兄一样笨。”

越良泽垂着眼眸，平淡地说：“师姐教训得是。”

铃萝鼓着腮帮子睁大了眼看着他。

药斋师姐惆怅道：“我师兄什么都好，就是不会做人。上次回山途中下雨，就一把伞，我想着他总该邀请我和他共撑一把伞回山门，哪知这呆子竟然自己打着伞跑了！

“他还边跑边说什么‘师妹你就在这里躲着，我先回去帮你拿伞’！

“简直气杀我也！”

铃萝借团饼挡住勾起的嘴角，遗憾地说道：“师姐莫气，没能与你共撑一把伞，是师兄的损失。”

药斋师姐感动地看去：“还是师妹懂！”

铃萝灿烂地笑了笑，低头吃饼。

越良泽沉默，不参与讨论。

师姐将茶水放至他身前，在越良泽道谢后说：“师弟，师姐刚才所言，你悟到了吗？”

越良泽一手端茶，一手拿饼，在师姐期待的目光下，缓缓转头看向铃萝。

铃萝专心吃饼不以为意，心说这木头能悟出什么来？

越良泽沉默片刻后说：“我不该让师妹替我罚跪。”

铃萝觉得越良泽就是在嘲讽她！

越良泽又说道：“等吃过饭，师妹你就先回去吧，罚跪和活都交给我。”

铃萝一口饼卡在喉咙里，吐也不是吞也不是，眼角轻抽地看着他。

“这才对嘛！”师姐赞赏地颔首，心中感叹师弟这反应简直满分。

铃萝心里憋着一口气，深呼吸后说：“师兄不必如此，这是我该做的，罚跪就让我来。”

“师妹的心意我领了，今日本是我偷懒才导致没能按时完成任务，是我该被罚。”越良泽面色不改，语气也不见一点儿情绪起伏，“夜深了，师妹早些回去休息。”

药斋师姐看得很是感动，再对比一下自家师兄，不由得伸手捂住心口，真是没有对比就没有伤害。

铃萝感觉自己的额角一抽一抽的，捏着手里的团饼，恨不得是在捏越良泽。

越良泽将茶杯和团饼放下，站起身说道：“我不饿，先去分药材，做完再回来接着跪。”

铃萝瞥过去，那团饼他一口没咬，茶水他也一口没喝。

师姐点着头将碟子和茶杯放回食盒里，起身说道：“师姐相信你们，既然如此，我就先走了，记得关院门啊。”她走了两步后回头看向铃萝：“小师妹不走吗？”

铃萝站起身说：“我在这里陪师兄。”

“那师姐就不打扰你们了。”师姐朝两个人暧昧地眨了一下眼，“早些休息，走啦。”

铃萝点头致谢，等人走远后，才回头看向院里的越良泽。此刻只有他俩，她恶向胆边生，没多想就怒道：“谁是你师妹！”

越良泽听后，有点儿茫然地看过来。不是师妹，那刚才叫师兄的是谁？

对上越良泽茫然的目光，铃萝又是脑子一抽，怒道：“你也不是我师兄！”

我只有两个师兄，你不算！

越良泽“哦”了一声，低头继续分药材，心想随她去吧。

铃萝气得在门口转了一圈，一脚踹在院墙内的棠花树上，花枝颤动，撒落一片花雨。细小淡粉的花瓣纷纷落在药盒里，越良泽耐心地将它们挑拣出来，没有责备她。

铃萝进屋去拿药盒出来，在越良泽对面一起分药材。两个人做起事来就是要比一个人快。剩下三个木架的药材都分完了，越良泽把药盒放回柜子里，便朝院门走去。

他刚要跪下，就被铃萝抓着手说：“不许跪！”

越良泽看过来，铃萝却拉着他朝外走去：“跪什么跪？给我回去。”

“门。”他被迫朝前走着，回头看去说，“门没关。”

铃萝单手做诀，院门便被风驱使着合上。

越良泽见后微眯了一下眼。

“不许叫我师妹，也不许替我跪，不是你的错你跪什么！”铃萝边走边说，“师姐说的那些乱七八糟的话也不准你学！”

越良泽：“已经学到了。”

“你学会什么了？”铃萝没好气地回头，抓着越良泽的手却感觉到一丝异样，不由得愣住。刚才从他的灵脉上感受到的充沛灵力是怎么回事？

越良泽在她停下时不动声色地把手抽了回去。

铃萝蹙眉道：“手给我。”

越良泽看了她一眼，大大方方地又把手递给她，同往常一样什么也不问，看不出半点儿猫腻。

铃萝抓着他的手又探了一遍灵脉，灵力微弱，仿佛刚才的充沛灵力是错觉。也有可能就是她的错觉。铃萝狐疑地松开手，眯着眼打量眼前的人。在得知越良泽将来会是剑道第一人的情况下，哪怕只是非常短暂的一瞬灵力爆发，铃萝也不觉得是错觉。

“若是没事，我就先回去了。”越良泽低声说。

铃萝轻哼一声，朝前走去，没走两步又回头看向他：“明天如果有人找你问秀满师兄作弊一事，你知道什么就说什么，不要有顾虑。”

越良泽神色平静地看着她。

“洪茂师兄、殷文师兄，一个都不要放过。”铃萝说道，“你只要实话实说就好，瞎说也行，只要证明作弊的事是真的，按照门规他们都会被逐出天极。”

越良泽第一次主动发问：“你去找范堂主了？”

“你不需要知道。”铃萝抬手将被夜风撩起的头发压下，转身说道，“你别坏我的事就好。”她得罪了洪茂几人，按照对方的脾气他们定然对她怀恨在心，等着日后报仇。铃萝才不会给他们机会，再加上她去见云守息本就需要理由。

瞧着铃萝离去的身影，越良泽抿唇，低垂下眼眸。

二人各自分开。

越良泽朝药斋后山走去，来到小道上，四下僻静，只有夜里蛐蛐的声音起起伏伏。

铃萝没有回舍堂，而是悄悄跟在越良泽后边。她心里还是在意那一瞬间的灵力异常情况。

越良泽回到自己的小院，先是在井里打水洗了脸，接着回厨房端来菜盘，用清水洗菜。

铃萝塞给他的饼他咬着没吃，药斋师姐给的团饼和茶水他也没动。

越良泽只吃自己做的食物。

暗处的铃萝看见院里这一幕场景后在心里冷哼一声。

她想起水天镜映照的往事，在天照山，越良泽每日混在厨房里，到饭点时，香味飘老远，满山灵魔都悄悄地跑去偷看。

它们窃窃私语又嗷嗷嚎叫着："这香味竟堪比魔香石，该死的好闻！"

"吸一吸，多吸一吸，吸完今日修为加三倍。"

"真的吗？你莫要骗我！"

"你自己试试不就知道了！"

"竟然是真的！"

"都闪开！让我来！"

一个个拳头大小的黑色圆球挤在厨房门口和屋檐上，白色的圆点小眼睛盯着越良泽滴溜溜地转。

越良泽身着轻便简易的外衣，不再是圣剑宗的黑白金饰长袍，因此少了几分高雅气质，却又似人间仙。他黑发高束，面容清俊，认真的模样让人不忍打扰。

越良泽盛了一碗鲜汤，跟门口的灵魔们说："去叫她来吃饭。"

灵魔们一听，便开始蹦蹦跳跳地嗷嗷呜呜。

"这就去！这就去！"

"大胆！你休想同我们主人一起用膳！"

"主人是不会被你这区区四菜一汤收买的！除非你再炒一份肉！"

"报！主人说她不吃！"

于是越良泽便亲自去喊她。

铃萝是故意的，每次都说不去、不吃，然后等越良泽来请她，她就各种嘲讽奚落这位被困在她的阵法里的剑道最强者、仙门第一人。

偏偏越良泽也不恼，安安静静地听完她的话，最后问一句："吃饭吗？"

铃萝气道："不吃！别看我现在不杀你你就得寸进尺，我留着你是为了对付你师尊。"

越良泽说："我师尊不会来的。"

"你是他最宠爱的徒弟，他怎么会不来？"铃萝不信。

越良泽却只平静地重复道："他不会来。"

铃萝一开始不信，可后来信了，因为直到天照山被众仙门的人摧毁，越良泽的师尊，那怪慈老头也没有来。



铃萝直到现在都想不明白，为什么越良泽被当时大开杀戒、犯众怒入魔的她困在天照山里近两个月，也没有任何一个圣剑宗的人来救他，就算他们当越良泽已经死了，也该来为他们的师弟报仇才对。可惜她死前也没机会问一问。因为那日她没有瞧见越良泽，又满心执念地与冥渊一战，哪怕有过回去找人的想法，也只是一瞬。不过他也出不了什么事。众仙门要杀的人是她，遇上越良泽也不会刀剑相向，而是会大喜并高喊一声“剑圣还活着”！

铃萝想到这里不由得撇嘴，眼里映着院里择菜的少年的身影。她有些恶劣地想，那帮人将越良泽奉为谪仙，认为他纤尘不染、高高在上，此时他却在泥泞里打滚，被人踩在脚下，任打任骂，弱小得连她都看不下去了。

越良泽给自己做了两菜一汤，虽然总是被欺负，但在吃这方面一点儿都不亏待自己。躲在暗处的铃萝闻到那饭菜香，肚子不争气地“咕”了一声，她没好气地低头看了肚子一眼。

越良泽吃饱后收拾完碗筷，又打了烧好的热水回屋里洗了个澡。

铃萝看得无聊，懒懒地打了个哈欠，心想他该睡下了，自己也该回去了。她正要走时，却见越良泽换下门服，穿着另一身干净衣裳出来了。他的发梢还滴着水，他却没管，手握一柄木剑，站在屋檐下单手挽了个剑花。

铃萝回头看去，嘴角微勾着，表情似笑非笑。

哟，他大晚上还练剑哪？

越良泽在练最基本的剑招，光是横劈和竖砍就坚持了上百次。

他做的都是些基本功，别说外门弟子，也就刚入剑修的新手才学。而他已入东岛天极两年。

铃萝趴在高高的花树上懒洋洋地看着他。

越良泽不像是在练招，他比画的那几招基本功对修炼毫无用处，给她的感觉更像是在熟悉手中的木剑。练过基本功后，他在屋边走廊上盘腿坐下，单手掐着剑诀。但不知为何，他虽在练诀，却没有调动半分灵力，这样手势虽对了，却看不出半点儿效果来。诀的重点还是在于自己对灵力的调动和掌控。

越良泽的关注点却在诀的手势上，他反反复复地结着印。越良泽修炼多久，铃萝就看了多久。直到他滴水的头发变干爽后，他才收剑回屋休息。

铃萝也打着哈欠，在夜色中悄然离去。灵力虽有问题，但越良泽可没放弃修炼。铃萝想起他刚才练诀时，出现了自己之前关药斋院门的术诀，不由得轻哼一声。你还真学会了。

## 第五章

# 亲传弟子

翌日辰时，琴鸢准点来叫铃萝：“快起来啦！”

铃萝刚洗完脸，拿着帕子擦了擦，开门出来。

琴鸢带她去斋堂吃早饭，在路上说：“等会儿在三考殿公布今年的入考成绩，你肯定在内，只是因为受罚没法过去，有些遗憾。”

铃萝对此无所谓。她敢肯定云守息一定会有安排，倒是余光瞥见琴鸢空荡荡的耳垂后问：“你昨日武试如何？”平时琴鸢比完武试都会来找她，等她一起回舍堂，但昨日没来。

“唉，别提了，本来昨日我挺有信心的，但没想到遇上的是大小姐。”琴鸢神色无奈地说道，“她太厉害啦，我在她手里没能撑过一招，今年入内门怕是没希望了。”

铃萝抬手指了指她的耳边：“今日怎么不见你戴耳坠？”

“昨日比试时碎掉了。”琴鸢不由得伸手摸了摸空荡荡的耳垂，叹气道，“都怪我学艺不精，今年一定更加努力，争取明年入内门！”

她倒是挺乐观。铃萝没说什么，同她去晚斋堂吃早饭，其间听见不少外门弟子抱怨昨日穆雅出手太狠，完全不给他们机会。饭后两个人分开，一个去三考殿，一个去药斋。

铃萝刚到药斋正门口，就见一只黑色的虎兽威风凛凛地站在门前望着她，门里的几位师兄师姐都恭恭敬敬地候在一旁。灵虎见到铃萝，朝她微微颔首，低嚎了一声。

药斋师姐朝铃萝使了个眼色，示意她对灵虎行礼，身侧的手悄悄比了个“三”。

铃萝故作恍然，垂首行礼：“弟子见过灵虎。”

灵虎是化形法术的最高阶代表，云守息以强大的灵力修为，让无形的灵气化出形的体态，并赋予它力量和神识，有了实体，故而真实存在。实力与天赋缺一不可，三掌门云守息是东岛天极当之无愧的天才和最强者。全天极只有这一头灵虎。哪怕不是天极弟子，也知道这灵虎是云守息的。凡是天极弟子，见灵虎如见三掌门。灵虎朝铃萝走去，黑长的尾巴扫过她的脚边。

跟着灵虎来的还有戒律堂的师兄，他跟铃萝说："小师妹，还请你跟我们去一趟三考殿，上次你说的作弊一事，今日范堂主已查清。"

铃萝故作茫然地问道："是何结果？"

戒律堂师兄笑道："师妹去了三考殿便知晓。"

几人一虎从药斋出发，去往三考殿。路上遇见一些外门或内门弟子，众人都惊讶地朝灵虎看去。一行人路过他们身边时，众人都恭敬地垂首行礼，道一声"见过灵虎"，却又不住地好奇跟在灵虎旁边的铃萝是什么情况。这排面可大了，完全是云守息做得出来的事。

水天镜映照的往事中，在三考殿宣布入门弟子时，云守息让灵虎在上百名弟子惊羡的目光下走向自己，让她出尽了风头。铃萝如今却早已看透。云守息就是喜欢用这种手段让她沉迷其中，何况以他三掌门的身份和地位，他可以给许多能诱惑一名小弟子的东西。他想让铃萝也对自己沉迷，获得两情相悦的自我满足感。

见此排场，铃萝便知道作弊一事稳了，亲传徒弟一事也稳了。三考殿内已集中上百名弟子，灵虎当先，从大门进去，引得上百名弟子惊讶，众弟子齐声道："弟子见过灵虎。"

琴鸢看见走在灵虎身侧的铃萝时有些惊讶，又见后边跟着戒律堂的师兄，心中"咯噔"一声。铃萝该不会又闯祸了吧？

三十二扇折叠殿门敞开，数十级台阶上，于休与穆雅分别站在范堂主身后。

灵虎正往台上走去。

铃萝瞥见越良泽站在台阶下，但跟着灵虎走过他身边时没有停下，也没有回头，仿佛没有瞧见似的。倒是越良泽视线随着她往上看去。台下的人见铃萝跟着灵虎上去，不由得惊呆了。琴鸢更是惊得抬手捂住嘴，满眼不可思议的神色。

穆雅瞧着上来的铃萝蹙眉，低声问于休："这人是怎么回事？"

于休说："是师父的意思。"

穆雅听得微愣。

铃萝到了内殿门前，站在灵虎身后，眼观鼻鼻观心，装得十分乖巧。

范堂主依旧盘坐在他的绒毯上，肉乎乎的脸将他的双眼也挤压得十分细小，如一条缝，面容整体乐呵呵的。他摆了摆手，戒律堂的人便将洪茂和秀满几个人押了上来。

几个人跪在台下，满脸悔恨样子地喊道："弟子知错，还望堂主开恩！"

范堂主嗓音洪亮地说："作为内门师兄，没能阻止师弟作弊，反而相帮，还从中获利，是明知故犯。"

洪茂悔道："弟子知错！还请堂主开恩！"

范堂主细数着几个人的罪行，台下弟子们也逐渐明白过来。

对于作弊一事，大多数人是不齿的。

范堂主以严苛出名，是维护门规第一人，被他发现这些罪行，基本是没救了。

范堂主说道："按照门规，将他们脱去门服，抹去天网印记，内门弟子则废其法术，一同逐出宗门。"

"堂主！"

"堂主开恩！再给弟子一次机会！"

"弟子知错了！"

不管洪茂几个人此时如何悔过求饶，范堂主也不予理会，只让戒律堂的人将他们拖走。

范堂主看向下方弟子，朗声道："诸位弟子需引以为戒，不要心存侥幸，若事后查出，将罚得更重。"

众人齐声道："弟子谨记教诲。"

多数人认为是秀满和内门师兄作弊，被范堂主查出，因此唏嘘。只有越良泽朝台上的铃萝看了一眼，神色平静，不悲不喜。

"入考笔试和武试已结束，接下来将宣布进入内门的弟子名单。"范堂主伸手，一旁的于休递上卷轴，"天昼宗入选弟子——费恺、祝元、谭依依……"

入选名单按照三个宗门分类，范堂主最后才念到天云宗。

"天云宗入选弟子——袁承宇、樊玉、赵志秀……琴鸢——"

欸？

有我？

我进了？

台下的琴鸢惊喜地朝范堂主看去，心脏怦怦直跳。昨日因为穆雅淘汰了许多弟子，导致他们个个都发挥不佳，琴鸢本以为自己今年已无缘进入内门。

"恭喜你呀琴鸢。"弟子们已在下边悄声互相道贺和安慰。

琴鸢点着头道谢，眼里的笑意完全藏不住。

在范堂主念完所有名单后，也有人互相安慰道："别慌，别慌，还有亲传弟子名单没公布，万一你的名字在这里呢？"

"徐慎笔试在前三十名也没他的名字，说不定被哪位堂主看中了啊。"

铃萝没听见她的名字，也没有听见越良泽的名字，对此感到有些意外。

难不成越良泽被哪位堂主挑中当亲传徒弟了？

"你们当中有成绩优异者，被各堂主收入亲传弟子。"范堂主招手，于休又将另一份卷轴递给他，"徐慎，笔试第二、武试第七，拜入六堂主门下。"

"常霏，笔试第三、武试第九，拜入四堂主门下。"

众人目光艳羡地朝两个人看去。

“宋圆圆，笔试第五、武试第四，拜入七堂主门下。”

话音刚落，众人看向宋圆圆的目光除去艳羡外，还有几分同情和忍俊不禁的笑意。

七堂主，可不就是台上的范堂主吗？

范堂主这较真的性格谁受得了？

这兄弟以后的日子怕是难过啊。

宋圆圆生着一张小圆脸，看上去白白胖胖的，跟范堂主倒是很搭。他本是昏昏欲睡的，忽然听见这话，惊得瞪圆了眼、张大了嘴，一句脏话到嘴边，却硬是被四周看过来的目光给看得咽了回去。

他要在范堂主身边修习？

这亲传弟子的机会他还不如不要啊！

“最后一位。”范堂主看着卷轴上的字迹神色不变道，“铃萝，笔试第一，武试未参加，拜入三掌门门下。”

“哇——”

“呦！三掌门？”

“天！笔试第一，武试未参加？”

“铃萝，就是那个天云宗的铃萝？”

“武试未参加，真的假的？”

“这都行？这都行？这都行！”

因为这消息太过震撼，台下弟子们都没能忍住讨论出声。比起对前三个人的艳羡和调侃，众人对铃萝的态度却是震惊和怀疑，甚至有几分不服。虽然笔试第一很厉害，但凭什么她连武试都不用参加，没有成绩也能成为三掌门的亲传弟子？不是哪位堂主，那可是三掌门！

天极三美之一！

参息真君！

东岛天极乃至整个大仙门的至尊强者！接下来大家已经不管范堂主在说些什么鼓励落选的人继续努力的话了，目光焦点都在灵虎身边的少女身上。

铃萝却在纳闷，怎么没有越良泽？他不是在笔试前三十名的吗？

范堂主宣布散去后，铃萝才抬首朝下方的越良泽看去，而越良泽垂首没能发现她的目光。

于休朝铃萝走来，温和地说：“走吧，我带你去青石坊见师父。”

铃萝还未答话，就听穆雅道：“慢着。”

铃萝侧目看去，穆雅拦在前方，挑眉道：“既是三掌门钦点，你自然有过人之处，可武试成绩都没有，怕是难以服众。”

于休说：“你既然知道这是师父的选择，又为何如此？”

“于师兄，区区笔试第一，内门里只多不少，笔试、武试第一的少说也有数百人，却也不见他们都成了三掌门的亲传弟子。”穆雅不紧不慢地说道，“她以此等成绩入三掌门门下，其他弟子会如何想？三掌门是我最敬重的长辈之一，我可不能让他被这人连累，让其他弟子说三道四。”

范堂主也没走远，在两个人争辩时就停下了，乐呵呵地看着。于休跟他都见过那日铃萝一剑斩开人群的场景，那一剑堪称完美，灵力、力道、剑诀的掌控程度简直炉火纯青。单是那一剑，两个人就知道铃萝参加武试毫无压力，哪怕云守息忽然收她做徒弟，他们除了惊讶外，倒也不会觉得有什么不妥或者不配的。于休不会质疑师父的决定。

范堂主则是觉得铃萝是个可塑之材，也许云守息无聊，想要多养一个徒弟而已。

于休面对如此纠缠不休的穆雅，很是头痛，问：“那你想如何？”

“很简单，让她参加武试。”穆雅看向铃萝，语气带着几分挑衅和傲慢，“规则同昨日一样，她在我手下撑过五招，便算她赢。”

于休抿了抿唇道：“你昨日做得已经过分了。”

“学艺不精者，内门要他们作甚？”穆雅不屑地说道，“何况她是三掌门的亲传徒弟，在我手下撑过五招有何难？”

于休不愿意答应，正要开口拒绝，却见铃萝上前一步，笑盈盈地朝穆雅拱手道：“既然如此，还请师姐赐教。”

穆雅上下打量了她一番，对她的主动有点儿意外，但到底自负，并未觉得有何不妥。

她哼了一声，朝后方的范堂主请示道：“堂主。”

范堂主笑呵呵地应道：“既是双方愿意的比试，有何不可？”

两个人的争执早已被下方的上百名弟子看在眼里，此时又见穆雅与铃萝来到下方，划出比武场地界限，众弟子顿时沸腾了。

本走到一半的越良泽发现这事，不由得停下脚步，回头看去。他与铃萝之间隔着热闹的人群。

“大小姐要跟铃萝比试！”

“听说是为了让铃萝补上武试成绩？”

“大小姐昨日虐得我们可狠了，我倒要看看铃萝要怎么应付！”

“心情复杂，一时竟不知是该让铃萝给我报仇，还是看大小姐打脸亲传弟子。”

琴鸢在场边看着，有些着急，又有些担心。铃萝没问题的吧？要是铃萝在这里当着三宗上百名弟子的面被大小姐狠虐的话——简直不敢想象！

琴鸢正在紧张不已时，却见铃萝朝自己喊道：“琴鸢，佩剑借我一下。”

“啊？哦，好，好！”琴鸢立马将佩剑递给她，同时小声道了一句，“加油！”

铃萝拔出剑，回首看向对面的穆雅。少女身姿傲立，一副傲慢得不可一世的样子。铃萝看着，竟有点儿想笑。

穆雅手握长剑，说："三招，你能撑过三招就行。"

"谢师姐。"铃萝不卑不亢地回道。

穆雅颔首，傲慢地继续说道："我先让你半招。"

"师姐。"铃萝抬剑指着她笑道，"若是比试中损坏了什么，赔偿该如何算？"

旁观的外门弟子不由得倒吸一口凉气，抓着琴鸢的手摇晃着抓狂道："她疯了吗？她竟然敢如此挑衅大小姐！你没告诉她昨日大小姐下手有多狠吗？"

琴鸢惆怅地说道："我说了啊。"

铃萝这话成功激怒了穆雅。穆雅自小身份尊贵，被东岛天极三宗宠爱，天资聪颖，哪里有人敢如此挑衅她？

"少废话！若是你不敢比试，趁早……"穆雅话说到一半，就见铃萝朝自己一剑斩来，速度虽不快，剑风却凌厉。

穆雅侧身躲开，半招已过，她心头冷笑，挽了个剑花反击，丝毫不留情面。可铃萝下一剑的速度竟快过了她，两个人在上一剑交锋时身形拉近，此时铃萝的剑刃几乎是贴着穆雅的面颊擦过，上挑时将穆雅耳边的吊坠斩落。

金饰落地，发出脆响。下一瞬双剑相击，剑鸣声声，穆雅心下大骇，震惊地朝铃萝看去。她大意了！她刚想凝神认真应付，铃萝的灵力在这一瞬间爆发，长剑压下，将穆雅击退。

穆雅猝不及防，身形狼狈地退至边缘，一脚踩在线外。瞥见被斩落在地的金饰耳坠，她心头恼怒，挽剑欲教训铃萝时，却听到细微的"咔嚓"声传来。

穆雅的身形僵住。

对面的铃萝已经收剑，微微躬身，说道："师姐，承让。"

穆雅脸色难看地握着剑柄，随着"咔嚓"声响，长剑断裂半截落地。周围寂静片刻后，琴鸢激动地鼓掌，随后越来越多的人鼓掌欢呼。大仇得报！铃萝不愧是三掌门选中的亲传弟子！他们心服口服！

穆雅若是认真应对，绝不至于如此狼狈。两个人比试用的都是普通佩剑，她有自己的神武，就连云守息都无法将其斩断。今日她输就输在自负轻敌上。

于休深知她绝不会就此善罢甘休，于是上前拦在两个人之间温和地说道："武试已算补上，穆师妹还是适可而止为好。"他给了穆雅台阶下，但穆雅不愿。

她甩开手里的佩剑，冷冷地说道："再来。"

于休说："你若是想与人切磋，我替她。"

"于师兄！"穆雅不满地说道，"她一个……"

话还没说完就被于休打断："既然是师父钦点的徒弟，她就是我的师妹。"

穆雅咬牙，很不甘心。在一旁观战还未离去的范堂主适时开口："宋圆圆。"

混在人堆里看热闹的宋圆圆一脸蒙的表情。

“过来。”范堂主乐呵呵地说道，“随我回七堂行拜师礼。”

宋圆圆麻溜地跑了过去：“是！”

范堂主的视线慢悠悠地扫过几个人后，他才说道：“于休，你也快些去吧，三掌门还等着。都散了吧。”

于休垂首一拜，带上铃萝跟着他离开三考殿。各宗的弟子，纷纷前来将自家的师弟、师妹们引进内门去。大掌门统领的三极宗的人，由穆雅带领。这一宗的人路上气氛压抑，众弟子大气不敢喘，生怕惹着穆雅后再被一顿暴捶。相比起来，铃萝这边气氛可就友好许多。于休领着她越过定山河，来到内门大道上，边走边为她指路。

铃萝从前最喜欢的就是这位二师兄，他脾性温柔，处世清明，时常照顾门下的师弟、师妹们，不仅是修行上，还有日常生活。唯一的缺点，就是他太听云守息的话。哪怕云守息要他去死，于休也能毫不犹豫。

“青石坊在天极最北处，附近设了结界，一般人靠近会陷入阵法中进不到深处。”于休说，“修习一事师父会安排，你刚入内门，按照规矩，至少一年之内其他课程也不能落下。

“无论内外，天极的弟子都有天网印记，掌门们能根据印记在玉盘上看见每一个弟子的所在，所以你千万别抱着侥幸心理擅闯宗门禁地。”

于休说着，从衣袖中拿出一小块四四方方的黑色物件给她。那物件薄且小，仅有她的掌心大。

“这是引入了你的天网印记的玉听，可滴血激活。”于休解释道，“内门弟子每人都有一个玉听，作用很大，用于宗门内彼此沟通、尊主们通知课程和公示成绩，发布部分日常任务、各派仙门的消息等。”

玉听只给内门弟子。铃萝把玩着手里薄薄的玉听，她当然知道这玩意有什么用处，还很熟悉。当初就是因为玉听和天网印记，导致她闯禁地被发现，在戒律堂待了两个月，那滋味——现在想想她都觉得疼。

从戒律堂出来后，她就变得有点儿疯。

“玉听传信范围在整个天极，若是出了天极就无用。”于休往幽静的山道上走去，灵虎走在前头，隐约能瞧见花树之后的白玉牌楼了，“师兄上月外出历练，大概要下月初才能回来。平日你有何需要或是不解之处，可与我说。”

铃萝收起玉听，应道：“谢谢二师兄。”

初识不久，于休对她的态度算得上是礼貌，未有太多亲近之意。铃萝也不着急，时间还长。灵虎先两个人一步上了石阶，看见站在石阶上的男人后“嗷呜”了一声。

于休微愣，上前后，瞧见云守息竟站在前方，心中微讶。师父竟然直接在半路上等人？

云守息依旧是昨夜的装扮，只是长发被束起，少了几分慵懒气息。他站在那里，眉眼含笑地注视着上来的两个人。

“师父。”于休垂首行礼。

“辛苦了。”云守息笑道，“接下来的路我带她走，你先去忙吧。”

于休心中虽好奇，面上却不见疑惑之色，点了点头，转身退下。灵虎也化形散去，山道上风声飒飒，就只剩下他们两个人。这倒是同水天镜中的记忆一样，于休把她领到半路就被云守息招呼走了，由他带着她去往青石坊。

铃萝故作怯懦的样子，低着头小声说：“弟子见过三掌门。”

“嗯？”云守息轻笑着问道，“叫我什么？”

铃萝眼巴巴地看着他：“昨日弟子擅闯青石坊，已是犯戒——”

“你如今是我的徒弟，青石坊任你出入。”云守息微微俯身凑近她问道，“还是说，你不肯？”

“弟子绝无此意！”铃萝急忙摇头，一副什么心思都写在脸上和眼里的单纯样子，“只是……只是……”

“只是如何？”云守息耐心地看着她。

铃萝小声回道：“只是在想，自己是否真的有资格成为三掌门的亲传徒弟。”

哼，你才没资格做我师父！

“你成绩优异，灵力充沛，剑术出众，怎么没有资格？”云守息笑着将折扇往下递去，示意她抓着。

铃萝伸出手，轻搭在折扇上，跟随着他朝青石坊走去。

“何况少有人能跑得比灵虎还快。”云守息话里满是调侃之意。

铃萝垂首，似不好意思地笑着。

“这把扇名樱喜，是我以前去西海太初时寻人打造的，是一件上品武器。”云守息边走边说，声如玉泉轻响，干净清朗，语速不快不慢，光听他说话就是一种享受。

铃萝打量着连接两个人的红色折扇，它同于休的玉笛一般，坠落着点点流萤。

这扇触感冰凉，以极其名贵的天穹木制作扇骨，展开后呈半圆状，却细致精巧。此时不用打开，铃萝也知道那红色的扇面是什么模样。

扇面血色一片，但若注入灵力，就会看见扇面上精妙绝伦的西海樱图，一面花开，一面花落。她甚至预料到了云守息接下来的话，是把樱喜送给她。

“西海太初有最大的樱林，花开时满山艳色，却高雅淡美，而这又是女扇，也不好给你的两位师兄，今日便给你，当作入门师礼。”

云守息站在台阶上，回首看着她，墨色的眼里是淡淡的笑意。铃萝双手接过折扇，缓缓跪下，回道：“弟子谢师父恩赐，日后定努力修习，不负师父所望。”她眼里笑意不假，还带着几分柔意，让云守息沉迷其中。铃萝一想到自己就是用樱喜的扇骨杀了云守息，就忍不住想笑。

第六章

# 木剑花枝

青石坊是东岛天极景色最美之地，那长达千阶、白玉牌楼重叠的蜿蜒花道就是一绝。

周边山色幽幽，给人古老静谧之感。

花道长阶尽头后面则是仙境。

幽静的小道，遍地繁花，此时正是棠花盛放的时节，淡粉的花枝越过红色的院墙，姿态慵懒娇媚。

院墙内是圆形的偌大湖泊，水上以竹木制品搭建着房屋千余间，中心处重叠往上建起了一座高楼。

中有庭院花林，檐角悬挂灯盏与风铃，门上绣画着不同景物，且都是云守息亲自作画。

高楼几乎占据整个湖面，只有外围一圈栽种着部分睡莲，院墙上则种着一圈棠花。

这是云守息居住的蜃楼。

铃萝跟着云守息走上通往中心的悬桥，看见下方水上平屋，每一间都修建得十分雅致。

“你的两位师兄在蜃楼有各自的小院，平时也会在这里小住。”云守息边走边说，“我为你也准备了一处，在下西院。”

铃萝下了悬桥，朝他说的下西院走去，推开门，熟悉的景色映入眼帘。她曾在这里住了近四年，对此处印象深刻，初到时是欢喜和感激，离去时是仇怨与厌恨。从院中花草到屋内桌案上的摆件，都是云守息按照“她”的喜好布置的。

当铃萝住进蜃楼下西院的第一天起，云守息就开始了对她的改造，否定且抹杀她自我的存在，让她变成另一个人。

“门服在里边，你去换上吧。”云守息站在庭院的棠花树下说，“以后你就住这里了。”

以前铃萝稀里糊涂地听了这话就在下西院住着，后来才知道亲传弟子也有独居舍堂，但那会儿她满心崇拜云守息，并未有离开的想法。此时铃萝皮了一下，故意懵懂地说道："内门弟子也有舍堂，我怎么好意思住这里打扰师父？"

云守息微微笑着说："我让你住这里是为随时教导，你想去住舍堂，难道是想偷懒？"

铃萝："弟子绝无此想法，我这就去换门服。"她说着，把门关上，朝里屋走去。

屋内有着淡淡的檀香味，给人温暖的感觉。白金色的门服放在床边，铃萝伸手摸了摸，触感冰凉柔滑，材质极佳。腰带上刻印着山、水两符，使弟子们免遭祖师爷留在东岛天极山间、水里的一些阵法灵力攻击。

铃萝褪下衣裳时，袖中一颗玉珠落地，"啪嗒"一声，顺着地板骨碌碌地滚着，一直撞到桌角处才停。这是一颗淡粉色的玉灵珠，小巧可爱，色泽亮丽，常用于逗哄小孩子。有的玉灵珠内会藏景物，连带着声音也以灵力封存其中。藏有景物的玉灵珠只有修为极其强大之人才能制作，因此十分珍奇，格外受人追捧。

铃萝朝桌边走去，垂首沉默地看着脚下的玉灵珠。它是一颗记录了景象的玉灵珠，但原本明亮的玉珠内核上已经碎裂出无数裂纹。

铃萝弯腰拾起玉灵珠，将它重新藏了起来。她其实很想再看看被永远留存在玉珠内的人，可也清楚，再多看一眼，只会让她变得更加暴戾。

铃萝平复好心绪才开门出去，身着内门弟子服规规矩矩地叫了一声："师父。"

在铃萝垂首时，云守息盯着她的目光变得幽深。

成为亲传弟子的第一天，铃萝被云守息带着熟悉了一圈青石坊，最终回到蜃楼上西庭，他同她讲了内门修习运转的心法基础。上西庭上呈半圆的露天平台，是他教她法术一道的地方，若是练习剑术，他则会带她去演武场。

晌午时，于休给两个人带来食盒。

铃萝内心恹恹，将这些早已烂熟于心的法术理论再学一遍实在是无聊，但她又不得不尔，且不能被云守息看出端倪来。下午在演武场，云守息先教她如何使用樱喜。铃萝以前认真又悟得快，现在则故作愚钝，在云守息演示三五遍后还说不会。

云守息对她耐心很足，脾气也好，又演示了一遍。

铃萝展开樱喜，注入灵力，却没能与它共鸣，扇面依旧是平平无奇的一片血色。

她沮丧地说道："看来是我太笨了，师父演示了那么多遍都学不会。"

云守息笑道："别总说丧气话，我看是你没认真学。"

在铃萝坚持不懈地装笨下，云守息最终放弃了教她用樱喜，转而教习剑道。

云守息递给她一柄佩剑，自己却拿着木剑说："大道从简，有时剑不是剑，并非在你手中，而在你每一念引发的灵力中。"

铃萝接过剑后看了他一眼，无意识地想起在月色下以木剑修行的越良泽。她装作好奇地问："师父，若是灵力微弱之人练剑修，是否有机会成为很厉害的剑道强者？"这般天真烂漫的话正是她这个年纪的人该有的。

云守息并未怀疑，持剑笑道："若是有心，自然是有机会的。付出与回报是成正比的，你付出多少，就得到多少回报。"

铃萝心想这是你的道，但不可否认的是，云守息在修道一事上的确很强。

"你尽管用全力，为师想看看你的极限在哪里。"

云守息单手负背，持剑向她。

铃萝拔剑，长剑出鞘发出细微的声响。正好，她也想试试："师父，弟子得罪了。"

铃萝御气舞剑，专注且认真地与云守息比试。

云守息从容不迫，单手对阵，身形缥缈却又流畅，轻易卸下她的攻击，却也微微诧异她的实力超乎自己的想象。

铃萝以前跟云守息比试，靠的是体内澎湃的灵力，而不是招式和用剑的技巧，事后被云守息评价灵力天赋异禀，悟性高，却不会用剑。

在入东岛天极之前，她的确不会用剑。此时铃萝剑招熟练，御灵和掐诀配合默契，哪怕对阵的是东岛天极的三掌门，仙门强者参息真君，也不见顾虑和害怕，发挥稳定。

云守息眼里笑意更甚。如此天赋，让他感到惊喜。

铃萝用的都是在天极学的术法，其他会的要么有心隐藏，要么就是如今实力不够无法使用。至少她现在是打不过云守息的。在最后一剑相撞时，铃萝在木剑上砍掉了一道口子，云守息的木剑却已横在了她的咽喉间。

铃萝抬眼朝他笑着，满脸崇拜："弟子输啦。"

云守息收剑，赞道："不比你的两位师兄差。"

铃萝故作开心地说道："谢师父夸奖。"

这才第一天，彼此都掌握着微妙的度，没有太过亲近。

剑道比试结束，铃萝又回了上西庭，跪坐在桌案边默写法术相关内容。

身后落日沉没，橘红的夕阳光芒大片洒落。云守息就在不远处坐着，煮水烹茶，岸边还放着不少符咒等着他续写。师徒二人谁也没有说话，晚风掠过，夹杂着茶、墨两香。

铃萝写完后，将笔放下，看向云守息说："师父，我还有些东西在外门舍堂里，想去拿回来。"



云守息闻言颔首："我让外门的人给你送来。"

"不用啦，我自己去就好。"铃萝不好意思地笑，"这种小事何须麻烦他人？而且……而且我也想跟还在外门的朋友说一声。"

云守息便说道："去吧，若还有什么需要，可用玉听告知你二师兄。"

铃萝垂首退下，上悬桥离开蜃楼。

她把玩着手里的玉听，还未滴血激活。

琴鸢已到内门，她根本不用去外门找人，也没什么重要之物落在舍堂里。

铃萝就是想去看看越良泽，问他为什么没进内门。

铃萝到外门时已经入夜。她以为以越良泽那个木头性格，他还会老老实实地在药斋受罚，于是悄悄翻进药斋，却不见人影。

难道他已经干完活了？

铃萝没有惊扰药斋师姐，又去了越良泽的小院。

路上石灯已经燃亮，她到院前只见灯火明亮，却不见炊烟。

铃萝在院门前等了等，踮脚朝里面望去，他好像也不在里面。之前她来都是偷偷摸摸的，不露面，如今光明正大地出现在这里，越良泽却不见人影，让她感觉有点儿恼。

入夜了，越良泽该回来做晚饭才对。

铃萝耐心等了一会儿，终于等到越良泽回来。他手里拿着一把黑色的火钳，背着竹编背篓，从林中小道过来，看见守在他家院前的铃萝时微愣。

“你去哪儿了？”坐在石阶边的铃萝站起身，幽幽地问道，“你不在家好好做你的饭，又去给别人当跑腿代替受罚不成？”

越良泽不知道她为什么会在这里，闻言沉默片刻后，说：“不是。”

铃萝瞪着他，心中郁闷。木头，呆子，就你话少！刚在心里吐槽完，她就见越良泽边往院里走去，边说：“去山里捡栗子，刚回来，你有什么事吗？”

他走过时，铃萝才看清背篓里的东西。从树上掉下来的生板栗还包裹着一圈绿色的刺壳，那细密的刺很是扎手，越良泽也是借助手中的火钳来拾取。

铃萝想起他曾做给自己吃的栗子烧鸡、栗子粥、栗子糕等，馋了，于是颔首道：“我替你解决了洪茂师兄他们，你怎么一点儿表示都没有？”

越良泽将背篓在石台边放下，回头看着铃萝，有几分犹疑地问：“为了我？”

铃萝面不改色地说道：“不是你还有谁？我跟他们无冤无仇，还不是看不惯他们欺负你？”并不是。她只是看破了洪茂的想法，先下手解决了对方，不给人机会找自己报仇，又刚巧因为没法参加武试成为亲传弟子，寻了个理由去找云守息。

越良泽站在月色下，静默地看了她一会儿，垂眸低声说道：“谢谢。”

“只一句谢谢有什么用？”铃萝站在院门口，指了指背篓说，“我还没吃晚饭，特意从内门下山来看你。”

她的言下之意：你不请我吃饭道谢？

越良泽说：“那你早些回去。”

内外门有时禁，他怕铃萝回去晚了。

铃萝却要气死了："你怎么这么小气！我把欺负你的人赶走了，你请我吃顿饭很难吗？你还捡了这么多栗子！给我做顿栗子烧鸡很难吗！"

越良泽面对突然发脾气的铃萝沉默了。

在铃萝打算上前明抢栗子时，他说道："我不会做栗子烧鸡。"

铃萝想也没想就说道："骗人！你明明会！"

越良泽抬眼看着她，目光清明："等日后我学会了，再做给你吃。"

铃萝这才回过神来，眼前的少年不是那个被困在天照山里的越良泽，也许现在的他真没学会做栗子烧鸡。

铃萝抿唇，退而求其次道："好吧，那你现在请我吃别的东西。"

"栗子还没剥壳，你若是饿了，我去炒两个小菜。"越良泽撩着衣袖，露出结实修长的小臂线条。

"你去做，我剥栗子。"铃萝这才迈步进院。

她拿着樱喜"唰"地一下张开，半圆形的扇面坠着点点流萤。

越良泽看了一眼，铃萝转着手腕朝他扇风，故意逗道："上品武器，好看吗？"

羡慕吧，他想要吧？

越良泽"嗯"了一声，转身回厨房，没有半分艳羡留恋之意。

就你清高！

铃萝嘀咕了一句，在石台边坐下，御灵驱使樱喜，每一分灵力都掌握得恰到好处，灵巧快速地将刺壳斩落，飞坠下来的板栗则被她用扇面接住。樱喜她现在用得可顺手了，云守息若是见了少不得要夸她天赋异禀。

越良泽从厨房拿了竹篮过来，他把它放在石台上，见铃萝用上品武器剥栗子，不由得哑然。

铃萝将扇面上的栗子放入竹篮中，看着他问："你笔试第三十名，刚好是能进内门的成绩，怎么今日公布名单却没有你的名字？"

越良泽垂眸，说："不知道。"

他答得倒是干脆，铃萝却莫名地不信。

她转了转眼珠，说："说不定是有什么误会，走，我这就带你去内门找堂主问个清楚。"

"不用。"越良泽却转身朝屋内走去，"我参考只为了让秀满跌出及格线，即使那日你不出手，我没有被罚，我也不会去参加武试。"



"你不想去内门？"铃萝问。

越良泽说："不想。"

铃萝望着少年挺直的背轻轻挑眉。她抬手扇风，地上的栗子便被吹起，立马又被樱喜飞出的灵刃斩开。

铃萝问："那你为何入东岛天极？外门弟子的追求都是进内门。"

越良泽进厨房，没什么情绪地说："混口饭吃。"

铃萝一时竟无法反驳。尽管越良泽这么说，她还是觉得微妙，又知道从这块木头嘴里问不出答案来，只好暂且作罢。

越良泽出来打水择菜，铃萝见他忙里忙外，听着"嗒嗒嗒"的切菜声，望着窗上被灯火映照的剪影，逐渐入神。她一时不注意，被樱喜扇飞的刺壳落在她的手背上，瞬间的刺痛感让铃萝回神，暗自皱眉。她刚才在想自己为什么入东岛天极。一开始她也不是为了进内门，是因为被人追杀要寻个容身之所，也为了获得力量变得强大。

铃萝看着手背，被刺壳扎的地方红了一片，疼是有点儿，但也就这种程度了。她用樱喜剥壳的速度很快，等越良泽端着饭菜出来时，她早剥完了，正趴在石台边把玩着通体黑色的玉听。铃萝滴血激活，玉听边缘亮起一圈金色的细小纹路。

越良泽没有关注，在桌边摆好碗筷，给铃萝盛了碗白米饭，说："可以吃了。"

铃萝闻了闻饭菜香味，肚子不客气地"咕"了一声。

越良泽眼也不眨地看着她。

"不准看！"铃萝瞪了他一眼，放下玉听过去吃饭。

越良泽垂眸，有点儿想笑。

两个人吃饭的时候，铃萝问他去哪里捡的栗子，越良泽说是后山。

"这里有数不清的后山。"铃萝鼓着腮帮子说道，"我怎么都没见过你去习堂？"

越良泽说："不想去。"

"你不想去就行的吗？"铃萝没好气地说道，"尊主不会找你的麻烦？"

越良泽回道："不会。"

铃萝咬着筷子，狐疑地问道："你是不是有什么后台？哪位堂主罩着你的？"

"我灵力太弱，无法修炼，去了也没用。"越良泽平静地说道，"也不想去。"

"那天极还留着你干什么？"铃萝还是不信，"你不修炼，也没资质，他们早该把你遣下山去了。"

越良泽说："留我打杂。"

铃萝咽下一口饭菜，心情复杂。你堂堂第一剑修，竟然在东岛天极当外门打杂弟子，到底东岛天极是太自信还是太没眼光？不对，不对，这家伙现在灵力微弱，无法修炼，东岛天极不知道这蒙尘珠宝，但她知道啊。趁你还没学会各种厉害的剑术，先过个瘾。

于是铃萝笑得眉眼弯弯地看着越良泽，说："修习剑道呢，也不是一味追求灵力，就算你灵力微弱也可以学出点儿名堂来。顶多是在术和诀上差一些。"

越良泽抬眼看着她，铃萝继续说："你多练练就好了，至少再有人欺负你时不会只是挨打。"

她又说道："但是不能一个人练，两个人对招拆招才有用。"

越良泽："嗯。"

铃萝耐心地说道："等会儿吃完饭我陪你练。"

越良泽："不用。"

铃萝不听，说："我不用灵力，只用剑招。"

"不……"

"哎。"铃萝拿筷子敲了敲碗，正色道，"师兄，师妹我也是一番好意，今后我去了内门，你在外面再被人欺负可怎么办呀？"

越良泽沉默。他犹记得之前是谁说他不是师兄，也不准他叫她师妹。瞧铃萝一脸正色，越良泽就没再拒绝。他以为师妹是认真的。

晚饭后，越良泽去厨房忙活，铃萝从树上折了枝棠花，等着与他比剑。夜里蛐蛐声此起彼伏，铃萝将多余的枝丫剔除，随手舞了几下。越良泽洗净手，拿着木剑出来。院子挺大，足够两个人比试几招。

铃萝说："我只用天极的基础招数。"她说完，率先持剑朝越良泽攻去，不用灵力，仅靠剑招。

越良泽稳稳地接下这一剑。木剑与花枝相碰，发出的不是剑刃的嗡鸣，而是略显沉闷的低响。铃萝见过越良泽苦练基本功，却没见过他用剑与人对战，此时对招，惊觉他对剑的运用和招式的领悟并不差。

东岛天极外门并非什么都不教，身法、招式、术诀、咒律、天地万象等皆有涉猎，繁多且杂，倒是弟子进了内门，才会专修其中一二。这两个人都专修剑道，但在其他领域的天赋亦不低。真正的天才不会受限于灵力。几次对招后，铃萝发现越良泽学得很快，没多久就能把她压制他的剑招以相同的力道还给她。

铃萝笑得古怪："师兄，瞧你对战经验丰富，似乎没少跟人练过啊。"

越良泽偏头，躲开她的攻势，低声说道："今日是第一次。"

第一次他就这么厉害？你炫耀什么呢！铃萝不打了！她招式发狠，身法猛地加快。越良泽猝不及防，下一瞬武器被缴，人也被花枝震退倒地。

夜风飒飒，院外的棠花随风飘洒进来。越良泽撑着手从地上直起身，朝站在院前的少女看去。说好的只用基础招数呢？

铃萝将手中花枝扔下，转身径自离去，只留了一句轻飘飘的话语："师兄，你还得多练练。"

越良泽沉默。他的大脑正在"铃萝是真心想对招"和"铃萝是借比武戏弄他"之间反复横跳。

# 第七章

# 露水月草

铃萝想起越良泽被自己击退倒地那一瞬间的茫然之色就忍不住想笑。她心情甚好，眼角眉梢都是笑意，离去时张开双手脚步轻快，像是飞舞在林间小道上的蝶。在她沉浸在自己一招撂倒越良泽的满足之情中时，玉听发来一声嗡鸣，边缘纹路闪着金色的光芒。

铃萝将佩戴在腰间的玉听拿到耳边。是于休发来的传音，他说："晚膳已经备好了，师父托我问你何时回来。"

今日晚膳是晚斋堂给堂主以上的人特供的，荤素搭配，色香味俱全，还有装在碟里摆盘精致的饭后甜点。

青石坊，摘星楼。

于休扫了一眼桌上的食物，将玉听放下，同坐在对面的云守息说道："师妹说她已在回来的路上。"

云守息单手支着下颌，看着悬桥方向，幽蓝的湖面倒映着天上冷月。

于休跟他说着今日宗门内的事宜，云守息时不时应一声。直到他见一抹倩影走上悬桥，他的嘴角才弯起半分弧度。

于休说："师兄传灵鸟来，说落荡山有一处萧花迷阵十分有趣难解，恐要耗上数日，回来的时间又推迟了。"

云守息笑道："他一直不喜欢待在天极，能晚些回来高兴得很。"

于休神色略显无奈地说道："祭祖大典就在下个月，他总要回来的。"

云守息说："那就传他，若是没在大典前回来，他就永远别回来了。"

两个人闲聊时，铃萝走过悬桥，穿过层层走廊，来到摘星楼顶，朝两人喊道："师父、二师兄。"

"坐。"云守息颔首看着她，"东西可都拿回来了？"

铃萝乖巧地落座道：“拿回来了，让师父和二师兄等这么久，实在不好意思。”

云守息并未在意，而是笑着说：“多吃点儿吧，看你瘦的。”

饭桌上气氛融洽，于休跟她说了日后课程的问题，其实他是为让铃萝适应气氛，避免她尴尬。

铃萝吃得很撑，应付完师父、师兄，回下西院住所，半晌没忍住，把刚吃的东西都吐了。多吃点儿吧，看你瘦的——这话在脑子里反复播放，让铃萝想起云守息的恐怖之处。云守息不仅要求她外表和音色像那人，还巴望她连吃食、穿衣、体重都跟那人一样。自我被对方完全抹杀，被当作一张白纸肆意涂画改造，铃萝始终觉得，云守息从头到尾就没把她当人看。

世人都说她疯了入魔了，可她觉得云守息才是真正疯魔。结果他到死都是个正派角色。就算她将云守息对自己做的事公之于众，也没有人会信。云守息永远是仙门至尊，高高在上的参息真君。

铃萝神情恹恹地吐掉漱口水，又用清水洗了把脸，抬手擦着脸上的水珠，视线越过窗户，看向蜃楼顶上。那是离月亮最近的地方，云守息就住在那里。她面无表情地回了房间，呈大字形躺在床上，回忆着从水天镜中看见的一幕幕场景。

决战时，她只有一个执念，那就是灭了冥渊。它的世界不容我，我也不容它。铃萝那会儿也不是很想活。恩怨已了，亲朋已去，只剩下她一个人孤零零地在天照山上……哦，她也不算孤零零，还有个越良泽。想到越良泽，铃萝的思绪就歪了。她逼出冥渊与对方同归于尽那天，这男人到底去哪儿了？这份迟来的好奇心让她非要想出个答案来，却无果，最后失眠到天明。院里的鸟儿鸣叫声清脆，迷迷糊糊小睡片刻的铃萝被吵醒，揉着眼睛起来。

铃萝起床洗漱，回来发现放在床边的玉听一直闪烁着提示消息。她倒回床上，点开玉听提示：天昼宗徐慎邀请你加入“三四六七弟子院”。

铃萝想起来，这个“三四六七弟子院”，里面是今年考进内门的四名亲传弟子，当年徐慎邀请她，但是她没进。

铃萝决定试试不一样的选择。她同意了：天云宗铃萝进入“三四六七弟子院”。

四堂常霏：“你真的进来了！”

七堂宋圆圆：“徐慎有你的啊！你这厮怎么做到的？我可是听他们说这姑娘跟三掌门一样都是天上月，高冷！”

六堂徐慎：“缘，妙不可言。”



四堂常霏：“铃萝、铃萝！青石坊好看吗？三掌门好看吗？真的跟传说中的一样仙气飘飘吗？”

“三掌门爱穿什么样的衣服？喜欢喝什么茶？最爱吃什么菜？平时都喜欢去哪儿？”

七堂宋圆圆：“你能不能问点儿有意思的问题？比如说三掌门会不会跟灵虎玩猜

拳、扔球、躲猫猫？”

六堂徐慎：“其实我更想知道三掌门跟于师兄会吵架吗？”

铃萝看着三个人发的传文，来了精神。玉听的运作是靠覆盖了整个东岛天极的巨大阵法——万象——这才使得各方传递消息快捷简便，只要灵力足够，就可以传递文字、声音，甚至画面。对应的咒法分别是传文、传音、传画。传文是最简单的，每个内门弟子都会。

铃萝哼笑着，漫不经心地回答问题：

“三掌门是仙人，只喝露水、吃月草。”

“除了爱待在青石坊外就喜欢上天。”

四堂常霏：“只喝露水、只吃月草！不愧是三掌门，我这就去接露水！”

宋圆圆看着玉听眼角轻抽，这你都信！

六堂徐慎：“上天是指御剑飞行吗？”

铃萝：“比这个还厉害，就是不御剑，直接‘嗖’地一下就上去啦。”

宋圆圆陷入了沉思之中，这是怎么做到的？

三掌门不愧是仙门至尊，实力深不可测！佩服佩服。

六堂徐慎：“那日后可得多观天象。”

铃萝看后，抱着被子倒在床上，笑得上气不接下气，连眼泪都笑出来了。此时院外传来于休的声音：“铃萝，已是辰时，该随我去守心堂听课了。”

“好，这就来！”铃萝收起玉听，笑意仍挂在眉梢。她出来时伸手擦了一下眼角，于休见她双眼湿润，明显哭过，便问：“何事哭了？”

“嗯，没事，刚才不小心擦到辣油了。”铃萝说着鬼话，朝于休笑得灿烂。

于休将信将疑：“用清水洗过了吗？”

铃萝点着头说：“已经没事了，二师兄不用担心。”

于休这才作罢。两个人先去跟云守息行请安礼，随后下青石坊，去内门守心堂上早课。路上，于休见不少弟子在采集露水，见到他时目光躲躲闪闪，将手中水瓶藏掖着。

于休虽疑惑，却未多问。倒是走在她身旁的铃萝嘴角上扬着，差点儿压不下来。

“于休！”

“于师弟！”

路遇两位亲近的同门，于休停下说道：“师兄、子修，早——”

话未说完，他就见两个人拉着他将手中之物塞他满怀，并情真意切地说道：“这种事你怎么不早点儿跟我们说？就算不在天云宗，我们也是同门弟子，该为此尽一份薄力。”

于休愣住：“安师兄，什么意思？”

安师兄朝他挤眉弄眼：“这是我用化玉瓶从圣琼木上接的露水，新鲜、美味、甘甜，保准三掌门喜欢！”

“我，我，我！我刚从仙草峰摘回来的月草，是山顶上吸取日月精华的那一部分！色香味俱全，量还多，足够三掌门吃上好几日！”

于休看着怀里的化玉瓶和满篮子月草逐渐蒙了。而铃萝没忍住，“扑哧”笑出声来。在玉听传信下，不过片刻，三掌门喜欢喝露水、吃月草的消息已传遍整个东岛天极。

铃萝也没想到在这短短时间内就能把她胡说的几句话传遍整个天极，云守息在东岛天极的人气可真高。

于休蹙眉，还是很蒙。

铃萝伸手说道：“二师兄，我来拿吧。”她接过于休怀中的露水和月草。

“怎么今日一个个都开始接露水了？”于休朝前边挂在树上的几位弟子看去，不解地问道，“跟师父又有什么关系？”

铃萝一本正经地说道：“可能他们是想着采集天地精华来孝敬师父他老人家吧，二师兄我们快走，再不走就迟到啦！”

守心堂是弟子们修炼本门心法之地。刚进内门的弟子至少要在这里修炼一年，其间也会有师兄师姐陪同师弟师妹一起听课。

铃萝在守心堂待了一上午，午膳时跟于休一起回了蜃楼。

云守息坐在桌案后，看着两个徒弟各拿着露水和月草回来。

于休斟酌了一下用词说：“师父，这些都是三宗弟子们送给你的。”

铃萝姿态乖巧地坐在一旁，低垂着眉眼不说话，默默将瓶子、竹篮放到桌上。

云守息扫了一眼，也不恼，只笑眯着眼看着铃萝，说：“今早掌门和几位堂主也给我送了不少。”

铃萝指甲轻掐掌心，让自己忍住。

于休听了这话后还是有些茫然，不解其意。

云守息又说：“既然旁人都送了，怎么不见我收的两个徒弟有所表示？”

于休说道：“师父莫怪，只是不知师父为何想要这露水和月草？”

云守息嘴角含笑，看着铃萝说：“你小师妹没告诉你吗？”

于休微愣，扭头去看铃萝。

铃萝知道没法再沉默下去，垂首乖乖认错：“师父，弟子知错。”

云守息伸手，十指修长，骨节分明，挑开瓶盖，瞥了一眼里面清澈的露水。

“你何错之有？”他温和地问。



铃萝说道：“今晨跟几位同门聊起师父时，被问及师父最爱吃什么，因为师父在我眼中就如仙人般，所以我才说仙人食露水月草。”

于休听到这话总算恍然，又忍不住想笑，嘴角微微勾了一下。

云守息倒了一小杯露水，又拿了一片月草，不愧是滋养在仙山顶端的，色泽亮丽，形似月，轻薄小巧，还带着淡淡的清香。他将月草放进杯里，递给铃萝：“尝尝？”

铃萝不能拒绝，便接过杯子喝下，嘴里含着一片冰凉的月草看着他，心中却想着，早知如此就不该接受邀请进那个玉听讨论组，这事她可没在水天镜中看见过。

云守息轻声问：“好喝吗？”

铃萝没正面回答，只说道：“弟子知错了，请师父责罚。”

云守息笑道：“我还没来得及想怎么责罚，范堂主那边就替我决定好了。”他收回手，姿态端庄，语气也是一贯温和：“依照戒律堂的规则，去领罚吧。”

“弟子这就去。”铃萝起身垂首告退，朝戒律堂走去。

于休转头看着云守息，欲帮铃萝求情，见到师父的表情时顿住。

铃萝记得她刚入内门时，跟在云守息身边规规矩矩的，没惹事、不闯祸，整天就修行。结果现在她心态完全不一样后倒是出了意想不到的事。外门、内门都有戒律堂，铃萝去的内门戒律堂，被罚去打扫娑婆界。

娑婆界位于内外门交界处，是天极关押重罪弟子和妖魔的地方。有的弟子涉世后，违背门规，做出伤天害理之事，或是修行仙门禁术，与妖魔同道，掌门便会下达通缉令，要么将其抓回天极关押，要么就地格杀。

十年前，二掌门最爱的一名亲传弟子在外勾结妖魔祸乱整个大陆，引来众怒，二掌门不得不下令将其捉拿回山，但派去的长老弟子皆被杀害。最后是三位掌门同去把人抓回来，关在娑婆界的。本是要直接将其处死，但二掌门下跪为徒求情，那人这才只是被关押在暗无天日之地遭受业火吞噬，永生不得离界。爱徒离经叛道，杀害同门，犯众怒，二掌门深感罪责，闭关赎罪，至今未出。

铃萝在去娑婆界的路上想起这事，嘴角勾着一丝似有似无的笑意。那名被关押的弟子名叫清舜，在水天镜映照的过往记忆中也是二十六魔之一。铃萝对这个人的印象就一个字：狂。

他修的道跟天极完全不同，却因为二掌门而一直忍耐，出师门入世后远离师父的监守，最终还是没忍住。可他狂归狂，实力却不容小觑。哪怕被关在娑婆界十多年，遭受业火吞噬折磨，他却还能继续修炼，变得比以前更强数十倍。此人就是个怪物。

铃萝提前跟老熟人见面，倒是不见半点儿受罚的苦恼，反而有些愉悦。

娑婆界在两道千米高的山谷中，左右两边都是黑色的石壁，中间留着一条过道，抬首望去，一眼似望不到顶，而石壁上有着密密麻麻的小隔间和垂落的数千条铁链。偶尔有风穿过山谷，带起一阵恐怖的呜咽声时，还有铁链撞击山壁的清脆声响。

铃萝刚到娑婆界出口，就见这边站着三个人，各拿着一把白色的扫帚面面相觑。三个人都穿着内门的弟子服，铃萝认出其中一个，圆脸胖乎的家伙正是被范堂主收为亲传弟子的宋圆圆。

“咯，几位，幸会啊。”宋圆圆尴尬地招呼道，“有缘千里来相逢，今日我们在娑婆界同甘共苦，出去后定是比其他同门感情更加深厚。”

“谁想和你同甘共苦！还不是你个蠢货让范堂主看见了玉听消息才知道是我们将此事传出去的！”他旁边的清秀少年常霏气得跳脚，白嫩的脸气红一片，拿着扫帚朝宋圆圆戳去，“叛徒受死！”

宋圆圆拿着扫帚跟他比画，边退边喊：“还不是你转手把这些消息卖给了别人，让整个天极的弟子都知道此事后我师父才死活要查的！”

铃萝哑然。她看了一眼常霏，这长得过分清秀，像是女孩，名字也似女子的少年，竟然不是崇拜云守息，而是拿他的消息去卖钱，可真是个经商鬼才。在这两个人拿着扫帚打起来时，另一名看上去稍显稳重的少年徐慎将扫帚递给铃萝，说：“加油，赶在日落前打扫完还能回去吃饭。”

铃萝翻了个白眼说道：“你在做梦。”

四个人进了山谷。除铃萝外，其他三个人都不知娑婆界里面是何景象，此时见到又高又黑的山谷与石壁上密密麻麻的隔间，震惊得久久无法低头。

“这……全部打扫完？”宋圆圆吞了口唾沫，欲哭无泪，“这地方有禁咒，没法使用灵力修为，爬都得爬好几天哪！”

常霏绝望片刻后，又是一扫帚朝他扫去：“我杀了你！”

铃萝走到石壁边，看着最靠近地面的一排隔间，很小，只能住一个人，面向山道这边是铁门，里面却还有一道绘了咒法的移门。

移门后，则是各种受罚的阵法境界。

徐慎将衣摆扎起来束紧，又整理了一下裤脚，抬头时听到“咔嗒”一声，正对着的隔间里边移门“咻”的一声打开又合上，一个浑身是血的男人飞出来撞到铁门上后躺下，从里边飞溅出的血洒到了他的脸上。

徐慎抬手抹了把脸上的温热液体，拿到眼前一看，蒙了。

铃萝正要提起水桶上去，就见徐慎一头栽进水桶里，双手捧着水疯狂洗脸。

铃萝看得出来这人有很严重的洁癖。再看旁边已经放弃扫帚开始撕头发打作一团的两个人，铃萝面无表情地伸手抓着攀岩用的铁链，魔性上头，语气森然地说道：“今天之内完不成，我就把你们都杀了。”

抓头发、扯脸皮的两个人顿感阴风阵阵，不约而同地停手，朝铃萝看去。不祥之感太过强烈，他俩悻悻然地松开手默默站起身，重新捡起了扫帚。常霏顺手把还在洗脸的徐慎从水桶里捞了起来。

宋圆圆望着山壁隔间里浑身是血的男人说道：“这位不知名的师兄也太惨了吧。”

“还师兄！他犯了门规跟妖魔为伍，都不是我们弟子了还师兄！”常霏翻着白眼。

铃萝摆了摆手，说：“干活。”她拿着扫帚扫地，地面有被风吹进来的树叶残花，还有凝固的大块血迹等。

宋圆圆跟常霏望着高高的山壁都很绝望，这得扫到什么时候啊！不行的，今天他们是绝对完不成的！两个人累死累活地干了半天，将染血的铁门擦干净，宋圆圆抓着铁链号道："这又不能御剑又不能用灵力，让我怎么上去啊！"

堪堪爬了几米高就腿脚发软的徐慎故作镇定地说："爬上来，你可以的。"

"兄弟你太高估我了，我不行，我真的不行！"宋圆圆抱着铁链哭，"这是人干的事吗？你看常霏平时那身法跟猴一样，在这里都是个动不了的虾爬子！"

常霏被他说得"刺溜"从铁链上滑下一大截，朝着宋圆圆飞起就是一脚："你才是个虾爬子！"

"你看徐慎腿都在抖！上千米高的高度这谁受得了！"宋圆圆抱着铁链嘶吼，"这谁要是能不靠灵力修为爬上去又下来谁就是我爹！"

铃萝嗤笑了一声，抬眼看过去说："你平日的体魄都练到哪儿去了？"

"练是一回事，真这么做了又是一回事，你看谁能上去！"宋圆圆还在喊。

铃萝甩了甩手，打算让他见识一下，却听声声脆响从上方传来，是铁链敲打山壁的声响。

宋圆圆身边的另一根铁链正在晃动，几个人不约而同地顺着它朝山壁上方看去。

在近千米高的山壁上方，一个小点正在往下滑，渐渐地他们看清了小点的颜色，一团墨绿，接着发现这个小点其实是个人。这人身手稳健，在一根铁链上下滑得非常稳，甚至一边下来一边擦拭山上的血迹。

宋圆圆跟常霏在下面都看呆了。

铃萝眯着眼，在对方下滑到一定高度时，发现这是一个身形清瘦的少年，也是外门弟子。

她眼皮一跳，感觉这人熟悉。

在少年下滑到近处时，他们发现了最为震惊的事实：

这人下滑得如此快和稳，若是以手掌摩擦铁链，早已皮开肉绽，但他下滑时，靠的是木杆光滑的扫帚！

在宋圆圆几个人震惊的目光注视下，少年一个漂亮的旋身，在靠近地面时将扫帚从铁链上抽出，稳稳落地。

铃萝看着面向自己落下来的越良泽，额角狠抽。

你怎么又被罚了？

你下山壁的姿势为什么这么熟练啊？

越良泽瞧见铃萝，神色微愣。

未等两个人说什么，越良泽就被旁边的宋圆圆一把抓住双手。他扭头看去，撞进对方含泪的双眼，听见对方号哭道："爹——"

# 第八章

# 娑婆界内

越良泽一瞬间有些茫然，并试图将手抽出，却被宋圆圆抓得更紧：“阿爹，看在儿子我初来乍到的分上，你要不就帮我把今日的活干完了吧？”

铃萝嘲道：“不要脸。”

宋圆圆又说道：“一半也行啊爹！”

越良泽挣扎着抽出手，并说道：“你认错人了。”

“为什么外门弟子也在这里？”挂在铁链上的常霏纳闷地问道，“你哪宗的？”

越良泽低垂着眼说：“天云宗。”

“那你不就是跟铃萝同宗？铃萝你认识吗？”常霏又去看铃萝。

铃萝哼了一声，似笑非笑地说：“当然认识，这位可是我越师兄。”

宋圆圆又有了希望，立马改口道：“师兄！越师兄！这么高的山壁，师弟我是真的不行，师兄你帮帮我吧。刚才从天而降的你在我心里甚至超越三掌门，成了仙门第一人！”

越良泽听了这话后也忍不住看了他一眼。

铃萝扔开扫帚，上去拉住一根铁链试了试力道，随后轻松借着铁链踏着石壁上去一长段距离。

常霏：“人与人之间的差距可真大啊！”

徐慎重新攥紧铁链：铃萝可以，我也一定行，加油！

越良泽抬眼朝铃萝看去，她攀岩时的力道掌握得恰到好处，石壁上有各种凹处，就是方便有人踏着它们上去轻扫，铃萝利用两处，再加上自己的平衡能力，在石壁上行动就像鱼在水里游一般毫无压力。

宋圆圆又看呆了。

他抹了把眼泪，朝铃萝喊：“铃！师！姐！”

铃萝顿住，没好气地回头向下看去，这人是真的不要脸！

“谁是你师姐！”

“师姐、师兄救救我！我真的爬不上去！我恐高，我会死的！”宋圆圆号道。

铃萝翻了个白眼，不理他，回身往山壁上方爬去。她才不要输给越良泽。虽说打扫，他们也就是将每个隔间的铁门擦一遍，因为有的铁门上满是血迹，看上去较为恐怖。

常霏跟徐慎也再往上爬，他俩比宋圆圆要强些，掌握了技巧后也没有之前那么害怕了。只剩下宋圆圆——他的小胖手攥紧了铁链，人却死活不敢上去，越良泽在旁边教他攀岩技巧，还亲身演示了几遍。

宋圆圆全身发抖地挂在离地半人高的位置号道：“我不行，我真的不行，阿爹救救我！”

越良泽一时不知道该如何形容自己的心情。最后两个人折中一下，宋圆圆包揽底下三层的隔间，越良泽帮他搞定三层以上的隔间。

宋圆圆十分感激，泪眼汪汪地注视着越良泽越爬越高，喊道：“爹！加油！如果能在今晚全部完成就太好了！”

越良泽觉得这胖子真是太会得寸进尺了。

宋圆圆在地面给他们呐喊助威，常霏跟徐慎两个人慢慢爬，与铃萝的差距本就很远，渐渐地又被后边的越良泽追了上来。

徐慎逮着人问了许多技巧，越良泽也没有隐瞒，有问必答。

铃萝抽空回头看了一眼，凝神听着，发现他还真是熟练，这是被罚了多少次？他都擦出经验来了。她越爬越高，回头看地面时，宋圆圆已经成了一个小圆点。在这个高度她若是一不小心摔下去必死无疑。

越良泽慢慢追上来跟她处在同一个高度，两个人之间隔得也不远。

铃萝在擦拭隔间铁门，看见上来的越良泽就问：“你怎么在这里？”

越良泽这次答得干脆：“替人受罚。”

铃萝听完深吸一口气，略略咬牙说道：“这次又是哪位不要脸的师兄让你来替他受罚？”

“我替他领罚，他给我钱。”越良泽说，“斋堂的烧鸡不能拿，山下喂养的乌鸡还没长大，只能去买，买就得花钱。”

铃萝听他说得有理有据，一时没反应过来，蹙眉问：“你买它干什么？”

越良泽答：“做栗子烧鸡。”

铃萝哑然，将到嘴边的嘲讽话语默默地压了回去，只轻哼一声，说：“看你熟练的样子，也不是第一次来吧？”

越良泽沉默片刻后“嗯”了一声。

铃萝刚要开口问他来过多少次，就见隔间内的移门突然被打开，从里面走出一个四肢、腰腹和脖颈都被燃烧的铁链束缚着的男人。他全身只剩下一条黑色的裤子，脚上沾血，赤着上身，黑色的长发散落下来，衬着他惨白的脸。

这就是二掌门唯一的弟子，清舜。铃萝隔着铁门跟他打了个照面，清舜每走动一步都拖动着身上的锁链发出脆响，铁链上燃烧着火焰，火光摇曳下，男人的面容有一瞬间有些模糊。

清舜面色苍白，不紧不慢地瞥了一眼铃萝，不见她眼中有惊诧和惧意，便眯着眼往前走了两步，来到门前。他挑着嘴角，勾出一个冷淡的笑容，问："你看什么？"

清舜站着可比她高不少，铃萝还是半弯着身子在擦拭铁门柱子上的血迹，闻言也冷冷淡淡地看了他一眼便垂下视线，专注清理工作。

她理他干吗？又不到时候。

清舜得不到回应，就朝另一边的越良泽看去，问："这小丫头哪里来的？"

出乎铃萝的意料，越良泽竟然回答了："我师妹。"

"哦，难怪。"清舜在门前盘腿坐下，把手伸出铁门，朝越良泽抬着下巴说道，"看上去跟你一样呆。"

铃萝听得额角轻抽。

越良泽攀着铁链过来，跟铃萝说："这里我来擦。"

"你俩认识？"铃萝看向越良泽。

越良泽给清舜擦手上的血，头也没抬地答："不认识。"

清舜似笑非笑地看着两个人。

铃萝又问："那你知道他是谁吗？"

越良泽："不知道。"

"骗她干什么？"清舜开口拆台，"怕她吓得摔下去？"

越良泽还没说话，就见铃萝不客气地朝铁门踹了一脚。

铁门发出沉闷的声响。

越良泽跟清舜都愣了片刻。

"你什么时候认识他的？"铃萝却盯着越良泽问。

越良泽跟清舜认识，她以前都不知道，不仅她不知道，众仙门的人怕是也不知道。当年这两个人出现在同一个场景里时，也不见他俩打过招呼，表现出认识彼此的样子啊？更别提后来越良泽被她困在天照山里，清舜进山的时候也见到他了，不管是越良泽还是清舜都没有说过半个字。这两个人是什么关系？

越良泽沉默片刻后，扭头看着铃萝回答："就刚才。"

铃萝气得想也踹他一脚。你耍我呢！

清舜咧嘴笑起来，笑容有点儿阴森："你师妹比你有脾气，但我以前可没见过你，怎么你却知道我是谁？”

这下轮到他俩等铃萝回答了。

铃萝不客气地说道：“我瞎猜的不行？”

清舜问：“你瞎猜我是谁？”

铃萝说：“二掌门那位该遭千刀万剐以死谢罪的徒弟。”

清舜呵笑了一声，伸出铁门的手忽然化成爪朝铃萝的脖子掐去，本以为欺负一个在这里不能使用灵力修为的小辈很容易，却不想铃萝速度更快地避开这一抓，反手对上，两个人隔着铁门交起手来。越良泽看了看突然打起来的两个人，深知以自己的实力贸然加入怕是会被拍下去，于是在他俩打起来后，趁机打扫着铁门上的血迹。

你俩慢慢打，我先干活。

铃萝稳稳地挂在石壁上隔着铁门跟清舜对着招，招式技巧娴熟，让清舜眼里掠过讶色。

“有点儿意思。”清舜停手，眯着眼打量着铃萝，“你在天云宗谁的门下？”

铃萝哼了一声，不理他，而是看向在擦铁门的越良泽说：“越良泽，别擦了。”

越良泽说：“你打完了吗？”

铃萝忍不住想掐死他。

清舜又把手递给越良泽，一边让他将手上的血迹擦干净，一边说：“你师妹脾气不小。”

越良泽不答，认真擦拭他的手。

铃萝还在问：“你们什么时候认识的？”

看她如此有执念，清舜挑眉问：“关你何事？”

铃萝睁眼说瞎话：“当然是怕你这个大魔头欺骗我单纯善良的师兄！”

越良泽面不改色，知道她说的是瞎话，一点儿也不受影响。

“那你还是不够了解你师兄。”清舜语气玩味地说道，“你师兄虽善良可不单纯，就是呆了点儿。”

铃萝竟觉得他说得很有道理：“那也得防止你带歪他。”

清舜就笑：“他善良有什么用？还不是得被那些内门弟子欺辱打骂，被赶来这破地方受罚？”他虽弯着嘴角，眼里却没有半分笑意，语气还带着几分森然，“人善被人欺。”

铃萝很清楚这话的意思，且亲身体会过。但她瞥了一眼越良泽，说：“他被人欺负不是因为善良，是因为他现在太弱。”你看以后他拔出镇仙玉成为仙门剑修第一人后，谁还敢欺负他？

这意料之外的回答让清舜愣了一下。被两个人谈论的越良泽却依旧沉默着，无所谓又不感兴趣。

片刻后，清舜问："你叫什么名字？"

铃萝伸出莹莹玉指压在唇上，不答，无声回以意味深长的笑容。她侧身，抓着铁链往上边爬去。

清舜转而去看越良泽，越良泽说："我不知道。"

清舜眯起眼："你要我呢？"

越良泽拧了拧沾水的帕子，说："擦好了，你好好休息。"

清舜将手从铁门外收回，也没有勉强，淡淡说道："她对你没安好心，你别傻兮兮地被人利用了。"

越良泽想了想，说："我看出来了。"

"嗯？"清舜侧目朝他看去，"你看出什么了？"

越良泽说："她就是想跟我比剑。"

清舜听后不由得哑然。在越良泽离开一会儿后，清舜才嗤笑了一声。

越良泽，你真是个傻子，什么比剑？就你那点儿灵力还跟人比剑？她就是想欺负你。火焰燃烧着皮肤，滚烫之意蔓延全身，清舜垂眸，看着被灼伤溃烂化脓的皮肤低笑一声，眼里满是轻蔑之色。

关押清舜的隔间相对处在中间的位置，铃萝跟越良泽越爬越高，

铃萝瞥了一眼追到身边的越良泽，因还在生气，便没理他，埋头清理着。

倒是越良泽主动开口说："我从去年开始来娑婆界打扫，所以认识他。"

铃萝听了这话后忍不住扭头看着他："我看你跟他关系挺好。"

越良泽又不说话了。

"你知道他做的那些事吗？"铃萝又问。

越良泽说："知道。"他神色平静，语气不见起伏，似乎知道就只是知道，没有任何看法。越良泽甚至做好了接下来听铃萝痛批清舜做的那些肮脏事，骂他有辱师门杀害尊长早就该死千百次的准备，可铃萝什么都没说。在安静好一会儿过后，越良泽不由得朝铃萝那边看了一眼，她正漫不经心地擦着铁门，似乎已经把清舜这个话题抛去脑后。

铃萝哪里来的立场去骂清舜？她后来做的那些事比清舜有过之而无不及。

常霏和徐慎跟他俩拉近了距离，能听见彼此的谈话声了。

"我看外面天都快黑了。"常霏朝顶端看去，已经乌压压一片，没什么光亮，"这里边有灯吗？到时候天黑了我们看不见怎么办？"

越良泽说："有。"

"哪儿呢？"常霏好奇地张望，冷不防撞见里边的移门被打开，一个惨叫的男人飞出来摔在铁门上昏死过去。常霏吓得骂出了粗鄙之语，抱紧铁链，差点儿掉下去。

越良泽说："山谷里有火咒，等时间到了就会开启。"他刚说完，最后一缕光芒便沉入黑暗之中，偌大的山谷中有火光亮起，一点点汇聚成一大片光芒。火咒被刻在隔间门上，此时现形照亮了山壁，让他们能够看清周遭情况。

铃萝回头看了一眼两边山壁上亮起的火咒光芒，却"咦"了一声。在她下边的徐慎听后，顺着她的目光看去，瞧见一只黑色的圣灵鸟从山谷上方飞来，接着是第二只、第三只——共有五只，分别飞到在场的天极弟子身前。在地面的宋圆圆瞧见飞来的黑色圣灵鸟也"咦"了一声，朝它伸出手，让它落在掌心里。落地后的圣灵鸟双眼看向宋圆圆，将消息传递给他后便化作流萤散去。

玉听只有内门弟子可用，当宗内有大事需传话给整个天极的弟子时，便会发出黑色圣灵鸟，因此它也被称作传信鸟。此时铃萝五人都得到了传信鸟传的消息："吞天塔玄妙境触发万妖混沌，将会随机选择现世，望诸位小心。"

吞天塔是东岛天极的特色之一，天极的祖师爷留给后世弟子的历练之物。吞天塔内景象似幻似真，有万妖千魔被祖师爷关在里边供弟子修炼，也有千变万化的玄妙机缘。

塔共有八千层，至今无人全通。

"玄妙境是多少层？"常霏脑子有些发蒙地问。

徐慎答："三百到六百层内。"

"这是哪位师兄、师姐在爬塔？"常霏嘀咕道，"还触发了万妖混沌，要是出来了厉害的妖魔，打完后掉出一把神武我要酸死了。"

万妖混沌里的妖魔跟被当作通关层数的妖魔就一点不同：打败前者会掉落神兵武器或是稀世药材，后者顶多能给闯关者增加一点儿灵力修为。想到这里，铃萝不由得看了一眼越良泽。要是他去爬吞天塔，说不定能增加点儿灵力修为。还是说日后他灵力暴增就是去了吞天塔？不对，不对，那会儿他都不在东岛天极了。

铃萝在意的点完全偏离几个人的话题，只听徐慎说："触发万妖混沌其实是有规律的，半年必有一次，而且集中在最后七天，这时候去爬塔的人会很多，连堂主、长老也会去。"

常霏惊讶地看去："你怎么知道这规律？"除了越良泽，这几个人入东岛天极的时间差不多刚到半年。

徐慎说："多跟同门打听了解，你也会知道。"

常霏翻了个白眼，问："那上一次万妖混沌刷新在哪儿？"

"在外门的听水苑。"徐慎说，"因为万妖混沌的现世点无法预测，但范围只在东岛天极地界内，所以不管内门还是外门的人，都会收到传信。"

铃萝对此事不太在意。她上辈子爬到六千多层也没触发过一次万妖混沌，在她心里已经将吞天塔给拉黑了。

毁东岛天极时她也动过吞天塔的心思，但这不愧是祖师爷精心建造的，想毁掉需要些时间，当时的情况不允许她跟吞天塔耗下去，她便转而去了别的地方。

“我只知道，打败万妖混沌现世的妖魔会给神武。”常霏叹道，“神武啊！能卖上万金呢！”

徐慎哑然，万万没想到常霏竟然不馋神武本身，却眼馋它的价值。

你不该修仙，该学经商啊！

而越良泽说：“神武价高，海纳阁去年卖出的最低价也是一亿六千万金。”

铃萝低头朝越良泽看去：“你怎么知道？”

越良泽说：“我平时会关注价格。”

铃萝：“你关注神武的价格干什么？”

越良泽眨了一下眼，朝铃萝看去：“我关注的是市井小菜和各种酱料，神武只是路过时刚巧听见。”

铃萝一时竟不知道该说他什么好。倒是常霏觉得自己找到了有共同话题的人，开始与越良泽深入交流市价物资以及如何赚钱的话题。突然一声凄厉的喊叫从上空传来，在山谷里回荡，吓得常霏立马闭嘴，瞪大了双眼朝四周看去。其他几个人也停下了动作，屏气凝神。那叫喊声尖厉，似狸猫哭号，又似胡狼喊叫，让人毛骨悚然。山谷将那叫声传播开去，下边的宋圆圆惊得哆嗦了一下，“哇哇”叫着从半人高的铁链上摔了下去。

“这……这是什么啊？”常霏声音发颤，左右查看着，“不会是万妖混沌刷新在我们这儿了吧？”他话音刚落，就听铃萝喊：“上边！”剩下的三个人立马抬头，就见一个巨大的黑色影子朝他们俯冲而来。

第九章

# 大乌妖现

这从天而降的庞然大物张着黑色的羽翼，足以遮天蔽日，黑影落下时，俯冲的速度也不慢，带着厉风。它形似乌鸦，只不过体形大上百倍，还有较为尖长的嘴，一双红色的眼珠子里满是妖邪戾气。

铃萝跟其他几个人比在最高处，感受到骤然降临的厉风第一时间做出了反应，攥紧手中铁链脚下一蹬借力往旁边撤去，避开了与这大乌妖相撞的局面。她这一躲，大乌妖便朝后边的徐慎撞去。

徐慎猝不及防，被撞得往下坠落，常霏惊得大叫他的名字，千钧一发之际徐慎被越良泽抓着手吊在山壁上。

这大乌妖便朝挂在最后的常霏冲去。

大乌妖张开了嘴，深喉里已有火光隐现。

大乌妖，身着黑羽，大翅，有三目，擅火攻。平日习堂上教的“《万妖经》”的内容在这一瞬间出现在常霏的脑袋中，可以前他都是从他人口中或是画本书籍上看见对方的容貌，此时彼此面对面靠近，他心中满是震撼与恐惧感。

常霏下意识地掐了个灵诀，却忘记这里是娑婆界，灵力修为被禁，他根本用不出来。等他反应过来时，大乌妖已经到了眼前，一翅膀把他扇了下去。

“常霏！”徐慎喊了一声。

大乌妖欲追下去，却被上方飞来的扫帚打中，发出恼怒的声响，在空中旋身飞了回来。它怒视朝自己出手的越良泽，张嘴发出尖细的叫声，状似咆哮，两边翅膀大力扇动，立时便有数十片黑羽朝越良泽飞去，每一片都带着杀意。

好在此时越良泽已将徐慎拉上去，自己挂在铁链上走位躲开飞射而来的黑羽。

见没能伤到他，大乌妖张嘴，烈烈火焰朝越良泽喷去。它飞行着转换方向，逼得越良泽在山壁上行走时，那长长的大翅又扇着厉风，将趴在山壁上的徐慎带了下去。

铃萝见大乌妖展翅朝越良泽逼去，将他扇下了山壁，不由得眉头微蹙。

娑婆界虽然禁止了天极弟子的灵力修为，却也有保护机制，哪怕他们从最高处掉下去也不会死，会触发禁制接住他们。可触发机制是从山壁上掉下去，且必须有一定高度。若是他们被大乌妖咬断了脖子，这保护机制也是爱莫能助的。

越良泽刚才攻击大乌妖的行为惹怒了它，此时它把他当作了主要攻击对象，见他掉下去也不放过，加快速度俯冲而去张嘴想要咬断他的脖子。

大乌妖俯冲的速度几乎与越良泽掉落的速度持平，但见越良泽沉稳地又抓住一根铁链，瞬间借力反身往上，与大乌妖堪堪侧身擦过时跃到了它的左翅上。他在大乌妖的翅膀上，看见之前掉下去的徐慎与常霏二人都安全无恙地挂在山壁上后便收回目光，集中注意力对付大乌妖。

大乌妖被他反将一军，怒吼出声，开始用力扇动翅膀，试图将这少年甩下去。

常霏抓着徐慎的手将他拉起来，瞧见跟大乌妖斗智斗勇的越良泽时倒吸一口凉气，“咝”了一声道：“竟然真的出现在我们这里了，完了，娑婆界有禁制，我们无法使用灵力修为！”

“再等等，触发者跟堂主们会赶过来的。”徐慎爬上山壁，重新抓住铁链说，“我们得先下去，在山壁上对我们不利。”

“那越师兄怎么办？”常霏问。

话音刚落，就听大乌妖怒吼声再起，它几次都甩不下越良泽，怒火“噌噌”地长，开始喷火，在空中倒悬着飞舞。

越良泽被颠来倒去，却死抓着翅膀不放，沉着冷静地利用一切机会稳住自己。

铃萝下滑到越良泽跟大乌妖的位置时，看见了之前关押清舜的隔间，他已经又被拉进移门后的炼狱里受罚去了。

清舜能休息的时间非常短。

“铃萝！”常霏见她下来，抬手指道，“越师兄在那边！”

铃萝看了一眼，说：“你们先下去。”

“你想干吗？跟大乌妖打吗？我们在这里又没有灵力……”常霏话还没说完，就见铃萝朝大乌妖狠狠地喊道：“过来！”

常霏心说：你怎么还跟它挑衅上了！

偏偏大乌妖正在气头上，听到这喝声愈怒，现在真是什么阿猫阿狗都敢吼它了！

于是大乌妖张嘴，回头朝铃萝喷火，炽热的火焰让常霏跟徐慎都忍不住抬手遮掩。

大乌妖一边喷火攻击一边朝铃萝飞近，打算咬断这不知死活的人的脖子再一口吞下她的脑袋饱餐一顿。

“铃萝！”常霏脸色煞白，心想：完了完了，铃萝怕是要被烤成焦炭，怎么三掌门还不来救他的小徒弟！

就在大乌妖在火光中朝山壁探头张嘴准备咬人时，铃萝却借力从火中跳出，大乌妖翅上的越良泽默契地伸出手抓住了她。

常霏跟徐慎见铃萝跃身去到大乌妖翅上，一时都看呆了。

“你们快下去！”

徐慎最先回过神来，拉着常霏往下坠。

大乌妖发狂，急速下坠，依旧试图将两个人甩下去。

铃萝压低身子避开大风，跟越良泽说：“你自己抓紧点儿！”

越良泽抬首看她，铃萝深吸一口气，看准时机揪着大乌妖的大翅羽来到它的背上，双手正要掐诀，大乌妖忽然往上倾身，她忙趴下防止被甩掉。

危急时刻，常霏跟徐慎两个人下坠的速度很快，他们都知道娑婆界里的保护机制，于是在大乌妖展翅冲过来时直接松手掉了下去。地面的宋圆圆早有不祥之感，看见上边遮天蔽日的大翅、听见凄厉喊叫声时也呆了呆，接着就见他眼熟的两位同门从高处掉了下来，更是惊出一身冷汗。

宋圆圆急忙想去接人，却见地面有一道光柱亮起，常霏跟徐慎被一道灵力包裹着，安然无恙地落地。

“怎么了？怎么了？”宋圆圆扶住两个人，“上面发生了什么？”

“大乌妖！”徐慎说，“吞天塔的万妖混沌刷在我们这里了，铃萝跟越师兄在大乌妖身上。”

“什么？”宋圆圆号道，“这地方禁制灵力修为，他俩上去还有命吗？”

常霏却摩拳擦掌地说道：“我看有戏，这可是会爆神武的大家伙，神武啊，一亿六千万金！能与之一战的机会不要放过！”

“什么一亿六千万金？”宋圆圆摸着脑袋问。

常霏比了个数说：“神武的价格！一亿六千万金你还不心动吗？”

宋圆圆惊道：“这么多？那他俩——”

话还没说完，就见大乌妖嚎叫着朝他们飞来，大翅一展，飞落的羽刃“唰唰唰”地朝三人攻击而来，碰到山壁也划出了几道深深的凹痕。

铃萝在这时探头朝下边的三个人喊：“铁链！”他们要想控制大乌妖，就得先把它这巨大的翅膀给折断，限制它的飞行，落地乌妖不如狗，到时候他们还怕它什么？

常霏跟徐慎反应很快，立马分开照做，彼此找准时机试图将手中的铁链扔给那两个人。

宋圆圆脸色惨白地说道：“我……我不敢爬上去啊！”

铃萝压着身子，没好气地说道：“你想办法吸引它的注意力！让它往下边飞！”

宋圆圆握拳：“诱饵我可以！来吧！一亿六千万金！”

几个人配合意外地默契，哪怕没有灵力修为，修行的底子仍在，比起普通人要强上数倍。

宋圆圆虽然胖了些，但跑起来不慢，边拿东西砸大乌妖边嘲讽它吸引仇恨："来打我啊蠢货！你看你长得鸦不鸦、雀不雀的，还三只眼呢！丑八怪！就你这种低等妖魔还妄想模仿人家二郎真君的长相，简直不要脸！"

大乌妖气急败坏，怒嚎一声，暂时也不管自己的大翅上的两个人，就追着宋圆圆跑。

宋圆圆边跑边尖叫："来这里！你今天要是追不到你爷爷我你就是猪！比花猪还蠢的猪！"

大乌妖："你才猪！猪跟鸦能相提并论吗？"岂有此理！

大乌妖发狂，飞得极低，但也没有完全失去理智，总是短短地一飞而过就拔高距离。

宋圆圆躲着它的羽刃攻击，最后被厉风压倒，还好侧滚一圈速度够快，不然就被大乌妖的爪子抓住往嘴里送了。

"怎么样？追不上我吧丑八怪！"

宋圆圆为了一亿六千万金拼了！

多亏宋圆圆的嘲讽，大乌妖对他紧追不舍，在它低空飞行那一瞬间，常霏与徐慎趁机将铁链扔给了大翅上的越良泽与铃萝。

山壁的铁链是玄铁制的，坚韧，不易被折断，可单单一两根也无法奈何大乌妖的巨大翅膀。一开始大乌妖并不在意，但渐渐地它的翅膀上多了六七根铁链，每一次飞行都带得铁链发出声声脆响。大乌妖开始不耐烦了，转而欲对付在自己的翅膀上乱来的两个人，却已经晚了。

铃萝已经来到它的背上，双手掐诀，速度很快，边上的越良泽根本看不清结印步骤，就见铃萝指尖闪过荧荧流光，而后她一指摁在大乌妖背上的多处穴位上，原本平稳飞行的大乌妖哀号一声，坠了半边身子。

越良泽见她开始行动，便朝山壁上的二人说："拉紧！"

大乌妖开始拼命挣扎，扭头试图将铁链咬断，却对上从它背上滑落的铃萝。

一人一妖的最后交锋，以铃萝手持匕首斩落它的舌头，灭了它火攻的源头结束。

大乌妖的悲鸣因此变得怪异，鲜血洒落在山壁和地面上。

大乌妖被越良泽与铃萝联手折断了翅膀，重重摔落地面，它试图扇动翅膀飞起来，可扇骨都断了的它连挥动翅膀都做不到。

"天哪！"宋圆圆瘫倒在地上，兴奋地挥拳，"我们赢了！"



常霏笑得最为开心，激动地抱住刚下山壁的徐慎号道："一亿六千万金！嗷嗷嗷！"

越良泽从大乌妖的背上跳到地面上，抬首看了一眼在大乌妖背上找平衡感的铃萝，朝她伸出手。

铃萝睨了他一眼，刚伸出手就听破空声响起，一柄长剑朝她飞射而来。越良泽反应神速，拉着她的手把人往下带，避开了那一剑。

长剑直直地刺入山壁，冰冷的女声在山谷里响起："是谁不懂规矩，竟敢抢杀这只大乌妖？"

铃萝还没说什么，就见宋圆圆一个鲤鱼打挺起身怒道："我看你才不懂规矩！我们辛辛苦苦凭本事打的你现在想来捡漏？你这简直是——"后话都被他在看清从山谷入口处进来的几个人后吞了回去。

范堂主笑呵呵地看了一眼自己的小徒弟。

宋圆圆秒怂，麻溜地站起身来，挺直腰背，恭恭敬敬地道了一声："师父。"

他心中悔恨万千：你说你嘴那么贱说那么快干啥？就不能等看清了人再说吗？

随范堂主来的，还有掌管娑婆界的长老和铃萝的二师兄于休，以及万妖混沌的触发者穆雅。

铃萝对上穆雅冷漠的眼神，反应过来刚才说话的就是她，心里笑了一声，推开越良泽，反手持剑抵在还未死去的大乌妖的咽喉上。

"住手！"穆雅冷声呵斥，刺入山壁中的长剑应声回到她的手中。这是她的神武，名曰望舒。长剑泛着温柔的莹光，修长漂亮，却又自带凌厉剑气。大掌门得知夫人怀孕时，便遍寻天下，为爱女寻得这把神武。穆雅从小与之相伴，而神武，即使不用灵力，也会回应主人的召唤。

"万妖混沌现世的妖魔，属于触发者，只能被触发者击杀，难道你不知道吗？"穆雅边说边拔剑朝铃萝刺去。

铃萝持剑抵挡，与之过招，穆雅目光微闪，一剑将其匕首斩断，剑刃划过的厉风斩落了铃萝鬓边的几缕黑发。这一剑她可算是报了三考殿断剑之仇。见铃萝的匕首已断，穆雅手下剑招却未停下，再次朝她斩落时，却听一声脆响，红色的折扇挡住了这一击。

穆雅见到铃萝手中的樱喜时微微惊讶。这上品武器她不用想也知道是云守息给铃萝的。可铃萝不过刚入门两天，三掌门就给了她一件上品武器？三掌门未免太过宠爱这徒弟了。

铃萝"唰"地展开樱喜扇面，半遮掩了容貌，只露出一双满是嘲讽之色的笑眼："我刚入门，的确是不知道呢，如今这大乌妖已被降伏，毫无还手之力，师姐的意思是要从几位师弟、师妹的手里捡漏了？"

常霏跟宋圆圆交换了一个眼神，在心里给铃萝比了个大拇指：你可是真敢说啊！

"谁让你们插手的？"穆雅气势一沉，微怒道，"区区大乌妖，我一个人就能轻松拿下！倒是你们不懂规矩，擅自出手伤了它，反倒说我是想捡漏？我看是你们眼馋这大乌妖才对！"

宋圆圆跟常霏听了这话后，又惭愧地低下了头去。说得没错，我们就是眼馋这大乌妖掉的神武。一亿六千万金，这谁不眼馋啊？

长剑与折扇相撞，竟擦出了些微火花。

铃萝不屑地说道：“区区大乌妖有何眼馋的？我们在山壁上干着活，它忽然出现伤人，师姐你又久久不来，还不准我们反抗这伤人的大乌妖了？”

穆雅根本不信：“山谷有阵法，就算你们从山壁上摔下来也根本不会有事！”

“师姐，伤人的是大乌妖，山谷的阵法哪里会管你是不是要被大乌妖咬断脖子！”铃萝嘲讽道，“难道我们就活该被大乌妖追着跑，有生命危险还不能还手，必须等到师姐你来？”

“你胡说八道！”穆雅被她说得怒气上涌，手下再无顾忌，定要好好教训她一番，却见铃萝转而不再与她过招，而是反身攻向大乌妖。

大乌妖此刻受了重伤，必须给它最后一击致死后才算完成吞天塔的试炼，并获得奖励，穆雅看穿她的想法，便再次阻拦，并试图杀死大乌妖。

“这……这怎么还打起来了？”掌管娑婆界的王长老看着眼前的情况脑子发蒙，“她俩是有过节吗？”

范堂主点了点头。

王长老瞪圆了双眼：“厉害，竟敢招惹大小姐，那女孩是什么来头？”

范堂主回道：“三掌门新收的徒弟。”

“哎哟，就是今日说他喜欢喝露水那个？”王长老一拍大腿，朝于休看去，“你看看你师妹多懂事，人家刚来第一天就知道跟全天极的人分享秘密，你却这么多年了半个字都不说！”

于休：“您老是还不知道我师妹为什么被罚到这里来吧？”

“都停手吧。”范堂主盘腿坐在他的绒毯上，上边还放着一盏茶，他看向前边的两个人说，“按照规矩，这大乌妖是穆雅的，而大乌妖现世此地，被你们重伤，情有可原，便功过相抵。”

他继续说道：“打扫娑婆界的惩罚撤销。”

神武与上品武器相撞，彼此都坚韧，带起阵阵光影。

铃萝听了此话，便后撤拉开距离停手。

穆雅一剑斩断大乌妖的脑袋，血洒山壁，只听一声凄厉惨叫响起，大乌妖便化作流萤消失。

黑色羽刃消失后，留下的是一枝金色的花。

穆雅看后脸色不太好看。

铃萝却舒服了。

这人脸黑，大乌妖没掉神武，只掉了一味药材。

她想想也是，八千层的吞天塔，区区三四百层触发的万妖混沌就想掉神武？

这好运气可不是每个人都有的。

常霏他们心心念念的都是神武，见掉落的只是药材，又听范堂主说惩罚取消，便觉得这次不亏，齐声说道："恭喜师姐。"

他们明明说的是恭喜，可落在穆雅耳里却是嘲讽的话。她紧握着望舒，忍无可忍，转身一剑指向铃萝，却被于休拦下。

"既然娑婆界的惩罚已撤，我就先带铃萝回青石坊去见师父。"于休神色温和，不显锋芒，只愿和平化解两个人之间的矛盾。

"于师兄，这师妹可没你想的那么柔弱需要保护！"穆雅狠狠地说道，"她刚才说的那些话你也听见了，话里话外说得好像这事就是我的错似的，难道不是她伤大乌妖在先，又当着我的面想杀大乌妖拿奖励？"

于休神色略显无奈地说道："是大乌妖伤人在先……"

穆雅厉声道："那又如何？她事后想杀了大乌妖你也看见了！"

在她不依不饶时，铃萝却笑眯着眼说："是我以为师姐想捡漏，这才气不过想要杀大乌妖，现在看来是我误会了，铃萝在这里给师姐赔个不是。"

她垂首拱手，模样端正乖巧。

穆雅见后瞬间想起前几日在三考殿铃萝斩断自己手中的剑后，也是这副模样说着"师姐承让"，却让她感到更加难堪！

常霏跟宋圆圆都在心里给铃萝鼓掌，大喊佩服。

能屈能伸，她适应得倒挺快。

# 第十章

# 吞天塔内

穆雅神色阴鸷，气得收剑走人，心想铃萝总有一天得落在她手里。

于休见她先走，心里松了一口气，回头无奈地看了铃萝一眼。

“都愣着干什么？还不走，是想留下来继续打扫？”王长老哈哈笑道，“赶紧的，都走，不然我可要抓你们留下来收拾残局了啊。”

“见过长老，长老再见！”宋圆圆跟常霏跑得最快。

看着小辈们一溜烟地朝外跑去，王长老感叹道：“后生可畏，后生可畏啊。”

外边星辰满天，一眼看去，山门里灯火如长龙。

铃萝被于休领着朝青石坊的方向走去，在山路上回头看了一眼。

宋圆圆跟着范堂主，常霏与徐慎走一路回内门，只有越良泽一个人孤零零地朝外门走去。

“铃萝。”于休叫她，铃萝才收回目光转身看去，就见她二师兄边走边说，“穆雅虽有些争强好胜，脾气火暴，但品行不差。”

铃萝垂首听着。

于休说：“她自小受万千宠爱长大，修行一事上也很有天赋，在同辈中少有能敌者，只大师兄能与之一战。那日在三考殿受挫，她也是年少气盛，难以接受自己失败。”

铃萝还在偷偷瞧后方的越良泽，直到他的身影消失在漫漫山林中。

“今日她报了那一剑之仇，日后应该不会再为难你。”

铃萝弯着嘴角笑，她的二师兄还是这么单纯可爱。

“二师兄，你也觉得穆师姐很好吗？”她问。

于休略一停顿后才回道：“目前来看是好的。”

铃萝在后边捂嘴偷笑。

于休侧目瞥了她一眼，神色无奈地说道：“师父不善管门中事，而她是掌门之女，整个天极的堂主、长老看着她长大，对她宠爱有加。你才刚入门不久，与她起冲突对你不利。”

身为天极大小姐，掌门之女，生来就受万千宠爱，父亲遍寻天下赠神武，母亲出身高贵，兄长、姐姐对其有求必应，门中长辈宠溺呵护，宗门弟子尊敬艳羡，穆雅要什么有什么，从没有得不到的东西。

铃萝敛去眼底的黯色，可她也曾是掌门之女，母亲出身高贵，有兄妹爱护、长辈宠溺，谁还不是被从小宠到大的呢？可在经历了这一系列变故后，她也只能低声说句：“我知道了。”

两个人回到青石坊，云守息却不在，铃萝吃过晚饭后回下西院，洗漱一番后便躺在床上睡下。

梦里往事繁多，让她心生厌弃之意。她在半夜醒来，刚打了个哈欠，欲去厨房吃点儿夜宵，却见窗外有人影。

铃萝眯着眼，用膝盖想也知道这时候能站在她的窗外的人是谁。她故作睡眼惺忪姿态，上前推开窗户，看向站在院里花树下的云守息。

“师父？”

懵懵懂懂的声音唤来云守息侧目。

云守息站在院中，白衣乌发，衬着纤细的腰与挺直的背，头顶满天星辰闪烁，这一回眸更是人间绝色。

铃萝内心却无甚波动。

曾几何时她也被云守息的仙人之姿迷惑过，但现在不会了。

“怎么醒了？”云守息温和地问道，“我吵到你了？”

铃萝摇了摇头，说：“夜里有些饿，倒是师父怎么在这里？”

“之前有事离开青石坊，回来时听说你与大乌妖一战，便过来看看，却见你已睡下。”云守息一番话说得不快不慢。

铃萝揉着眼睛，笑道：“师父多虑啦，娑婆界的禁制和地形，让那大乌妖也施展不开，何况还有好些个同门在，拿下大乌妖并不难。”

“只是……我好像有些得罪穆师姐了。”她吐了吐舌头，样子有些娇俏。

云守息笑了一下，漫步走到窗前。

“穆雅性子如此，你不必担心，有师父在。”他伸手揉了揉铃萝的头发，话里带着点儿宠溺之意。

铃萝点着头，又打了个哈欠，神态娇憨地问他：“师父要吃夜宵吗？弟子去做。”

“早些休息吧，明日还得去习堂。”云守息收回手，说，“夜里可别吃太多了。”

“是。”铃萝笑眯着眼送他离去。

等云守息走后，她眼里的笑意退去。她去厨房溜达了一圈，做什么都嫌麻烦，嘴里嘀咕了一句话。

她坐在厨房门口的台阶上，吹着夜里的冷风，闻着院里的花香，双手支着下巴看着天上的星辰。

此时此刻，铃萝莫名怀念在水天镜中看见的，自己在天照山的日子。

不管什么时候，她只要说一声饿了，身边的第一剑修总能拿出零嘴、甜食给她，或是麻溜地去做夜宵。

她仔细想了想，现在也行。

反正他又不敢拒绝。

铃萝站起身，欲去外门，抬头看了看天色，觉得自己果真疯了，竟然为了夜宵还大半夜地跑去外门找越良泽！算了，她不吃还不行吗！铃萝气呼呼地回了内院。

此时身在外门的越良泽还在练剑。他手中不是木剑，而是一枝棠花。回想起那晚铃萝的招式，他很快便重新舞了一遍，招式对了，但力道和身法不对。

今日在娑婆界，众人都因为山谷内的禁制无法使用灵力修为，铃萝却在大乌妖背上掐出了灵诀。

那灵诀他更是从未见过。

当时情况混乱，只有离铃萝最近的越良泽看见了，他就不由得去想她是怎么做到的。

越良泽凝神，沉思片刻，不得其解。

星辰闪烁着暗淡，天色将明，越良泽练了一夜，这才收招，回去洗了个澡，迎着破晓走下山去。

铃萝开始修行，白天跟于休去习堂学本门心法，下午回青石坊跟云守息学本门剑招。

三天后，她全都会了，震惊了全天极的人。

“三天领悟本门心法？你唬我呢！”

“大师兄也花了二十天哪！”

“就连穆师姐也用了一个月！”

“三天？不是三个月？”

跟铃萝同一批考入的内门弟子们在第四天的习堂上窃窃私语起来。

同一时间，铃萝在习堂上与教学尊主对招。

她对本门心法运用与剑招掌握十分熟练，堪称完美，与在场众人拉开了无法逾越的距离。



尊主感叹：“铃萝是百年难得一见的天才。”

铃萝早在进内门那天就在天极出名了。

三考殿她断穆雅手中剑一事，外门弟子惊呼厉害，内门弟子却不以为意，因为她断的是普通的剑，又不是那柄神武望舒。

内门弟子大多在好奇这位师妹跟穆雅谁更漂亮。

直到三天学会本门心法与剑招一事传出，内门弟子们也惊了。

这天赋谁能与之匹敌?

大师兄都花了二十天呢!

众人为此惊讶感叹，却没想到还有更恐怖的事——

三日后，这位入门不久的师妹学会了猿公剑法。

又三日，师妹学会了南苑剑法。

再三日，师妹学会了本门上乘剑法。

隔三日就传出这位天才小师妹学会了某某剑法，玉听的弟子堂里满是内门弟子们的哀号：

“这师妹修行是按三日来算的吗?”

“以前，我以为这是三掌门教得好，现在我懂了，这师妹的天赋就高得离谱!”

“小师妹不仅天赋高、长得漂亮还心地善良，刚才路上遇见她!她!朝!我!笑!了!”

“楼上的师兄大可不必这样，她可能只是嘲笑你御剑修行的姿势不对。”

“可恶!休想破坏师妹在我心中的可爱模样!”

“说可爱的都是没被她毒舌过的吧!”

“楼上这位兄弟请说出你的故事。”

宋圆圆正在玉听前奋笔疾书，试图揭露某天才师妹的真实面目，提醒广大师兄师弟擦亮眼睛，却见铃萝顶着大名在下边回复：“说来听听。”

宋圆圆收起玉听，深呼吸：嗯!他该去修炼了!

铃萝见玉听上的回复瞬间消失，哼了一声，收起玉听，扭头看向在厨房里忙活的身影。

“还有多久才好?”她问。

在里边烧火的越良泽说：“快了。”

铃萝迈步走进去。她今天难得有空，这才溜下山到外门来蹭饭吃。

一旁的小火炉上正煮着粥，铃萝拿着樱喜轻轻扇风。

她歪头去看越良泽，骄纵的笑意爬满眼角眉梢：“近日的事你听说了吗?”

“嗯?”越良泽也歪头看过来。

“跟我有关的事。”铃萝倒转扇面指着自己。

越良泽：“听说了。”

铃萝：“我厉害吧!”

越良泽点头，说道：“厉害。”

短短半月时间，铃萝天赋异禀，同门中剑道第一的名声已传遍整个天极。

“剑道第一”四个字很合她的心意。

铃萝今日得此称呼，第一个想法就是来找越良泽炫耀。

你现在打不过我吧，这“第一剑修”的名号还是我的！

铃萝转了转眼珠，试图让越良泽亲口承认自己是剑道第一人，便耐心问道：“我厉害什么？”

越良泽被她问得奇怪，却还是老实回答：“修行。”

铃萝又问：“什么修行？”

越良泽说：“剑道。”

他已经说了两个字了！

铃萝拿着樱喜扇风，笑眯着眼看着他：“我剑道有多厉害？”

越良泽虽不知道她想干什么，却还是继续回答：“很厉害。”

铃萝心说：你就不能发挥想象力稍微夸赞一下吗？那么多人说我是剑道第一人，你怎么就不联系一下两个词直接说出来呢！

她以扇面遮脸，深呼吸：冷静，莫慌，这次一定行的！

铃萝循循善诱道：“厉害到什么程度？”

越良泽安静了好一会儿没答。

“唰”的一声，铃萝收起樱喜扇面，瞪着他说：“喂！”

越良泽见铃萝暴露了本性，眼里掠过一丝笑意，这才慢慢开口说：“你修行很厉害，是剑道第一人。”

铃萝听完这话，心里可舒服极了，眼角眉梢都是压不住的愉悦笑意，就差哼着歌跳支舞来庆祝一下。

她的玉听亮起，铃萝看了一眼，是徐慎发的传信，问她是否要加入他们一起去吞天塔历练。

说起吞天塔，铃萝不由得转眼看向越良泽：“你下午有事吗？”

越良泽摇头。

“那等会儿你跟我一起去。”铃萝说着，也给徐慎传信，告知他要带越良泽一起。

徐慎表示没问题。

理论上讲，吞天塔只要是天极弟子都可以进去。

只不过吞天塔在内门，外门弟子没人带着进不去，也就造成吞天塔基本只有内门弟子进入试炼的情况。

饱腹之后，铃萝带着越良泽去内门吞天塔。

那是一座黑色的塔，塔身过高，没入云端，让人看不到顶。

进入吞天塔的次数是有限制的，一年三次。众所周知，只有在半年的最后几天会触发万妖混沌，所以平日里没什么人去，大多数人集中在最后几日去。

此时吞天塔前就只有徐慎等三人。

宋圆圆看向台阶下方的越良泽，招着手喊：“小阿爹！”

越良泽掉头就走，被手疾眼快的铃萝拉着上去，铃萝瞪宋圆圆：“你瞎喊什么！”

“我说到做到！”宋圆圆还颇为骄傲地说道，“但彼此年纪相仿，只好加个小字。”

常霏在旁边翻了个白眼：“你也不怕你爹揍你。”

“我亲爹早羽化登仙飞逝而去了，我怕什么呢！”宋圆圆摇着头，过去跟越良泽说，“现在我只有这身法犀利、可徒手上娑婆界山壁、武功超凡绝世的小阿爹！”

越良泽一脸漠然：“我不是。”

“阿爹别慌，我听说你灵力微弱，这就带你去吞天塔历练一番涨涨修为。”宋圆圆大气地一挥手，朝吞天塔门走去。

常霏跟徐慎也跟了过去。

铃萝走了两步进塔门，发现越良泽没跟上来，回头看去。

越良泽站在门口，眉头微蹙。

“怎么了？”铃萝问。

越良泽摇了摇头，迈步走上来，刚到门口就被无形的水波弹退几步。

越良泽稳住身形，平平静静地说：“进不去。”

铃萝：“为什么？”

越良泽：“灵力太弱。”

他已经弱到连吞天塔都拒绝他进入了？铃萝心中疯狂吐槽。她不能忍，今日说什么也要带越良泽进吞天塔历练涨修为，于是出去拉着越良泽的手，暗暗给他输送灵力，带着人进了吞天塔。

“小阿爹、铃萝，你俩怎么还没进来，在后边干什么呢？”宋圆圆不见越良泽跟铃萝两个人，回头来找，却见他俩手牵着手进来，顿感震惊。

铃萝把越良泽的手递给他：“当儿子的怎么丢下爹爹不管，自己先跑了？不知道你小阿爹灵力微弱进不来吞天塔吗？还不快点儿给你爹渡灵力！”

越良泽平静的面容终于出现了一丝龟裂，他收回手说道：“我还是不去了。”

“爹你不要放弃！是当儿子的不孝没能照顾好你！你放心，有我在，绝对会保护好你！”宋圆圆牵着他的手给他渡灵力，信心满满地带着他走到前面去。

几个人算是组队前往，便是一起通关闯塔。

吞天塔前五十层都没什么难度，无非就是在特定的场所打败被关押在此的低等妖魔。五十层后，出现的妖魔就不再是单只的，数量增加，由于铃萝是五人小队，数量会按照他们的二倍数增加。

但这也拦不住他们。

铃萝以樱喜开路，依旧轻松地过了一百关。

在去往下一关的长廊上，宋圆圆牵着越良泽的手侧身问："小阿爹，你的灵力涨了吗？"

越良泽摇头。

"前一百层等级太低了，我们人又多，所以难涨。"常霏说，"我听说一百层后就完全不一样了。"

走在最前边的铃萝看见封印的法门，上前推开，一片白雾过后，几个人出现在十里长街上，夜里星辰闪烁，前方闹市人来人往，周边花馆酒楼的人都在吆喝。

"这是……？"宋圆圆瞪大了眼。

"冷静，别大惊小怪的。"徐慎抬手拍他的肩膀，"吞天塔内似真似幻，历练可不是光跟妖魔对打就完事，它还收录了世间千万奇事，供我们亲身体验。"

常霏听到这里不由得"扑哧"笑出声，挤眉弄眼道："我之前在弟子堂上见有位师兄说，过了五百层后，剧情体验不再是旁观视角，而是让你成为其中的角色，那才是亲身体验。"

铃萝听着侧首看去，"这个我也听过，那师兄被吞天塔分配的角色是一个女花魁？"

"对，就是这个！"常霏笑得眼泪都要出来了，"这师兄过后三年没再进吞天塔！"

"太惨了，他脸怎么能这么黑！"宋圆圆唏嘘道。

铃萝弯了一下嘴角，想起以前爬塔的经历，六千多层，真的是经历了不少事。

"现在是什么情况？"宋圆圆左右看着，"这地方你们见过吗？"

"没见过，不是东海城。"常霏路过一家酒楼，被小二拉着喊，"这位客官，您进来品品我们今儿上新的菜式吗？"

"这里面的东西也可以吃吗？"常霏往酒楼走去。

小二点着头笑呵呵地说道："当然能吃！"

"哎！"常霏瞥了一眼门口的招牌价格，立马止步回头，"一碗熟茶三个银币，你抢钱呢！黑店！"

小二听了这话后，笑呵呵的脸色瞬间就变了，身形暴涨，脑袋化作一条青蛇朝常霏咬去："不准说我开黑店！"

一阵黑雾过后，几个人又回到了封印法门前。

常霏爹毛道："这死蛇妖敢咬我！让我来跟它决一死战！"

常霏怒气冲冲地推开法门，再次进入幻境。

小二又一次笑嘻嘻地拉着他说道："客官——"

"黑店受死吧！"常霏拔剑斩去，小二再次化作蛇妖咬来，又是一阵黑雾过后，常霏几个人再次被送到法门前。

徐慎拍了拍他的肩膀，要他冷静："你打不死它的，一旦小二现原形，我们就会被踢出幻境，重新开始。"

"再来一次，你忍住！别惹这小二！"宋圆圆对常霏说，"一碗熟茶三个银币就三个银币呗，反正又不是真的给钱。"

铃萝推开门，几个人再次来到幻境。

这次她走前边，路过酒楼时，小二拉着她笑道："这位客官，您进来品品我们今儿上新的菜式吗？"

"好啊。"铃萝笑眯着眼，随他进去。

酒楼里十分热闹，几个人一眼看去座无虚席，小二领着他们上了二楼隔间，热情招呼安排着："先给几位客官各来一碗熟茶暖暖身！"

常霏："各来一碗？十五银币？"

他一拍桌正要怒喝，被徐慎与宋圆圆拉下捂着嘴，拼命示意他忍住。

在几个人落座后没一会儿，小二便端着色香味俱全的菜上来，笑道："这是小店今日上新的菜品，几位客官慢慢吃，我就在这里，随叫随到。"

几个人看着桌上的菜肴沉默。

你一个蛇妖开的酒楼，端上来的菜谁敢吃啊？

见他们久不动筷，小二又问道："客官怎么不动筷？"

铃萝拿着筷子说："你端了满盘蛇肉上来，这谁敢吃？"

## 第十一章

# 樱喜种灵

什么蛇肉？宋圆圆跟常霏下意识地低头朝桌上的菜肴看去，却见刚才还飘香的炒肉炒菜都在这一瞬间变成了数条青红交加、张着嘴发出攻击的“咝”声的细蛇。

“我就知道你这是黑店！”常霏再也忍不住，起身拔剑就砍。

桌上数十条细蛇飞扑过来攻击他们，同时小二再次化作蛇妖怒吼，几个人却没被送出幻境。小二人身站在原地，飞出去的脑袋却连着长长的蛇身，青色的鳞片闪烁，蛇头上有着一双红色的眼，正目光阴冷地巡视着屋内的几个人。

“你们不是最爱吃这种东西吗？”蛇妖嘴一张一合，冷冷地嘲讽着，“今日就让你们吃个够！”

常霏高喊一声：“兄弟们动手！”并率先朝蛇妖砍去。他剑气澎湃，一剑斩开隔间的纸门，端着菜盘子路过门口的侍女被这一剑砍伤倒地，顷刻间黑雾弥漫，常霏又被传出幻境来到了法门前。

常霏抓狂道：“为什么？”

“你伤人了。”徐慎眼尖，立马做出判断，“我们虽得除妖，却不可波及普通人。”

“那为什么在酒楼上边激怒它现原形就可以打？”宋圆圆纳闷道。

铃萝解释道：“因为酒楼是蛇妖的，我们只能在它的地盘对战，这是吞天塔设的规矩。”

常霏回头去看铃萝：“你怎么知道那餐盘里的都是蛇？”

铃萝面不改色地说道：“用点儿脑子，蛇妖开的酒楼你以为它会给你吃什么？”

宋圆圆却摸着脑袋说：“蛇吃鼹鼠、青蛙，那餐盘里不应该是这些东西吗？”

铃萝嘲笑道：“你又不是它的同类，而是拿着剑来除妖的修真者，它除非是傻了，不然怎么会给你吃自己认为是真正的食物的东西呢？”

宋圆圆跟常霏抱头痛哭。

又是被天才师妹嘲讽的一天！

徐慎又一次推开法门，进入幻境后说："现在能确认的是，我们只能在酒楼里对战，且不能伤到普通人。"

"那还是在楼上隔间里打吧。"宋圆圆看着一楼满满的人说，"这下边打起来还真不好说。"

于是小二领着他们进了二楼隔间，刚关上门，小二回头问："几位客官要点——"

"蛇妖受死吧！"常霏拔剑就砍向它。黑雾掠过，又被传出幻境的常霏气得拔剑朝法门砍去，被徐慎拦住，就听他抓狂地问道："这次又是为什么？"

铃萝面无表情地说："它还没现原形。"

"你冷静点儿，不要那么着急！"徐慎说。

宋圆圆耷拉着脑袋说："不愧是吞天塔，净整这乱七八糟的设定，难怪那些厉害的师兄师姐这么多年也只在六百层左右徘徊。"他歪头看了一眼身边的越良泽，狐疑地问道："小阿爹，你该不会是要睡着了吧？"

越良泽伸手揉了揉眼睛："没有。"

宋圆圆哑然。你刚才分明已经闭上眼睛了！

铃萝再次推开法门，说："你们这次都冷静点儿，别那么冲动，本来知道了规矩很好打的。"

常霏耷拉着脑袋跟上去。一鼓作气再而衰三而竭，他已经被折腾得没了脾气。

几个人又一次来到酒楼隔间里，小二笑呵呵地说道："先给几位客官各来一碗熟茶暖暖身！"

常霏有气无力地说了一句："黑店。"

小二大怒，现原形道："不准说我开黑店！"

常霏持剑守在门口，说："这次我拦在这里，绝对不会再伤到其他人。"

但蛇妖可不会乖乖地在屋里挨打，它的蛇身随意拉长扭曲，横扫过屋内建筑朝外冲去，常霏持剑拦下。

徐慎虽修剑道，却更擅长咒律，因此由他设置阵法困住蛇妖，不让它去外边伤人。

蛇妖看出了是他在设置阵法，便转而主攻徐慎，却被铃萝拦下。

过了数招后，蛇妖很是狼狈，因此怒道："你们以为就这样了吗？"

在它扬首怒吼后，小二的脖子处又生出了第二条、第三条、第四条蛇——它们颜色不一，青黄蓝绿交加，却同样有着赤红的眼，满身妖邪恶秽之气。

"九条？这么多！你作弊！"常霏怒道，"我们一共才五个人！"

众蛇尽皆怪笑，七嘴八舌道："你们怕了？"

"怕就赶紧滚！"

"别走啊，都留下来，让我好好饱餐一顿！"

“这么如花似玉的小姑娘，怎么也跟这帮臭小子一起打打杀杀？小女娃，你过来，我定不杀你。”

“你这声音都老得发臭了还在这儿痴心妄想！”常霏嫌弃地说道，持剑迎战。

突然出现的蛇头，让蛇妖占据了上风。蛇妖说道：“那扇子怎如此好看？给我抢过来！”

“你来抢啊。”铃萝笑着，将灵力注入樱喜。

五条蛇立马朝铃萝飞去，嘲笑道：“不知天高地厚的小丫头！”

血色的扇面展开，坠落的萤光却飞去了扇面上，落下时让那浓郁的血色褪去，点缀出一幅精美绝伦的西海樱图。飞射而来的五条蛇被突然出现的樱树挡住，同时在它们的身上和屋内角落里都冒出了褐色的枝干。

宋圆圆惊讶地看着自己的掌心，那里竟然冒出三五枝樱花来。樱喜会吸取花海覆盖范围内事物的生命力而抽出花枝，并将这股力量化为己用。

这招名为种灵。云守息虽还未教她，铃萝却早已对此熟练于心。樱树发芽抽枝，长叶开花，皆在一瞬间。铃萝手中樱喜扇面颠倒，来到落花面，一声铃铛脆响后，满屋花枝凋落。飞涌的花瓣代表着成千上万的灵力汇聚，绞缠着蛇头们，在蛇鳞上擦出一道道血痕，蛇身被束缚让它们狂怒出声，颠倒着身子四处乱撞。樱喜扇面上的花林还在凋谢，飞出的花瓣淡粉似雪，近乎将整个屋子淹没。

常霏跟宋圆圆都躲去了铃萝身后。

“这得多强大的灵力才行啊？”宋圆圆惊道，“樱喜原来是这么用的吗？”

“之前只见她‘唰唰’两扇子就把人打没了，完全没机会触发樱喜的灵性。”常霏感慨道，“现在一看，不愧是上品武器。”

已经布好阵法，防止了樱喜跟蛇头一起失控伤到外人的徐慎抬手抹了把额头上的汗，沉声道：“樱喜虽说是上品武器，但也是西海太初詹琼大师锻造的最后一柄武器，传闻实力其实能与神武相比。”但谁也没有见过。因为樱喜被铸成时就交付给了东岛天极的参息真君，詹琼大师仙逝后，世间再无人见过樱喜扇舞是何模样。平日也没人见云守息用过樱喜。倒是见铃萝得了樱喜，穆雅等人才觉得云守息是真宠爱他的小徒弟。

听着身边的几个人讨论樱喜的恐怖之处时，越良泽却想起前些日子铃萝拿樱喜剥板栗、熬清粥的模样，一时目光复杂，难以敬畏。

数不清的漫天樱花瓣化作灵力将蛇头全部绞杀，鲜血狂飙，染红了淡粉的樱，也染红了四周的屋墙。蛇妖的哀号声还在耳边回荡，疯涌的花潮却已顷刻间散去，只剩下一片染血的花瓣落在樱喜扇上，逐渐染红花林，让扇面又恢复了一片血色。

铃萝收扇，回头朝几个人看去，蹙眉道：“你们都躲在我后边干吗？刚才怎么不上去打？”

徐慎面不改色地说道：“我在布阵。”

常霏额角轻抽地说道："我不是怕贸然上去打扰到你吗？"

"而且谁知道樱喜的花会不会也给我身上添一个口子？"宋圆圆嘀咕。

铃萝没好气地说道："樱喜自己都不会这么想。"

宋圆圆愤恨道："那你牵着我小阿爹，让我来除妖！我前两天也学会了本门上乘剑法！"

"好啊。"铃萝将越良泽的手接过去，朝前边出现的法门歪了一下头，"那这关换你来。"

宋圆圆干劲满满地上前去开门："小阿爹你看着！"

越良泽打了个哈欠，想回去了。

又是一层幻境，同样的十里长街，夜色无边，他们站在河边上，只见身旁的白衣女子朝河里纵身一跃，"扑通"一声，水花四溅。

常霏傻眼："这是什么情况？"

"咱们救吗？"宋圆圆也蒙了，事发突然，一个个措手不及。

徐慎说声"救"，率先跳下了河。

铃萝牵着越良泽，侧目打量他，见他眉头微蹙，脸色略略发白，便问："灵力没涨？"

越良泽说："涨了些。"

"是吗？"铃萝狐疑，"可我怎么见你不太好的样子？"

越良泽看着她，目光平静地说："饿了。"

铃萝："我一直出力除妖都还没饿呢！你一路躺赢过来怎么还先饿了？"

"过了这层就出去吃饭，算算时间也差不多到晚上了。"宋圆圆说，"不愧是百层以后，单单那一层我小阿爹就涨了不少灵力修为。"

常霏点着头说："我涨的灵力修为也比之前要多，难怪师兄们会说吞天塔是修炼捷径之一。"

河面传来"哗啦"声，徐慎湿漉漉地从水里出来，将跳河的白衣女子救起。

宋圆圆跟常霏上去搭手，把两个人从河里捞起来。

女人正捂脸哭泣着："何必救我？我一心求死，你们又何必……"她哭声幽幽，带着愁与怨。

徐慎去旁边甩水，没搭理她，常霏热心肠地说道："这位姑娘，有什么烦心事可说出来，我们帮你解决，万万不可就此轻生。"

"真的吗？"白衣女子放下掩面的手，抬首时，黑长的眼睫上挂着的泪珠悄然落下，在白皙精致的脸蛋上滑出一道泪痕，惹人怜爱。

面对眼前这楚楚可怜的美人，常霏不由得愣了一下。少年稍稍脸红，结结巴巴地说道："真……真……真的！"

铃萝在旁边看得翻了个白眼。

越良泽已经在昏昏欲睡的边缘反复试探。

只有宋圆圆笑呵呵地上前，语气和善地问："不知姑娘该如何称呼？"

"我……你们唤我阿楚便可。"阿楚刚被人从河水里捞出来，被夜风一吹，冷得发抖，"今日此举……我也是逼不得已……"

见阿楚发抖，常霏用手肘撞了一下身边的宋圆圆："你倒是把衣服给人披上啊！"

"我就这一套门服！给了不还我到下一关我怎么办？"宋圆圆压低了声音回，"要给你给！"

常霏瞪圆了眼："我也只有这一套！"

两个人去看徐慎，徐慎斜眼看过来：老子全身都湿了，想啥呢？

于是他们又去看后边的铃萝跟越良泽。

铃萝似笑非笑地说道："你小阿爹灵力弱，自己又冷，你想干吗？"

"不干吗，不干吗。"宋圆圆连连摇头。

常霏也没胆子叫铃萝给，人家铃萝也是女孩子。于是常霏说："给人掐个火诀吧。"

宋圆圆掐了掐，掐不准。他还没练好这个诀，倒是铃萝过来掐了个火诀，将阿楚湿透的衣服和头发烘干，恢复干爽。

抱着湿衣服的徐慎呆呆地看着铃萝。

铃萝顺便也帮他烘干了衣服，之后才问阿楚："你为什么跳河？"

阿楚眼里蓄满了泪，哽咽着说："我与元郎本是青梅竹马，也曾许了婚约，可没想到，一日他上山看景，竟不幸被山里的妖精鬼怪勾引！

"往日种种皆不作数，我眼睁睁地看着他娶了一个山中妖魅，日日在我眼前寻欢作乐，我心难甘！"

"山中妖魅？"徐慎挑眉，"你怎知？"

阿楚痛心道："那妖魅曾在我眼前现出原形，挑拨离间，让元郎认为我是胡言乱语，与我决裂！"

"这次该不会是狐妖吧？"常霏嘀咕，"它们最爱这种情爱纠缠的事。"

"你是不是对狐妖有什么歧视？山中多的是喜欢吸食男人精气修炼的妖，何况狐妖向来是不被爱的那个！"宋圆圆为狐妖正名，"我觉得这次不可能是狐妖！"

"阿楚姑娘放心，我们这就去将那妖魅除去。"常霏握剑，信心满满地说。

这一关的敌人定然就是那蛊惑人心、拆散了他人姻缘的妖魅。

阿楚站起身，朝几个人俯身行礼："阿楚先谢过几位少侠。"她姿态端庄优雅，身上穿的也是绫罗绸缎，一看就是出自大户人家，极为有修养的。

宋圆圆等人因此没有过多怀疑，跟着她去见元公子。

阿楚在前方带路，走过热闹的街市，来到僻静的人家。他们在一处精致的院前停下，里面还亮着灯火。几个人听见走过门前的侍女轻声叫道："少夫人今日亲自下厨，快去叫少爷过来。”

阿楚听了这话后神色黯然。

常霏伸手比画道：“现在怎么办？直接进去？”

“咱们先看看。”徐慎说道，“确认是妖魅再动手。”

阿楚怯声道：“这位少侠……是不相信我吗？”

徐慎被问住了，到底是少年人，对方的遭遇又让人同情，当下拱手正色道：“在下并无此意，还请阿楚姑娘不要多想。”

“对，我们就是怕误伤。”宋圆圆点头附和。

阿楚垂首，低声说：“那妖魅生得极为好看，又会蛊惑人心，手段高明，让人害怕。前两日也有一个道士说来除妖，在门前贴了不少符咒，却被元郎生气地赶走，而那女人就在元郎怀里哭得梨花带雨，惹人怜爱。”

她苦涩地笑道：“谁也不信她才是妖魅。”

这番话又听得众人唏嘘。

宋圆圆说道：“阿楚姑娘莫怕，这次我们定能让那妖魅现出原形！”

几个人趁门卫不注意，翻墙进府。

其间铃萝问：“那道士后来如何？”

阿楚说：“元郎护着不让，那道士便放弃离开了。”

他们来到露天庭院中，看见一个身姿苗条的绿衣女子正摆放着碗筷，同身旁的侍女有说有笑。

“娘子。”从院外进来的元公子喊道，绿衣女子回头，笑容娇怯，眉眼含春，确确实实是美人。

“也没有好看到能蛊惑人心的地步啊。”常霏躲在草丛里小声嘀咕。

“现在怎么办？”宋圆圆问，“咱们直接上吗？”

铃萝笑道：“你直接上啊，这层不是看你表演吗？一个专门蛊惑人吸食精气的妖魅有什么好怕的？去，你先让其现原形。”

宋圆圆握剑，干劲满满地说：“我去了！”他持剑从草丛中跳出，喝道：“妖魅！看剑！”

绿衣女子跟元公子都吓了一跳，侍女更是尖叫一声，在宋圆圆拔剑刺去时，却见白雾掠过。

五个人被送回了法门前。

宋圆圆瞪大了眼：“为什么？”

“哪里出了差错？”常霏也是一脸蒙的样子，“难道又是跟之前一样得先让人现原形才能开打？”

“再来！”宋圆圆不服，再次推开法门。

又是熟悉的城河边，这次他们仍旧没能阻止，阿楚“扑通”一声跳到了河里。

徐慎说：“我刚才救过了。”

常霏反手把宋圆圆给推了下去，宋圆圆：“我去——”

将阿楚救上来后，为了减短时间，常霏说道：“我知道！我们都知道！阿楚姑娘你有个被妖魅蛊惑的竹马，我们这就去帮你解救他！”

阿楚被他们说得一愣一愣的，乖乖地在前面领路。

几个人又一次到了元公子家。

宋圆圆看着院里石桌边的两个人，纠结道：“这要如何让妖魅现原形？”

“我先上去交谈一番。”常霏说着就冲出了草丛，说道，“元公子！你可知你娶的女人其实是山中妖魅，专门吸取男人精气用于修炼妖术？”

绿衣女子被这突然出现的人吓到，元公子起身，怒道：“哪里来的狂徒，竟敢在这里胡言乱语！你休要诬蔑我妻！”

宋圆圆也上前说道：“你先冷静，别激动，先让我试试灵诀让其现出原形。”

“放肆！”元公子怒道，“你们都给我滚出去！”随后便是一阵白雾掠过。

宋圆圆看着法门目瞪口呆。

常霏抓着头发：“这是为什么啊？”

铃萝从他身边走过，悠悠地说道：“你进百层后似乎就只会说这一句话。”

“你有什么发现吗？”徐慎问她。

“你们不要被先入为主的印象蒙骗了。”铃萝说，“好好反思一下为什么每次认定人家是妖魅后就被吞天塔赶回法门前。”

常霏想了想，最后睁大了眼问：“为什么？”

徐慎：“……”你还真是只会说“为什么”了。

“她不是妖。”越良泽想要快点儿结束了出去，终于忍不住开口，“阿楚才是。”

这番话惊呆了众人，宋圆圆刚开了法门，听闻这话震惊地回头。

“扑通”一声，阿楚又跳进河里了。

“阿楚才是妖？你怎么发现的？”常霏不可思议地问道，“她怎么看都不像妖啊！”

“那元公子的妻子也没有半点儿妖的样子，你怎么认定她就是？还不是因为阿楚那番说辞，可她说的话就一定是真的吗？”铃萝反问。

徐慎说道：“咱们到底是先救人还是先说清楚再行动？”

“当然先救人，不过这次轮到你了！”宋圆圆扭头瞪着常霏。

常霏伸手挡他：“别踹！我自己跳！”

在常霏下去捞人时，宋圆圆问越良泽：“小阿爹，这你是怎么看出来的啊？”

“她说前日有道士在门口贴了许多驱妖的符咒，那符咒的力量还残留着，她却不太愿意从大门进去。”越良泽说，“第二次到元家的时候，她还问过常霏，能否将门口残留的符咒力量驱除掉。”

宋圆圆击掌道：“常霏这笨蛋！这都没想到！”

铃萝斜眼看过去说道：“然后你说可以，就帮人家把符咒力量驱除了。”

当他们发现门上残存的符咒力量时，都选择了相信阿楚说的话，铃萝跟越良泽却在那一瞬间怀疑上阿楚。“问她为何认定对方是妖魅时，阿楚说过，那是因为对方在她眼前现了原形，得意地宣扬自己魅惑了元郎，那么待会儿只要让阿楚去让对方现出原形就好。”

听越良泽说完，宋圆圆恍然大悟，再次击掌觉得这法子可行。

徐慎也说道：“阿楚要是说谎，到时候就该她现原形了。”

河面“哗啦”一声，常霏将落水的阿楚救起。

再次由她带路来到元家。过正门时，阿楚又说道：“不知少侠可否将这门上的符咒力量驱除？我怕那妖魅受伤，又会吸食元郎的精气，让他本就孱弱的身子更加受不了。”

宋圆圆一本正经地说道：“万万不可，这些符咒力量留存，也许能助我们一臂之力。”

“好吧。”阿楚咬着下唇，楚楚可怜地看着他。

宋圆圆内心咆哮：美人计已经不管用了！

几个人又来到那露天庭院里，看见了正在摆放碗筷的绿衣女子与刚进门的元公子。

“阿楚姑娘，还请你先上前与那妖魅交谈，尽可能激怒对方，让其现出原形。”铃萝笑着同她说道，“你放心，我们会在旁边保护你，待那妖魅现形，必会立马将其拿下。”

“我……我吗？”阿楚愣了愣，眼里立马蓄满了泪，“可是我害怕……我怕极了她！”

“怕什么呀？我们这么多人保护你。”铃萝朝她伸出手，将樱喜递过去，“这是上品武器，留给你护身。”

“不，不！我不敢！”阿楚连连后退。

“你都敢骗我们一路，还有什么不敢的？”常霏愤愤地说道，“亏我差点儿就信了！”

“少侠这是何意？我对你们并无半点儿欺瞒！”阿楚摇着头。

徐慎扔了张定身符给她，阿楚却身形一掠避开：“少侠！”

“还装！”宋圆圆抬剑拦住她的退路，而这一瞬间阿楚身上黑气弥漫，再次抬首，眼珠空洞骇人，里面正往外流淌着黑墨。

阿楚朝庭院中的绿衣女子飞去，声音尖厉地吼道：“给我杀了她！我才是元郎最爱的人！”

宋圆圆与常霏持剑双双飞去拦截。这次铃萝没出手，就看着他们打。她牵着越良泽的手，明明一直没放开过，却觉得他的手掌越来越冷。

铃萝歪头看向他：“你怎么回事？”

越良泽只说道：“饿。”

铃萝："有多饿才会手这么冷？"

越良泽低垂着眼帘："很饿。"

铃萝将灵力注入手中的樱喜，樱喜瞬间飞出，命中阿楚的命门。阿楚发出一声惨叫，周身黑光大放，整个人化作一摊黑墨落入地上空白的画卷里。

常霏收剑停下，挠头道："原来是只画妖啊。"

宋圆圆回头看向铃萝："不是说这关让我来吗？"

铃萝嘲笑道："你小阿爹再不出去吃饭就要饿死了！"

越良泽听着这话一脸无动于衷的样子。

徐慎收起飞出的符咒，说道："出去吧，外边应该也很晚了。"

"走，走，走，晚斋堂怕是都关门了，师兄不介意我们一起吃吧？"常霏凑到越良泽身边，"我可以帮你打下手，劈柴烧火我在行！"

"小阿爹肯定不介意我一起吃。"宋圆圆说道。

越良泽不介意什么人一起吃，只介意吃的不是自己做的。一行人刚出吞天塔，还在讨论晚上吃什么，就见厉风倏忽而至，范堂主坐在他的绒毯上，身边还站着两名戒律堂的人。

宋圆圆立马收起自己嬉皮笑脸的模样："师父。"

其他几个人也跟着行礼："见过范堂主。"

范堂主却只看着其中一个人，沉声道："铃萝，跟我去一趟戒律堂吧。"

什么意思？

铃萝为什么要去戒律堂？

宋圆圆几个人皆是满脑袋问号。

铃萝先是一怔，随后明白过来。她这辈子做了不同的选择，跟宋圆圆几个人有了交集，竟差点儿忘记已经到时间了。

铃萝没有多说，也没有反抗，只默默跟着范堂主离去。

等他们御剑远去后，宋圆圆才拍着胸脯问道："铃萝又犯什么事了吗？"

常霏打开玉听看了看，纳闷道："没发现有什么大消息啊。"

"师兄？"徐慎见越良泽往下走，有些疑惑。

越良泽说："我先回外门。"

常霏："可铃萝她——"

"我去做饭，等会儿她完事了过来能直接开吃。"越良泽说道。

宋圆圆也说道："你们先去帮我小阿爹，我去戒律堂看看，可能她只是被带过去训诫几句，没什么大事。"

听他这么说，常霏不由得收起玉听，跟越良泽往外走去，点着头说："没错，何况铃萝还有三掌门护着，不怕不怕。"

## 第十二章

# 三缄真假

内门戒律堂，审问厅。

在这熟悉的夜色里，铃萝跟在范堂主身后进了审问厅，刚跪地就收获好几道复杂难言的目光。

坐在主位上的是东岛天极的大掌门，穆横天。

因是修炼上乘之人，容颜保养得当，不见颓老之势，甚至越显温和，让人想要亲近喜爱。

他头戴金冠，这是掌门的象征。

穆横天垂眸看向下边的铃萝。

水天镜中的铃萝因为畏惧而低头避开了，如今她静静地等待对方，然后在这第一眼中捕捉到了微妙的厌恶情绪。

果真如此。无论前世还是今生，大掌门在看见她的第一眼就讨厌她。

这屋里来了两位掌门、三位长老、一位堂主，还有一个穆雅在旁边观看。

排场可够大了，却还没完。在她左边坐着的几个人，是十二大仙门之一的逍遥宗宗内大长老与弟子。同属十二大仙门，又都在东岛地界，逍遥宗才不过三百年基业，天极却已有上千年。天极之所以冠以“东岛”二字，是因为曾经整个东岛都是天极的。后来风云变幻，仙门四起，东岛也分裂出了数城。

铃萝垂首，躬身道：“弟子拜见大掌门。”

内门弟子只有见到东岛天极的穆氏掌门才必须行大礼。

在铃萝话音落地后，逍遥宗的弟子便起身怒喝：“你这个杀人凶手！”

铃萝神色不变，坐在一旁的云守息懒懒地抬眼看去。

“容弦。”逍遥宗大长老沉声道，“还轮不到你说话，退下！”

被叫作容弦的少年看上去也就比铃萝大一两岁，看向铃萝的眼里满是怨恨之色。

"铃萝，今日叫你来，是因为逍遥宗告知我等，他们在追查大长老的孙女锦苑被杀一事时，发现凶手混进了我东岛天极，成了内门的一名弟子。"

高座上的穆横天缓缓说着，语气听不出喜怒："他们说这名内门弟子就是你，铃萝，你可如他们所说，是杀害锦苑的凶手？"

这人说的每一个字都跟前世一样，连语气都没变。

铃萝曾经真的以为自己会死在这里。东岛天极的两位掌门，长老和堂主，加上对她恨之入骨的逍遥宗大长老——那会儿就算她用尽全力，也绝无可能从这几个人手里逃脱。

现在也不行。哪怕云守息不会杀她，剩下的几个人却不会手下留情，更别提穆横天在这里本就主张杀她。所以云守息在审问厅护下她，保她一命，让她十分感动，更是暗暗发誓一定要活下去好好报答师父。

铃萝抬首，沉声说道："不是。"她否认了。曾经她迫不得已承认，于是被判死刑，穆横天要给逍遥宗交代，非要杀她。这次她虽然也免不了要受罚，却绝不会在今日承认此事。

"不是？"穆横天蹙眉，语气仍旧温和，"大长老，如何？"

大长老神色阴冷地看着铃萝，他身旁的容弦说道："你撒谎！今年二月末那天，你下山去找你妹妹玉芝，却对回山来的锦苑下毒手，以我逍遥宗剑法把她杀害后逃出宗门，一路往北来到东岛天极！"

听到妹妹的名字时，铃萝动了动眼珠，目光冷冷地朝这人看去。这一眼神色很淡。在场只有范堂主与云守息稍显惊讶。

东岛天极里对铃萝颇为关注的就数这二人，他们也曾多次看过铃萝记录在天极的身份档案，在此前都不知道铃萝还有妹妹。

容弦对她深恶痛绝，手指就差戳到她的鼻梁上来："你简直忘恩负义！当年是陈师兄与锦苑见你姐妹二人无家可归又受人欺辱，心疼可怜，带你们回逍遥宗安顿，给你们吃穿住处！陈师兄更是求师尊收你二人为徒，师尊不收，他就私下教你剑法，甚至为此被师尊罚过！

"锦苑时常来看望你二人，带你们进山门游玩，也常分给你们自己的点心，待你们比同门师姐妹还要好！"

可笑！锦苑忌妒陈师兄对玉芝的喜爱，又欺负玉芝不能发声，嘲笑她，带怕生的玉芝进逍遥宗山门，让她像个丑角似的被人围观嘲笑出丑！



铃萝神色平静地听着，甚至带着几分漠然。她跪在地上却挺直腰背，月光洒落在她身上，映照得她如瓷娃娃般精致漂亮。

"铃萝，你摸着你的良心问问你自己！陈师兄教你剑法，是为了让你杀害锦苑吗！"

如果时光倒回那年：她绝不会在陈师兄向她伸手时，以为在这苦难的天地间找到一处庇护所，带着玉芝去逍遥宗，更不会在陈师兄说什么修行剑法保护自己时，跟着他修炼，将玉芝一个人留在屋里。就是那日她离去，给了锦苑机会，锦苑将玉芝哄骗下了山。她甚至连自己亲妹妹的最后一面都没见到。而那颗属于妹妹的玉灵珠，将她死前遭受的苦难全部记下了。只要铃萝将玉灵珠拿出来，让他们看见灵珠记录之事，有利舆论瞬间就会倒向她，哪怕是大长老也会无话可说。因为她的妹妹玉芝，就是他的孙女锦苑害死的。铃萝杀锦苑，不过是为妹妹报仇。穆横天也不会以犯戒将她扔去戒律堂受罚。可无论是水天镜逆转时空前，还是逆转时空后的现在，铃萝都不会给出玉灵珠。

玉灵珠记录了玉芝生前是如何被折辱致死的。那么多人，男的女的，对着她乖巧可爱、无法发声的妹妹做出那般丧尽天良的事，铃萝就算死，也绝不会让除自己以外的人再看一眼玉芝受辱的模样。在大长老阴沉的注视、容弦的怒喝之下，铃萝仍旧不动摇，只淡淡说了一句："不是我。"

容弦显然气得不轻，脸都红了，手也在微微颤抖："好，好一个不要脸！说你忘恩负义都是轻的！你可知道，锦苑师妹被你杀害，你逃走后，陈师兄看见锦苑的尸首痛苦不已，认为这一切都是他的错，第二日就自裁了！"

铃萝依旧无动于衷，说道："与我何干？"

"你……你简直是畜生！"容弦恨不得当场拔剑杀了她。

云守息不悦地蹙眉，将手中杯盏放下，发出轻微的脆响，引来上方穆横天的侧目、对面大长老的凝神。

如果铃萝只是一名内门弟子，那根本不用掌门亲自审问，穆横天会直接把人交给戒律堂去审，且大概率最终会将人交给逍遥宗。此时难就难在，铃萝不仅是内门弟子，还是云守息的亲传徒弟。而云守息喜爱这位小徒弟在东岛天极也不是秘密。

今日不管铃萝说是或者不是，最终决定她的生死的，其实是云守息的态度。

在几个人默契微妙地等待云守息开口时，容弦又怒声骂道："你那妹妹跟你一样是畜生！不懂得知恩图报，却只——"

铃萝听笑了，迅即展开了樱喜。穆横天等人来不及阻止，审问厅就已被樱树霸占，从他们的身上生出三五枝樱条，发芽、抽枝、开花。

樱喜种灵已经发动。在场的所有人都没想到铃萝竟如此大胆，当着两派掌门和长老的面也敢动手！

见铃萝已手持樱喜来到容弦身前，穆横天沉声道："住手！"

逍遥宗大长老则目露寒光，已有杀意："孽畜！"

枝上花坠落，从几位掌门长老身上吸取生命力而绽开的花朵力量强大，竟将大长老这样近距离的杀招挡下，却没能拦下穆横天手中的那一鞭。缚灵鞭狠狠地抽在铃萝的背上，她眉头微蹙，嘴角淌血，却仍旧抓着容弦的衣领，眼中映着对方惊恐的模样，低声说："你该庆幸她死得早。"若是换了如今的她——只是一两剑杀招，可难解她心头之恨。这声音细微，在樱喜种灵飞舞的花潮下，只有容弦一个人听清了。

樱喜的种灵被云守息打散，逍遥宗大长老御气再次上前："还我孙女命来！"

云守息瞬移到铃萝身前，只一挥袖便将人拦住，同时听到铃萝对容弦说道："你不配提我妹妹，我若是再听你叫她半个字，无论天涯海角，我都会杀了你。"

涉及自己的妹妹，使她有些控制不住自己，好像回到了当初被心魔控制时的自己。曾经她踏平了逍遥宗，为自己的妹妹报了仇，逍遥宗弟子在她面前不过是蝼蚁，毫无尊严地跪在她脚下痛哭流涕丑态百出地要一条生路，如今他们却站在她身前指着她的鼻子骂骂咧咧还死踩她的逆鳞，实在是可笑。

云守息侧身，温和地说道："铃萝。"

铃萝这才松手，身形微微踉跄，重新跪倒在地。

穆横天手中的缚灵鞭是他的神武之一，刚才打得不轻，阴寒之痛钻入身体的每一处疯狂游走，让她嘴角再次淌血。

铃萝抬手擦了擦血迹，额上已生满汗珠，血染红了唇，她却说道："你再问百遍、千遍、万遍，也不是我。"

容弦虽已被吓得腿软，却很快恢复气势，说道："你撒谎！"

"够了。"云守息淡淡地说道，"她既然说了不是，那就不是，逍遥宗要找的凶手，看来不在我天极内。"

"三掌门，你这是要偏袒自家徒弟吗？"大长老沉声问道。

云守息笑道："她既是我的徒弟，难道我不该偏袒？"

"难道天极的门规在你眼里只是摆设吗？"大长老又看向高座上的穆横天，已经气得不管不顾。被他如此质问，穆横天心中有几分不悦。虽同属十二大仙门，可逍遥宗这种三百年基业的门派，天极就从未放在眼里过。甚至在他们眼里，这不过是个小仙门。区区逍遥宗，轮得到你来质疑我天极的门规？

穆横天当下态度有几分冷淡，说道："大长老认定铃萝是凶手，她却说自己没有杀人，彼此都没有证据，既然如此，就让三缄来辨真假。"说完他转头看向范堂主。

范堂主的神武三缄，有辨真假的能力。这事所有人都知道，且绝对不会质疑。

"来，伸手。"范堂主到铃萝身前，朝她伸出手，食指间一缕黑色丝线飞出缠绕着铃萝的食指。

铃萝垂眸看着这一缕黑色丝线。这就是神武三缄，在水天镜的过去中她就折在这里。

范堂主问："逍遥宗大长老的孙女，锦苑，是你杀的吗？"

三缄发出黑色的亮光，若是她答了假话，三缄会在瞬间斩断她的手指。神武三缄辨真假，若是真，便无事发生，若是假，则必定会夺走此人的身体的一部分。曾经是云守息力挽狂澜拦下了三缄，尽管如此，那丝线也深入了她的皮肉之下，若不是靠各种珍贵药材养着，她的食指就废了。让铃萝身体受损，对此最不能忍受的是云守息。其实在场的人都不相信铃萝没杀锦苑，就连云守息也不信。因为逍遥宗的说辞比铃萝的要完整，而铃萝也并未否认曾经住在逍遥宗的事。所以在穆横天说用三缄时，云守息就已全神贯注，准备从范堂主手中救人了。

范堂主又问道："铃萝，锦苑是你杀的吗？"

铃萝看着三缄，舔了舔发干的唇。

再来一次，她又怎么可能栽在同样的地方？铃萝眼底溢出笑意，她甚至扭头看向一旁的容弦与大长老，开口时，话里满是嘲讽的笑意："不，是，我。"她一字一顿地说完后，三缄无事发生。

"不可能！"容弦憋红了脸，"绝无可能！锦苑分明就是你杀的！我看见了！"

"你这是在质疑三缄吗？"穆横天冷眼看去，"既然三缄没有反应，说明铃萝没有说谎，人不是她杀的。"

"掌门！长老！我没有说谎，真的是她！"容弦急忙去看身边的大长老。

穆横天在看他，范堂主也在看他。

东岛天极的人都在看他。

云守息立在铃萝身前，神色淡然，态度却已明显。

逍遥宗跟东岛天极交恶绝对讨不到什么好处。

大长老咬牙道："刚才她当着诸位的面对我门下弟子动手一事又如何？"

穆横天说道："目无尊长，擅自出手，当罚。"

他瞥了一眼云守息，说："带她去黑水洞，领水刑十五日。"

三缄问话的结果不同，她受的刑罚却跟以前一样，只是三十日变成了十五日。

掌门是真的讨厌她。

铃萝在心里嗤笑了一声，任由戒律堂的人把她带走。

云守息说道："三缄问话结果已出，大长老刚才的问题也解决了，若是没事，还请诸位早些回去，莫要误了弟子修炼和查找真正的凶手的时间。"

他这是不客气地赶人下山了。

大长老心中虽有怨气，却不敢当着云守息的面发作。

他黑着脸，沉声说道："今日多有叨扰，我们这就走，告辞。"

穆横天说了句场面话，领着人散去。

穆雅跟在他身旁，余光却看向铃萝被带走的方向，轻轻挑眉，神色略显幸灾乐祸。

"小雅。"走在她身边的父亲忽然问道，"她方才使用樱喜种灵时，你察觉到了吗？"

穆雅被问得愣了愣，蹙了一下眉头，有些不情愿地回："没有。"

"这人的天赋在你之上。"穆横天说道。

穆雅听着这话更不舒服了，冷哼了一声。

穆横天同她漫步在夜色下，低声说道："先前听诸位堂主与弟子谈论她时，我以为只是守息教导得比前两位徒弟更加用心，今日一看，铃萝的确与众不同。以她的资质，再过两年，长老之下无敌手。"

"爹，有你这么当着女儿的面夸别人的吗？"穆雅不满地抗议道。

穆横天宠溺地笑了一下："爹只是提醒你，要么你超过她，要么，让她为你所用。将来，整个东岛天极都是你的，你的同辈或是师兄师姐，那时都会成为你的左膀右臂。"

穆雅微微颔首，骄傲道："爹你放心，我才不会输给她一个乡野丫头。"

穆横天点了点头，却看了一眼黑水洞的方向。

宋圆圆在戒律堂外等啊等，一直等到自家师父出来也不见铃萝的身影。

范堂主问他："在这里干什么？"

"师父，铃萝呢？"宋圆圆小心翼翼地问。

范堂主递给他一杯茶，笑道："不用等了，她去了黑水洞，受罚十五日才能出来。"

"啊？"宋圆圆惊呆了，"这……这是为什么啊？她犯了什么错要被罚水刑？"

范堂主摇头不答，越过他朝前走去："走吧。"

宋圆圆追上去，鼓起勇气追问师父，却仍旧没能得到答案。

最后他给在外门山下的常霏发了玉听传信，告知铃萝被罚一事。

起初他们还不知道为什么，再晚些，发现玉听弟子堂都在讨论这事：

"我看见逍遥宗的人来了，逍遥宗大长老的孙女被人杀害，来我们天极找凶手的！"

"逍遥宗找凶手一事老早就有传闻，但跟我们有什么关系？"

"他们说凶手混进了天极，成了天极的弟子。"

"不是吧！逍遥宗趁机找事啊？"

"晚上大掌门跟三掌门都去了戒律堂，我还看见范堂主把铃萝带进去了……"

"知情人透露的消息，某位天才师妹就是逍遥宗找的凶手。"

"现在这师妹已经被关去黑水洞受罚了。"

"哈？她就是凶手吗？"

"不是凶手为什么她还要被关去黑水洞受罚？"

铃萝杀了逍遥宗大长老的孙女被罚一事，悄悄在众天极弟子周边传开，这夜还没结束，已是人人皆知。

宋圆圆傻眼了，去问范堂主："师父……凶手真是铃萝吗？"

范堂主这才说道："我用了三缄，她说不是。"

"既然人不是她杀的，那为什么还要罚她啊？"宋圆圆不能理解。

范堂主笑眯着眼，捧着茶杯说道："目无尊长，擅自出手。"

"何况，这是大掌门罚的。"可不是他罚的。

铃萝被送进黑水洞时，褪下了白金绣纹的门服，也被缴了樱喜。

天上繁星闪烁，难见月色。黑水洞在娑婆界山谷后方，风吹过时她能听见那古怪的呜咽声，周边树木枝叶也随之沙沙作响。一只圣灵鸟站在树冠顶端，正优雅地梳理着它的羽翼。

铃萝进去时看了它一眼，眼里掠过笑意。洞内漆黑一片，她往里走，才见点点星火，洞里面最深处是一片寒潭，很大，洞顶被砸碎一小圈，日月星光从上空坠落在寒潭的中心，水面开满了娇艳的睡莲。

铃萝被押送着走进寒潭，水深，寒冷彻骨，让她小腿打战。被缚灵鞭伤了的她本就身负阴寒之伤，现在又入此寒潭，简直是雪上加霜。

她咬着唇，未吭一声。

她入水后，手脚都被水中的铁链缠绕着锁住。

"十五日刑满，这卷神锁会自己打开。"这是戒律堂的人离去前说的最后一句话。

铃萝抬起手，看了看手腕上雪白细长的锁链，它身上还流动着一股水流，柔软却又坚韧，世间无任何物能将它斩断。

她又低头看向水面。身边莲叶碧绿，水光清澈，等一会儿，这卷神锁会将她拉扯到水底淤泥之下，进入无边黑暗中，到时候她什么也看不见，只能感受着淤泥和水流在身体里缓缓流动，发不出声音，进入溺水窒息，反反复复经历生死边缘。

这却不是最痛苦的，最难以忍受的是她能在黑暗中闻到淤泥恶臭，感受着它们融入骨血，搅乱灵脉，让她受尽寒苦与痉挛之痛，感知着身体被整个碾碎，成了一摊恶臭的烂泥却无法阻止。这就是戒律堂的四大酷刑之一，水刑。

铃萝轻声叹息，往水里下沉些许，只露出一个脑袋，长发在水中温柔地四散开。

自己改变有什么用呢？

别人可不会改变。

她利用禁法共生灵转移了三绒的认知，躲过了它的逼问，却依旧逃不过要被罚水刑。就算知晓人不是她杀的，穆横天也不愿对她手下留情。

水天镜逆转时空后，铃萝就考虑到了今日审讯一事，于是开始修炼共生灵一术。共生灵能驾驭活物的五感，彼此共通或互换。她要做的就是在三绒审问时，用比三绒更快的速度替换成她操控的共生灵一物来让三绒判断。当她回答不是时，三绒困住的是被共生灵操控的圣灵鸟，圣灵鸟的确没杀锦苑，自然无事发生。这做法十分大胆，因为她是要在云守息与穆横天这等当今修仙界顶端的人物的眼皮子底下使用。更别提当时的云守息还是全神贯注地关注着她。

可铃萝还是做到了。她对共生灵一术的造诣，早已在云守息之上。只是她平时修炼不能在青石坊内进行，因为青石坊的结界挡住了天极任何一只圣灵鸟进入。云守息似乎挺讨厌这鸟的。于是她偷偷出青石坊修炼，还得防着被云守息察觉，为的就是今日，当范堂主再次用三缄审她时能完美避开三缄的能力。毕竟就她现在的身体和力量，她也不想再受一次水刑。

偏偏穆横天不放过她。背上缚灵鞭的伤一抽，疼得她倒抽一口凉气，同时卷神锁暴动，“咻”地一下将她拉入水中。铃萝往下沉，没入那无尽的淤泥中。鼻腔被灌入水与泥，五脏六腑都在抽搐，阴寒之气在身体的每一处暴走，疼得她忍不住张嘴却发不出丝毫声音。尽管如此，她的右手却掐着一个灵诀。黑水洞外的树冠顶端的圣灵鸟梳理完羽毛，展翅飞去。

它飞过内门，飞到外门，又下山去，看见了辽阔的大海，也看见了有着灯火长龙的城池，如此辗转着，来到一家客栈。

逍遥宗的人离开天极的速度可谓飞快。

大长老生怕自己多待片刻就会忍不住冲进去杀了铃萝。

容弦跟在长老身后上楼，还在碎碎念：“真的是她，我没有撒谎！那日是我跟锦苑一起回来的，我亲眼看见了！”

“你们既然是一起回来的，那为何她只杀了锦苑，却没对你动手？”大长老沉声问道。

容弦缩了缩脖子：“当时下了雨，我去给锦苑拿伞，回来就看见……”

大长老冷着脸，“嘭”的一声关门进屋。被关在外边的容弦皱着脸，身旁的师兄拍了拍他的肩膀，说道：“去睡一觉吧，这事已定，别多想了。”

容弦不服气地说道：“就因为她是参息真君的徒弟就算了吗？杀人偿命！对了，还有她妹妹，铃萝这么在乎玉芝，我们就说找到了玉芝的尸体，她肯定会为了玉芝不敢说谎！”

“容弦，我们去哪里找尸体啊？”师兄们有些不耐烦，推开他走了。

容弦满脸不甘之色，推门进了屋，却发现窗户开着，夜里冷风“呼呼”地往里边灌。

他走过去准备把窗户关上，忽见一束蓝光急促地掠过，朝自己撞来，吓得他往后摔去。

“哎哟——”容弦感觉脖子被咬了一口，尖锐地疼，伸手摸了一把，却不见血。

“什么东西？”

他嘀咕着，抬首却见一只蓝色的圣灵鸟站在窗棂上歪头看着他。见是天极的圣灵鸟，容弦气不打一处来，立马爬起身朝它挥舞：“滚！看见你就烦！滚！”

他赶走圣灵鸟，“啪”的一声将窗户关上。

容弦侧身时，脖颈处有黑色的咒印一闪而过。

圣灵鸟飞至半空，哀鸣一声坠落在地，吐血而亡。

铃萝与它断了联系，浸泡在黑沉的淤泥中，身体被碾压着，却不合时宜地笑了。

# 第十三章

# 寒潭水刑

水刑反反复复。铃萝被卷神锁拉出淤泥，破水而出时没忍住吐了口血。

原本就重伤的情况下她还用禁法驱使圣灵鸟飞了那么远去给容弦下咒，加重了内伤。那淤泥恶臭的气味虽没了，身上却还残留着点点污渍，头发也因从淤泥中出来而一缕一缕地缠绕着。

铃萝看后气得要死，爱干净的愤怒甚至压过了身体的痛苦。她低头看着晃荡的潭水映照的她此时的模样——披头散发，浑身湿透，脸色惨白如雪，简直像是只刚溺死的水鬼。铃萝气得在心里用最恶毒的话“问候”了大掌门一家，又沉下水去给自己清理。

血水下坠不过片刻，就被周边的莲花吸食。

铃萝刚把自己洗干净重新浮出水面，就听见脚步声传来。她凝神侧目看去，没见到人之前，以为来的人多半会是她的好师父云守息，却万万没想到来的会是她的外门好师兄。

越良泽没穿外门弟子服，而是一身青黑色的劲装，手里提着个小食盒，脚步轻盈，尽量敛去声息，却还是被铃萝察觉了。他从光线暗淡的走道里出来，瞧见因为洞顶砸落的星光而明亮的寒潭，一个浑身湿透、被白色铁链锁起来的少女正在寒潭睡莲之中抬首望向自己。

两两相望，铃萝在这一瞬间甚至怀疑眼前的人是幻觉。

越良泽来之前都想象不出铃萝有多惨，此时亲眼见到愣怔了片刻。

他停在寒潭边，漆黑的眼眸静静地注视着潭中的少女。

铃萝沉身入水，借着水面莲叶的掩映，悄然游至岸边，在一丛睡莲中探出头来。她小脸上满是水痕，半眯着漂亮的桃花眼打量岸边少年，神色带着几分警惕。

“你来干吗？”她狐疑地发问。这家伙该不会是趁机来笑话她的吧！

“今晚做了栗子烧鸡，但他们说你被关在黑水洞里来不了，只好给你拿过来吃。”

越良泽说着，将提着的食盒打开，栗子香甜的气味便弥散出来。

铃萝闻到这香味，肚子不争气地“咕”了一声。

她的长发四散在水中漂浮着，黑长亮丽柔顺，让人忍不住想要摸一摸。

越良泽扫了一眼后垂下视线。

“你怎么进来的？”铃萝还在怀疑，“洞口有戒律堂的人，修为可比你高多了。”

“山谷有处地洞，连着黑水洞这边。”越良泽说，“戒律堂的人不知道。”

铃萝瞪大了眼睛：“那为什么你知道？”

“清舜说的。”越良泽帮她将食盒里的碟子拿出来放在岸边，语气无甚波动。

他对这种惊天大秘密没有半点儿尊重，像是在说今日白菜几钱一斤般平淡普通地说了出来。

“从娑婆界外边就能直通黑水洞转角走道。”越良泽猜到了铃萝接下来要问什么，干脆提前说了出来，“他以前也被关在这里过，至于那地洞的事儿，是他的师父二掌门告诉他的。”

铃萝听得哑然。半晌后，她才哼声问道：“那清舜为什么又告诉你？”

越良泽：“我没问，他想说我就听了。”

铃萝听后都没劲跟他生气了。

见越良泽真的是来送饭，不是嘲笑她的，铃萝才勉勉强强地从水里起身，来到岸边拿起筷子夹肉。

越良泽连汤都给她倒好了，这会儿正给她剥糖炒栗子。

铃萝吃得很慢，刚受过刑，没什么力气，拿筷子的手还有点儿抖，这让她恼怒，吃了一口就放下筷子“扑通”缩回水里。

越良泽发蒙地看着荡起涟漪的水面，不知何意。

她这是怎么了？

东西不好吃？

还是她被卷神锁拉下去了？

越良泽蹙眉。

没一会儿，铃萝又从水里冒头，小脸煞白，眼睫上还挂着细小的水珠，在她眨眼时滴落。

越良泽问她：“怎么了？”

铃萝气呼呼地回到岸边，说：“辣。”



越良泽：“没放辣椒。”

“我说辣就辣！”铃萝咬着筷子上的一口肉，抬眼瞪他。

殊不知此时受伤脆弱的她做出这般唬人的模样来只会显得娇弱可爱，没有半点儿吓人的气势。

越良泽听完默然，继续剥他的糖炒栗子。

不发声后，他便察觉到筷子与碟子碰撞的细微声响，发现是铃萝的手在抖。

越良泽一开始是不管的。

他知道铃萝的脾气，若是管了她会更恼。平日里她对自己张牙舞爪，最不乐意的就是处于弱势，更不会主动向他求助。

可铃萝吃了几口，就因为没力气又有伤时不时抽疼一下，让她拿不好筷子夹不稳肉，气得“扑通”一声又沉回水里。这样反反复复她什么时候能吃好？

在铃萝又一次从水里出来，气呼呼地重新拿起筷子时，越良泽看不下去了。

他侧过身去，伸出手，轻而易举地夺过了她手中的筷子。

铃萝警惕地看着他：“你干吗？”

他终于忍不住暴露本性想趁她受伤反咬一口了吗？

越良泽给她夹菜，递过去说：“你有伤，少动手。”

铃萝躲在一朵红睡莲后边看着他，瞧见她警惕的模样，越良泽又说道：“何况你上次帮了我，今日又带我去吞天塔历练，我照顾你是应该的。”

铃萝这才打消怀疑，回到岸边，张嘴咬住筷上的肉。

越良泽给她带来的都是方便吃的菜，骨头少。

铃萝鼓着腮帮子，含含混混地说：“你不问我为什么被关在这里吗？”

越良泽说：“常霏说过了。”

“他怎么知道？”铃萝蹙眉。

“玉听弟子堂都在传你杀了逍遥宗的人。”越良泽见她吃得差不多了，就递给她一小杯汤水，“但宋圆圆说人不是你杀的。”

铃萝瞥了他一眼：“你信吗？”

越良泽“嗯”了一声。

铃萝喝完汤，舔了舔嘴角，嗤笑道：“人就是我杀的。”她等着看越良泽惊讶错愕的表情，却见他只是“哦”了一声，又夹着一块肉递到她的唇边。

铃萝莫名地感到挫败，没好气地说道：“你又信啦？”

越良泽：“你说是就是。”

铃萝听得想咬他，最终却只咬住送到嘴边的肉。

越良泽压根就不在乎谁杀谁这事。

铃萝批评他：“你这态度不对，你以后可是仙道门面，一身正气，坚韧不屈，锄强扶弱，还除魔卫道。”

越良泽听得神色怪异，说：“我下次给你带些凝神静心的药来，你注意休息。”

铃萝：“你才需要凝神静心！”

“被罚水刑困在这里谁能好好休息？”她没好气地说道。

越良泽一听，对她刚才的胡言乱语也就释然了。

铃萝又吃了一口肉，见越良泽不说话，就问道："你怎么不问我为什么要杀她？"

越良泽："为什么？"

铃萝便哼道："你果然也认为人是我杀的！"

越良泽："不是你刚才说的吗？"他对铃萝的反反复复很能包容，反正这些日子也习惯了。

铃萝不想在审问厅坦白，也不想跟云守息说，只是在越良泽陪她聊天时，心底的倾诉欲突然发疯。她自己拿了颗剥好的糖炒栗子放嘴里，鼓着一半腮帮子，目视着越良泽说道："因为她害死我妹妹，所以我杀了她。"

越良泽听得认真，点着头说："嗯。"

铃萝："我杀她是有原因的。"

越良泽又给她倒了杯汤水："我知道了。"

"她若是没对玉芝做那些事，谁没事会傻乎乎地去招惹逍遥宗大长老最宠爱的孙女？"铃萝低声絮叨，"我那会儿连怎么用灵力都不知道，握把剑都难，得双手拿着，还挥不动。"

所以她是绝对不会主动招惹锦苑的。平时锦苑过来阴阳怪气地说几句话她都忍了；偶尔带穿着破旧衣裳的她和玉芝进山门，让穿着上好绸缎，一个个打扮得精致漂亮的女孩看着她俩捂嘴偷笑，铃萝也忍了。相比于在外流浪差点儿饿死，她们在逍遥宗好歹有一口饭吃。所以当初听越良泽说留在天极是为混口饭吃时，铃萝心头触动，竟瞬间理解了他。

"她总来挑刺，我一直忍啊忍，想着只要不让妹妹在外受天寒地冻还挨饿，被人笑骂也无所谓。"铃萝咬碎嘴中的糖炒栗子，香甜粉糯，却化不开那时的苦，"可她趁我不在，以找我的名义把玉芝哄下了山去。

"她做了什么我不能告诉你，但就像是把一个十二岁还不能发声的小姑娘扔进饿极了的狼群里，她却站在旁边拍手笑看着玉芝一边哭一边拼命想从狼窝里爬出来。

"每次她要爬出来了，锦苑就踩着她的手把她踹回去。"

铃萝说："这就是我杀她的原因。"

越良泽一边专注地听着，一边给铃萝剥着最后一颗糖炒栗子，又道了一句："我知道了。"

"所以你日后……"铃萝话说到一半，在越良泽抬手将糖炒栗子递过来时顿住。

她望进少年干净明亮的眼底，在其中看见了自己。

她本想说：所以你日后不要总跟我作对，不要以为我都是错的，不要去护我要杀之人。

可她忽然想起来，云守息说过她错了，于休也这么说过，好多人都这么说过，偏偏越良泽一次都没说这话。

“嗯？”越良泽见她突然顿住，没了后话，有些疑惑地眨了眨眼。

“你日后常给我剥栗子吧。”铃萝吃下他递来的最后一颗栗子，没什么兴致地说。

越良泽却点了点头，将小碟子收进食盒：“但栗子不宜多吃，得适量。”

铃萝神色恹恹，抬手给他看自己腕上的卷神锁，说道：“你看是我多吃不好还是我没命多吃？”

越良泽听了这话后神色略显无奈。

他刚盖上食盒，铃萝就听到有人朝这边走来，很快越良泽也发现了。两个人对视一眼，铃萝吃饱有了点儿力气，当即抓着他拉入水中。

“扑通”一声，水花四溅，莲花摇曳。

越良泽没入水中，铃萝朝他比了个“嘘”的手势，又浮出水。

“哗啦”一声，睁眼的铃萝瞧见一袭白衣从暗处现出，云守息漫步走来，在岸边停下，朝水中的铃萝看去。

“师父。”铃萝低垂着眉眼，模样乖巧，心中却暗骂一声糟糕，云守息早不来晚不来，偏偏这时候来。要是让他发现越良泽在水里，那越良泽肯定会被这变态盯上。以铃萝的资质、容貌，在她入魔前，喜欢她的人只多不少，也曾有大胆的人跟她表过态。曾有位胆子大的师弟运气不好，跟她表白时刚巧碰上云守息也在，让云守息听了去，虽然铃萝拒绝了，但此后她再没见过这位师弟。一次偶然机会让她得知，这师弟没多久就因为犯了门规被赶出天极，下山后没过几日就染病死了。那时她只是怀疑，后来云守息承认是他做的这件事，铃萝更加觉得他疯了。

云守息在岸边静立，无声打量着铃萝惨白的脸与唇，湿漉漉的发贴着她的肌肤，黑白分明得刺眼。

“疼吗？”他问道，语气温柔。

铃萝摇了摇头：“弟子该罚。”

“你被缚灵落了一鞭，又泡在寒潭里，只会雪上加霜。”云守息说道，“过来，我给你上药。”

铃萝犹豫着，没有过去。

她仍旧摇头说：“师父，水刑淤泥恶臭难闻，我遭受数次水刑，身上早已污浊不堪，绝不能让师父也沾染上。”

水里的越良泽隐隐约约听见了她的话。

铃萝为了拒绝云守息帮忙上药，不惜自毁了。

云守息却蹙眉说道：“我可不准你这么说自己，过来。”

铃萝感觉到越良泽在拉她的手，是在告诉她他快憋不住了，要么云守息走，要么他憋不住出水来。

云守息见她不动，又说道："铃萝，那一鞭是师父没能护好你才落下的。"

"师父……"铃萝深吸一口气，咬着唇神色为难，"我——"她忽然沉下水去。

云守息微愣。

洞顶洒下的月色星光落在水面，水波晃荡，使得碧绿莲叶随之摇曳，在莲叶缝隙间，光亮落进了水里。铃萝用一只手反握住越良泽拉着她的手把人往身前带，又用另一只手轻托着他的脸吻了上去。

水下光影灼灼，让他们能看清彼此的模样。

在水下，一切都是柔软的。

越良泽微微睁大了眼，脑子发蒙，铃萝却已伸手遮住了他的眼。她一边给越良泽渡气，一边在心里愤愤地骂着。她竟然为了不让越良泽被变态盯上而屈尊主动吻他！

这简直是奇耻大辱！

以前都是他主动的！

岸上的云守息看着晃荡的水面，不禁蹙眉。

铃萝为何会突然沉入水中？明明卷神锁还没有发作。

忍不住要下水探查时，云守息才听见"哗啦"的出水声。

铃萝出水后甩着脸上的水珠，伸手擦了一下唇，睁开眼朝云守息看去，水珠从下颌滑落到脖颈上，在她抬首时显出纤长的颈线。

云守息看着，目光微沉。

铃萝说："师父，我不愿让你见我受水刑的模样，您还是先回吧。"

云守息轻声叹息，垂下眼帘，将伤药放在岸边。

"刑满之日我再来接你。"他说。

铃萝回道："谢师父。"

云守息也觉得自己该走了，否则再看下去，怕会忍不住把人从水里捞起来带回青石坊关着。

见云守息走后，铃萝刚想下水捞越良泽出来，却听"哗啦"一声，那人竟不知何时游到离她老远的地方浮出水面。

铃萝看后气不打一处来："你跑那么远干什么？"

越良泽背对着她，这一刻想的却是寒潭冰冷彻骨，亏她受了内伤还在这里面泡着竟没有晕过去。他抬手擦拭脸上的水珠，上岸后才回头看向铃萝。

两个人都湿漉漉的。铃萝微抬着下巴，脸上有点点恼意，更多的还是同往常一样，像只小野猫般朝他伸着爪子，神色警惕又挑衅。两个人视线相接时，越良泽的脑袋里轰然回放着水下那一幕场景，放在身侧的五指微微握紧。

铃萝："你——"她才刚吐出一个音节，就被卷神锁拽下去了。

看着突然消失的铃萝，越良泽下意识地想要伸手，却没用。他意识到是卷神锁把人带下去受刑了。冰冷的潭水从他的发梢滴落至鼻梁，有些发痒，越良泽抬手擦了擦，提着食盒打算先离开，却在看见岸边的伤药时顿住。

她受刑后拿筷子夹菜都费劲，还能自己上药吗？

被拉下深潭淤泥里的铃萝想的却不是伤药的事。在无边黑暗和阴寒环境中，她因痛苦而攥紧了五指，却想起那双干净明亮的眼，眼里数次只映着她一个人。刚刚在水下她遮住了越良泽的眼，因为不想在这双眼里看见惊讶错愕或是抗拒讨厌的神色。铃萝不知道自己想要看的是什么，但知道自己不想看见什么。何况今日她只是以吻渡气，可没半点儿邪念。

哪里像水天镜中的未来——

铃萝在踏平逍遥宗后，被各大仙门的人讨伐追杀，为快速提升功力，她曾在南江城修炼各种诡谲法术。那段时间她被心魔侵蚀，又听仙门各派的人天天喊着她都做了什么正道不容的事，不由得冷笑着想：既然我都入魔了，那自然该多多修炼魔道法术，仙门正派不齿什么就练什么，练完就拿此招去对付杀她的人，最后嘲讽他们死于自己不齿的法术之下。

当时有一禁法名曰“美人尖”。它既是咒法，也是一种毒，练成之人可秒杀生死境以上修者。只是禁法修炼要求颇多，名曰美人尖，要的就是美人，提取天赋高、灵力足的美人的精魂，炼到至纯，因此需要很多很多美人。这禁法之所以为正派所不齿，是因为此法抢夺他人灵力，偷窃他人天赋，且被取魂之人经脉尽断，再无修行可能。所以仙门正派们都称呼美人尖为下流法术，没人愿意也没人敢修炼。

铃萝受心魔侵蚀，哪顾得上这些？她派遣灵魔去抓美人回南江城，但抓的都是男子。多地天赋极佳的男子无故失踪引起恐慌，修界皆传铃萝入魔发疯抢天赋极佳的男子去练不入流的邪术。

铃萝看着被灵魔抓回来的美男子们要么哭着跪地求饶，要么百般谄媚讨好，看着那些人披着那好看的皮囊却做出此等神态，便教训起身边的灵魔：“我让你们抓美男子，你们把这些歪瓜裂枣带回来干什么？”这些人的姿态看得她倒胃口，她完全没了要练美人尖的心思。

灵魔被骂得“扑哧”变回小圆球，在她脚边蹦蹦跳跳地讨好，试图逗她开心。

铃萝看着被关在笼子里神态各异的男人们，神色鄙夷，淡淡地说：“我给你们一炷香的时间，你们若是能从这迷竹阵里出去就活，出不去就自己想办法。”

这座山后满是青竹，晨时竹香幽幽，日光温柔，风在林间穿梭玩闹。被抓来的人在笼子被打开时便蜂拥着朝外跑去，都想要从这看不见尽头的竹林里出去。

铃萝坐在摇椅上悠闲地看着这帮人丑态百出，灵魔在旁边给她端茶倒水还剥着果皮。有的人崩溃大哭，有的人仍旧在骂她妖女、魔道、败类等等，其中有一个蓝衫青年跑累了，便躺在地上喊道：“不……不跑了，爱怎么样就怎么样吧！”

“赵兄，快起来！此时不跑，一会儿就要被那妖女带去……”身边的人弯腰去拉他，却听到他说：“带就带呗，我看人家姑娘也长得颇为精致，比我以前见过的都漂亮，什么妖女？看着更像是仙女。若她真看上我这身天赋，那能为美人尽一份力，我也算是值了，这么一想我还跑什么？”

吃着葡萄看戏的铃萝心里一时五味杂陈，只见又有人红着脸说道：“赵兄，万万不可这么想，她可是妖女。”

蓝衫青年说：“反正家里的人也不指望我光宗耀祖，再说妖女又如何？”他实在是没力气跑了，便继续躺着喊：“这位仙子姐姐，我不跑了，你让我朋友离开，我自愿把天赋先给你，不过我也是第一次，没什么经验——”

友人急了：“赵兄！赵兄你不能为了我就放弃求生的机会！你快起来……”

铃萝指了指那人，跟灵魔说：“把他……”话还没说完，她就听到刺耳的剑鸣声传来，一只巨大的青鸟从上空飞过，落爪时将这一片区域的结界狠狠抓碎了。

铃萝眯着眼，从摇椅上起身。那一剑斩开外围的迷雾，也破了阵法。受刚才的剑气震荡影响，满山竹枝摇曳，翠叶飘落，从迷雾中提剑走来的男人身着青衣，与这山色相衬，墨色的发随风轻滑过他尖瘦的下巴，细长的眉下是双漂亮的凤眼，微抿的唇发红，是沾染的血色。

他受了伤，身上青衫染血，提剑的手背上还有一道破开皮肉的伤痕。那时候，铃萝认为美男子就应该是这样的，皮囊是其一，意气也是其一。这名圣剑宗的弟子提着剑破除阵法，瞥了一眼躺在地上的蓝衫青年，淡淡地说道：“随青鸟走，它会带你们出去。”

“多谢道君！”蓝衫青年的友人急忙把他背起来，看着天上的青鸟寻路。

铃萝现形来到林中，朝那两个人颔首道：“刚才还说愿意，怎么这会儿就要走了？”

蓝衫青年将头埋在友人背上，假装什么都没看见。

友人坚强地说道：“你……你这是强制性的，不能如此！”

“我本来就要放你们走，可没有强迫，是他刚才说自己愿意，这会儿又说话不算数。”铃萝抽出长剑，笑道，“做人就要为自己说出的话负责，若不知轻重，总爱乱说话，便会给自己招来杀身之祸。”她手中剑飞出，被越良泽拦下，两个人交战起来。

友人飞快跑走，蓝衫青年不忘回头喊道：“仙子姐姐再见！这位道君你下手轻点儿，人家好歹也是女孩子——”

“你快别说了！”友人差点儿崩溃。



铃萝与越良泽在青竹林打起来，剑意横扫，一根根傲然挺立的青竹被拦腰斩断。长剑相撞，她闻到了越良泽身上的血腥味，视线扫过持剑的手背，因为对战使力，那伤口又裂开了，鲜血直流。

铃萝的剑意压过他，越良泽眉头微蹙，欲再施招，却见铃萝收剑退开。

“就你现在的状态，跟你打也没意思。”她说着，上下打量了越良泽一番又说道，“我是该好奇什么人能把你伤成这样，还是该生气你有多看不起我，都这样了还敢来我这里捣乱？”

越良泽看着她说：“这禁法，你不要练。”

铃萝哼笑道：“我练什么关你什么事？”

“你的剑意始终有着最纯粹的浩然正气，就算你如今入魔也没有受丝毫影响。”越良泽正视她的双眼说道，“这已是他们最害怕的，你没必要再修炼那些不入流的法术。”

你的剑意始终有着最纯粹的浩然正气。这话让欲动手的铃萝顿住。她万万没想到，这世间第一个看破她的剑意的人会是越良泽。在这清幽之地，日光透过枝丫温柔地落在男人身上，点亮他的双眸，里面却只映着她一人。铃萝望进他的眼里，握剑的手下意识地收紧，那深沉的眼眸让人窒息得想要逃离，也令她心魔再起。

“入不入流我说了算，我想练什么就练什么。”她别开眼说道。

见铃萝没有要放弃的意思，越良泽握紧了手中的剑，沉声说：“你抓多少我放多少，只要有我在一天，你就休想练成。”

铃萝听后古怪地笑着，又转回眼去看他：“你都自己送上门来了，我还费力气去抓人干什么？”她收起剑，朝越良泽走去，“越良泽，越剑圣，丹水真君——你受重伤，还敢来我的地界，真以为我不会对你做什么？”

越良泽眉目清朗。

铃萝在离他一步之遥处停下，眼里满是戏谑的笑意：“我既要修炼美人尖，把人抓到布阵的时候，就已经启动了毒雾，换作平时你应该早有所觉，但不巧今日你重伤闯阵，就算察觉也没力气抵抗。”她骗他的。毒雾是刚刚她临时起意放的。就因为恼怒越良泽看出了她的剑意，说出了她最不愿意相信的事，铃萝心中魔意加重，逐渐吞噬理智。此刻越良泽也察觉到了，闻到空气中那丝异样的香甜味道，眉头微皱。

铃萝已牵过他的手，朝楼阁处走去。

越良泽剩余的力量都拿去抵抗毒素了，没工夫挣扎。

铃萝把他带到了阁楼上。

窗户开着，帷幔被放下，随着晨风起落。床边放着张低矮的桌案，两个人在案边停下，铃萝笑盈盈地望向对面正襟危坐，试图化解毒素的男人。

铃萝坐在越良泽对面，单手支着下巴说道：“你可千万忍住，继续当你正直高尚的仙门剑圣，别做出某些不入流的事来，辱没了自己的名声。”

她笑盈盈地嘲讽着，又去拿了伤药，牵过越良泽受伤的手。她说话的声音又软又轻，模样看似认真地为他上药，眉眼间却满是笑意，还带点儿妖气。

“你这种高高在上、自视圣洁如莲的仙门正派人士，可不能向我投降，让我可以利用你的灵脉修炼禁术。”

越良泽清朗的嗓音此时带着几分沙哑：“那是你认为的。”

“嗯？”铃萝抬眼瞧着他，故意探身凑过去，眉眼越发妖冶。

“高高在上，圣洁如莲。”越良泽垂眸看着她，“一个人如何，只有他自己最清楚。”

“那是我还不够清楚咱们的丹水真君，不如你靠近一点儿，跟我详细讲讲？”铃萝耐心地看着他。

窗外虽有风进，掠过他的面颊，却压不住那热意。

越良泽缓缓收回手，却被铃萝捉住：“我还没包扎呢。”

“不必。”他说道。

“行啊，反正涂完药了。”铃萝笑道。

越良泽垂着眼帘，收回的手紧握成拳，伤口涂了药也没用。痛感持续刺激着神经。

铃萝起身，裙摆在他的视野里闪过：“那丹水真君你就在这里忍着吧，我可要去外边看看我抓来的那些……”她话还没说完，就被突然发动的越良泽扣住了手腕。铃萝眨了一下眼，没料到这人竟真敢碰她。

“铃萝。”越良泽垂眸望着她，黑漆漆的眼瞳中似有千言万语，“你心里有魔。”他的声音太哑，像是在强撑着用尽最后一点儿力量提醒她。

“是吗？”铃萝唇色艳艳，依旧笑盈盈地看着他，轻声笑问，“那你心中有什么？”

越良泽双手撑在铃萝的肩侧，压住了她散开的墨发，触感冰凉柔顺。他把人圈在怀里，却微微直起身，眼中最后一丝清明被吞没时，他仍旧注视着铃萝。他重新俯下身去。阵法起，两个人灵脉中的气息在此时交缠，高高在上的仙门至尊，在这一瞬间跌落进泥潭里。

铃萝原本被心魔控制，有滔天杀意，在越良泽俯身拥抱她的那一瞬间，已决定要拿他练美人尖，却在这温柔怜爱的触碰中顿住，心中清明。

越良泽让铃萝心生明镜，镇压心魔，重夺理智。她清醒后的第一件事就是将抓来的歪瓜裂枣们赶走，让灵魔们带着他们从哪里来回哪里去。

铃萝看着四下逃窜的普通人，再看看躺在床上昏迷不醒的越良泽，心中暗自生气。若非心魔促使，她哪里会去抓那些丑八怪？她要抓也抓丹水真君！

卷神锁再次伸缩，把人从水下拉起。铃萝从回忆里醒来，冒出水面时还在心里嘀咕是越良泽主动的，却不想一睁眼就瞧见站在岸边一身湿透的某人。

她脑子蒙了一瞬，问：“你没走？”

越良泽看着她说：“等你出来，给你上药。”



上药？铃萝“咕噜”一声沉回了水里。

越良泽看着水面涟漪再次无奈。

这次他又说错什么了？

# 第十四章

# 祭祖大典

越良泽等了好一会儿才见铃萝出来。她抹了把脸上的水珠，有气无力地无声游到岸边来。“只准上药，不准看别的，也不准胡思乱想。”她说话都没力气，听起来软软的，却还想要喊出点儿威慑力来，“不然我就挖了你的眼珠子。”

越良泽“哦”了一声。

铃萝：“你哦什么哦？”她气得翻白眼。那一鞭从她的左肩到斜背上，伤口又长又深，在水潭里泡了这么久，皮肉都已泛白。铃萝侧过身趴在岸边，黑色的长发贴在肩前，白皙细腻的肌肤沾染着水珠，悄悄划出一道晶莹的水痕，让她看起来像是深海的鲛人。

越良泽将她本就所剩无几的衣衫拉下，看着眼前的雪背毫无杂念，只动作熟练轻柔地处理伤口涂抹药膏。

空气安静下来，铃萝就感觉很累。她眨了眨眼，想睡，又因为身上的伤口时不时地抽疼而睡不下，只能跟疲惫作战，有些浑浑噩噩。直到越良泽涂抹的药膏渐多，药效发作，驱除她体内大部分阴寒之气，痛楚降低，铃萝才合上眼。她睡相很乖，安安静静的模样看起来精致讨巧。

越良泽不知她是太累了才闭上眼，还是相信自己真的不会做什么才敢睡。多半是累着了吧，他这么想着，给铃萝上完药将她的衣衫拉上去，犹豫片刻，还是没叫醒她。

越良泽擦了擦额头上的细汗，又拧了拧入在水中泡过的衣衫、裤脚。

被砸碎的洞顶，星光依旧，夜色却淡了几分。

越良泽就坐在一旁，静静地看着她。

黑水洞里连一点儿虫鸣和风声都没有，她却要在这里待十五日，可太折磨人。

铃萝感受到卷神锁的颤动，这才瞬间醒来，一眼就看见边上的越良泽。

他说：“我该走了。”

铃萝只眨了一下眼，还没想好要说什么就被卷神锁拉入了水中。

越良泽皱着眉头，最终还是走了。但他每晚得空都会给铃萝送吃的来。

铃萝起初还会对他警惕有加，怀疑他是来看笑话，或者趁机下毒的，后来就不管了。因为饿，又因为他做的食物好吃。两个人谁也没提那日水下的事，偶尔聊天谈的也多是修炼和宗内的事。

“你知道天极长得最好看的人是谁吗？”铃萝问。

剥栗子的越良泽答：“三掌门。”

“错啦。”铃萝趴在岸边笑，“我保证，最好看的那人不是他。”

越良泽有点儿惊讶。这话拿去问天极的任何一名弟子，得出的答案都只会是三掌门云守息。

见他惊讶不解的表情，铃萝朝他勾了勾手指，说：“你要不要和我打个赌？”

越良泽：“不赌。”

铃萝撇嘴，无趣。她接过越良泽递来的糖栗子放进嘴里，含混地说道：“你最近常来这里，晚上不练剑了？”

“白天练。”他说。

“你白天有时间？”铃萝狐疑地仰首看他，“习堂不去，心法也没学，你天天替师兄受罚赚钱，哪里有时间练？”

越良泽好脾气地答：“不是每天都这样。”

铃萝又吓他：“要是被尊主发现你偷偷来这里，我看你到时候也得被罚水刑。你总是替别人受罚，到时候你能找到一个替你受罚的人吗？”

越良泽静了片刻，铃萝以为他在想人选，却听他说：“我要是也被罚水刑，就没人来给你送吃的东西了。”

铃萝：“有点儿道理。”她没好气地说道：“那你可得藏好点儿，别被发现了。”话音刚落，就听走道那边传来脚步声。两个人对视一眼，越良泽熟练地入水躲起来。寒潭里到处都是睡莲，莲叶和花枝遮掩着，而只有中心那一处才有光亮照映，越往后边山壁处越是黑暗，于是越良泽离铃萝老远，借着睡莲与黑暗掩藏，再也不怕在水下窒息。

铃萝瞥了他一眼，咽下嘴中的栗子，哼了一声。

这次来的是于休。他给铃萝带了些零食来，望见被困在寒潭里的铃萝，目光略带怜惜。

“二师兄。”铃萝见到于休倒是有几分高兴，“你什么时候回来的？”

她出事前，于休已下山历练去了。

“今日刚到。”于休在岸边坐下，把食盒打开，“回来的路上还遇见大师兄了，我们刚进山门就听说了你的事。”

“大师兄回来了？”铃萝有点儿惊讶。

这时间可比她知道的要迟了数日。

于休点了点头，将碟子递给她，动作轻柔："大师兄刚回来，要忙祭祖大典的事，所以暂时不能来看你。"

"快到祭祖大典了啊。"铃萝小口吃着糕点，出言感叹，"大师兄刚回来就知道我闯祸被罚，对我这个师妹的印象肯定差极了。"

于休笑道："他不是那种人，你莫要担心。"看见铃萝苍白的脸，还有冷得发白的手指，于休在心中叹息，抓着衣袖给她擦了擦脸上的水珠。

铃萝朝他笑了一下。

"你再过两日就能出去了。"于休说。

铃萝点头。

于休又说道："要不要我给你讲讲这次下山历练的事？"

铃萝虽然想听，但想到后边还有个躲在水里的越良泽，便说道："等我出去后师兄再说给我听吧，这里又冷又黑，我时不时还会被卷神锁拉下去，听不尽兴。"

于休叹道："你受苦了。"

"二师兄且先回吧，既然祭祖大典快到了，你也会很忙。"铃萝笑道，"我本来一个人觉得还行，要是二师兄多待一会儿，我怕是会忍不住哭的。"

瞧瞧他家师妹多么乖巧温柔、善解人意。于休因此越发心疼她了，收拾好食盒起身，说："那我明后天晚些时候再给你送吃的东西来。"

铃萝道谢："那就谢谢二师兄啦。"她目送于休离去，确认人已不见后，才回头望向越良泽藏的方向。些微水花声响起，越良泽冒出头来，沉默不语地起身去岸上。

铃萝随他转动着视线，就见他边走边擦脸上的水珠，低声说："我先走了。"

"你今日怎么回得这么快？"她问。

越良泽说："回去练剑。"

现在他知道要练剑了？他不是说白天练的吗？

铃萝眨了眨眼，问："那你明日何时来？"

越良泽静了一会儿才说："明日不来。"

"为什么？"她没多想就已问出口。

越良泽背对着她，随着他往外走去，发梢滴落的水珠落到了食盒上："已经有人给你送吃的东西了。"

铃萝："二师兄送的糕点能跟你做的菜比吗？明显你做的菜更好吃啊！"

铃萝蒙了，喊道："喂！"可我更喜欢吃你做的东西啊！这话卡在唇边，在越良泽回头看过来时，她愣是说不出口。

越良泽静静地看着她，神色不见喜怒，就跟往常一样，似乎完全没受影响。

铃萝咬牙，硬是改口道："我出去后再找你吃！"

越良泽“嗯”了一声，转身离去。

铃萝气得“咕噜”沉回水里。他不送吃的东西就不送，难道就不能陪我说会儿话聊聊天？这破地方又冷又黑，还没声音，就我一个人多无聊？气了半晌，她又觉得没意思。

越良泽能说出要陪她聊天这种话她才该觉得奇怪。

最后两日虽然漫长，也终会过去，刑满当晚，卷神锁终于放开了她。浮出水面的铃萝半点儿力气都没有，在她游到岸边，撑着冰冷的地面试图起身时，却被拉入了一个温暖的怀抱里。

云守息将她拦腰抱起，朝外走去。刚从寒潭里出来的铃萝像一坨冰疙瘩。

云守息抱着她柔声说：“一会儿就不冷了。”

铃萝被云守息接回了青石坊，放在蜃楼的温泉里疗养。她雪白的背上有一道暗色的疤痕，是缚灵鞭落下的伤。铃萝伸手摸了摸，有凹凸感，多亏之前的药膏，这会儿已经结痂了。身子已经被泡得暖和，筋骨也在温泉的疗养下好了许多。

铃萝伸手去拿衣服，听到屏风后的云守息说道：“受过水刑后阴寒气重，你再多泡些时候。”

“师父，连着泡了十五天的水，再泡下去我都快成水鬼了。”铃萝不愿，起身穿衣。

云守息轻声叹气，又说道：“你每日来此疗养，最少一个时辰，直到体内的阴寒之气消失为止。”

“多谢师父。”铃萝顺了顺湿漉漉的长发，想掐个火诀，却又懒得动用灵力，便这样走了出去。

云守息看到后，伸手摸了摸她的头。

铃萝垂眸看着瞬间变得干爽的长发轻扯了一下嘴角。

“回去歇着吧。”他说，“等药汤好了我给你送去。”

铃萝之前在黑水洞过得有多苦，如今在青石坊过得就有多幸福。她舒舒服服地躺在柔软的床上，抱着绵软的被子，吃着二师兄送来的饭菜，喝着师父亲自煎熬端来的药汤，无聊就听二师兄讲述下山历练的奇妙经历，云守息更是半句重话不敢说她。唯一不舒服的就是她恢复得有些慢。原因不用想，就是云守息喜欢她被自己照顾的乖巧模样，便成心将药汤中药的比例调少了，以拖延时间。

一开始于休还能在她身前露面聊聊天，没两日就只有云守息在她身旁。她问就是两个师兄都去忙祭祖大典的事，没空看她。



铃萝这日喝过药后午睡片刻，意识昏昏沉沉之际，感受到有柔软微凉的指腹轻滑过她的眉眼。

本就警惕云守息的她意识立马清醒，却没睁眼。因为她听见身边的男人在低声呢喃。铃萝在心里古怪地笑，装作茫然地睁开了眼，漂亮的黑眸中还有些微水雾，捕捉到了云守息见她忽然醒来时面上一闪而过的狼狈之色。

她懵懂地问："师父，你刚才在叫谁的名字？"

云守息藏在袖中的手瞬间变得僵硬，他一时竟不敢直视这双漂亮的眼。在错开视线片刻后，他才重新转过头来，微笑着说："没什么。"



祭祖大典是东岛天极一年一次的重要节日，旨在庆祝祖师爷诞辰，内、外两门都得参与。在大典前日，云守息也忙了起来，铃萝总算能拿玉听看看弟子堂都说了什么。得知她刑满出来后，宋圆圆几个人因进不来青石坊，便在玉听上给她传信，大意是要她好好休养，别理弟子堂那些闲言碎语，他们几个都知道人不是她杀的。

弟子堂这会儿都在谈论祭祖大典的事，但前段时间的记录还在，铃萝翻看着，似乎跟她想的情况差不多。要么是维护支持她的人，要么是冷嘲热讽的人。戒律堂那日的审问情况碍于云守息的面子其实是不会外传的，可穆雅离去时，"顺嘴"跟人谈了两句，随后消息一传十，十传百。

铃萝看了两眼就觉得没意思，又去看祭祖大典相关的消息。过去她也因为受罚养伤而没去参加祭祖大典。大家这么忙，是因为天极的祭祖大典规矩太多了。一年一度的大排场，光是那天穿的祭典服都是每年一制，普通弟子和需要进行祭祖仪式的弟子穿的还不一样，更别提什么焚香三日、斋洗七天等等。

铃萝在后两年也参与过祭祖仪式，所以知道有多麻烦，此时倒也理解师父跟师兄是真的忙。玉听弟子院里，宋圆圆跟常霏他们都在互相抱怨最近忙得晕头转向，身为亲传弟子，得跟自家师父一起参与许多仪式。

铃萝内伤未好，不能大肆动用灵力，每天就喝喝药、看看书再赏赏花。

祭祖大典当天，几乎所有人都去了祭祖台，只剩下看山堂的人还在巡逻点待命守护天极各地。大典要持续一整天。也就是说不到深夜云守息都不会回来。

铃萝因此高兴地在蜃楼里跑了一圈，自娱自乐地玩着，不过片刻又腻了。她去了蜃楼的书阁，挑了几本咒律古籍来看。就算天赋好，她也未曾懈怠过。由上百种乐器弹奏的祭龙祖乐传遍整个天极，前奏哀愁又神秘空灵，中段变得激昂，尾调恢复平静悠扬，尘埃落定般美好。铃萝坐在窗边静心听着，一会儿后离开蜃楼，出了青石坊。她刚出青石坊，就见跟她关系亲密的两只圣灵鸟从枝丫上飞下在她身边转着圈。

铃萝朝其中的一只伸出手，让它停留在指上说："走，我们也去看看大典。"

祭祖台在内门，一只圣灵鸟却朝外门飞去。铃萝让那只圣灵鸟去看越良泽是否还在小院里待着。祭祖大典上要吃不少东西，以他那古怪的脾气，他怕是没去。果不其然，圣灵鸟飞落在院外的棠花树上，看见少年正拿水盆在石台边清洗摘的山中野果。

铃萝解了共生灵，从前往祭祖大典的路上转身，朝外门走去。在越良泽成为圣剑宗弟子后，每次他参加各仙门大宴，都不会吃一点儿东西，也有人曾私下里骂他傲慢，不知尊重人，但没人敢明面上戗他。就连酒水他也不喝，都是他的师兄帮忙代酒，除非那酒是他自己酿的。想起这些，铃萝不免疑惑越良泽会何时离开东岛天极，又如何成为圣剑宗怪慈仙首的徒弟?

圣灵鸟栖在花枝上未离去，歪着脑袋打量院中少年所行之事，直到铃萝到此才展翅飞走。

听见脚步声，越良泽回头看去，见是铃萝愣住。

“今日是祭祖大典，你身为天极弟子怎么没去？”

铃萝却无半点儿不适，很是自然地走进院来。

“杂役弟子，不去也行。”他说，视线却未从铃萝身上移走，眉头微蹙地问道，“你怎么也没去？”

铃萝哼了一声说道：“我被勒令养伤，不能去。”

“那你怎么来这里了？”越良泽这才转过身去，手伸入盆中，重新清洗水里红艳艳的小野果。

“师傅是不准我去祭祖大典，又不是不准我来外门。”铃萝搬过小板凳在他身边坐下，懒洋洋地说，“他们都去大典了，我上哪儿吃饭去？这不是来找我厨艺非凡的越师兄混口饭吃吗？”

越良泽拿她没法，低声说道：“今日没米了。”

铃萝想也没想地就说：“那我去晚斋堂偷点儿？”

越良泽说：“今日各处斋堂都在为祭祖大典准备吃食，会有人手看守，不好偷。”

铃萝轻哼了一声：“这有何难？你等着。”

她刚起身走了没两步，又回来坐下，沉思道：“我内伤没好，不可用灵力。”

越良泽弯了一下嘴角。

铃萝看见了，恼道：“笑什么？你看看你，灵力这么弱，去晚斋堂偷碗饭都不成！”

“我不用偷。”越良泽说，“我可以去买。”

“去哪里买？东海城？今日禁山，你可出不去。”铃萝趴在干石台这边哼哼道，“没饭也行，吃别的东西总能饱。”

越良泽又说道：“今天做照烧鸡腿饭吃。”

铃萝抬首瞪他：“你故意的吧！”

没米他们怎么吃照烧鸡腿饭?

“山下有镇民，他们每月按时给天极供应蔬菜，我有熟人在那里，可以去买点儿回来。”越良泽擦了擦手上的水渍，“只是一来一回得花点儿时间。”

铃萝便说道：“我御剑带你去。”

越良泽摇头拒绝：“你伤未好，少用灵力。”

铃萝撇嘴，站起身来到水盆边，伸手帮他清洗野果，又说道：“那你快去快回。”

越良泽出发去了山下，铃萝将野果洗得干干净净，猜想他是要用这些做果酱，便又放到篮子里晾干，等人回来。

其间祭龙祖乐反反复复地在全天极响着，她听着倒也不显无趣。

铃萝眯着眼看了一会儿天色，估摸祭祖台那边已经开始各种仪式，于是拿出玉听在弟子院里问其他三个人："巡礼开始了吗？"

巡礼时，由掌门持祖师爷牌位，率领众天极门人绕天极一周，再回到祭祖台上。

巡礼日夜各有一次，白天彩带飞舞，入夜灯火长龙，两种景色都热闹非凡，是为一绝。

她过一会儿才收到传信回复。

宋圆圆："还没，二堂主不知为何迟迟不到，我跟常霏正去找人。"

徐慎问："我怎么没看见铃萝你？"

铃萝回他："我被师父禁足养伤，趁你们都忙着祭祖大典才能找越师兄混口饭吃。"

宋圆圆："小阿爹今日又做什么好吃的东西？让他给我留一份我晚上去吃！"

常霏："我也是！"

"他都没米了！"铃萝愤愤地书写传信，"你们想混吃混喝就带点儿米来！"

"我正在去找二堂主的路上，走不开！"常霏说道，"徐慎你去！"

刚巧路过晚斋堂的徐慎面不改色地收起玉听，顺手拿了个托盘，装作二堂的人去了后厨。

祭祖台有乌泱泱的上千人，场面宏大，此时众人正在聆听范堂主念祭祖集，还剩四五页，却已拖延了部分时间，念一两句他就开始讲其中的典故，听得下边的弟子们怀疑自己此时是在习堂听课。

穆横天居首座，穆夫人亦在。他的左首空着位置，是闭关不出的二掌门之位。云守息在右边，身后坐着他的两名亲传弟子。二徒弟于休正襟危坐，对祭祖大典保持肃容对待。大徒弟楚异长相随师父，俊美非凡，却没有继承师父的温和端庄风格，他姿态懒散，常眉眼半弯着，略显几分邪气。大多数天极弟子知道这位大师兄脾气古怪，怼人不客气，霸道又有点儿痞坏，常被大掌门斥责不正经，却依旧我行我素，全天极也就只有云守息能镇住他。

楚异眯着眼，见范堂主又说起了典故，便低头剥了颗葡萄递给于休。

于休伸手接过，略为感动："谢谢师兄。"

"不客气，但这颗不是给你的，是给我那还未谋面在蜃楼养伤的小师妹吃的。"楚异懒懒地说，"看范堂主这速度，你现在回去拿给她再过来也赶得及。"说话间楚异又剥了一颗葡萄，递给他说道："这才是给你的。"

于休伸手接过葡萄，又听到他说："好师弟，你回来的时候记得把我枕头底下的云扇拿来，这正午还有点儿热。"

“师兄。”于休无奈地说道，“二堂主还未到，范堂主也只是在帮他拖延时间，已经派弟子去找人了。”

楚异轻轻嗤笑了一声，给自己嘴里塞了颗葡萄，说道：“平日里最守时的人，偏巧在这种场合迟到。”

“总有意外嘛。”于休说，“我们再等等吧。”

“等啊。”楚异挑眉，眼神示意他手中的葡萄，“等的时候还能给师妹送葡萄吃，我保证你回来时范堂主也没念完。”

半晌，无奈的于休自己吃了葡萄。楚异呵笑了一声，道：“你完了，你把给小师妹的葡萄吃了，你堂堂男子汉跟一个小姑娘抢吃的东西。”

于休觉得自己真的是说不过他。

云守息静心，懒得管身后两个徒弟胡闹。

正午已到，二堂主仍不见踪影。

徐慎得知祭祖台那边还没动静，便先扛着大米来了越良泽的院里，就见只有铃萝一个人。

铃萝站在石台边接水洗手，眉头微蹙着。

两个人打了声招呼，徐慎把大米放进厨房，出来后才问：“越师兄呢？”

“去山下买米还没回来。”铃萝说着，朝越良泽离去的方向看了一眼。

他去得太久，久到铃萝都想用圣灵鸟去看看了。

徐慎活动了一下脖颈，也过来接水洗了洗手，又好奇地看了一眼旁边晾着的野果：“越师兄这次又要做什么？”

“他说今日吃照烧鸡腿饭，这些应该是拿来做果酱的。”铃萝说着，又问，“祭祖台那边怎么还没动静？”

这个时间巡礼早该启动了。

“二堂主还未到。”徐慎说，“我到祭祖台的时候就没见到他。”

二堂主……

铃萝再次蹙眉。她对以前在天极的记忆已经有些模糊了。上千个日夜，不可能每天发生什么事她都记得。如今她能记住的，差不多都是跟云守息和两位师兄有关的事，而她曾经与徐慎几个人更是半点儿交集都没有，连他们后来是死是活都不知道。

这次祭祖大典她也没参与，前后那段日子她都在蜃楼度过的，没有出青石坊半步。等她出去后，二堂主似乎——死了？算了，天极的堂主与她并无关系。现在不死他也难说日后不会死在那场战役之中。铃萝一脸漠然的表情，对此事没上心。徐慎跟她聊了一会儿便准备回祭祖台，刚到院门口，就见越良泽从斜前方的小道上走来，衣衫染血，还背着神色痛苦的常霏。

铃萝看得眼皮一跳，徐慎已快步上前接应：“越师兄，出什么事了？”

越良泽还未答话，常霏已发出痛苦低吼，伸手掐着自己的脖子，脖颈上已有数条抓挠的红痕，有的已破皮渗血。

“我回来的路上见到他跟宋圆圆被人追着打，常霏受伤，我先带他离开，宋圆圆还在后边。”越良泽答得简洁，刚进院门，就被发狂的常霏勒着脖子压倒在地。

铃萝上前一脚踹开常霏，越良泽反身压住他，又把人半拖着朝屋里走去：“他不太对劲，宋圆圆打不过那人。”

“我去找他。”徐慎立马离去准备支援。

铃萝却低头看着常霏。他指甲发黑，面色痛苦，似有人掐着他的脖子，四肢都在挣扎，翻着白眼，模样骇人。越良泽俯身欲把他拉起来时，常霏眼球翻转，只剩下雪色的眼白，却清楚地映着越良泽此时的模样。

在铃萝眼中，常霏一瞬白发。常霏停止了挣扎，却张着嘴，两个人都能瞧见他的舌头断了半截，却从喉咙中发出一个明确的音节，念出一个完整的字：“你——”

白发、雪眼、断舌之音……两个人皆满眼震惊之色。

“今——”

在常霏吐出第二个字时，越良泽捂住了他的嘴，铃萝却已拿樱喜划过他的咽喉。

## 第十五章

# 少年心事

铃萝本是要直接斩下常霏的头，却被越良泽拦下，樱喜只在常霏的咽喉上划出一道血痕。

“你拦我干什么？”铃萝没好气地说道，“他是石玉人，让他把话说完你就得死！”

石玉人，一种古老神秘的怪物，非妖非魔非仙。

它们外形似人，白发，雪眼，断舌，却能吐人言，一张口就是诅咒，被咒之人必死。

只要谁被它的雪眼看见，无一例外会收获石玉人的诅咒。

这怪物根本不会说话，只会诅咒人。

东岛天极的祖师爷大道飞升，天下已无敌手，修仙界正欲奉他为仙首庆祝，他却在飞升当日死去。

当时，一个约莫五岁的孩童端着贺礼进屋，蹲坐在台下，仰头看着这位修仙界的霸主。

随后孩童外形突变，青丝转瞬变为白发，双眼翻转，剩下大片眼白，映着祖师爷的模样。

石玉人张口，只说了一句话，短短五个字便杀了祖师爷。

天极众人大悲，祖师爷后人当场将这石玉人斩杀。

此后，天极门规第一条写着：凡是天极弟子，见石玉人必杀之。

就算非天极弟子，没有杀祖之仇，却也会因为这怪物无差别的诅咒而杀之。

“让开！”铃萝低声吼道。

石玉人出口后的诅咒无解，但只要在它说完话之前斩断它的头，挖出它的眼睛碾碎即可破除诅咒。

越良泽没有退让。他想起之前背常霏回来的路上时，常霏痛苦不已，还有理智时哭着跟自己说：“师兄，我不是怪物……不要杀我……”

越良泽当时还不知道这话是什么意思，只让他保存力气，不要过多说话。如今再看，常霏是知道自己石玉人的身份的，却还敢入东岛天极内门，胆子可真大。

“给他一个机会。”越良泽一手捂住常霏的眼睛，拖着他朝屋里走去，“你就在外边不要进来，也不要让它看见你。”

“你想干吗？”铃萝拦在门口，瞪着他说道，“现在不趁它诅咒为出口时杀了他，你等着它把诅咒说完后去死？”它刚才可是已经说了两个字。若是没意外，它要说的就跟当年杀祖师爷的咒一样：“你今日必死。”

石玉人正在扭动身子挣扎，越良泽垂眸说道：“我想办法试试，你的伤没好，先回内门去。”

“什么办法？”铃萝不退，“我倒要听听看你能用什么办法在不杀它的情况下阻止石玉人开口诅咒还不死。”

“我要他变回去。”越良泽说这话的时候在看常霏。

关于石玉人，世间记载不过两则。一是杀天极祖师爷。二是杀当年玄苍大陆上的帝王。时间相隔千年，石玉人难辨，每次现形咒杀他人后也免不了被别人所杀，从未听闻有变回去一说，但也不能肯定没法变回常人形态。因为人们对它的相关信息知之甚少。

铃萝之前也只是听过而没见过石玉人，于是她问：“还能变回去？”

“我想试试。”越良泽说，“常霏说他不想死。”

“他不想死，可他一开口别人必死无疑。”铃萝嘲笑道，“你怎么试？方法也不说，还不让我看着，谁能安心？万一你失败了它跑出来怎么办？”

在两人争辩时，徐慎却扶着宋圆圆回来了，宋圆圆喊：“小阿爹！常霏怎么样？刚才那一剑刺入了他……”

宋圆圆的问话声顿住。他瞪大了眼看着满头白发的常霏。

徐慎也愣住了。

两个人怔怔地看着常霏，半晌，宋圆圆才颤抖着声音问道：“他是谁？常霏呢？”

徐慎放开他，表情凝重地问：“石玉人？”

这下又有两个人知道常霏是石玉人的事了。

铃萝皱眉，而常霏还在挣扎，张口要咬越良泽的手，嘴里发出呜咽的声音，努力挣扎着想把诅咒说出来。

越良泽死死地捂着他的嘴。

宋圆圆不敢相信地问道：“怎么回事？常霏怎么会变成石玉人？他……他怎么……”

“诅咒说了吗？”徐慎问道。

铃萝说：“两个字。”

徐慎又问："谁？"

"师兄。"铃萝冷冷地说道，"现在有两个选择。一，按照门规杀了他，二，救他。"

"怎么救？"宋圆圆深吸一口气问道，"石玉人怎么救？他一开口就是诅咒！就连祖师爷都能被杀，更别提我们！而且……而且二堂主被人杀死了……"

什么事都凑到一堆了，宋圆圆一时有些发蒙。

铃萝对二堂主的话题没兴趣，漠然说道："石玉人比二堂主重要，怎么救问师兄。"但说完这话她又看向宋圆圆问道："你发信号了吗？"

"发了。"宋圆圆也受了伤，身上有血，脸色惨白，"祭祖台那边很快就会有人赶过来，到时候……"

若是再有人看见常霏石玉人的模样，那他必死无疑。徐慎跟宋圆圆与常霏早就认识，而常霏也是越良泽在天极的朋友，勉强也算是铃萝的朋友。

几个人一时陷入沉默之中。时间却在悄然流逝。石玉人眼睛抽动，雪色的眼白映着越良泽的脸，渐渐地盈满泪水，泪水溢出眼眶滑落脸颊。

石玉人也会落泪的吗？

"常霏……"宋圆圆握紧了双拳，实在无法动手。

"救。"最终做出决定的是徐慎，他眼里有着无可动摇的坚决之色，"在它说完诅咒之前，我也想救他。"

"一个个都想救，知道怎么救吗？"铃萝没好气地说道，"他怎么变成这样的又怎么变回去？你们对石玉人了解多少？"

"记载里都有一个共同点，石玉人前期跟普通人并无异样，只有露出特征时才会变成真正的石玉人，而它们两次出现都在咒杀别人后被旁边的人斩杀，也可能不是变不回去，而是没时间。"

徐慎边说边上前帮越良泽把常霏带回屋里。

宋圆圆也上前来，擦了擦眼中的泪，咬牙问："那怎么办？常霏之前被刺杀二堂主的黑衣人一剑刺中心脏，这才出现异常的。"

"受致命伤，会导致他以石玉人形态自保。"越良泽说。

铃萝皱眉看去："你怎么知道？"

越良泽面不改色地说道："猜的。"接下来的说辞他也是猜的，他告诉大家，普通人和石玉人是两种形态存在，他们只需要找到身为人的灵脉封印石玉人的一面常霏就能变回去。

他猜的？她信他才有鬼！铃萝心中想着，却也不好再为此纠缠，他们的时间并不多。在场的都是聪慧之人，于修炼方面都有超于常人的领悟能力。

在他说完这番话后，徐慎跟铃萝异口同声地问道："形幻咒？"

宋圆圆怔怔地说道："那可是禁咒，不让修炼，这谁会？"

“我。”徐慎与铃萝又同时说道，不由得对视一眼。

宋圆圆听得额角狠抽，看着两个人说道：“你们两个怎么什么都练？天才了不起吗？”

越良泽瞥了那两个人一眼，低声说：“她的伤没好，灵力不足，无法施展压制。”

“我刚学会，没用过，所以不太熟练，可能需要点儿时间。”徐慎说着，已经动手结印。

“宋圆圆，渡点儿灵力来。”铃萝收起樱喜，在常霏身上设了几处封诀，“我把咒体圈出来，让他能快点儿结束。”

宋圆圆连忙照做。

越良泽不能离开石玉人的视线，他死封着常霏的嘴，任常霏拼命挣扎也不松手。

石玉人的声音无法以物堵，只能以肉堵。但世间少有人知道这些秘密。

常霏咬着越良泽的手，呜呜咽咽，眼珠暴涨，面目骇人，泪水却不绝。

铃萝莫名地有种感觉，水天镜逆转时空前她没有跟常霏等人接触过，但他们跟越良泽一定认识。

宋圆圆看着铃萝熟练地在常霏身上画咒，再看徐慎双手一刻不停地结印，还有好友人不人鬼不鬼的样子，头痛得要命。他嘀咕道：“还是我小阿爹靠谱，说灵力微弱就灵力微弱。再看你们一个个的，偷练禁术、隐藏身份，你们是不是根本没把我当兄弟？”

不知日后见了你身为圣剑宗弟子且单手拔出镇仙玉的小阿爹，你还觉不觉得他靠谱！铃萝心中想完，头也没回地说：“禁术怎么了？别人想练还练不成，这叫不浪费天赋。”

宋圆圆瞪大了眼。

徐慎抽空也说道：“学无止境，而时代变了，有些咒术早已该被解禁。”

形幻咒被禁用，是因为它能移换彼此的灵脉，哪怕只是短暂的，有时限的，但依旧被认为危害大于利益，因此早在几百年前就被各仙门下令禁止修炼，被列为仙门禁法。

徐慎需要靠形幻咒才能从石玉人身上找到常霏的灵脉，而常霏因为受伤，才露出了石玉人的形态，他的灵脉力量不足以压制石玉人，因此换成徐慎的灵脉时，能够再借助咒法帮他将石玉人封印住。这一切操作都是基于越良泽的说法，如果他们不成功的话——

徐慎稳住心神，没有再想。

铃萝画好咒体，一个发光的结界圈笼罩在石玉人身上，同时，他们听见传遍整个天极的丧钟声响起。

宋圆圆心里“咯噔”一声，完了，看山堂的人已经发现二堂主的事，很快就会赶来这附近！可是这屋子里一个石玉人，两个修炼禁法咒术的弟子——这让看山堂的人撞见还得了！

看山堂的人守护天极各山的秩序与安危，若是宗内出事，最先赶到的必是他们。

铃萝这才回头去看宋圆圆，问："二堂主是什么情况？"

"我们也不太清楚，祭祖大典久不见他，师父便让我去找二堂主，但是我跟常霏在下松山那一段路上就见一个穿着黑衣的人在与二堂主打斗。"

宋圆圆抬手捏了捏眉心，努力顺清这前后发生的事："二堂主当时已不敌，我俩还未做出反应，就被那人发现，随即那人拉了我俩进入战斗。

"不巧小阿爹从山下回来，常霏被一剑刺心，我就让他先带常霏走。二堂主也让我走，又让我通知其他人，我发了玉听，刚好遇见来找我的徐慎，就先过来看常霏。"

铃萝又问："那人有什么特征？心法招式？高矮胖瘦？长什么样？"

宋圆圆沉思着，边想边描述："身高跟二堂主差不多，黑衣，斗篷遮脸，我看不见长什么样，动手的时候带着一片黑雾，现在一想是男是女都难辨。

"心法招式更是看不懂，但对方能伤二堂主，把他压得处于下风，实力绝对不低。"

"我看见了。"越良泽忽然说，"那人用的袖剑上镶着一颗黑色瑕玉。"

袖剑，黑瑕玉……

铃萝挑眉道："白玲珑？"

宋圆圆微微张嘴，感到有几分不寒而栗。

"那不是专杀修者的杀手组织吗？"宋圆圆震惊地问道，"可东岛天极他们也敢惹？"

白玲珑，一个只杀修者的组织。

传闻它共有十二人，不知姓名，不知性别，不知容貌，但他们只杀修者，且从未失手。

每位白玲珑杀任务目标时，都会使用一柄镶有黑瑕玉的袖剑，那是白玲珑的专属标志。那独特的黑瑕玉，只有白玲珑的人才能炼制。

"小阿爹，没看错吗？"宋圆圆问越良泽。

越良泽回道："不会错。"

"那没我们什么事了，掌门会自己看着办的。"铃萝双手抱胸，倚在门口看着还在结印的徐慎说，"你可要在看山堂的人查到这边时结束才行。"

"我先出去拖延点儿时间。"宋圆圆说道。

铃萝没想到自己只是来外门蹭顿饭吃，却猝不及防地被塞了满怀秘密。她看见徐慎完成了封印，常霏身上石玉人的特征逐渐消失，恢复了常人之姿。

常霏哭得眼睛通红，一把抱住越良泽唤道："师兄……"

若不是越良泽之前那一挡，他已被铃萝用樱喜斩头了。

常霏哭得泪眼蒙眬，转而看向徐慎跟铃萝，跪地道："谢谢你们。"他吸了吸鼻子，身子都还在发颤，却咬牙说道，"今日之恩，百世难报。"

看山堂的人到时，见到的是二堂主的尸体。他们保存了现场打斗点，并分派人手巡山查找可疑之人。发出信号的宋圆圆被赶来的云守息亲自问话，于休在检查现场，楚异则带领其他人顺着血迹找到了越良泽的院子。

常霏与越良泽出去接受调查。

铃萝是偷跑出来的，徐慎也不方便露面，今日常霏接触过的人，旁人知道得越少越好。两个人待在屋里，大眼瞪小眼片刻后，铃萝主动问道："你什么时候修炼的形幻咒？"

徐慎低声说："入内门第三天。"

你还真是胆大！

铃萝眯起眼："你哪里来的形幻咒残页？"

徐慎如实答道："那日我师父喝醉，在藏书楼舞剑时砍翻一书阁，我帮忙整理时看了一眼。"

铃萝："一眼？"

徐慎："我的记忆力比较好。"

铃萝没好气地说道："我看你是过目不忘吧。"

徐慎笑道："也可以这么说。"

"有的人看了也没胆子修炼，练了也不一定能成。"铃萝说，"你在咒律这一块天赋不错。"

"我师父也这么说，而我自己也追求咒律相关的力量。"

徐慎是很容易认真的人，且有着可怕的毅力，认定或是坚持的目标，不达到他绝不放手。

铃萝听着，这才想起几分有关徐慎几个人的回忆，却不太好。

她正沉思时，又听徐慎问："可你又是何时学会的？"

铃萝笑："猜猜？"

徐慎就真的自己猜了一会儿才说道："不会又是三天一法术吧？"

铃萝三天学会一套剑法的事在天极被广为流传。

"差不多。"铃萝看向门外，眯着眼轻声说，"蜃楼书阁里可是有许许多多的典藏古籍，趁师父没注意，我偷看了几章。"

徐慎对此毫不怀疑。可铃萝之所以会，是因为云守息对她用过这招，将她的灵脉与另一个人互换了，而她想要换回来，所以才学会的。

屋外常霏跟越良泽正在接受看山堂的人的询问，楚异站在石台边看晾在篮子里的野果，伸手拿了一个塞在嘴里咬了一口。

酸。

楚异面无表情地吃着，听完对话后，朝屋门那边歪了一下头，问："里边还有人吗？"

常霏心里"咯噔"一声，越良泽平静地回道："没有。"

楚异睨了他一眼，哼笑一声，起身走到屋檐下："自己出来。"

屋里的铃萝听见这声音眼角轻抽。她万万没想到来这边查问的人会是她的大师兄楚异。这人性格乖张，前期跟她关系不太好，彼此嫌弃，后来经历的事多了才有所改变。

“要我亲自请？”楚异舔着嘴角的果汁笑着。

徐慎示意她躲起来，自己出去，被铃萝摇头拒绝了。楚异能听声息判断里面有几个人，她躲起来也没用。铃萝开门出去，迎着朗朗日光，垂首行了一礼。

楚异看见她腰间的樱喜时挑眉，又咬了一口酸野果，没想到跟自家小师妹是以这种形式见面。

“大师兄。”徐慎垂首唤道。

铃萝眨了一下眼，也打招呼道：“大师兄好。”

“师妹不在蜃楼好好养伤，跑你外门师兄的院里躲起来干什么？”楚异似笑非笑地看着她，“里边还不止躲着一个。”

“大师兄莫怪，今日大典，我见你们都去了，剩下我一人无聊，便来外门转转，没想到遇上意外，又见是大师兄来查，怕你跟师父告状，这才躲起来的。”

铃萝回答得有条不紊，又情真意切，让徐慎几个人听得很是佩服。

“告状？”楚异笑，“原来我在师妹眼中是这样的人，行，那就满足你。”

他转身朝院外走去，路过石台时又顺手拿了一颗野果：“师父就在下松山，你跟我一起过去。”

铃萝迈步跟上，楚异侧身把手里的野果扔给她：“师兄请你的，就当见面礼。”

铃萝心中冷笑，他这行事风格真是一如既往地遭嫌讨打。她拿着野果，把它当作楚异，狠狠地咬了一口。

铃萝鼓着腮帮子，转而去瞪越良泽：“酸死了！”

越良泽：我发誓我知道很酸所以并未打算让你直接吃果子。

铃萝最终还是跟着楚异走了。

今日天极上下都很忙。二堂主被杀一事遭封锁，祭祖大典那边由穆掌门带领着众人继续，云守息则来此查看。他们把勘查的重点都在二堂主身上，并未过多关注路过此地的两位弟子。常霏与越良泽也只是被问话后便没了后续，见看山堂的人都撤走后，常霏才腿软地坐倒在地，捂着心口苦笑。

徐慎上前，伸手拍了拍他的肩膀以示安慰。

越良泽则站在石台边，拿了颗野果递给常霏以表安慰。

常霏接过野果后捧在手里，这一瞬间表情微妙，但能肯定自己不敢吃。

另一边，铃萝跟在楚异身后，听看山堂的人同他讨论二堂主被刺杀一事。

楚异去年已出师入世，身为三掌门的大弟子，可代师接管宗门事务，地位堪比堂主。

他听完看山堂的人的总结后，却没发表意见，而是睨了一眼身侧的铃萝说：“怎么不说话？我都没问那屋里为何还藏着一人，你倒是先不满了？”

“你既然说不问，那就别提了。”铃萝恹恹地回道，还在咬那酸野果，没发现刚才不自觉地用了水天镜逆转时空前的态度跟楚异回话，让楚异有点儿意外。

这师妹前一刻还对自己恭敬乖巧，这么会儿工夫态度就变了？

铃萝慢悠悠地将野果吃完，酸得眼泪都出来了。

楚异看得无语：“吃不了就别吃。”

铃萝仰首，将已蓄在眼里的泪水倒回去，不让它们流下来。

楚异一开始还以为这师妹要强，倔强得很，直到他带着铃萝来到下松山，见到云守息，还没开口，就见铃萝从自己身后探头看去喊道：“师父！”

听见这声音，云守息惊讶地侧首看过来，然后就见他的“心上人”哭得梨花带雨，娇弱可怜，漂亮的眼里满是泪水。

云守息气势微冷，上前问道：“怎么了？”

“师父……”铃萝抽了抽鼻子，弱声说，“今日大典我见你们都出去了，感觉无聊，这才下山来的，师兄发现后一顿责骂，我已经知道错了。”

云守息微怔，身上那点儿冷意才散去。原来是这事。他伸手摸了摸铃萝的头，略显责备地看了一眼楚异，说道：“铃萝不过是下山来偷玩，何必责骂过重？”

楚异终于知道这师妹为什么硬是要把那一整颗酸果子吃完，这梁子算是结下了。

铃萝揪着衣袖擦眼泪，一副可怜兮兮的样子。她十六岁的年纪，耍点儿小心机，适当有点儿骄纵性子正好。于休看完现场回来，见铃萝也在有些惊讶，又见她哭了，便问：“师妹怎么了？”

铃萝低声答：“被大师兄骂了。”

于休转而去看楚异，眼神也是略显责备：“师兄。”

楚异懒懒地抬了一下眼皮，他敬重的师父、可爱的师弟，都被这小师妹给蛊惑了。

“你可查到什么了？”云守息一边给铃萝擦眼泪一边问。

“残留在二堂主身上的气息有寒霜之势，伤痕诡异，八气三转，能推断出是白玲珑所为。”于休说道。

楚异也说道：“交战时有弟子看见对方手持袖剑，上有黑瑕玉，也是白玲珑的标志。”

云守息专心给铃萝擦着眼泪，动作轻柔。他俯身凑近时，铃萝看见他细腻的肌肤，心中不免感叹，这人长得是真好看。

“白玲珑。”云守息轻声念了一遍，嘴角微弯着，眼里带着温柔笑意，“去梦川坊，把二堂主三年之内下山后的行踪调出来。”

于休点头领命。

“小异，你再去盘查他半年内进出宗门的记录。”

楚异睨了铃萝一眼，领命离去。

铃萝在心里笑，面上保持可怜的样子，稍微退开距离，说道："师父，我知道错了，这就回青石坊去。"

云守息的手在半空中顿住，闻言他眯了一下眼，笑道："你这几日恢复得不错，都能下山乱跑了。

"今日有人闯山捣乱，杀了二堂主，你就跟着我，哪儿也别去。"

铃萝故作不解地问："师父，什么是白玲珑？"

云守息直起身，双手笼袖，看向远处，轻声说道："一群废物而已，你无须在意。"

白玲珑善行刺杀之事，通各种诡异法术，多是毒咒。可这次他们杀二堂主，用的并不是他们常用的刺杀之术，也不见毒咒，反而是有所缠斗，又被多人发现。依照白玲珑的行事风格，铃萝觉得二堂主或许不是他们的目标，可能是二堂主意外撞破白玲珑的真实身份，双方这才打了起来。

白玲珑号称从不失手，若二堂主不是目标，那他们还未完成任务，就不会离去。再加上今日天极祭祖大典封山，他们想走也走不了。

云守息未将修真界谈之色变的杀手组织放在眼里，却也不能容忍他们潜伏进天极闹事。他领着铃萝在内、外门各个堂口转了一圈，其间各方消息不断传到他这里汇总，再由他挑拣后做出决定下传命令。云守息是不常管宗内事，并非不善管。

祭祖大典仍在继续。入夜时，铃萝站在山峰高处，看见下方山林掩映中的灯火长龙——巡礼的队伍。

云守息领着她下去时在路上遇见了宋圆圆几个人。

他们正拉着越良泽，试图带他去看巡礼来缓解今日的疲惫，冷不防撞见云守息，又惊出一身冷汗，赶紧站好行礼："见过三掌门。"

铃萝站在云守息身旁，安安静静，没有表现出半点儿跟他们很熟的样子。

"起来。"云守息温和地说道，"今日是你们几位撞见了二堂主那事？"

宋圆圆手心出汗，恭敬地回道："是。"

"受惊了。"云守息看了一眼几个人衣上的血污，"去药斋治疗过了吗？"

被三掌门关心，宋圆圆跟常霏都有些受宠若惊。

"去过了，药斋已给了药，并无大碍。"

云守息颔首，漫步走过，笑道："去玩吧。"

几个人垂首道："三掌门慢走。"

铃萝跟在云守息身边走着，对宋圆圆的眼神视而不见，神色高冷地离去。

云守息向她伸出手："夜里黑，坡陡，小心摔了。"

铃萝把手伸出，任由他牵着下山。

后边的宋圆圆偷眼瞧见，酸溜溜地说道："三掌门对她也太宠了吧。"

越良泽静静地看着。三掌门俊美、温柔，看起来一切都是那么美好，让人自惭形秽。他放在身侧的手不自觉地抓了下衣袖，眨了眨眼后转开视线。

“铃萝刚才都不看我们……是不是我……”常霏伸手挠头，一脸为难又抱歉的样子。

“瞎想什么！她是那种人吗？”宋圆圆拉着他朝前走去，“铃萝就是碍于三掌门在才放不开。”

祭祖大典结束后，穆横天与三位长老便赶来跟云守息会合。

大人们谈话，小辈都退去一旁。

屋外走廊上，铃萝站在于休身边悄悄打了个哈欠，有些累，想回去睡觉。

端着一盘糕点的穆雅冷冷地扫了她一眼，无声责怪她散漫不知轻重。

铃萝没理对方。

穆雅走到楚异身旁说道：“大师兄查验辛苦了，我看你今日都没吃什么东西，便给你带了点儿枣糕来。”

楚异目不斜视地看着前方，淡淡地说道：“穆师妹好心，我不饿。于休，拿去给小师妹，看她饿得都站不稳了。”

于休跟铃萝都假装自己什么也没听见。

穆雅被他说得面上尴尬，抓在盘子边缘的手指紧掐，指尖泛白。

铃萝嘴角微弯，侧身躲在于休身旁偷偷幸灾乐祸。穆雅高傲骄纵，但楚异比之更甚，又是第一个打败天极大小姐的男人，长相俊美，性格乖张，不拘平凡俗套，因此入了这位大小姐的眼。她这两年一直追着楚异跑，偏偏楚异对她半点儿心思都没有。

铃萝深知这位大师兄眼光太高。他爱的人是天上月，一场禁忌之恋，不被世人看好，更不会被仙门承认，可楚异偏爱惨了那个女人。

楚异能为了他的天上月放弃一身傲骨下跪，被人践踏进泥潭折磨也无所谓，那夜岐山小雨淅沥，那时铃萝还是仙门的骄傲。

铃萝持双刀闯阵，每过一关，岐山就点燃一座烽火楼，岐山一百三十六座烽火楼大燃，昭示入侵者已来到山顶楼阁台。那个跟她互不对付彼此嫌弃的师兄，也是曾与她共渡难关杀敌除妖的师兄，此刻正被岐山之主大笑着踩在脚下。他脸上满是血污，不似往常的天之骄子样子，东岛天极赫赫有名的大师兄，此时更像是一个脏兮兮的乞丐或奴隶。

岐山之主狂妄地笑着，朝楚异喊道：“再跪！”

楚异控制不住地吐着血，趴倒在地，已无甚力气，却凭着心底那股执念，颤巍巍地屈起五指紧握成拳，慢慢地从地上爬起来，再跪下。

“再跪。”岐山之主又是一拳，轻而易举地将楚异打倒在地，再抬脚狠踹。他狂笑着，兴奋之意溢于言表。

铃萝赶到时，岐山之主一脚踩在男人的脸上，笑道：“东岛天极的大师兄，参息真君的大弟子，也就这种程度！是个被我踩在脚下毫无还手之力的废物！”

“他的确是废物，但你可别当着我的面说。”铃萝慢慢朝台上走去，周身满是汹涌躁动的灵力，就连细雨也纷纷避开了她。

她瞥了一眼满身血污，倒地不起的男人，手中弯刀翻转，指向岐山之主，颔首道：“说我有一个废物师兄，可是对我的侮辱。”

岐山一战，她把人救走了。

下山时，铃萝问楚异：“值得吗？”

他只是擦了一下嘴角的血迹，声音微弱又坚定地答了一个字：“值。”

铃萝不能理解，那时占据她的心思的是道和恨，因此她对情爱一事并无什么兴趣。

如今再看试图游说楚异吃一两块枣糕的穆雅，铃萝只觉得无聊。

在楚异面前，平日一副高傲的大小姐模样的穆雅，也多了几分小女孩的娇气：“大师兄，你一下山历练就是好几个月，我想见你一面都难。”

楚异：“这有何难？你想见下山就行。”

“我哪里能随便下山……那大师兄下次入世历练能不能带上我一起去？”穆雅看着他问。

楚异面不改色地回道：“不能。”

穆雅咬了咬唇，不甘地问道：“为什么？我明年就能学成入世了！”

楚异挑眉道：“我回来时可听说你连小师妹都打不过，怎么可能明年就入世？”又被他念叨的铃萝眨了一下眼，深吸一口气，确定了大师兄是故意的。他就是想把穆雅这个麻烦甩给自己！还未等穆雅反驳，楚异已不客气地补了一句：“连小师妹都打不过，这种程度你应该还要再学三五年。”

穆雅朝铃萝看去，气势变得阴沉。

铃萝拉了拉于休的衣角。

于休说：“师兄，我们先走，你们聊。”

说着他正要带铃萝离开，楚异扫了他俩一眼，淡淡地出声道：“站住，师父让我们在外等商议结果，你们怎么能擅自离去？”

于休最是听云守息的话，闻言又默默站好。

铃萝在心里翻了个白眼，就听穆雅说道：“我怎么可能打不过她！是谁跟师兄你胡说八道！”

楚异懒洋洋地说道：“听说她断了你一剑。”

穆雅：“那是普通佩剑！娑婆界那次我也断了她一剑！”

“用望舒？这什么剑断不了？”楚异嗤笑了一声。

铃萝低着头在心里发笑。

穆雅气极，转身看向铃萝说道：“你出来！我当着大师兄的面跟你比试！”

铃萝摇头，面色恭敬地回道：“不用比试，穆师姐自然是比我厉害的。”

她才不要帮楚异分担穆雅的注意力。

你尽管缠着大师兄便是。

可穆雅认定她是阴阳怪气，非要跟她比，便上前去。于休拦在两个人之间，无奈地劝道：“穆雅，你何必如此？”

楚异倒是真想看看铃萝实力如何，因此没有阻拦。

“于师兄，你让开。”穆雅咬牙说道。

铃萝伸手指了指她后边：“弟子之间禁止私斗，让范堂主瞧见如何是好？”

穆雅回头，果真瞧见范堂主带着宋圆圆朝这边走来。

身后的屋门同时被打开，穆横天几个人从里面出来，穆雅这才闭嘴退下，却也不忘狠狠地扫了一眼铃萝。

“师父。”于休喊道。

云守息看了一眼三个徒弟，对铃萝说：“夜深露重，你伤没好，先回青石坊休息吧。”

铃萝垂首领命。见铃萝离去，楚异轻哼了一声：“小师妹倒是得宠。”

云守息笑道：“你如她这般年纪时，我可苛责过你？”

楚异抬手摸了一下鼻子没说话。

“若是累了的话，你俩也可同你们师妹一起回去。”云守息说，“今晚怕是需要花些时间。”

于休说道：“弟子不累。”

楚异跟在云守息身侧，淡淡地说道：“我刚回来不久，也想多看看师门的夜景。”

铃萝虽得令能回去，却没有离开。她在殿外耐心等了一会儿，终于等到宋圆圆出来。

宋圆圆收到玉听传信，知道她在外等着，便过来说：“常霏跟小阿爹还有徐慎在定山河那边放祈福灯，我是被师父叫来问话的，话问完了，正要过去。”

祭祖大典结束后的一大盛事，就是在横切整个东岛天极内、外门的定山河放祈福灯。二堂主一事知道的人不多，大多数弟子并未受影响，因此玩得很开心。

铃萝到的时候，瞧见定山河边人不少，三五结队，热热闹闹。

河面已有不少亮着灯火、放着祈福纸的花灯。熠熠火光映照得河流似长龙，在大山间蜿蜒。徐慎递给铃萝一盏祈福灯，铃萝拿在手里看了看，没什么兴趣。几个人待的地方比较安静少人。

定山河边，宋圆圆歪头去看常霏的祈福纸上写了什么，被常霏恼怒地推开：“看什么看！自己写！”

“看看怎么了！”宋圆圆理直气壮地说道，“我看后还能给你增加赐福好吗！”

“就你那破运气！”常霏嘀咕着，又悄悄续写。

铃萝走到河边，在越良泽身旁停下，弯腰看去：“你写什么？”

“祈福语。”越良泽说着，一手遮住又说道，“你别看。”

铃萝说出了跟宋圆圆差不多的话：“看看怎么了？反正放河里也不会灵。”

越良泽：“心诚则灵。”

铃萝嘲笑道：“那我写祖师爷保佑今晚就能灭冥渊杀仇人，它也显灵？”

越良泽听着抬首看向她，眼神怪异：“你的愿望……有点儿难。”

“心诚则灵，骗小孩呢。”铃萝说着，弯腰将没写愿望的祈福灯放入河里。

“铃萝。”越良泽说，“你没写祈愿。”

他本是善意提醒，却让铃萝听得脑子一蒙。这是她在水天镜逆转时空后第一次听越良泽喊她的名字，可在这一瞬间想起的，是之前南江城楼阁那夜，越良泽臣服于她，被她从高处拉下深陷欲望泥沼的场景。他好像并未如自己所想失去所有理智，反而一声又一声地叫着她的名字。

铃萝一开始听见时还会嘲笑他，后来被他说得脸都红了，便恼怒地在他的肩头咬了一口：“不准再叫我的名字！”

越良泽回她一吻，低声说道：“你之前可说过，任我为所欲为。”

红色的鱼儿从水中游过时碰到她的指尖，冰凉的触感惊得铃萝瞬间回神，她立马起身连退好几步，抬手指着越良泽说道：“你！”

越良泽目光干净明亮，静静地看着她等后文。

铃萝感觉脸颊微烫，他越是用如此干净澄澈的目光看她，越是让她想起那夜的对比。

“你……你帮我把灯拿回来。”铃萝凶巴巴地说。

越良泽“哦”了一声，起身去将还未漂远的祈福灯拿回来递给她。

铃萝接过灯，将里边的祈福纸拿出来，蹙眉片刻后，以灵力落笔三两行字。她面不改色地把祈福纸塞了回去，跟越良泽说：“是你非要我写的。”

越良泽歪了一下头。

又到了一起放灯的时候，定山河边的众人齐齐将祈福灯放入河面，任它随波逐流。

每张红色的祈福纸上都有一片黑字：

“祝我能赚很多很多钱，给宋圆圆买吃的，给徐慎买符纸，给铃萝买金饰，还有给越师兄买好看的衣裳。”

“祝我修道得成，可保护天下善人与身边好友。”

“愿能学会世间所有咒律。再祝好友及师尊平安顺遂，百年安康。”

“剑道一术，丹水居第二，我第一。”

“愿她无病无痛，无灾无难。”

灯火吞噬了祈福纸，将它化作夜里的星火，送往另一个世界。

# 第十六章

# 一心向善

今日很多事让人猝不及防。此刻铃萝看着河面的灯火，听着其他人欢声笑闹，倒是从中享受到了片刻宁静。常霏坐在河边，双手环着膝盖，下巴搁在上边，轻声说：“真的谢谢你们。”

“谢什么啊？”宋圆圆目不转睛地看着河面，“我还欠你很多钱没还，对待债主当然要尽心尽力。”

常霏仰头看着他：“那你打算什么时候还？”

宋圆圆：“你还是去死吧。”

“杀祖师爷的石玉人又不是你，而且它也被当场斩杀了。”徐慎轻声说，“时隔上千年，我实在无法继承这份仇恨。”更别提这石玉人还是他的好友。

铃萝把手放入河水里，跟路过的红鱼嬉戏，闻言笑道：“再说你就算真被掌门他们发现，他们也不会立马杀你，而是把你关起来，使出无数手段搞清楚石玉人的所有秘密。”

常霏听后愣了愣，重新垂首。他本就生得清秀，火光映照下，还有几分柔和的女相。平日里他活泼咋呼的时候不觉得，可一旦安静下来便有了对比。

“其实我……并不算是真正的石玉人。”常霏苦恼地说道，“我五岁那年，在我父亲去河边挑水时，常追着一起去，那天我不慎从桥上掉入水中，我不会水，更别提当时还有一只手抓着我的脚往下拽……”

宋圆圆听得抖了抖，回头毛骨悚然地看着他。

常霏一手捂脸，话里满是苦涩之意：“它抓着我靠近，接着我就看见了满头白发和雪色的眼睛……接下来的事我就不记得了。我醒来时，我父亲说是七天后了。

“从那天之后，我就觉得自己的身体有些奇怪，却又说不上来。后来干旱与灾荒一起到来，大地龟裂，父亲饿得骨瘦如柴，卧床不起。那会儿我十岁，却发现自己感受不到饥饿。”

宋圆圆睁大眼，惊呆了："你不会饿还总是跟我抢吃的东西！”

常霏抹了一把脸，目光复杂地看着他："你把这沉重的气氛都破坏了！”

“你继续说，继续说。”宋圆圆连忙摆手。

“我有灵力的事还是父亲死后，村子里遇上山匪洗劫，我与之争斗时才发现的。我在外流浪数年，遇上徐慎后才跟他一起进天极修行。”

常霏嘀咕道："入门那会儿，尊主念门规，我还问徐慎石玉人是什么东西，根本不知道自己和其有关。”

“我说你一个石玉人怎么还敢进天极来修行，原来是这么回事。”宋圆圆转着眼珠子，若有所思道，“所以其实是你那年落水，被石玉人抓了空子，附在你身上了？”

常霏低着头："我也不清楚。”

徐慎说道："暂且就当是这么回事，日后你自己千万小心，绝对不能让它再出来。”

常霏重重点头。

“可石玉人还会附身他人……这倒是有点儿意思。”宋圆圆一副若有所思的样子。

铃萝心说岂止附身有意思，年纪也刚好跟杀祖师爷的石玉人对上了。

她的手指在水里转圈，那红鱼也跟着转，最后似乎有些晕了，往下沉了沉远去。

她顿觉无趣，收回手起身说道："我该回去了，那白玲珑没被抓到，你们也少在外面逛，早点儿回去休息吧。”

“哎——”常霏急忙起身，叫了一声，“铃萝……”

铃萝回头看着他。

常霏憋红了脸，结结巴巴地说道："我……我谢谢你的不杀之恩！”

之前铃萝拿樱喜那样一划，他真的以为自己死定了。

“你要谢就谢师兄。”铃萝瞥了一眼还在看灯的越良泽，“他手快。”

越良泽闻言回首看来，眨了眨眼。

“对啊，我小阿爹救你一命，四舍五入，你欠他一条命，我欠你不少钱，就互相抵消了吧？”宋圆圆揽着越良泽的肩膀朝几个人笑道。

常霏听得额角轻抽："不行！”

“为什么不行！”

“我欠师兄的命跟你欠我的钱有什么关系！”

“那是我的小阿爹！”

“滚！师兄没你这样的不孝子！”

宋圆圆："我可是给我小阿爹从晚斋堂偷了三袋大米回去！”

常霏："可恶！被抢先了！”

常霏又说道："师兄你等着，明日我给你偷比他多三倍的大米！”

越良泽呆了呆："谁让你们去偷米的？"

"铃萝啊。"宋圆圆眨巴眨巴眼，"她说小阿爹你都没米了，叫我们来蹭吃蹭喝的时候自带大米，我们这不是只能从晚斋堂偷了吗？"

越良泽去看铃萝，却发现她早就溜了。

二堂主一事铃萝并未过多关注。两日后，天极公布了二堂主死亡的消息，却并未言明是被白玲珑杀害。同夜，看山堂抓获一名男子，确认是杀害二堂主的白玲珑一员，将其扔进了娑婆界里受苦。铃萝回青石坊休养，其间一直在书阁里看书。楚异被穆雅缠得烦了，也回了青石坊躲起来不出去。

两个人在书阁里意外相遇，一大一小瞪眼片刻后，楚异问："小师妹看的什么书？"

"怪诞话本。"铃萝坐在靠窗的位置，趴在桌上，将书立起来，懒洋洋地翻看着。

楚异随手从书架上抽出本书，在她对面靠窗站着说："讲什么的？"

"讲……"铃萝刚巧翻了一页，看着上面的内容眯起眼，又歪头打量了一眼对面的楚异。

楚异懒懒地低头看着她，等待回答。

铃萝轻咳一声，眯着眼悠悠地说道："讲一个世家小姐外出春游，遇上劫匪，遭欺辱，欲自裁时，幸得一猎户相救。"

楚异："无聊。"

铃萝继续讲道："两个人在逃亡中互生爱慕之情，为了保护世家小姐，猎户双目暂时失明，世家小姐很是感动。"

楚异将书放在桌上说："俗套。"

铃萝无视他，继续说道："在世家小姐告知猎户愿意嫁给他，与他共度一生时，小姐的兄长带着家兵们找到了她。

"小姐说，要带猎户一起回去，兄长不许，说他们身份有别，门不当户不对，猎户配不上她。兄长强硬，小姐也倔强，说她清白已毁，只有猎户愿意接受她。"

楚异听后皱眉看着她："你长大后可千万别跟这世家小姐一个想法。"

铃萝好奇地问道："什么想法？"

"清白被毁如何？你不能以他人的看法来贬低自己。"楚异说。

铃萝笑了一下，问得意味深长："可师兄你能接受吗？"

楚异挑眉，嗤笑道："既然是我喜欢的人，有什么不能接受的？"

"可世间不是每个人都跟师兄你一样，人家嫌弃就是嫌弃，再爱也嫌弃。"铃萝又翻了一页，慢悠悠地说，"猎户虽然不在意，很爱这位世家小姐，但她的兄长坚决不同意，便拆散了两人，带走小姐丢下猎户。"

楚异说："让我猜猜，结局是兄长让小姐跟别人成亲，小姐誓死不从，上吊还是服药选一个？”

“师兄，你这么想就没意思了。”铃萝直起身说道，“猎户那么喜欢她，当然是拼命去救世家小姐，然后带着她一起逃走，隐姓埋名地过好日子去了。”

楚异冷笑一声：“这恶俗的故事也好意思写进话本里出版？”

铃萝听后笑得很开心，又问他：“师兄，这结局哪里不好？有情人终成眷属，彼此勇敢坚定不移，多美好啊。”

“无聊至极，没半点儿新意。”楚异批评道。

铃萝：“你不喜欢吗？”

楚异看着窗外，淡淡地说道：“你说呢？”

“没关系，你以后会喜欢的。”铃萝把书合上，单手支着下巴笑眯着眼看着他。

楚异转过头来，朝她勾了勾手指，示意她把书交出来。

铃萝把书递给他，问：“师兄来这边干什么？”

“以你的资质和实力，你已经能下山去历练。”楚异翻着书，看似随意地说，“白玲珑得罪天极，师父也要为此出山。”

“人不是被抓到了吗？”铃萝问。

“在天极的白玲珑有两个，一个被抓，一个逃了。”楚异说，“逃走的才是杀二堂主的人。”

铃萝起来伸了个懒腰，探头朝窗外看去，见到了走在悬桥上的于休跟云守息。

“师父什么时候去？”

“今晚就走。”楚异抬首看着她，“我来之前跟师父商量好了，由我带你下山历练。”

铃萝“哦”了一声。

她一点儿都不意外，记忆里也是这样。

“也是今晚走吗？”铃萝问。

楚异似笑非笑地问：“那你想什么时候？”

“师兄说什么时候就什么时候。”铃萝拿着玉听玩，传信的时候看了一眼楚异，楚异也正在看她。

然后铃萝拿着玉听走远了才继续发传信。

楚异：她还防着我发，我堂堂天极大师兄会做那种偷看传信的事吗？

楚异心中嗤笑，低头看书。

草草翻完全本书后，他面无表情地抬首去看铃萝，却发现她已经不见人影。

这书里奇奇怪怪的故事一堆，可就是没有她刚才讲的世家小姐与猎户的故事。



铃萝避开云守息，出了青石坊去外门。

云守息到书阁时，只见楚异一人，便问：“铃萝不在？”

“刚才还在，这会儿跑了。”楚异把书放回去，转身说道，“我已跟她说了历练一事，她怕是回去收拾东西了。”

云守息便没有多问。

铃萝本是要去外门找越良泽的。她要下山历练，可是要去两个月，那就没法找越良泽练剑虐他。她走之前虐一把，免得回来这人就不在天极了。毕竟她也不知道越良泽何时成为圣剑宗弟子的。然而她去的时候不见越良泽人影，用共生灵借圣灵鸟找了一圈外门也不见人，甚至去戒律堂询问也无果。

入夜，到了离开的时间，铃萝不得已回到青石坊，跟师门的几个人会合。

楚异站在白玉牌坊前，神色睥睨，上下打量了一眼刚回来的铃萝：“你若是再晚些时候回来，师父问起我可就不知道该怎么说了。”

铃萝耷拉着脑袋回：“你想怎么说就怎么说。”

“小师妹。”楚异笑她，“谁给你气受了就找谁，可别随便逮着个人就乱来。”

铃萝懒懒地抬了一下眼皮，没说话。

楚异又问：“谁给你脸色看了？”

铃萝：“没有。”

“我猜猜，你穆师姐嘴皮子功夫不如你，所以不是她。”楚异把玩着手里的云扇，漫不经心地说，“难不成是上次院里晾了一篮子野果的外门师弟？我看你凶人家时挺熟练的。”

铃萝刚要奓毛，却见云守息和于休从后边走来，这才憋住了。

云守息说：“今夜悬云，不宜御剑，海船已在山海码头等候。”

天极之大，如茫茫上万大山，乍一看占据了大片陆地，实则是在大海之中。

天极与东海城隔着一片蓝海，这片无边海域像是一道防线，划出了修者与普通人的世界。悬云伴随着大雾，尤其是在海上，会让修者迷失方向，因此不利于御剑飞行。

铃萝到山海码头时，这边正亮着灯火，不少来往的商行船只停泊在此处，晚斋堂的人们正跟商船的管事和工人们交接。

海船是东岛天极出行的船，宗内门人无法御剑飞行外出办事时，就由他们代劳送。

铃萝朝海船走去时，刚巧撞上旁边的商船卸货，或扛或抱着货物的工人们排着队列走来，她因慢了一步，被队列隔开停在原地等他们先走。

结果她就在这堆人里看见了抱着货物箱子的越良泽。

两个人在此相见都有些惊讶。少年因为干活，额上布着密汗，衣袖卷起，露出修长的小臂线条，整个人显得干练沉稳。

越良泽朝她走来，两个人的距离拉近，铃萝正要叫他，却听云守息说：“铃萝。”

云守息自她身后走来，牵着她绕开队伍，问道：“饿不饿？等会儿在船上可以吃点儿东西垫着。”他牵着铃萝从越良泽身旁走过。

越良泽停下脚步，将原本已到唇边的话咽了回去。

海上大雾，遮掩了天上的星辰。

铃萝跟着云守息走到船梯前时，忽然收手道："师父，我刚才忽然想起还有一事要做，你先上去，我随后就来。"

云守息微怔，没来得及询问何事，就见她转身小跑着回去了。

越良泽知道铃萝不会当着云守息的面跟他打招呼，便抱着货物箱走了，没走几步，就听后边有人喊他："师兄！越师兄！"

越良泽微愣，回头看去，发现她竟然回来了。

铃萝气呼呼地瞪着他问道："你走这么快干吗？"

越良泽哑然。

"怎么了？"他问。

"我现在要下山历练去了，得两个月后才回来。"铃萝说，"本来走之前要去找你练剑的，结果发现你不在……你在这里干吗呢？"

越良泽好脾气地答："常叔他儿子伤了脚，我来替他搬运。"

"他给你钱吗？"她问。

越良泽说："不用给。"

"就你善良！"铃萝没好气地说道，"我不在的时候要是有人找你的麻烦，你就跟你的便宜儿子说。"

"他们要是打你，你就把名字记下来，回头我跟他们比试比试。"她可不是关心越良泽。

能赢越良泽的人只能是她铃萝，别人不行。

越良泽说："我没那么容易被欺负。"

这话说出来你自己敢信吗？铃萝狐疑地看着他。

"常霏他们也经常会来蹭吃蹭喝，你记得让他们多给你偷点儿米来，免得又被吃完了。"铃萝嘀咕道，"之前说的照烧鸡腿饭还没给我做！"

"等你历练回来做给你吃。"越良泽说道。

"你搬完了早点儿回去，今晚悬云大雾，在山下待着不好。"铃萝转身离开，"我走了，回来见。"

越良泽开口："你路上小心。"他静静地看着少女离去，搬运的工人们将他俩隔开，而离港的海船载着人离他越来越远。



海船比其他船要快得多，从东岛天极到东海城用不了多长时间。到东海城正是夜景最盛时，偌大的城市展现着人间的繁华热闹场景，几个人刚上岸，还有东海城府兵来迎。

城中统领关晨关将领上前恭敬地说道："参息真君，城主得知你欲查白玲珑一事，特派我来此相助。"

“有劳了。”云守息温和地笑着。

铃萝抬首朝城中最高处看去。那是东海城主府。修仙界与人界有着密不可分的关系，甚至有个别修仙世家，世世代代侍奉着各国皇族。但修者不可轻易参与国政恩怨。

十二大仙门也有部分严令禁止门下弟子干涉朝廷之事，严重者会被视为叛出师门，甚至会因此遭到抹杀。双方都需要保持力量平衡。虽说这平衡并非牢不可破，但不可否认的是，人界与十二大仙门的关系很好，尤其是和同有千年基业的四大仙门，彼此之间还有微妙的利益来往。

东海城距离天极最近，天极掌门一句话，就能让东海城主挠心挠肺地苦想几日。

双方地位高低显而易见。进出天极，只有东海城一条路。云守息带着于休在东海城查白玲珑，楚异则要带铃萝出东海城去历练。

“厉害些又惹人恼的妖魔，一般在乡村小镇作怪，那地方僻静，来往人少，适合它们作乱后藏身。”

楚异领着她在热闹的夜市道路上走着，周边商铺酒楼灯火绚烂耀眼，让人看得应接不暇。在楚异讲妖魔的时候，铃萝停在一个地摊前，弯腰好奇地打量着地上摆放的各种小玩意。

“这是什么？”她指着一个黑色的小葫芦问。

摊主是个留着八字胡的中年男人，闻言答：“这是一个能装天上月的玉葫芦。”

铃萝听了此话没忍住“扑哧”笑出声来。

走在前边的楚异回头看去。

“天上月？”铃萝拿起那黑色的小葫芦问，“哪里来的月？又怎么装？”

“我演示给你看。”八字胡男人接过玉葫芦，将它拦腰掰开，再递给铃萝，笑道，“姑娘请看。”

半截玉葫芦里盛满了清水，一轮圆月在水面熠熠生辉。

“挺有趣。”铃萝问，“怎么卖？”

八字胡男人回：“十五银币。”

铃萝付钱买了，拿着黑葫芦去追楚异。

楚异站在前边等她，问：“买了什么？”

“买了天上月。”铃萝把黑葫芦给他，说，“给你，师妹的见面礼。”铃萝笑眯着眼，心情好，也不管他，跑开去别的摊子给自己买些零嘴吃食。那黑葫芦小巧，不过婴孩拳头大小，楚异看了两眼，便收起来跟上前边的铃萝。

他们要去东海城外深山中一座名叫四陌的小镇。因为小镇身处高山深腹，道路难走，镇上的人很难与外界联系。

楚异回天极时，在路上听说四陌镇常有风妖作祟，在人们攀爬山壁艰难出行去外界买卖用品时，它就会刮起一阵阵黑色的风，将人们从高高的山壁上吹落，掉入它口中。

风妖只喜欢吃人的眼珠子，若是有人被黑色的风吞噬，侥幸大难不死，则必定会失去双眼。

路上楚异说："如此为祸世间的恶妖，自然是要想办法除掉。"

铃萝跟在旁边不言，却想起诸多事。云守息一共有三个徒弟，他教会了徒弟们许多东西，道和术皆有。铃萝一度想成为师父那样的人：善良，强大，为苍生，守大义，救世人。大师兄桀骜，二师兄温柔，小师妹乖巧。一开始是这样的。可世事无常。

六日后，师兄妹二人到了深山里。铃萝看着陡峭山壁上走出的一条条道路挑眉，楚异御剑在天，双手笼袖，睥睨山下万物。

"我们就在这里等着，等那风妖现形。"楚异说。

铃萝穿着斗篷衣，戴着帽子，闻言回头去看他："师兄，你要是风妖，看见两个修者站在边上还敢出来？"

楚异挑眉："怎么不敢？它不是挺狂的？"

铃萝心说：我就是上辈子信了你的邪才等了一个月也不见风妖的半点儿影子。

"我觉得它不敢，因为我们太厉害，它怕了。"铃萝一边说着，一边走上山壁。

楚异御剑跟在旁边，听了这话后目光怪异地看了一眼铃萝："师妹，你俩比起来显然你更狂。"

道路狭窄得铃萝只能贴着山壁前进，往下一看深不见底，胆子小的人上去了也得双腿发软，还可能根本走不动路。铃萝小步小步地走着，不理他话里的阴阳怪气，说："我先试着装作路人勾引它出现，师兄你离我远点儿，别吓着它。"

楚异哼笑一声，御剑离去，在她前方探路。

铃萝慢悠悠地走完整个山壁路程，平安来到山崖下。

楚异也收起剑。

铃萝收了收衣袖，说："运气不好，没遇上风妖。"

路过的村民：没遇上风妖还运气不好？你疯啦！

楚异注意到有人过来，转身看去，打量了眼前背着背篓的三个人，问："你们去哪儿？"

其中一位村民愣了一下，迟疑片刻后答："去附近镇里给我娘子买药。"

"不怕风妖？"楚异说，"太阳已经落山，入夜行路更危险。"

"怎么可能不怕！"另一名村民说道，"可是我阿姐没有药都快痛死了！"

"那去吧。"楚异重新御剑而起，"我看着，保你们无恙。"

这一手御剑飞行的本事让村民们目瞪口呆，村民们纷纷激动地喊道："大侠！道君！"

铃萝在山底仰头看着。村民们在楚异的保护下，风妖不敢袭击。她得想办法让风妖出手才行，不然又是跟以前一样，它忍耐力超强，能忍一月余，最后才因为饿得不行冒险出来行凶。

铃萝是这样想的，但事实是：三日又三日，他们在山崖这里每天护送村民进出，就连有人不慎踩滑掉落也被御剑的楚异拎了起来。可风妖的半点儿影子都不见，他们倒是收获村民送来的糕点、甜瓜一堆堆。

人们都非常感激两个人的保护。一个月过去，铃萝来时穿的斗篷早已换下，这会儿她正挽着衣袖拿着甜瓜，提着裙摆站在河里踩水歇凉。她抽空往山壁的方向看了一眼，楚异御剑下来，到河边无语地看着她："你踩进去我喝什么？"

"你去上游喝不就行了？"铃萝耸肩。

楚异站在岸上面无表情地看着她。

铃萝又抬手指了指："或者你去喝他们送来的水。"

楚异去两个人搭的简易营帐边拿了个水囊喝着。

这营帐主要是堆放村民们送来的东西，铃萝睡营帐里面，楚异睡外面。

"师兄，一个多月，我俩都快成村民的守护神了。"铃萝吃着甜瓜说，"我们要是走了，说不定这风妖立马就出来。"

"那试试看。"楚异说完，当即行动。两个人假意离开山壁数日，藏在暗处等风妖出现。结果这家伙比想象的更加狡猾。

铃萝都服了，且不说风妖妖术强弱，她都佩服这风妖的耐心。可没办法，风妖若是想躲，他们很难找到。

两个人假意躲了数日，最后因为村民差点儿从山崖上掉落去救人而暴露。

铃萝回到河边叹息。

楚异护送完村民回来，若有所思地看着在河里踩水的铃萝："你若是不去救他，再等一两日那风妖说不定就出来了。"这话在水天镜逆转时空前他也说过。

铃萝的回答也跟那时一样："风妖跟一条命比，当然是那条命重要。"

楚异说："若风妖坚持不出，我们也不可能在这里待上一两年，救得了一次，却还有第二次、第三次。"

"师兄，那人刚才险些丧命跟风妖没关系。"铃萝弯腰，伸出双手捧水洒在手臂上除热，"让他差点儿死掉的原因是那陡峭的山壁，是这座普通人难以逾越的大山，是他们没有一条平坦宽阔的道路能通往外界。"

"只要这山不平，我们杀了风妖也救不了他们。"

楚异目光沉沉地看着她，似乎是第一次认真打量眼前的人。而铃萝看的是日暮中被染上瑰丽色彩的骇人山壁。如今的仙界至尊，能一剑斩开这山壁的人也不是没有，不需要远的，天极掌门就行。可他们修道，追求的是无上境界，是剑心合一，是大道飞升，不是开山造路，建龙车飞云。

入魔前，铃萝曾开山造路，建龙车飞云，战妖魔除害百千，守危城三月余救人无数。

那时她是仙门的骄傲。

她曾真正一心向善，行正道。

# 第十七章

# 重回天枢

“人小心大。”楚异评价她。

铃萝弯着嘴角笑，捧水洒着散热：“那师兄你说，开山造路不好吗？”

“当然好。”楚异看着她说，“只是你提出来让人感到惊讶，原来我师妹是这种大善人，但劈山造路你怕是还要修炼几十年，现在咱们先想怎么搞定风妖就行。”

铃萝算了算时间，快到日子了，就说：“后天它就出来了。”

楚异问：“你怎么知道？”

“猜的。”铃萝说，“不如我们打赌？”

楚异仰首喝水：“不赌。”

这是继越良泽后她再遭第二个人拒绝跟她打赌。结果如她所说。藏了将近两个月的风妖终于饿疯了。它在大白天挑人们翻山去赶集时刮起阵阵黑风，自己也扇动着黑色的翅膀飞进起风的旋涡中，张嘴欲咬走人类的眼睛。可铃萝也躲在这帮赶集的村民中，风妖现形时，黑风呼啸而来，将她遮掩容貌的头巾吹走了。

“道君救命！”被狂风吹飞掉落山崖的村民大喊。

楚异御剑而去，风妖紧随其后，却被身后一道凌厉剑气逼迫着转身避开。

它血红的眼中映着站在山壁上持剑的少女的身影，风妖恼怒不已，大翅一扇，周遭黑风越烈，生生割裂着人的皮肤，血腥味越发刺激着风妖心中的暴戾情绪。

铃萝挽了个剑花，再次朝风妖斩去一剑，跃身与之相斗。她没管被黑风卷落的村民，因为还有楚异在。她的大师兄除了岐山那夜从未失手。水天镜逆转时空前她与风妖一战用了樱喜，今日她只用剑招。

楚异救人时还抽空观战。师妹处理风妖的技巧很熟练，完全封住了对方所有的走位，逼着它往自己占优势的方向和剑招里躲，冷静，沉稳，步步相逼，杀伐果断且不留余地。

楚异感受到了，小师妹杀心太重。不过那剑刃所指的是妖物，他也就没太在意，重点再次偏向她的剑术一道。果然小师妹实力非凡，即使对手是风妖也绰绰有余。见铃萝毫发无伤地斩断风妖的脖子，楚异想的却是，下次可得给她挑个更厉害的历练对手才行，不如去打打妖王什么的。

“多谢两位道君，救命之恩无以回报！”山底，被救的村民们纷纷下跪，感动哭泣着道谢。

“这风妖在此为祸数年，我们每日行过此地都胆战心惊，过得苦不堪言，今日终于……两位道君大恩大德，我们定谨记在心！”

铃萝抱剑站在一旁听着。

楚异也不是个爱处理这些事的人，便说道：“你说两句。”

铃萝：“还是师兄你说吧，我只管除妖。”

楚异开始怀念自己那善解人意、心思玲珑的师弟了。

村民有意留他们多待几日，却遭到拒绝：“我们在外太久，如今妖邪已除，是时候回山门复命了。”当日，楚异便带着铃萝走了。离去时，铃萝持剑将山壁最陡峭的一处斜坡砍平了，又以山石修筑了些许围栏，让村民今后从此处过时风险变低些。这是她从前没能做到的事。

楚异见她竟然对修筑之事如此熟练，便问：“莫非你日后退隐，是想当修筑工人？”

“我没有退隐的想法。”铃萝面无表情地说，“但我知道师兄你日后退隐想当什么。”

楚异挑眉，似笑非笑地说道：“说来听听。”

铃萝指了指他腰间挂着的东西，挑衅笑道：“当个葫芦。”

楚异：“这话是什么意思？”恕他无法理解。

铃萝轻哼一声，御剑到山端离去。御剑耗灵较多，这两个月来，铃萝跟楚异基本每天都长时间地御剑守护村民，所以回程时默契地偷懒。到东海城时已是晚上，又刚巧是游兰节，街上花车众多，歌舞献艺，品酒斗诗，热闹极了，两个人再次默契地决定暂且不回天极，留在东海城过夜。

一开始铃萝还跟楚异走在一起，后来遇上游兰节歌舞献唱，被人群冲散，变成各玩各的。店铺里有打包卖的民间糕饼，铃萝见有宋圆圆他们喜欢的，进去顺手买了几盒。随着献艺花车走了大半个东海城，铃萝打了个哈欠，先回了跟楚异约定好的客栈。

客栈这会儿人不多，她刚进门就听厨子跟小二咋呼道：“我真没看错，那后院就是有鬼！黑得像个煤球脸都看不清，不是鬼就是妖怪！”

铃萝停住脚步，歪头看去。她恍惚记起一些前尘往事。她提前回来，听见厨子跟小二说后院有鬼，便同厨子一起过去查看，发现是只还无法化气凝形的灵魔。此时铃萝也做了同样的决定，跟厨子去了后院。那灵魔见她就跑，铃萝丝毫不慌，翻墙出去，来到僻静巷道里后，掐了个灵诀轻易将它困住。这灵魔有点儿蠢，不凶，见人就躲，还拼命压制魔性。

它只是一团如成人高的黑气，隐有人形，却不成人形。灵魔被阵法困在角落里，黑气四散又聚拢，它挣扎无效，见铃萝走近，又拼命往后躲。若是有地缝，它估计已经拼命往里钻了。水天镜逆转时空前的铃萝见它跟别的灵魔比简直是一股清流，因而怜惜，没有杀之，而是带它去东海城外，告诫它不能伤人。今时她再看，竟觉得它有几分可爱。

铃萝“唰”地展开樱喜，从中飞出一片淡粉的樱花落在灵魔身上。

“走吧，我送你出城去。”她说，“若是被城内其他修者或是灵兵瞧见，我可就保不了你了。”

灵魔周遭狂乱的黑气在这一瞬间都停止变动了，它似乎是呆住了。灵力化成的樱瓣掩盖了灵魔的气息。铃萝指尖上飞出一根灵线捆着灵魔，她带着它朝出城的方向走去。“你身为灵魔，怎么还怕人？”路上她问。

灵魔被她以灵线牵着，周身黑气都收敛了不少，沉默着。

铃萝晃了晃指尖上的灵线：“你不说出个所以然来，我可就不带你出去了。”

灵魔这才答：“人很可怕。”它的声音混沌暗哑，夹杂着魔语口音。

铃萝以前听得艰难，入魔后重来一次，这会儿听懂倒是不难了。

“哪里可怕？”她问。

灵魔：“哪里都可怕。”

“你杀过人吗？”

“没有。”

“我看你魔气这么重，暴戾之心很难压制。”铃萝走在前边，灵魔在她后边，一人一魔都看不清对方的面容，“可你见人就跑，还这么怕人，你这种灵魔简直丢脸。”

灵魔一时竟不知道她到底是什么立场。灵魔说：“我不想杀人。”

“在我看来，你是灵魔，却想着当一个好人，”铃萝笑道，“简直是不知天高地厚。”

走了一段路后，铃萝不满地说道：“你怎么不说话？”

灵魔：“说什么？”

“随便说什么。”铃萝回头看了它一眼，灵魔就呆住，站着不敢动。铃萝哭笑不得，只觉得这货是真的怕人。她把灵魔送到了东海城外。

夜里山风徐徐，周遭花枝颤动。在城内遥遥传来的古乐声中，铃萝对它说：“走吧。”指上的灵线被收回，遮蔽魔气的樱花也散去。



灵魔站在原地，黑气四溢，却没动。

铃萝看着它，轻声说道：“虽然刚才嘲笑你不知天高地厚，但你其实很好。”她重复了水天镜逆转时空前说过的话：“你若选择不杀人这条道，那就坚持下去，不要半途而废。我相信你一定能做到的，因为你是我见过的特别的灵魔。”铃萝朝城内走去，招了招手说道："走吧，我今后行走四方，你若伤人，可别让我撞见，不然我定不会再对你手下留情。"

灵魔站在城外的花树下，静静地看着少女消失在夜色中。

回想起来，铃萝不得不承认，曾经她说这番话时是真心的。她怜惜这不一样的灵魔，要它坚持自己选的道，不可半途而废违背初心。可现在她说这番话心态完全不一样，像是逗一个可爱的宠物玩。什么坚持自己的道，什么不可半途而废违背初心，都是漂亮话。一个灵魔，最初的道就选错了，能坚持才怪，铃萝自己都不信。偏巧不管记忆里还是此时，这灵魔都信了。

铃萝回客栈睡了一夜好觉，翌日被楚异叫醒，二人准备回天极复命。

其间楚异问："御剑还是坐船？"

铃萝："御剑。"

楚异打量着她："你行吗？"

铃萝哼了一声："要不要打个赌？御剑，我若是比师兄你先到——"

楚异："不赌。"

最终二人御剑，一路都在拼御剑速度，谁领先了另一个就提速超过，如此反复，导致他俩回天极的速度飞快。入了天极，铃萝见反正都是先过外门，就准备去找越良泽将买的糕饼放他那里，不然云守息又会跟她唠叨不让吃。

楚异还嘲笑她："我看你凶人家的时候不客气，结果感情还挺好。"

铃萝本是要怼他的，却在看见院里枯死的花草时愣住。这小院似乎被荒废了，到处都是无人居住的痕迹。铃萝一直知道越良泽会离开天极，但如此突然，没有预兆，还是让她蒙了一会儿。

楚异进院里逛了一圈出来，懒洋洋地说："起码荒废一个月了。"他说着余光打量着铃萝，捕捉着她面上的细微表情变化。

铃萝只"哦"了一声，便拿出玉听给宋圆圆发传信，让他出来拿糕饼。

楚异跟在她身边问："万一是入了内门，住在内门舍堂了呢？"

"他笔试考第三十名都没进内门，怎么可能？"铃萝漫不经心地回。

"怎么进不去？"楚异却有点儿意外，"笔试考第三十名早该进了。"

"他不想去，只想随便混口饭吃。"铃萝答道。

宋圆圆来得很快。两个月不见，他御剑倒是熟练多了，大有一种在剑上不想下来的感觉。"铃萝！"宋圆圆朝她招手，稳稳地停在她身旁，"你可算是回来了！那风妖有这么难对付吗？"

"给你。"铃萝将买的糕饼递过去，"给我留点儿我回来吃！风妖不难对付，但它太会躲了。"

宋圆圆宝贝地抱着糕饼盒子，又有些难过："铃萝，我小阿爹他……"

铃萝打断了他的话："我得跟师兄回青石坊见师父，晚上再找你。"她就是不想刚回来就被告知越良泽离开的消息，宁愿等晚些时候再听。铃萝回青石坊，见云守息，一五一十地汇报了这两个月除妖的经历，跟师兄们聊了一会儿天，又陪云守息外出去各个堂办事。没什么空闲的时间，日程安排得紧，可铃萝始终觉得无聊。

她一开始对水天镜倒转时光是不喜的。水天镜逆转时空前她什么事都经历过了，恨也恨过，杀也杀了，与冥渊一战更是她的执念，战时已对尘世了无牵挂。死就死呗，反正她也没有活下去的欲望，可没想到一睁眼竟然重回当年。对此她十分鄙视，觉得冥渊输不起，怕死，所以才扭转乾坤，倒回多年前保自己一命，要她重新来过。

但凡冥渊让水天镜逆转时空到妹妹死前那几年，她都觉得重来一次有意义，也可能不再掺和仙门那些乱七八糟的事，就带着妹妹寻一处安全之地好好过日子。可这倒转的时间点是她一无所有的时候。唯一不算无趣的，是她早早地就发现了越良泽，每日在剑法上虐他，看他数次输在自己手里，结果现在人跑了。等他们再见他已是圣剑宗弟子，在金鸾池宴比武上反折她一招，又当着十二大仙门众人的面单手拔出西海太初的神武至宝镇仙玉。到时候她想要似砍瓜切菜般轻松地在剑术上虐他可就没门儿了。早知道上次离山之前她就多虐他几次了！铃萝气得拍桌起身，事发突然，茶杯翻倒飞溅的茶水落入了楚异的碗里，他筷子上夹起来的肉丸也掉在桌上滚下了地。

楚异："……"

于休端着碗一脸蒙的表情。

云守息微笑道："何事？"

铃萝回神，当下秒变脸，委委屈屈地重新坐下说道："刚才想起在山下时，大师兄常抢村民送我的甜瓜和肉饼，一时激动气不过才……"

楚异：又让我背锅？

于休立马给她夹了个肉丸放碗里，云守息也夹了一个给她。

楚异看着自己掉下桌的肉丸无语。刚回来第一天，楚异就觉得自己该下山入世了。

日落时，铃萝出青石坊去内门定山河见几位小伙伴。两个月不见，几个人都长高了些。宋圆圆跟常霏正在抢吃的，徐慎在河里捉鱼。

铃萝过来问："捉鱼干什么？"

徐慎专注地盯着水流答："在学八咒，要拿它修炼试试。"

宋圆圆回头骂道："不要把你偷练禁咒的事光明正大地说出来给我听！"

徐慎纳闷地说道："我不是在跟铃萝说吗？"

宋圆圆觉得他的回答不可思议："难道你以为我听不见吗！"

铃萝顺手拿了盒糕饼打开，递给徐慎一块，自己吃一块，声音含混地问："越师兄怎么回事？"

"他触犯门规，被逐出了师门。"徐慎咬着糕饼，回答得很平静，"你下山历练大概一个月时，我去给师兄送米，意外发现掌门跟两位长老都在他的院前。”

铃萝听得眼皮一跳：“哪个掌门？”

“大掌门。”常霏按住了跟他抢食物的宋圆圆后接话道，“长老守在外边，大掌门跟师兄在屋里，他们谈了挺久，我跟徐慎在外边不敢过去。”

铃萝咬着糕饼若有所思。

常霏继续说：“大概半个时辰后，大掌门带着晕过去的师兄回了内门，我们让宋圆圆去向范堂主打听，是不是师兄因为代替他人领罚而被大掌门发现问罪。”

“但是那天我师父下山去了，不在天极，我去了戒律堂，发现没这么一回事。”宋圆圆苦闷地说道，“第二天一早，师兄就被两位长老押送着赶下山去了，连我们都不让靠近，因此半句话都没能与师兄说上。”

“长老跟着干什么？”铃萝不解。

徐慎回道：“因为师兄擅闯禁地，长老说，本该处死师兄的，但掌门怜爱开恩，最后只是废了师兄的修为灵脉，将其从天极除名，逐出宗门。”

“擅闯禁地？”铃萝眼角轻抽，“他闯的哪处禁地？”

宋圆圆语气幽幽地说道：“半仙冢。”

铃萝微愣，目光略显怪异。这可真是巧了。当年她也是闯了这半仙冢禁地。

“那里的禁制非常厉害，就师兄那废物灵脉能进去才有鬼。”铃萝嗤笑，“再说大掌门那人怎么可能对一个外门弟子怜爱开恩？能处死的人他绝不会放走。”

“师兄不在，掌门、长老那边也没法去问，”常霏心塞地躺在地上看着夜空，“一个多月了还是有些不习惯。”

“我去东海城找过，没有师兄的消息。”徐慎话里也有几分低落之意，“他灵脉本就微弱，再被废了灵力修为……”他怕是有性命之忧。

铃萝虽然知道越良泽死不了，还会活得好好的，可听徐慎这么一说，还是有几分不悦。

穆横天这老头搞什么名堂？

“我相信我小阿爹一定不会有事的！”宋圆圆捧着糕饼认真说道，“你想想，要从三百多名弟子中精确控分考到第三十名，刚巧挤掉那个人的名次，这可不是一件容易的事。至少我没有他这种头脑。”

“对！越师兄虽然平时话少，但知道的事可一点儿都不少！”常霏也坐起身说道，“大到剑术、咒律、医典，小到种植、厨艺和各种小玩意——他都知道！”

铃萝听得翻白眼：夸，你们继续夸。

“铃萝你放心，小阿爹很会照顾自己的！”宋圆圆安慰她。

铃萝爹毛：“谁担心他！”

徐慎也说道：“反正师兄知道我们在天极，等他安定下来，肯定会想办法联系我们的。”

宋圆圆点头附和：“没错，小阿爹不可能忘记我的。”

铃萝冷笑一声，才不信越良泽会联系他们，不然当年为什么都没人知道越良泽曾经是天极外门弟子？他应该也觉得这身份尴尬，所以断了曾经的所有联系，再见时，已是受人艳羡的怪慈仙首最疼爱的小徒弟。

圣剑宗距离东岛天极很远。它藏在无边雪原最深处，非圣剑宗门人，绝无可能找到。

圣剑宗虽不在十二大仙门内，历代宗主却是修真界的仙首，传承上千年之久，圣剑宗守着入仙门，传闻此门连通仙界，只有宗内弟子可入。曾有圣剑宗弟子入此门，一步登仙。十二大仙门弟子遍布天下，历代圣剑宗的弟子却屈指可数。圣剑宗当今宗主名怪慈，是修真界的仙首，已有一百八十六岁，座下弟子有三。

大徒弟常居宗内，虽未入世，却已知天下事。

二徒弟曾大战婴魔，居宗内养伤不出。

三徒弟代师行事，凡是需要圣剑宗仙首出面的场合比如哪家仙门大宴，都由他代为出席。荒雪漫漫，寒风呼啸，穿过前方夜色下的雪雾，转眼已是绿林山道，山门道路宽敞、高阔。与天比高的巨石拦在山门最上方，石上“圣剑宗”三字笔锋凌厉，笔势遒劲，让人一眼难忘。

“于此处三跪九叩，便入我门。”老人沙哑的声音带着柔和的笑意。身着黑白长袍的男人走在前头，两鬓虽已发白，看似老态，却又面色红润，健康得很。少年跟在他身后，三跪九叩。巨石山门前，圣剑宗门人都在。怪慈站在高处回首看去，朝少年伸出手，笑道：“从今天开始，你就是我怪慈的最后一位徒弟，也是圣剑宗弟子，赐字丹水。”这个从遥远的东岛来的少年成了圣剑宗弟子。他的师哥们个个都是人中龙凤，天赋异禀，修行远在他之上，因此每日轮流有人来教他修习本门心法。

一开始，大师哥跟他说：“三日必会。”

二师哥咳嗽两声，说道：“跟我学，两日必会。”

三师哥懒懒地笑道：“小师弟，修行这种事不用急，就算你十天半个月都学不会也没事，虽然师父不会将你逐出师门，但你肯定会被扔去万魔窟关上半年。”

越良泽在万魔窟的威胁下，仅用一日就学会了本门心法，也真的是拼了命。

大师哥与二师哥之间凡事都要争个输赢，在教导师弟一事上更甚，因此越良泽常做完了大师哥留下的课业，还要做二师哥布置的课业。他终于熬夜写完了，爱凑热闹的三师哥见后，也扔了一套课业给他说：“有意思，我也想看看谁能先把你教会。”再加一份师尊给的。

越良泽想这就是他在天极逃课的报应吗？在圣剑宗，大家吃食随意，自给自足。意思就是想吃？自己动手。这是越良泽最满意的事了。师尊修为深不可测，已脱离凡胎，喝喝水足以。几位师哥修炼虽强，却是生活白痴，大师哥更是连长带系结都能系得乱七八糟。

大师哥跟师尊一样，能克制。

二师哥只会煮白水蛋。

三师哥只会煮粥。

圣剑宗有四季谷，四谷对应四季，里面动植物应有尽有。

圣剑宗什么都不缺，可他们只能做到这种程度。

某天，三位师哥因为闻到了异样的香味而出门，一起来到了小师弟的院门前。

桌上摆着四菜一汤，色香味俱全，还配有酱料小碟。

二师哥指着桌上的饭菜愤然道："怎么能有人做得出如此好闻的饭菜！"

大师哥吞了吞口水。

三师哥推门，说道："小师弟，师哥不请自来，没意见吧？"

越良泽能有什么意见？他可不想通宵写课业了。

偶有节日，越良泽下厨，怪慈也会与他们同桌。

二师哥问："师尊去年怎么不来？"

怪慈说："来看你煮了几个蛋？"

大师哥不客气地笑了。

年末小雪。

越良泽跟师哥们一起在宗内挂装饰的灯笼。

大师哥顺口问："小师弟在外可有家人，可要寄信？"

越良泽微愣："可以寄信吗？"

"当然可以。"大师哥回首看着他，"我之前没说过吗？"

越良泽摇头。

二师哥嘲笑道："你那点儿脑子能记住什么？我看你连小师弟父母双亡也忘了，还问人要不要寄信，师哥你故意的吧？"

大师哥："要打一架吗？"

"你等我伤好了就打。"

"哦，你都伤七八年了，不敢打就说不敢，别找借口。"

"小师弟，你别拦着我，老子今日就要跟他拼了！"

三师哥挂着灯笼说："没人拦你，他去写信了。"

越良泽给宋圆圆寄了一封信，提及常霏与徐慎，又给铃萝单独发了一封。他没提自己在何处，只道无恙，在努力修行，并祝节日安康。圣剑宗的信灵鸟去得很快，不过一日就到了。信灵鸟会根据主人给的印记，直接找到收信人。于是其中一只信灵鸟飞进了青石坊，被结界拦下，惊动了灵虎。它出动与信灵鸟缠斗一番，最终将它咬住拿去交给了云守息。

云守息识得圣剑宗的信灵鸟，有些惊讶，又见信是寄给铃萝的，不由得眯了眯眼。他拆开了信封。看完信上所写内容后，云守息笑了笑，指尖一捻，火将其燃烧成了灰烬。他起身跟灵虎说："日后再见，便拦下给我。"

一封又一封信被寄往天极，越良泽却从未收到过回应。每日信灵鸟归来时，越良泽都会早早地等在山门前。今日三师哥要入世，却发现他的小师弟比自己更早地出现在山门口。

"在这是干什么？"三师哥问。

越良泽答："等信灵鸟。"

三师哥打了个哈欠，神色慵懒，伸手揽过他的肩膀问道："你给寄信的人是男的还是女的？"

越良泽眨了一下眼："男女都有。"

"我说单独寄的那封。"

越良泽沉默。

三师哥笑得暧昧："寄什么信啊，多没意思？等你再修炼几年，学成后直接出山去见她不就好了？"

信灵鸟飞回，身上空无一物。它停在越良泽的肩膀上，歪头亲昵地蹭了一下他的脸。

"看样子也可以不用见，一年了，人家半个字都懒得给你。"三师哥看了一眼信灵鸟，又伸手揉了揉师弟的头发，"别太难过，情爱不过是转瞬即逝的无聊之物，你还小，这年纪我们也不提倡。"说完他又嘀咕了一句："你这是又长高了？我走了，替我照顾好师尊。"

越良泽拜别三师哥，站在山门前静看天色片刻后，低头跟信灵鸟说："辛苦你，再寄最后一封。"信灵鸟颇为开心地点着头。它最爱送信了呀，每次都能逗那只蠢灵虎半天。

他提笔写：

"静神节安康。

"修行繁多，日后将闭关专注，故不可再寄信，望平安。"

越良泽卷着信纸，想了想，又展开重新添了几笔。

"你为何从不回我？

"我哪里说错了？

"我在东海城等过你数十日——"

回过神时他才发现自己写了密密麻麻好几张信纸。越良泽无言。最后他将其他信纸揉成团，只寄出了最初两行字。信灵鸟跨过山海，来到东岛天极，照旧被那灵虎追得满山跑。

青石坊里，灵虎咬着信封去找云守息，把信交给他。于休有些奇怪地看了一眼。

云守息一边展开信封，一边问："小异还未到？"

"玉听传信，师兄已经到外门了。"于休说，"师兄虽爱离山，但每逢重要节日总会回来的。"

"铃萝呢？"

于休有些无奈地说道："她昨日在吞天塔力战海妖，这会儿还在睡。"

云守息宠溺地笑了一下，将信压在盒子里，起身说道："让她睡吧，等晚斋时分再叫醒。"

下西院里，铃萝睡了快一整天未醒。她不记得梦见了什么，只是醒来后心中充斥着一种别样的情绪，让她疑惑、不解又难以释怀。

## 第十八章

# 金鸾池宴

没了越良泽的日子还是要过，这年铃萝开始沉迷修炼，带着宋圆圆三个人整日泡在吞天塔里。

“我们的目标是什么？”她问。

宋圆圆举手：“超过穆师姐？”

铃萝鄙夷道：“关她什么事？”

宋圆圆心说：人家可是天天惦记着跟你比这比那，你倒是把人家无视得彻底啊。

常霏举手，迟疑地问道：“通关吞天塔？”

铃萝斜眼看他：“你的野心也太大了，八千层，上千年都没人做到的事，你要我带三个拖油瓶去闯？”

拖……拖油瓶？常霏与宋圆圆抱头痛哭。话虽这么说，但不跟铃萝比他们也是同辈中的佼佼者。只是他们已经到了远超自己实力的吞天塔层数，而越往后，自己发挥的作用越小，大部分靠铃萝。

徐慎沉思片刻后，举手问道：“触发万妖混沌？”

铃萝眨巴着眼看着他，纳闷地问道：“你怎么没跟他们俩一样笨呢？”

徐慎感觉不管答对答错都会被嘲讽的日子又回来了。他深深怀念铃萝只针对越师兄一个人的日子。

“吞天塔最有价值的不是那些修为，而是万妖混沌给的神武。”铃萝说，“我们四个人，总不可能每个人运气都那么差，像上次穆雅一样只掉朵药材。

“哪怕不掉神武，它也得给我们上品武器是不是？”

三个人齐齐点头。

铃萝豪气地挥手，说道：“那就走！”

水天镜逆转时空前她脸黑，哪怕已经通到了吞天塔六千多层，却一次万妖混沌都没触发过。

偶尔连堂主也会来刷吞天塔，有的人卡关一卡就是好几年。

铃萝却在一年之内通关一千五百层，连破数十项纪录，将天极大师兄楚异也甩在了后边。

第二年回山的楚异得知此事后，就拉着于休跟他一起闯关，誓要抢回第一的位置。

这师兄弟二人联手，很快又夺回了第一的位置，顺便出了一次万妖混沌。

铃萝出来得知是楚异触发的万妖混沌后，说道：“凭什么他可以触发万妖混沌？我不服！”

玉听“叮”的一声响，铃萝点开，是楚异发来的传画：“一把荧光流转的神武。”

铃萝转身痛批三位小伙伴：“他们两个人不过三日就触发了万妖混沌，还掉了一把神武，我们四个人闯关一年为什么一次都触发不了？”

三个人神色肃穆，彼此使眼色，最终推出徐慎上前一步回答：“大……大概……还不够虔诚？”

铃萝咬牙切齿地问道：“要多虔诚？”

她早就入魔了，现在心里依然有魔性，已经不太懂虔诚为何物。

四个人最终决定，给予吞天塔最高虔诚心，按照祭祖大典的仪式来，斋洗七日。

晚饭时，云守息不见铃萝，问为何。

于休无奈地说道：“师妹说要斋洗七日，戒荤。”

楚异哼笑了一声：“为了触发万妖混沌。”

云守息听后摇头轻笑。

夜里，云守息给铃萝端了些吃的东西去，都是坚果、甜食之类的。他刚进院里，就见一个身姿纤细的身影在月下御灵修炼樱喜招式。展开的血色扇面上呈现着西海太初的樱林图，凭空出现的樱花落了满园。

云守息驻足静声看着。

她长高了，也长大了，面上最后一分稚气消失，如今已是一个精致的玉人。这两年来他默不作声地控制，眼前的人是跟画里一样的发饰和妆容，平日随他下山外出穿着画里的衣裙，洗浴用的也是他准备的香，全都是属于他的。

夜风把樱花吹送去了院外，楚异抬手擦了一下被冰凉花瓣碰到的脸，抬首看去，瞧见了站在院门前的云守息。他刚要出声，却在无意间瞥见师父的目光时顿住。

“师兄？”走在后边的于休见他停下不解地看去。

楚异侧身躲回来，向他比了个“嘘”的手势。

于休噤声。

等了片刻，楚异才悄悄探身看去，云守息已经进院里了。

“怎么了？”于休小声问。

楚异摇了摇头，淡淡地说道："没事。"

两个人离去时，楚异若有所思地扫了一眼铃萝的院子。

吞天塔的万妖混沌，半年必会触发一次。

按理说是层数越高触发概率也越高，可铃萝觉得离谱。

她通到六千多层了，这够高了吧？

怎么她却一次万妖混沌都没触发过呢？

天极果真是与她八字不合！

七日斋洗过后，铃萝等人再次踏进吞天塔，进去前曾留下豪言壮语："不触发就不出塔！"

可见其决心。

三日后，徐慎触发了万妖混沌，不幸的是，是双人同时触发。

虽然这情况罕见，却不是没有。

吞天塔这边及时传音给双方："徐慎与焦秀同时触发万妖混沌，按照触发规则，此次万妖谁先击杀便归谁所有。"

宋圆圆大骂无耻，常霏则麻溜地出塔寻找万妖刷新点。

铃萝心里暗骂她果然跟天极八字不合，好好地触发就触发呗，非要来一个双人触发，你有病吧！

铃萝回头瞪了一眼吞天塔。

"我跟圆圆找外门，你俩找内门。"常霏刚说完，就被铃萝打断："别慌，我早先拜托了二师兄去天网那边帮我看刷新点，只要万妖现身他立马就会告诉我。"

话刚说完，她就接到了于休的传信："内门，云上苑西角。"

"走。"铃萝挥袖，御剑赶去。

铃萝刚落地，发现这次出来的是只几百年的蟒妖，正感叹对方道行颇深时，就见一道剑光飞来直斩向抬头缩尾的蟒妖。

又是望舒！

铃萝心生厌弃，反手一扇将这剑光拦下了。

穆雅同焦秀几个人到来，见到蟒妖身旁的铃萝时冷冷地说道："不用管她，直接上。"

"穆师姐，这可巧了。"

铃萝打开了樱喜，在另外两个人动手时，宋圆圆与常霏同时拔剑迎上。

这次双人触发万妖混沌，他们可谓能光明正大地抢夺。

穆雅早看她不顺眼，自从铃萝进了内门，她就处处被压，之前安在她头上的天才之名也被铃萝夺去，这两年铃萝下山历练，斩妖除魔，剑道一术更是在几位堂主之上，因此得了"剑道第一"的称呼。

她连一把神武都没有，唯一的上品武器还是把扇子，如何担得起剑道第一的称呼？

明明自己的望舒才是剑中极品！

穆雅眼中越发容不下铃萝，今日又有绝佳的借口一战，她便没有留余地。

望舒蓄力一剑斩下，剑风猎猎，将铃萝身后的楼阁屋檐一角也掀飞了。

铃萝嘲笑道："师姐怎么如此生气？不过是有一把望舒也难赢我的剑术，当不了第一，多多修炼便是，何必拿无辜的花花草草撒气？"

穆雅听了这话更气："你闭嘴！少废话！"

铃萝立在阁楼上展开樱喜，睥睨着穆雅说道："你想与我比剑，可除了你手上那把神武望舒，哪里配？"

"铃萝，你别太狂妄！"穆雅紧握望舒，剑意横扫，掀起阵阵狂风。

神武的确不容小觑。

铃萝瞥了一眼与蟒妖争斗的徐慎，眼尾上挑，露出一个恶劣的笑容。

"师姐，你连狂妄的实力都没呢。"

穆雅彻底被她激怒，甚至下了杀招。

神武望舒剑意本就凌厉霸道，横扫之际范围又大，让宋圆圆几个人也都躲得远远的，被波及砍上一剑不死也受重伤。

铃萝身法诡异，巧妙地躲开了望舒的每一次攻击，任由穆雅追着自己打。

她将战场带到了蟒妖这边，借望舒重伤蟒妖，给了徐慎机会，速战速决。

"徐慎拿下蟒妖了！"常霏朝铃萝喊道，"你俩别打了！"

铃萝说："我什么时候跟她打了？从头到尾都是师姐在追着我打！"

"你简直卑鄙！"穆雅反应过来铃萝刚才的用意，怒火攻心，手中剑势更猛，封了铃萝的走位一剑从头劈下，未有丝毫犹豫。

杀意仍旧在，铃萝若是避不开，必死无疑。

望舒的威力让她也认真了，樱喜种灵，飞长的枝丫拦下了这一剑，却在阻拦片刻后被砍断，剑风先到，铃萝掐诀花潮再挡。

穆雅再次用力，望舒与樱喜再次相撞时，一道霸道凌厉的金光飞射而来，将两个人斩开。

楚异落在铃萝身前，掐断了她的花枝，又弹飞了望舒。

"万妖混沌已除，争抢也结束了，再打下去，我就当你是想挑战参息门徒，由我来战。"

穆雅恼怒地说道："大师兄，我不是这个意思！"

楚异没什么表情地说："你再出手就是这个意思。"

穆雅气极，收剑离去。

其他人挤眉弄眼一会儿，匆匆与楚异拜见后告辞追了上去。

过来监督的长老愁道：“这云上苑可怎么办？花花草草死了一片，连房子都塌了。”
楚异瞥了一眼铃萝，铃萝不怕死地说道：“谁干的找谁补呀！”
说完她还回头去问宋圆圆：“谁干的？”
宋圆圆眼角轻抽地回道：“望舒！”
常霏连连点头：“对，对，我亲眼所见！”
楚异便跟长老说：“既然是望舒弄的，长老找它赔便是。”
铃萝这几年过得越发肆无忌惮，反正出事有云守息兜着，她怕什么？
更别提她也不怎么喜欢天极。
她回身去看徐慎，见他拿着一幅小巧轻便的黑色卷轴。
徐慎说：“上品武器，降兮。”
“虽然不是神武，但降兮擅咒律，跟他绝配。”常霏搓了搓手，还很兴奋，“再来，再来，我们距离神武就差一次万妖混沌了！”
铃萝觉得自己终于走运，便点头答应，决定再战吞天塔。
结果她没走几步，就被楚异拦下。
“去哪儿？”
“吞天塔。”铃萝和善地邀请，“师兄要一起吗？看在你也出过万妖混沌的分上。”
“西海太初三年一次的金鸾池宴大会于今日宣布开放，你们不去？”楚异斜眼看这几位师弟、师妹，“别人都在抢着出去见见世面，就你们整天往塔里钻。”
短暂寂静过后，师弟们接连举手喊道：“我去！我去！”
只有铃萝撇嘴，神色恹恹的。
去什么去？
不去金鸾池宴，她就永远是剑道第一！

## 第十九章

# 西海太初

西海太初，自开山建派起就有一至宝，名曰镇仙玉，是为神武。那是一把半截剑身被埋在地下的神武黑剑，只露出上半截剑柄部分，上千年来，无一人能将它拔出。

太初第一任大掌教曾言，镇仙玉并非本教之物，只是在西海建教时，它恰巧遗落此地，半埋于弱水中。于是有了金鸾池宴大会的由来。

西海太初的金鸾池宴大会，一开始是为这把镇仙玉寻找主人，广邀天下仙门修者来斗法品剑，若谁能将这镇仙玉拔出，镇仙玉就是他的。

此神武有斩天地之威。数百年前西海太初曾有内斗，双方分为两派，争夺大掌教之位，在教内互相残杀。有人不惜引来妖魔之力，却惊动镇仙玉，镇仙玉只一道剑气，便将众多妖魔斩去。此后，越来越多的人仰慕镇仙玉之名前来拔剑，因人数众多，金鸾池宴大会规定几经变更，目前主要包括几下内容：

三年举办一次，只有十二大仙门弟子方可参与。

所有想拔剑的弟子得先参加大会比试法术，获得前三名者才可进金鸾池宴拔剑。

拔出镇仙玉的人从未有过，倒是因此宴会，有不少仙门弟子从默默无闻变得声名远播。渐渐地，镇仙玉已不是重点，夺得金鸾池宴魁首才是各仙门弟子的目标。

铃萝在水天镜逆转时空前是金鸾池宴大会的魁首，拥有碾压同期弟子们的实力，一身剑术无人可挡，被称为剑道第一。本来一切都好好的，她夺得魁首，进弱水拔剑，可西海太初自家内斗，导致当时场面混乱，打起来后多人入场。当时铃萝以为入场的越良泽是敌人，这才一剑斩去，却不想他能接住那一剑，还拔出了镇仙玉——

她真是越想越气。铃萝走在离开云上苑的路上，听着宋圆圆几个人七嘴八舌地讨论着金鸾池宴的事，面无表情地听着没说话。

“当然去啊，三年一次不说，还必须是入门四年以内的弟子才有资格去，超过了就不行，错过了这次就没下次了。”宋圆圆说道，“而且说不定我小阿爹也去了呢！”

铃萝听得眼皮一跳，冷笑一声。

常霏给宋圆圆使了个眼色，指了指铃萝。

宋圆圆咳了一声，对铃萝讨好地笑道：“这不是有可能嘛，铃萝你放心，到时候真遇见小阿爹，我一定帮你严词批评他！他怎么能只给我们写信从不给你写？”

铃萝目光森然地看去：“再提信跟那呆子我就杀了你。”

宋圆圆比了一个闭嘴的手势。

越良泽寄的信多是每人一封，针对他们每人的情况说的话也不同。有时候得到一些小玩意或是对伙伴们有用的法术知识，他也会单独发信过去，只有节日或没什么法术知识的时候会只发一封祝贺信。但他每次都给铃萝单独寄了信，算是他的一点点小心思。

偏巧铃萝一次都没收到。一开始，铃萝听宋圆圆说越良泽给他寄信来时还不相信，但马上徐慎跟常霏说他们也都收到了。

铃萝觉得不可思议。她把信拿过来一看，又发现的确是越良泽的笔迹，遣词造句也是他常用的口吻。偶尔他还寄了些小玩意来，比如上千年的紫玉竹杯，他自己做的，一些罕见的水果或是自己做的糕饼食物等等。

他就是没给她寄过半个字！铃萝也搞不清当时她是什么心情。但旁观她一脚将习堂桌案踩得粉碎的宋圆圆等人对此很清楚。

那会儿宋圆圆斟酌着词句小声说道：“可能是……小阿爹忘记了？”

铃萝瞪着眼凶道：“他都记得你差个茶杯这种小事，还会忘记给我这么大个人写封信吗！”

宋圆圆战败，常霏小心翼翼地说道：“那也可能是师兄不好意思给你写信？”

铃萝：“不好意思？那他怎么好意思给你们几个人写！”

说不过她的常霏跟宋圆圆抱头痛哭。

徐慎咳了一声，迟疑地问道：“要不……我问问？”

常霏跟宋圆圆齐齐点头：“对，对，对！我们帮你问问！”

“不许问！他不写就不写，谁稀罕了！我又不是非要他给我寄！”铃萝气道，“问他为什么不写倒像是我求着他给我寄信！你们要是问了我就跟你们绝交！立刻马上！以后你们再也别想进青石坊！”她气呼呼地走了。

碍于铃萝的绝交威胁，三个人又不敢真的问越良泽为何不给铃萝寄信，只委婉地表达了近日铃萝心情不太好，帮铃萝在越良泽那边刷刷存在感。

越良泽见信后，给铃萝寄去的东西越发精挑细选，却都是石沉大海，无半点儿回应。

那一年铃萝等人常下山历练，信灵鸟的目的地是东岛天极，找不到人，便由天极的人收下信代为保管。等宋圆圆几个人回来拿到信，想要回复时，信灵鸟已经飞回去了。最后一封信是在静神节，越良泽说要闭关修炼，便再无音信。

三年后，西海太初金鸾池宴大会开始。十二大仙门的弟子们陆陆续续地前往西海太初。东岛天极也走了一批又一批的内门弟子。这日入夜，在蜃楼上，云守息看着桌前的三个徒弟，问铃萝："距离金鸾池宴大会报名时间还有两日，你怎么还不去？"

铃萝说："我今晚就走。"

"西海太初离我们可有点儿距离。"楚异懒懒地说道，"今晚走我看你是不想参加这大会，怕打不过别家的人？"

铃萝漠然地说道："我御剑。"

于休有些惊讶："这一路御剑过去，可是要消耗大量灵力的，到时候你再参加比武，岂不是不利？"

"二师兄放心，我有分寸的。"铃萝说。以前她对这金鸾池宴大会颇感兴趣，早早就去了。现在她对什么事都已提前知晓，去西海太初还要见到一堆讨厌的新旧面孔，以及白白损失一个最喜欢的称号，她就提不起劲来了。

云守息说道："路上小心，今年金鸾池宴与大掌教孙女百日宴撞上，大掌教已广发请帖，过段时间十二大仙门的人都会到。"

于休说："我陪师父去南屿寻百日宴礼，到时候再去西海太初，小师妹不要太有压力。"

铃萝点着头，没说话。饭后，楚异给她时间收拾东西，先去白玉牌坊前等人，结果等来的铃萝只拿了一把普通佩剑。

楚异问："给你的'长袖'呢？"

长袖是他上次触发万妖混沌出的神武。

铃萝说："我拿把木剑也能挑翻他们拿第一。"

师妹的狂妄气势比师兄有过之而无不及。

楚异陪她朝山下走去，嘲笑道："话说得这么满，到时候可别成了被人挑翻下台的那位。"

铃萝把玩着手中的樱喜轻哼一声。

两人御剑赶路，一日后到达西海城。

西海城近日客栈酒楼爆满，因为三年一次的金鸾池宴大会，引来大量客源，有各家仙门弟子还有其他散修入世修者等等，生意十分红火。大会期间，除去身份尊贵或是有后台的人，基本都要在西海城自己找住处。

西海太初的金鸾池宴比武场也只有大会期间才开放允许人出入。楚异先领着她去排队报名登记，填写记录册，又去拿比武令牌。铃萝等在西海太初山门前，全程漠然脸，周遭弟子们的热闹喧嚣都与她无关。

楚异把比武令牌扔给她，狠狠地说道："到底你比武还是我比武？"

铃萝漫不经心地说："堂堂大师兄，帮师妹跑跑腿登记拿个令牌怎么了？"

楚异冷笑一声，指了指西海城的方向："那懂事的师妹去安排今日的落脚点如何？"

铃萝打量着手中的令牌："师妹我第一次出远门，师兄的要求未免太苛刻了。"

"第一次出远门？"楚异眯着眼说道，"要不要脸？"

铃萝："不要。"

正当两个人大眼瞪小眼时，树上倒掉下一颗毛茸茸的脑袋凑过来说："两位少侠，是不是正在为了寻不到酒楼客栈而烦恼不已？"

铃萝："不是。"

楚异："不是。"

毛茸茸的脑袋充耳不闻，递出一张字写得歪歪扭扭的邀请函说道："闲云客栈，新开的客栈，物美价廉，饭菜色香味俱全，庭院花草景色宜人，床铺柔软舒适，是你旅途劳累后休息的不二之选！"

铃萝漠然回道："没兴趣。"

楚异更直接："没钱。"

"我们真的很便宜，双人间一夜只要十五银币！"毛茸茸的脑袋继续游说道，"金鸾池宴大会弟子半价！再附赠一套大会攻略，上面详细记载了十二大仙门今年的所有参赛选手的修为记载！"

铃萝听到这话才转头正眼看去。

水天镜逆转时空前她没什么朋友，又住在西海太初，与同届弟子们少有交集，只顾着打败他们就完事了，压根没听过还有这种东西。眼前挂在树上的毛茸茸的大狸猫是只画皮灵。修者以灵力化形，借画皮灵吐人言，是想要偷懒不出门办事的人最常用的法术。

楚异看出了铃萝的动摇之心，眯眼道："师妹，我们可没钱。"

大狸猫说："少侠莫慌！我们可以赊账！"

铃萝指着大狸猫说道："师兄刚才不是让我找落脚点吗？带路。"

大狸猫从树上下来，摇着尾巴欢呼道："好嘞！"

西海城，闲云客栈，位置不算偏，装潢也算精致，中有大庭院，花树、山水装点得颇为雅静。两个人再看房间内，插花都是新鲜带有露水的，熏香淡雅，给人以舒适感，一切都布置得恰到好处。这样的店竟然只要十五银币？可进来时两个人发现这里一个客人也没有。

楚异开始怀疑这是黑店。如此警觉的他，只开了一间房。

大狸猫抱着算盘打得"噼里啪啦"响。



铃萝站在门口问大狸猫："选手修为记载呢？"

"少侠莫慌，等你先洗浴填饱肚子后再来份甜而不腻的糕点吃着慢慢看！"大狸猫摇着尾巴说道。

楚异靠着门，双手环胸懒懒地看着大狸猫。

铃萝蹲下身去，笑眯眯地跟大狸猫对视道：“可是我现在就想看怎么办呢？”

大狸猫竖直尾巴，抱着算盘干笑道：“少侠还请等一等，我们为你准备的饭菜已经快好了。”

铃萝：“可我没有叫饭菜。”

大狸猫步步后退：“哪有住店不吃饭的？我们这不是提前为少侠准备了嘛！”

“那为什么不提前给我选手修为记载呢？”铃萝朝它笑，“还是说你们就靠这个坑人过来住店再擅自计算其他费用？”

“少侠休要胡说！我这里怎么可能是黑店！”

“我可没说，是你说的。”铃萝伸出手道，“给我还是不给？”

大狸猫奓毛道：“吃……吃……吃过饭后就给！”

铃萝“哦”了一声，直接动手。

大狸猫“哇哇”大叫着躲开攻击而来的剑灵，在屋里上蹿下跳，铃萝拎着它的尾巴转了一圈直接砸到了墙上去。

大狸猫“嗷呜”一声化形散去。

暗处的施法者捂着被撞的额头“嗷嗷”哭着，抹着眼泪朝窗外大喊：“小师叔！有人打我！还砸我的店！”

铃萝跟楚异走在西海城热闹的大道上。

楚异说：“你为了本破书砸人家的店，我看西海城哪家客栈敢收你。”

“你又不是没看出来那家黑店的套路，不砸它难道留下来当冤大头？”铃萝翻看着从大狸猫身上抢来的册子，“再说你堂堂参息真君的大弟子还混不到西海太初的一间客房吗？”

楚异冷冷地看了她一眼：“之前可是你说不住太初的。”

铃萝听到这话后抬头，理直气壮地说道：“西海城的都是黑店，不住太初住哪儿？”

楚异：“住哪儿？你直接回家吧还住哪儿！你精神上都已经认定自己是第一了还比啥？我都能单方面宣布这次比武大会结束了。”楚异黑着脸，带着铃萝进了西海太初。

西海太初有世间最大的樱林，以山灵养花，自创教起上千年从无花谢。

太初大部分楼阁屋舍建在弱水之上。弱水鸿毛不浮，占地面积虽大，水位却深不过脚背。它是肉眼可见的淡蓝色，散布在太初各地，因为太浅又不会轻易流动，因此像是一面柔软的镜子。

从樱林出来的风堂主对等候在一旁的弟子詹容说道：“金鸾池那边传来消息，说参息真君的两个徒弟到了，你去接待吧。”

“是。”

西海太初弟子等级可从服饰上的樱花印分辨。普通弟子的花印在衣摆最低处。地位高些的弟子花印在衣袖口。大弟子或是亲传徒弟的花则印在腰间和肩膀上。被派去接待铃萝与楚异的弟子詹容，他的花印在衣摆最低处。

铃萝和楚异站在半山腰处，看着从上方小道上走来的青年。

“太初二教弟子，詹容。”詹容垂首跟二人打招呼道，“受风堂主命令，接二位去青竹居。”

楚异上下打量了他一会儿，挑眉说道：“几年不见，你的客套话说得越发顺溜了。”

詹容直起身，有些无奈地笑了笑。他的目光落在铃萝腰间挂着的樱喜上时微顿，楚异往前走着，边走边说：“我师妹，铃萝。师父把樱喜给了她。”

铃萝站在台阶下，仰首看着前方站在一起的两个人。

二人逆着光，耀眼无比，让她眯起了眼。

楚异冷傲，詹容谦卑，跟她的二师兄不同，这人只有看似温柔的表象。

“詹琼大师是我师父，樱喜是他锻造的最后一件武器，所以我看见樱喜难免有些亲切。”詹容朝铃萝笑道。

“久仰詹大师之名。”铃萝客气地说道。她跟在两个人身后，前往接待客人的青竹居。

一路上都是楚异跟詹容在叙旧，铃萝漫不经心地看着风景。

“今年各仙门人才辈出，四大家都有人参加。”詹容说，“除铃萝外，还有南山雪河的风天耀、北庭月宫的慕须京。”

楚异问：“前者我知道，风掌门的亲儿子，但北庭月宫的这位是什么来头？”

“前宫主之子。”詹容低声说，“私生子，此前不为人知，今年被接回北庭月宫，由现任宫主亲自教导。”

楚异听得眼角微抽：“把上任宫主的儿子接回来养在现任宫主手里，谁这么疯？”

詹容语气更轻地说：“现任宫主。”

楚异没记错的话，现任宫主与前任宫主是夫妻，人比他还小一岁。对别人的家事无甚兴趣的楚异换了重点问道：“那人修为如何？”

詹容答：“不差。”

楚异继续问：“跟风天耀比谁更厉害？”

詹容略一沉思后回道：“南山雪河剑术世间一绝，又有正道神术剑意，若风天耀已学会神术剑意，慕须京应是不敌。”

楚异侧身去看铃萝：“听见没？”

铃萝懒懒地抬眼，神色嘲讽地问道：“他学得会吗？”这种从心底透露的鄙夷和不屑之意让楚异佩服。



“我师妹，剑术不错，人也不错，就是态度狂了点儿。”楚异转而跟詹容说道，“你就当没看见、没听见。”

詹容笑道：“少年心气，如此也好。”

铃萝双手笼袖，神色淡淡，心道：再给风天耀两辈子，他也学不成风家的神术剑意。

“你们太初今年的撒手锏是谁？”楚异又问。

詹容领着两个人走过曲折回廊，边走边说：“是二掌教的小儿子，琮秀师弟。”

铃萝听了这话后看了他一眼，詹容微微笑着，神色不见异样。

“听说过。”楚异眯起眼，“西海太初的剑道天才。”

詹容缓缓说道：“琮秀师弟十三岁已学会本门心法，闭关四年悟纵道剑意，入世三年已到生死境。”

“生死境破了？”

“暂未。”

楚异又扭头看向铃萝，说：“生死境未破，你还能试试。”

“师兄。”铃萝挑眉道，“他破了生死境也无所谓。”

楚异面无表情地转头看回詹容：“你当没听见。”

詹容笑着点头。他们走过转角，来到一处精致的庭院前。

“你们这几日就住在这边，到点会有人送三餐来，若是有什么需要尽管与我说。”詹容说道，“南山雪河与北庭月宫的人都住在这西院，还有逍遥宗。”这话一出，跟在他身旁的两个人都停下了脚步。

詹容回头看去，愣愣地问道：“怎么了？”

“没什么。”楚异淡淡说着，进门问，“逍遥宗住哪边？”

“与你们隔着三个院的距离，应该不常见到。”詹容心思玲珑，十分敏感，察觉到那微妙的停顿后很快做出反应，“若是此处不行，我再给你们换。”

“不用换。”铃萝说，“位置刚好。”

“谢了，你先去忙吧，晚些时候再找你。”楚异跟詹容说。

詹容点头退下。

铃萝进院里看了一圈，随手指了一间屋子说：“我睡这间。”

“随你。”楚异靠在门边，蹙眉说道，“你收敛点儿，就你刚才狂妄的态度，传出去你铁定被其他人盯着打。”

铃萝说：“我说的都是事实。”那些人的确打不过她嘛。

“什么事实？”楚异冷笑道，“生死境是什么概念你知道吗？风家神术剑意是什么意思你知道吗？还有北庭月宫的那人，没点儿硬功夫能让他来参加大会？就你不拿长袖带把普通佩剑，还敢这么狂？”

铃萝抬眼看着他，说：“你没朋友吗？”

楚异不解：“你问这个干什么？”

“金鸾池宴十二大仙门都有人来，师兄，你没朋友吗？难得齐聚，你找他们喝酒聊天去啊。”铃萝说，“你堂堂参息真君的大弟子，东岛天极的大师兄，不该一个朋友都没有吧。”

楚异冷笑道："刚才的詹容就是我朋友，你是没看见吗？"

"那你找他喝酒聊天谈生死境说风家神术剑意去。"铃萝转身离开。

楚异问："去哪儿？"

铃萝头也不回地回道："去找我朋友，咱们各找各的，晚上再见。"

楚异发誓，他再也不要一个人跟小师妹出门，否则怕自己忍不住半路把人打死还不管埋。

宋圆圆等人早铃萝几天到西海城。这几日他们已经跟周边各派弟子混熟，收获小道消息无数，就等着铃萝来了跟她分享。铃萝刚过太初山门，就拿玉听联系宋圆圆。虽然出了东岛天极玉听没有万象阵法支撑，但普通传信还是能做到的，只是无法传音、传画。

宋圆圆回道："西市，万花楼，二阁。"

铃萝重回西海城。此时已到正午，周边酒楼香气四溢，来往都是年轻人们，整条街充满活力，热闹非凡。铃萝找到万花楼，刚到楼上二阁，就见徐慎站在门口。她挑眉问道："这么客气，还来门外接我？"

徐慎说："不是，二阁被人抢走了，怕你找错门尴尬，所以等在这里。"

"谁抢的？"她问。

徐慎领她去了五阁，答道："不知道，但看穿着与佩剑，应是南山雪河的人。"

于是铃萝进门前，在二阁门口掐了个水诀。

屋里的宋圆圆正对着玉听奋笔疾书。

铃萝落座，拿起筷子时随口问："常霏呢？"

"帮他的东家找人去了。"宋圆圆说。

铃萝咬着筷子蒙了："什么东家？"

"一只大狸猫，画皮灵。"徐慎说，"狸猫开了家客栈，但不会经营，前些日遇上常霏，两边一合计，就整了个黑店。"

铃萝心想：常霏的赚钱路数她是服气的，不管白的、黑的还是灰的，他总能找到点子。

"他们坑了不少人，后来消息传开了，大家都知道那是家黑店，就没人再去。"宋圆圆叹道，"但常霏已经赚了一大笔钱，正想抽身，那狸猫却找上他，说有人砸店还打了它，要常霏帮忙找人。"

铃萝"哦"了一声，面不改色地吃着东西，问："他不是想抽身吗？干吗还答应找人？"

徐慎无奈地说道："这不是怕狸猫一个不服把他的身份捅出去，之前被坑过的各派弟子找他吗。"

"钱呢？"铃萝问。

宋圆圆指着桌上的满汉全席憨笑："这里。"

铃萝已经习惯了，也不惊艳，又问："赚了多少？"

宋圆圆比了个数，"七千金。"

铃萝："那他死定了。"

宋圆圆看了一眼玉听收到的新消息，又给徐慎看，说道："他要你帮忙找画皮灵真身的位置。"

徐慎说："可以试试。"

铃萝在旁边笑："怎么不让他找砸店的人？"

宋圆圆："砸店的人无所谓，找到狸猫真身才能永绝后患。"

西市横街，常霏陪着一只气炸了的大狸猫在路边走着。大狸猫站立行走，前爪疯狂比画着各种手势。

常霏耐心地问道："那女子长何模样，有什么特征，可有穿哪家门服？"

大狸猫说："长得高，又瘦，皮肤白，长头发，穿着白色的衣服，长得漂亮说话也好听但就是太粗鲁了！她怎么能一言不合就动手还说我是开黑店？我才不是开黑店！她血口喷人！呸，喷猫！"

常霏无奈地说："这满大街穿白衣服的女人都符合你说的条件啊！你让我怎么找？"

大狸猫又说道："她身边还跟着一个男的，男的比她高，跟我小师叔差不多高。"

常霏纳闷地问道："你还有师叔？"

"我师尊与小师叔今日刚到！但我不能告诉我师尊此事，只能找小师叔帮忙！"大狸猫将爪子紧握成拳挥舞，"这坏女人完了，她敢打我，我小师叔绝不会放过她的！"

常霏想了想，问："你小师叔厉害吗？"

"那当然！"大狸猫骄傲地抬首，尾巴一甩一甩的，"我小师叔是除我师尊以外最厉害的人！"

那他还不是没你师尊厉害？常霏心中想着，一边"嗯嗯啊啊"地回答，一边给宋圆圆发传信告知此事。

得知大狸猫还有师尊与小师叔，铃萝倒是来劲了。她指了指徐慎说："找到了吗？我倒要看看它的小师叔有多厉害。"

"得花点儿时间。"徐慎说。

另一边，大狸猫也在很努力地找人。只是没一会儿后，它跟常霏说："我小师叔说找到人了！对方途经太初山门，我只要在那里守着定能找到她！"

常霏还没来得及说句话，画皮灵已散形不见。

宋圆圆收到传信，有些惊讶。

"对方的咒术推演竟比我们先找到线索。"

对方不仅领先，还推演对了，有点儿意思。

铃萝眯起眼，起身说道："我去会会。"

宋圆圆愣了一下，急忙跟上去："等等，你先别冲动！这里是西海太初，别人的地盘！"

徐慎认真推演完，得出结果：大狸猫的真身在西海太初山门里。

日暮时分，天际大片火烧云，光线绚丽。西海太初正山门偏角落的位置，站着一人一狸猫。大狸猫身旁站着的小师叔青衣长剑，墨发玉冠，眉眼却干净明亮，那一丝沉静和澄澈气息，与之对视都让人感到自惭形秽。他不说话时，便给人静与默二字感受，也是一幅赏心悦目的画，多看几眼，就会被融入他的气场中，成为陪衬。

楚异跟一帮好友从西海城玩乐回来，进山门时无意间瞥见那只大狸猫，不由得停下脚步转头看去。这次他的注意力却不在狸猫身上，而在它身旁的男人身上。

"楚异！"好友在前边喊道，"看什么呢？不是说好去樱林赏夜樱吗？"

楚异回道："等会儿，你们先去。"

大狸猫听见声音，惊得抱紧了小师叔的腿，一爪子伸出去喊道："小师叔！他就是那女人的同伙！"

越良泽抬眼看去。两个人隔着一段距离相望，片刻后，越良泽说："你确定？"

大狸猫哭得委委屈屈地说："我确定！我确定就是他！"

越良泽："那算了。"

大狸猫的表情整个僵住。

什么算了？

竟然就算了？

怎么能算了！

"小师叔！为什么算了？他跟那女人可是砸了我的店还抓我的尾巴摔我跟头！怎么能算了！"大狸猫"嗷嗷"叫喊着，楚异却已走了过来。

"巧。"他看着越良泽说，"这狸猫是你的？"

越良泽淡淡地应道："师侄。"

楚异眯着眼，说："我们是不是曾经见过？"

越良泽双手抱剑，额前细发随夜风轻晃，神色淡如水，不答，只略一垂首，转身离去。

大狸猫在他后边哭得撕心裂肺。

"师兄！"这不轻不重的一声师兄，压过了狸猫的哭号声传入他的耳里，他忽然停下脚步。

大狸猫看着走进山门的女人，哭得更伤心了："小师叔！就是这个女人！"

越良泽却重新迈步离去，只淡淡地说道："打不过。"

第二十章

# 十四封信

大狸猫跟在越良泽身后边走边哭。

楚异抬手给铃萝指了指："那画皮灵带人来找你报仇了。"

铃萝抬首看去，只一个背影就能勾起她的所有回忆。当年她认不出棠花树下的少年，却一定认得青年时期的越良泽。两个人初见本该是在金鸾池宴拔剑时，现在却早早地见到了。于是铃萝走上前去，嗓音清脆地喊道："喂——那只开黑店的狸猫——"

大狸猫气得喊出哭腔，回头吼道："我不是开黑店！你含血喷猫！"

厉风呼啸而过，惊得它浑身奓毛，那道白色人影已至眼前。凌厉的剑势惊起地面落叶，越良泽刹那回首，以手中的剑接住这一招。

这把长剑细薄，有细长黑布缠绕着剑身，密不透风。此时接剑，两方剑势相撞，靠近剑柄处的一圈黑布散开，露出色泽透亮又泛着冷意的黑色剑刃。

铃萝手中的是普通佩剑，却以雄浑灵力裹着剑身与它相抗，否则也无法让那一圈黑布散开。虽然如此，她佩剑的剑身却也不再完整，这还算好的，换作别的东西早已整个碎裂。

山门前突然出现两股强大的剑意碰撞，横扫的剑风让路人都忍不住御气抵抗。旁边的花树离两个人已有一段距离，却不幸遭到波及断了几根花枝，树下赏花的女孩们都被吓跑了，徒留被砸了满脑袋花枝的男人一脸蒙。稍远处的另一拨人也都神色惊疑地朝发出剑意的方向看去。

其中一名身着金衣、全身上下都戴着贵重金饰的俊朗少年挑眉道："这是谁啊？怎么比本少爷还嚣张？明儿大会现在就开打，这么急着显摆？"

西海太初的人得意地说道："嗐，估计是我们家琮秀师弟在练剑呢，前些日总有这样被横扫的剑意吓到的情况，如今见怪不怪啦。"

北庭月宫的人翻着白眼说道："你的感知修行都喂狗了是吧？这能是西海太初的

剑势？”

“这霸道的劲应该是我们南山雪河的人才对吧！”

“哎呀，管他哪家的剑势，反正看样子你们都打不过，赶紧走啦，再不去樱林可就要禁时等明天了啊！”

那金装少年怒眉一挑就说道：“你才打不过！本少爷这就去会会！”

那人又劝道：“哎哟，大少爷你就别去了，是我说错了，你最厉害，特别厉害，今年宴会魁首我就只押了你一个好吧？少爷你就别气了，走，去樱林喝酒看月放松放松，好好休息了明天才能力战群雄啊！”

这一番话夸得金装少年舒服了，他脸色由阴转晴，跟着人群走了。

“哎，你叫人走怎么自己还往那边跑？”

那人说道：“楚异还在那边！”

楚异跟大狸猫是离这二人最近的。

突然被扫一脸剑风，刮得他衣发乱飘，气得他想上去给他俩一人一脚。

大狸猫躲在越良泽身后，抱紧了他的大腿，这才没被掀飞。

两把长剑一竖一横地相抗，眼见就要迸发第二轮剑意横扫，楚异开口了：“行了。再打西海太初的人就要来问怎么回事了，被拉去大掌教那边谈话你俩不嫌麻烦我嫌。”

大狸猫抱着越良泽的裤脚颤巍巍地说道：“小师叔，再这么打下去我师尊就要发现了……”

那一圈黑布又贴回了长剑上，遮掩了剑刃的锋芒。

两个人同时收剑。

铃萝心中气着，这还是当年那个拿把木剑任她为所欲为的人吗？不是！他变了！可恶！那似有若无的废物灵脉如今已深不可测。

铃萝现在就后悔，非常后悔，后悔当年没多砍他几次。在她欲收剑回鞘时，却见剑身上有了一道缺口。铃萝垂眸看着这道缺口，以它为点，延伸出的裂纹布满半边剑身。哪怕她刚才的灵力控制得极好，但普通佩剑跟神武有着本质区别。

更别提他这把黑剑——

铃萝再次抬剑指着越良泽，不客气地说道：“赔剑！”

越良泽抱剑而立，哪怕那剑刃已到他的咽喉也没有眨一下眼。

他倒是在这一瞬间想起当年她迎着日光持剑朝他脆声喊道：“拔剑。”

那似乎是她跟他说的第一句话。



原来他若是真的拔剑一战后就得赔剑。他在心里笑了一下，迎着铃萝漂亮的眼说道：“你说个价钱，我赔。”

铃萝：“价钱？我要的是钱吗？我就要你手里那把剑！”

旁边的楚异觉得铃萝张口就要喊一亿金。

倒是大狸猫先开口："为什么是我们赔！明明是你砸店打猫在先！"

"你一个开黑店的猫真敢说？"铃萝眯起眼说道，"低价住房却开高价饭菜，都没叫的服务强制给上，我没去官府告你都算手下留情。"

大狸猫瞪大了眼，眼里还有一丝茫然不解的神色。

越良泽低头去看它，"你开黑店？"

"小师叔，你不要听她胡说！我怎么可能开黑店！我雇的掌柜可是信誓旦旦地告诉我没问题的！"大狸猫扒拉着他不放，疯狂摇头，"低价住房是拉客源，高价饭菜那就是正常价格啊！买的小菜、酱料、油、盐、醋、米都是要花钱的啊！"

上了山门，听了这番话的宋圆圆与徐慎将刚来的常霏捂着嘴给拉走了。

宋圆圆："兄弟，听我说，你现在最好别上去，不然就死定了。"

铃萝面不改色地说道："我没叫饭菜。"

大狸猫："前堂说客人住店就是要送饭菜啊！"

越良泽明白了。

越良泽问："骗了人家多少？"

大狸猫要哭死了："小师叔，我真的没有！一个子儿都没有骗，她就把我打了！"

楚异说："住房的十五银币没退。"

大狸猫再次瞪大了眼："十五银币你也要！你们两个人开一间房住，我以为够抠门了，结果你连十五银币都要拿！"

越良泽听了这话后看了楚异一眼。

楚异皮笑肉不笑地问道："这不还没拿到？"

越良泽拿了银两还给楚异，又去看铃萝。

铃萝轻轻挑眉："我不要钱，你赔我一把剑就行。"

越良泽："好，明日给你。"

铃萝忍不住想，他答应得这么痛快，是有多想跟她撇清关系？他一封信都不写就算了——算……算不了！铃萝气得直接把手中的剑粉碎了。

大狸猫躲在越良泽身后瑟瑟发抖。

铃萝指着楚异说："我师兄可是参息大弟子，你要是折了我的剑不赔，我师兄定要你好看！"

楚异：你瞎说什么呢？这关我什么事？

越良泽低垂着眉眼，余光扫到她与自己擦肩而过的一幕场景。

铃萝气呼呼地走了，走到一半又冷静下来，想着越良泽多半是察觉到当年她与之比武练剑的小心思，就是趁他灵脉虚弱时往死里虐他。如今他是圣剑宗弟子，灵力深不可测，不是当年被人欺负死踩进泥泞还无反抗之力的废物。高高在上的圣剑宗弟子，当然不屑再与当年见识过自己弱小废物一面的人为伍，更别提这人还曾让他屡战屡败。

这简直就是黑历史，是年少时受的耻辱。铃萝这么一想又舒服了。圣剑宗弟子了不起？还不是被我一根棠花枝就打倒了？

想起这些难堪往事，越良泽能以平常心对待她才怪。铃萝觉得自己十分善解人意，理解了越良泽的难堪处境。

楚异怕铃萝在气头上跟人家起冲突惹事，跟了上来。

他看着铃萝回西院，懒懒地问：“你是什么情况？”

铃萝不答。楚异又问道：“让人赔剑，他知道你住哪儿？你知道他住哪儿？他不赔跑了怎么办？”

这师妹笨不笨？都不知道要让人抵押东西。

铃萝说：“那师兄你觉得该怎么办？”

“要抵押东西。”楚异耐心教导，“以剑换剑。”

铃萝笑道：“师兄，你应该看得出他手里那把剑非比寻常吧？”

楚异：“都是剑，分什么高低贵贱？”

铃萝说：“拿一把普通的剑换把神武，这怎么看都是不要脸。”

楚异看着她问：“你不是不要吗？”

铃萝：“我要，你不要。”

楚异眯起眼，手中灵力闪烁。铃萝反应神速，足尖一点瞬间与他拉远距离。

两个人算是一路打回西院。其间楚异的好友喊他：“到底去不去樱林赏花啊？”

楚异这才不管铃萝，跟好友走了。

好友说道：“叫上师妹啊！”

楚异：“有她没我。”

好友便探头朝西院喊：“铃师妹！去樱林赏花吗？”

“她有樱喜还赏什么花？”楚异抬手，勒着好友的脖子把他带走了。

月上梢头，星星稀疏。

青竹居住的都是这次金鸾池宴大会的客人。

大狸猫住在西海太初内庭，离青竹居较远。

越良泽走在回去的路上，石灯接连亮起，驱散黑暗，庭院中花草相宜。

大狸猫的真身住的房间一开窗就能瞧见大片弱水和金鸾池宴台。

屋内的少年从床上起身时可见黑发下的尖耳，他拉上斗篷衣帽，动作迅速地开门朝外跑去。

“小师叔！”阿福气呼呼地问道，“我们为什么要赔剑！分明是她自己弄碎的！”

越良泽在院内站定，问：“师哥呢？”

“他去见大掌教了，一时半会儿回不来。”阿福说，“他让你煮点儿吃的东西，说太初的人有鬼，吃食不干净。”

越良泽“嗯”了一声，迈步朝院里的厨房走去。

阿福跟在他身后嘀咕：“小师叔，你真的打不过那人吗？”

越良泽淡淡地说：“打不过。”

他卷着衣袖，洗着手：“给你师尊传话，让他寻把剑回来。”

阿福语气幽幽地确认：“真要赔吗？”

越良泽顿了顿，又说道：“算了，我去找。”

阿福气得翻白眼：“小师叔，她就是故意的！”

越良泽认真洗着手。

他当然看得出铃萝是故意的，所以才要给。

越良泽本以为一个字也不回他的人，再见面时肯定是半句话都不同他说的。

阿福觉得自家小师叔实在是太善良了。

他不能让如此善良的小师叔被肆意敲诈。

于是阿福又回屋用画皮灵唤出大狸猫偷溜出去，准备找铃萝吓吓她。

越良泽瞥见了偷跑出去的大狸猫，却没阻拦。

按照铃萝的脾气，到时候她该会拎着大狸猫找上门来。

越良泽把手擦干，转身去拿食材。

铃萝回去后，发现玉听“嗡嗡嗡”地响，这才拿出一看，结果都是宋圆圆跟常霏发的传信。

“我小阿爹！！！”

“越师兄！我看见他了！”

“你俩怎么打起来了？”

“我小阿爹怎么这么厉害？他那把剑叫什么名字？有什么来历？”

……

铃萝面无表情地关掉了玉听。

他们进不来西海太初，当时忙着帮常霏掩盖，也没能出声招呼越良泽，只能疯狂地给铃萝发传信打探消息。在铃萝把玩着玉听沉思时，窗外忽现一个巨大的影子将灯火遮掩，落下大片黑影，浓稠得让人窒息，顷刻间掠夺了人的视线。

那窗外的黑影张大嘴，露出骇人的獠牙，样子狰狞又血腥。

风声呼啸，那黑影说：“你——哎呀！”

飞出去的樱喜划破窗户直击黑影的脑门，将它击飞出去老远。

又一次撞到墙上的大狸猫“呜呜”地哭着。

铃萝开门出去，掐诀布了一个小阵法把它禁锢在地上。

“哎——你，你，你——！”大狸猫慌不择路，想散形溜走，却发现被阵法禁锢着无法散形，他的神灵、意识都被困在了这里。

眼见铃萝过来，大狸猫秒怂，喊道："小师叔，救命啊！！！"

铃萝抬手，收回樱喜，悠闲地看着趴在脚边的大狸猫："再叫啊。"

我看你小师叔来不来。

大狸猫哭道："你把我的神灵放回去，我这就叫我小师叔来！"

"多大了，还什么事都找别人来救。"铃萝弯腰掐着它的后颈将它拎起来，"我要是狠心点儿，就直接碎了你的神灵，让你灰飞烟灭，只剩下一具空壳肉身。"

大狸猫被吓哭了。

听着号啕哭声，铃萝嫌弃道："闭嘴。"

大狸猫："哇！"

铃萝拿着樱喜挑起它的下巴，大狸猫以为她真要动手，立马收声。

"你……你不要冲动，其实我……我是来跟你和谈的！"大狸猫哽咽着说道，"我小师叔可以做证！"

"是吗？"铃萝皮笑肉不笑地说道，"那我真要去问问你小师叔，到底是想和谈还是要杀人灭口。带路。"

铃萝掐着大狸猫，看着它的爪子指的方向眯了一下眼。

太初内庭，圣剑宗的待遇果然不一样。圣剑宗在十二大仙门之外，却担当修真界仙首的角色，虽游离于仙门外，却让人无法忽视。有仙首令在，哪家仙门出事，圣剑宗甚至能介入调查，发号施令，若有不从者，便可将其从仙门除名。据传，若是谁被仙首令除名，这一世便绝无修道得成飞升的可能，而由高高在上的修者，陨落成一个毫无灵力的普通人。

圣剑宗的特殊地位，让其他仙门十分忌惮。没有人跟圣剑宗的关系很好，也不会有人想跟它的关系很差。

十二大仙门甚至有着保持数百年的默契：谁都不可与圣剑宗有私交。

圣剑宗也有门规：不得与十二大仙门之人过于亲近。

这也是越良泽寄信时从未说过自己入了哪门哪派又在哪里修行的原因。

他闭关出来后，师哥们得知他写信的对象是东岛天极弟子，便委婉提示，若非需要圣剑宗到场或收到邀约的情况，便不能主动前往。

他能用圣剑宗的信灵鸟寄了一年的信，已是怪慈仙首对他睁一只眼闭一眼了。

越良泽闭关出来后偶尔会想：铃萝是不是因为看出那是圣剑宗的信灵鸟，知道这些规矩，为了避嫌这才一个字的信都不回的？自己贸然寄了那么多信去，要是被有心人揣测她跟圣剑宗有私交，她日子肯定不好过。倒是他为了自己的一点儿小心思害了铃萝。越良泽为此事想过许许多多种可能。他正凝神切着菜，忽听破空声响起，一团毛茸茸的东西自打开的窗户飞进来，得亏他手疾眼快一把接住才未摔到他的脸上。

"小师叔！"大狸猫终于忍不住开始哭了，"她欺猫太甚！"

越良泽想：它这一整天都在哭。

铃萝站在窗外的庭院中，月色皎洁，那双漂亮的桃花眼看着他，眼尾上挑，是熟悉的骄纵与傲慢姿态。

“堂堂圣剑宗弟子，让你赔把剑而已，却叫一只画皮灵来杀人灭口，要不要脸？”

越良泽微怔。她知道？

“我是去和谈的，才不是杀人灭口！”大狸猫号道，“你莫要再血口喷猫！”

铃萝轻哼了一声：“和谈要在我的窗外装神弄鬼？”

“你那么大一个人，我这么小一只猫，我把影子变大点儿再跟你谈怎么了？”大狸猫有了靠山，气势也变足了，“我还没说你以大欺小呢！”

铃萝：“来，来，来，你说。”

大狸猫正要张口，却被越良泽捏碎了身上的阵法，散形回了本体。

越良泽说道：“师侄顽劣，我定当好好管教。”

铃萝站在原地没动，不紧不慢地说道：“它把我的窗户也打坏了。”

“太初夜里那么冷，我的窗户关不上，晚上冷风直往里边灌。我明天还要参加大会武斗，既没了剑，又得受一夜寒风，你说这怎么办？”

越良泽默然。几年不见，她越来越会说话了。

“一并赔你。”越良泽回道。

“你的钱很多吗？”铃萝却纳闷了，“还是你在深山里待久了，半点儿为人处世都不懂，窗户坏了你不会去修好吗？”

“稍等。”越良泽说，“等做好晚膳便去。”

“做的什么？”铃萝瞅了一眼他身后，已经闻到了些香味。

“青椒炒肉、蛋花汤，再炒一份菩提玉斋。”越良泽洗着手应道，“还能做一份照烧鸡腿饭，你要吃吗？”

这主动邀请深得铃萝的心。

她慢慢走过去，嘴上却说道：“圣剑宗的邀请谁敢拒绝？”

越良泽垂眸，静默片刻，然后转身继续切青椒，低声说：“抱歉，是我考虑不周。”

铃萝刚走到窗边，听了这话一脸狐疑的表情。什么意思？他刚才还问她吃不吃饭，现在就反悔了？

“你道什么歉？”铃萝问。

越良泽说：“寄信的事是我没考虑好，若是你因收了圣剑宗的信而被他人猜忌，我在此道歉。”他觉得应该把这事说清楚，否则一辈子都会为此困惑不解。那太难受了。

铃萝听得稀里糊涂的，在窗前站着沉默了一会儿。

此时只有越良泽切菜的声音，沉而闷。

好一会儿后，铃萝才问道：“你说我收了圣剑宗的信？”

越良泽目光沉静，眼中未见波澜，手上动作不停，话里也不见半分埋怨之意："离开天极的第二年，我给你寄了十四封信。"

铃萝抬眼朝越良泽看去，有些愣怔。

"你再说一遍。"铃萝问道，"寄了多少？"

越良泽重复道："十四封。"

我可是一封也没收到啊。

铃萝听蒙了。

"你不是寄给宋圆圆他们的吗？"铃萝问。

越良泽说："我给他们寄了七封，除了最后一封没收到回信，其他的都收到了。"

"只有我给你寄的十四封信，你一封没回。"

铃萝被这番话惊到了。十四封信，她一封没回！光是听着这话她都想要谴责自己！换作是她，第二封信对方不回她就扔下笔不写了。这男人怎么一直坚持写到十四封的？

铃萝在心里疯狂吐槽，好一会儿才反应过来：等等！这不回信的人是我啊！

"十二仙门的人不可与圣剑宗的人亲近，我亦不能与之有私交，早些时候我不知轻重，寄了那么多信让你困扰，实属不对。"越良泽还在道歉。

铃萝张了张嘴，黑瞳映着他的侧脸，是她记忆里的模样，却又让她有几分陌生感。

"你是寄到了青石坊吗？"

"嗯。"

铃萝听后眯了一下眼。

青石坊，信灵鸟。

一封未见的信。

云守息。

铃萝眼里掠过怒色。不用深想她就知道能不动声色地拦下信灵鸟的十四封信的人是谁。

铃萝气道："那只信灵鸟在哪儿？"

越良泽这才偏头看过来，有些不解，却还是答道："死了。"

"活该！"铃萝没好气地说道，"这些年我可是一封信也没收到！"

这下轮到越良泽蒙住了。短暂惊讶过后，他蹙眉确认道："一封信也没有收到？"

"没有！我要是收到了会不回你吗？"铃萝指着他问道，"你说！我会不回你吗？"

面对铃萝生气质问的话，越良泽怔住，握刀的指尖不自觉地轻抽了一下。



他真的以为——

"那蠢货送信失误，我一封没收到！下次你别再给我寄信了，想说什么话、想送什么东西亲自到我跟前来！"铃萝气得不行，完全忘记水天镜逆转时空的事，露出了入魔后对各种规矩的藐视，"不可与圣剑宗亲近，不能与十二仙门有私交，他们的规矩关我什么事？我想跟谁亲近就跟谁亲近！”

“我跟你不仅有私交，还——”在对上越良泽那沉静的眼时，铃萝顿住了，飞速地将到嘴边的话吞回了肚子里。

越良泽说：“还什么？”

他还问？你也太不识趣了！

铃萝怒上心头，便恶劣地说道：“还跟你牵过手、渡过气，怎么了！”

一直在屋里偷听的大狸猫害羞地捂住了脸，却没捂住耳朵。

越良泽眨了一下眼，瞬间心跳快了一分，以为被自己忘记的那一幕画面却在听见相关的词句时一下就想起来了。

冰冷的寒潭，水下月光粼粼，还有少女散开在他指间的柔软的发……实则一个小小的细节他都还记得清清楚楚。

铃萝见他避开目光，便又恢复了傲慢样子，颔首道：“别多想，那是水下帮你渡气，我没有半点儿杂念。”末了她又补充，“你也不准有！”

越良泽握在刀柄上的手松开，他镇静地避开这个话题，说：“既然一封信也没收到，那你为何知道我是圣剑宗弟子？”

越良泽以为她是因为圣剑宗传信的事被人猜忌疏远他，可铃萝一封信都没收到，那就不会出现这样的情况。可她又是怎么知道圣剑宗一事的？

铃萝面不改色地说道：“信灵鸟寄信给宋圆圆时，我恰巧看见，对那鸟上心，回去问了师父，这才知道的。”

是吗？越良泽压下心中的疑虑没再问。

“既然他们都收到信了，说明信灵鸟没送错，可你为何一封也……”

他话未说完，就听铃萝说道：“这事我会查，你不要管。”

越良泽侧目看去。

铃萝瞪他：“我真没收到！”

“知道了。”越良泽又看了一会儿案板。

他刚才说谎了，那只信灵鸟没死。

当年他只在意铃萝是否回信，没想其他，现在看来，应该找信灵鸟好好问问。

铃萝说：“你要是不相信——”

“我信。”越良泽说，“若真的收到信了，你不会不回我。”他也是今天才敢确定的。

铃萝轻哼了一声。

大狸猫不合时宜地出来说道：“小师叔……我师尊刚才传信，二掌教正要过来，要是让他看见这位……”它看着铃萝，不知道该称呼什么。

越良泽听了这话后，跟铃萝说：“你先回去，我这边忙完了再去给你修窗。”

铃萝瞥他：“你跟我之间有什么见不得人的事需要避嫌吗？”

大狸猫心说：“难道没有吗？”

越良泽平静地说道：“有，所以不能让太初的人发现。”

这倒是把铃萝给说脸红了。她感觉脸颊微烫，神情似恼，抬手指着越良泽凶道：“你……你不要乱说话！还有，记得把吃的东西也送过来！”

越良泽应声。

铃萝气呼呼地走了。她回到西院时，楚异也在。

楚异正站在院里观察她那破洞的窗户。

“跟谁打起来了？”楚异问。

铃萝却问道：“师兄，从哪年开始，灵虎就经常出现在青石坊？”

“三年前，你问这事干什么？”楚异看着她，“灵虎常现，说明师父修为又大涨。”

她也记得是三年前。

楚异也这么说，那她就是没记错。

铃萝慢慢进屋，回想那年灵虎常巡山——可她也记起来了，曾经也是这样啊。那一年灵虎突然经常出现在青石坊，她以为是云守息在修炼，现在却有几分细思极恐。

# 第二十一章

# 无生断意

可也不至于，她从前都没在天极见到越良泽，他更没理由给天极寄信了，但现在拦信的人只可能是云守息。

十四封，他一封不给，未免太狠心了。

铃萝眼里泛着几分冷意，让楚异看得皱眉。

“你问这些干什么？难不成把你的窗户打破的人厉害到需要叫师父来帮你报仇？”楚异的询问让铃萝回神。

她看了一眼窗户说：“是那只画皮灵狸猫。”

楚异听懂后眯起眼说道：“胆子还挺大，怎么，你又要让人家赔？”

铃萝说：“等会儿它的小师叔来修。”

楚异说：“我刚才跟詹容打听了一下，你知道那人是谁吗？”

铃萝进屋坐下，趴在窗边，一脸静候下文的表情。

“圣剑宗的人，别走太近了。”楚异难得良心地劝道，“哪怕是有一点点关系，也会被人胡乱猜测。”

铃萝说：“我是小孩子吗？”

楚异：“你是。”

“师兄，”铃萝眯着眼，似笑非笑地问，“今晚去樱林赏夜樱，赏得如何？”

楚异一听她这语气就没安好心，答得也懒散：“比你的樱喜好看。”

“可别只顾着看花，也赏赏那天上月。”铃萝指了指夜空，“今晚的月亮可难见。”

刚刚还姿态懒散的楚异，不自觉地站直了身子。他扫了一眼铃萝，眼神带着几分审视。

铃萝完全没在怕的，继续笑眯眯地说：“又大又圆，高高在上——”

“你抬头看看。”楚异说，“哪里圆？”

铃萝抬头。月亮半隐在云中，只一团绚烂的光影。

“好看就行。”她收回目光说。

楚异却还在看那天上月。它隐在乌云中，光芒四散，像是在挣扎，让他想起今夜在樱林见到的人。

“师兄。”铃萝叫回他的思绪，抬手指了指，“你别站在那里，等会儿人家要过来修窗的，你挡路了。”

楚异：真不知道这是他天极的师妹还是圣剑宗的师妹。

楚异鄙夷地看了一眼铃萝，转身走回屋去。

越良泽还在太初内庭。

太初的二掌教前来与他谈事。怪慈曾言，他只收四个徒弟。大徒弟从未露过面，二徒弟受伤回宗门后，都是三徒弟出面行事。越良泽的身份如今少有人知。

詹容等人只知道他跟圣剑宗的人一起来，并不知道他还是怪慈仙首的徒弟。

二掌教此番前来，也是为试探这位新弟子是什么样的人。与他前两位入世的师哥不同，此人喜怒难辨，却又比他师哥们好说话，态度相对温和。但很快二掌教就明白那是错觉，这人只是锋芒内敛而已。

“明日大会就要开始，十二大仙门的弟子不远千里来此参宴，我们自然要保其无忧。”

越良泽说道：“此事我三师哥已跟大掌教谈过，近日也会帮忙多多留意。”

二掌教起身说道：“那就麻烦了。”

越良泽略一垂首，目送对方离去。

大狸猫踮着脚扒拉着窗沿，好不容易使劲攀上去，闻了闻空气里的饭菜香味，回头朝院里站着的越良泽看去。

越良泽正看着大门的方向。他三师哥白藏手里拎着一小坛酒进来，姿态懒散，显得十分随意。

“听说你跟那位写信不回的姑娘见面了，”白藏说着，伸手揽过他的肩膀，笑眯眯地问，“又是赔剑又是修窗的。”

越良泽瞥了一眼站在窗上的大狸猫，大狸猫“刺溜”一声滑进了屋里。

“剑是对招时断的，修窗是因为阿福跑去她那里恐吓人。”越良泽淡淡地说，“它还开黑店。”

“那不是黑店！我没有！”大狸猫又从窗后冒出头喊道，“师尊，我真没有！”

白藏扭头看去，朝它勾了勾手指。

大狸猫一溜烟地跑不见影了。

“晚膳已经做好了。”越良泽转身进屋，将分好的碟子装进食盒里。

白藏站在旁边看着，问：“带去哪儿？”

“去修窗。”越良泽说，“这份是给她做的。”

白藏靠着门，慢条斯理地揭开酒坛的封盖说：“我说师弟，人家可是半个字都不回你。”

越良泽提起食盒：“她没收到信。”

“你不会信了吧？”白藏眯起眼笑。

越良泽点头，绕过他出去。

白藏轻轻摇头，仰首饮酒：“太初混进了一些奇怪的东西，你自己小心些。”

夜色还长，内庭到西院有一段距离。

越良泽去的速度却很快，他精准绕开所有巡逻的弟子，悄无声息地进入了西院。

铃萝趴在窗边玩玉听，余光瞧见进院里的人时才收手。

她笑眯起眼，手指轻压在唇边说：“我师兄已经睡下，你可要轻点儿声，别把他吵醒了。”

隔壁屋里还在玩玉听的楚异原本是不在意的，这会儿却不自觉地听着屋外的动静。

越良泽“哦”了一声，站在窗外，将食盒递给铃萝：“趁热吃吧。”

铃萝一晚上没吃东西，就等着这份越良泽做的照烧鸡腿饭。

开盒后被端出来的食物香味四溢，隔壁屋里的楚异面无表情地去拿了纸来将鼻子塞住。

一大扇纸窗坏了半边，固型的窗架都断掉了，越良泽看了一会儿，拿剑撬上排的窗钉。

铃萝咬着筷子，眼神却落在他身前这把缠着黑布的长剑上，目光明明灭灭。

撬着窗钉的越良泽轻声说：“这把剑叫无生。”

剑下无生，是把杀气非常重的剑。

“这细布名叫断意，也是无生的剑鞘。”他见铃萝一直盯着剑看，便同她解释着，“只有它能压制住无生的戾气。”它是神武之上的存在，拥有自我的剑灵。若是人不能驯服它，便会被剑的戾气吞噬，成为它的奴隶。不止主人，连敌人也是。

曾经铃萝从没见过无生出鞘，断意始终缠绕着整个剑身，就连她也只斩开过八圈黑布。只是后来越良泽都不怎么跟她打了，铃萝也没那个机会与出鞘的无生一战。在她的记忆里最后一次见越良泽用无生是什么时候来着？

是在南山雪河。她杀了某人入魔时，那黑色的剑尖映入眼帘，正指着她。也是在那天，她斩开了缠在无生上的八圈断意。八圈断意散落，迎着厉风飘曳，周边是阵阵哀号声，身后的楼阁被火海吞噬。仙门的人都在退后，只有一个人立在最前面。

铃萝说：“你既要拦我，那就拔剑，让我看看神武之上的剑灵无生，是否真如传闻中那样不死不休。”

他眼里火光明灭。在越良泽捏住那随风摇曳的八圈断意时，铃萝以为他要拔剑出鞘，却见这人将散开的断意重新缠了回去。

那时铃萝真的想笑。这人真是让她讨厌。都什么时候了他还不拔剑，反而顾及周围的人敌不过无生的杀戾之气，怕他们被无生吞噬，成为剑灵的奴隶。他手握天下杀伐之剑，却为了保护他人而从不让剑出鞘，简直愚蠢、废物，只有没用的善意。铃萝因心底疯长的魔性而感到越发愤怒，手里下的都是杀招。那日她伤了越良泽离去，此后再没见过他用无生。

铃萝忆完往事，再看无生时神情微妙。她仰首去看越良泽，说："你要不要考虑一下换一把剑？"

越良泽眼都没眨一下就答："不考虑。"

铃萝："为什么？"

"它挺好的。"越良泽撬完上排的窗钉，又弯腰去弄下排的。

铃萝吃了一口肉，鼓着腮帮子问："哪里好了？"

"轻，手感好。"越良泽动作不急不缓，却又十分熟练，"除我以外谁也用不了，防偷，丢了也不担心，会自己回来。"

铃萝觉得这么一听它是挺好用的。

越良泽想了想，又说道："平日也能震慑得一些妖魔不敢近身，去阴气雾障重的地方还能防毒，部分咒律、阵法也能轻易破掉。"

铃萝扒拉着饭粒，心说无生这么好，那你后来怎么就不用了？莫不是被她斩开八圈断意他难以接受？在天照山的时候铃萝也问过越良泽，但这人说的是："无生难控制，暂时不用。"

铃萝心说：你骗鬼嘞！无生见你跟见了亲爹似的乖得不得了，你怎么可能难控制！

她觉得越良泽不想答，就没再追问。

此时再听到越良泽说无生的好，铃萝心情越发微妙。

铃萝说："我想摸一下。"

越良泽抬首看向她。

铃萝指着无生说道："剑。"

越良泽把剑递给她。

铃萝的指尖在剑身上点了点，她说："我觉得这把剑不好。"

越良泽眨眼，略显疑惑地问她："哪里不好？"

铃萝说："它保护不了你。"

铃萝在心里默默补充道：你用它时始终要考虑是否会伤及他人，不能拔剑出鞘，即使与入魔的我交手也有所顾虑，因此才被伤成那样。这样一把要你保护他人，却不能保护你的剑，哪里好了？

越良泽第一次听人这么说无生，愣住了。

隔壁屋里的楚异顿了顿，又面无表情地起身去拿东西把耳朵给塞住了。

铃萝屈指轻弹剑身，即使隔着断意，也能听见清脆的剑鸣声。

“你再好好考虑一下呀！”铃萝收回手，眯着眼笑看着越良泽，“换把能保护你的剑。”

越良泽歪着头，似乎真的考虑了一会儿，最后说：“不换。”

铃萝轻哼一声，埋头吃饭，心想：那就算你活该。

越良泽眼里掠过笑意，弯腰继续修窗。

这种事他不是第一次做，非常熟练。两个人四年没见，这已是很长的岁月，上千个日夜，彼此都长成了陌生的模样，可当他们站在一起时，十分自然地一如既往。

越良泽偶尔余光扫过窗后的人，会感觉到沉静的心轻轻地动了一下。

铃萝吃饱了，将旁边的点点木屑吹开，趴在窗边，垂眸看下边在地上糊窗户的越良泽。

“宋圆圆他们过得如何？”越良泽问。

“挺好。”铃萝说，“今年入世了，金鸾池宴过后他们不打算回天极，要去游历四方。”

越良泽问：“那你呢？”

“我也入世了。”铃萝眯着眼，他这话倒是让她想起不少事。

金鸾池宴是开端，后续祸事接二连三地出现。

“既然你是来参加金鸾池宴大会的，怎么只带一把普通佩剑？”越良泽问。

那是入门弟子的剑。以她在东岛天极受宠的程度来看，她绝不至于拿这样的剑。

金鸾池宴的最终目的是拔镇仙玉，既然那是剑，比武时默认的也是剑修之道。

越良泽想，若她只用樱喜怕是不利。

“因为我拿普通佩剑也能赢他们啊。”铃萝毫不夸张也不谦虚地说道。

越良泽沉默。看来是他想多了。

见他不说话，铃萝狐疑地看去：“你该不会以为我会输吧？”

越良泽答：“没有。”

“就有！不然刚才你怎么不说话？”铃萝瞪他，“之前与你比那一剑，你以为我这些年半点儿长进都没有？你不知道别人都说我是剑道第一吗！”

越良泽点头：“你是。”

铃萝：“敷衍！”随即她没好气地说道：“赔剑！我看你手里这把无生就挺好。”

被越良泽放在旁边的无生忽然震动，发出一声短促的尖厉啸声。

无生实在是忍不了了。前头她要它的主人放弃它就算了，现在还想抢剑！她就是看上了无敌的它跟它无敌的剑鞘，才想方设法地对它的主人花言巧语试图迷惑他对吧！

越良泽看了一眼无生，老实地说：“它不想。”

铃萝："你是剑主你说了算！"

"它若是不愿意，我把它交给你反而会伤了你。"越良泽说，"等修完窗，我就去寻剑。"

隔壁的楚异也忍无可忍了，推开窗冷冷地说道："你让她拿圣剑宗的人给的剑去比武？"

越良泽脸上不见慌乱之色，他早就听声息判断出隔壁的楚异没睡。

铃萝不满地抬首看去："你怎么还没睡？"

"你们两个一直在外边说个不停，谁睡得着？"楚异神色郁郁，看着两个人不客气地说道，"一扇破窗有什么好修的？是不是都不会束风咒？想要挡风有什么难？挡风驱寒的咒律都有上百条。

"圣剑宗跟天极是不是都没教过你们？一条都不会？

"整天修剑道，体魄最强，还怕吹一晚冷风受不了？

"修行都修到哪里去了？"

越良泽眨了一下眼。

楚异抬手施了个束风咒挂在铃萝的窗前，冷酷地说道："不许收剑，也别给她。"

他倒也不客气了。

铃萝抬手，将楚异的束风咒捏碎。

"别理他。"铃萝压低声音说，"他今晚见了天上月，控制不了自己。"

越良泽抱起糊好的窗户，有些疑惑地问："天上月？"

铃萝只笑了笑，没答。

越良泽将窗户重新钉好，又开扇试了试，确定没有问题。

"剑就以后给吧。"铃萝说，"明日大会，我拿你给的剑的确不好。"

反正她拿把木剑都能赢。

越良泽目光微顿，最后垂首"嗯"了一声。

铃萝关上窗后，越良泽才离去。

月亮依旧隐在乌云中，溶溶月光挣扎着想从周边冒出。

楚异总算能安安静静地睡觉。梦里月色明亮，两道樱树排列整齐，夜风徐徐，道路上满是花雨。仙门弟子们提着酒坛举着酒杯在道上笑闹地走着，他却因走了樱林小道撞见花树后正在偷刻阵法的女人而掉队。当同伴们笑闹着从道上走过时，他正被蒙着面纱的女人按在树上以咒律定身。



女人穿着一身樱色的纱裙，抬手时宽大的衣袖滑落露出雪色的腕，系着一圈红色的鳞片。她伸出一指轻压在自己的唇上，面纱露出的眼如鹿，清澈水润，乖巧迷人。女人一指压在他的唇上，一手拿小剑，在他肩后的樱树上雕刻着。

楚异被咒律定身，那一指让他噤声，无法开口，他只能暗自蓄力试图冲破禁制。

而女人十分专注认真，未能注意楚异冲破禁制，那一瞬间的灵力爆发让两个人不可避免地交手。意料之外的是，楚异轻松掐着女人的脖子将其压倒在地。

见女人眼神慌乱，楚异冷笑一声。现在她知道怕了？

近战打斗女人明显不敌，再挣扎也不过是被楚异缴械后束缚住双手压制到头顶，膝盖屈顶她的小腹，重力压下时疼得女人皱起了眉头。楚异夺过她手中的小剑横在她的咽喉处，在她试图反抗时剑刃贴着细嫩的肌肤压进，割出一道血痕。

女人不动了，意识到这人真的会下杀手。

楚异单手扯下女人的面纱，面纱下的脸有着倾国之色，他却愣住了，因为见过这张脸。在前几年，北庭月宫大婚之日。

楚异皱眉，当即把人放开。女人躺在地上，似乎被吓蒙了，那黑眸蒙上了雾色，有些许泪光闪烁，嘴角溢出一缕血色。

楚异神色略显尴尬。刚才不知身份，他下手重了。

女人抬手拭去嘴角的血迹，缓缓将面纱戴上，半直起身，朝楚异比了几个手语。

“抱歉，请保密。”

楚异心中虽疑惑，却只能点头。

周边的樱树沉默地注视着二人。

楚异也沉默地目送女人离去。

可是把北庭月宫现任宫主按在地上打了一顿是什么后果？楚异第二天醒来时也还在想这事。恐怕就算是云守息也护不住他吧。

楚异神色郁郁，起了个早带铃萝去太初比武台。

这里已是人山人海，十分热闹。环形的比武台边是五层看台，可容纳上千人。比武台只在金鸾池宴大会时间内开放，非西海太初弟子也能进入，因此不少非十二仙门的修者或是普通人都会来看热闹。

比武台共有六个，能同时进行多场比试。第一天各选手实力参差不齐，比试进行得很快，而西海太初要在今天将剩余人数控制在一百以内。胜利的一方若是连赢五场则可进入下一轮，顺序是西海太初安排的。

铃萝跟宋圆圆几个人在六号场碰头。在得知越良泽是圣剑宗的人后，宋圆圆高兴又惆怅。

心情在“我小阿爹出息了”和“以后跟小阿爹说句话都得小心翼翼看气氛，也太难了”之间反复横跳。

“这次金鸾池宴竟然惊动了圣剑宗的人来观看吗？”常霏的重点却偏了。

“应该是来参加大掌教孙女的百日宴的，跟金鸾池宴没关系。”徐慎说，“倒是你，骗了狸猫开黑店，得悠着点儿。”

常霏脸色煞白，眼里写满“死期将至”几个字。

徐慎跟宋圆圆排号较为靠前，没一会儿就轮到他们俩。

铃萝跟常霏离开去隔壁比武台，路上遇见一伙逍遥宗的人。

青年们嬉笑着走在前边，最末的姑娘怀里抱着好几把佩剑，因此走得慢，一时不慎摔倒在地。听见声响的青年回头看去，不耐烦地道道："素商，让你抱几把剑而已，就走不动了，你修行都修到哪里去了？快起来！别耽误我们去看大师兄比武！"

素商咬着唇，细声道歉。她弯腰捡剑时，一道阴影覆下，一位长相俊美偏秀气的青年朝她露出一个友好的笑容，帮她把剑捡起来。

"哎，你一个人拿这么多啊。"常霏说，"太重了，我先帮你拿着。"

"不……不用的。"素商慌张地摇头，脸颊不自觉地红了一片，"我一个人拿就好……"

"可是你拿不了这么多啊，还得摔跟头，我拿着比你轻松多了。"常霏说道，"走吧，我先给你送过去，免得你又摔了。"

他跟铃萝说："我先去日行一善，等会儿就来！"

铃萝瞥了一眼他身旁的姑娘，懒懒地"嗯"了一声。

她记得这人。

当年踏平逍遥宗时，她只留下了素商一个活口。

常霏带着人走了，素商却几次回头去看铃萝。

她犹豫片刻，还是问道："刚才与你同行的姑娘……可否告知她的名字？"

常霏纳闷地问道："帮你抱剑的人是我，你怎么要她的名字不要我的？"

素商又红了脸，惊得连连摆手："我……我只是，瞧她面熟，像我以前认识的人。"

"那你瞧着我不面熟吗？"常霏指着自己问。

素商摇了摇头。

常霏瞪大了眼："那我跟她的名字你只能二选一，你说你要谁的名字？"

素商从未如此为难过。

她迎着常霏不服气的表情，最终认输，避开视线，低声说道："你……你的。"

常霏这才开心地笑了。

他把素商送到隔壁比武台，离开时说："我们就在隔壁，你若是觉得她像故人，那就当面去问。若真的是故人，你们就能叙叙旧；若不是，也当结交一位朋友。"

"还有——"他朝素商眨了一下眼，示意她靠近些。

素商略略垂首，听他压低了声音说："你的发簪戴反了。"

素商一脸惊慌表情地伸手去摸发簪，却见常霏先抬手替她重新戴好。

铃萝坐在看台上，观看的是徐慎的比试，他没用降兮，手里拿的是剑。

徐慎的目标也不是魁首，争取进前一百名他就满足了。

常霏来的时候，徐慎已胜了四场。

“现在是什么情况？”他坐下问，顺手递给铃萝一杯喝的东西。

铃萝接过捧在手里：“最后一场。”

“那没悬念了。”常霏转了转眼珠，又说道，“刚才那姑娘叫素商，跟我说觉得你眼熟，问我你的名字，但我没告诉她。”

铃萝眯起眼，心想给不给都行，反正等一会儿就要遇上。

“逍遥宗的人，你有印象吗？”大家都知道铃萝跟逍遥宗有恩怨，虽不知恩怨明细，平日却也对逍遥宗有几分关注。

铃萝抿了口水，悠悠地说道：“有，印象还不错。”

“不错？不错就好。”常霏靠着椅背，放松地说道，“刚才见她被欺负，我心软帮了，随后反应过来那是逍遥宗的人，还怕帮了以前对你不好的人，回来心都在打战，吓死我了。”

铃萝翻了个白眼，没好气地问道：“有仇也是我跟逍遥宗的事，你们总是怕什么？”

常霏无辜地说道：“他们与你有仇，便是与我们有仇啊，咱们是一个阵营的人。”

# 第二十二章

# 木剑之意

两个人等了一会儿，素商还是没来。

徐慎连赢五场。

常霏唏嘘道："还好他赢了最后一把，不然我就得跟他打了。"

铃萝在原地坐着，见徐慎竟然追着他的对手离场，有些惊讶地挑了一下眉。

她拿出玉听给徐慎发消息，忽然一把剑落在怀里。

楚异在旁边坐下，淡淡地说："在太初剑庐随便买的。"

铃萝拿起剑来端详片刻，心说：你还真是随便买，最低阶的剑。

她嘲笑道："师兄，就这品质，你还不如买把木剑来。"

"你要木剑也不是不行，自己买。"楚异把钱袋子扔给了她。

楚异根本不担心铃萝会在第一天就输掉。

这师妹虽然狂妄了些，但总能说到做到。

于是铃萝起身去买木剑。

楚异惊诧地问道："你还真要木剑？嘴上说说就行了！"

铃萝去了太初剑庐，发现在这里买剑的人还不少。

她逛了一圈，见没有木剑卖，顿觉无趣，正要离开，转身却撞上一个人。

两个人都在碰到对方的瞬间各自退开距离稳住身形。

铃萝抬首看去，身前的人比她略高一些，一袭玄衣轻盈简便，墨发高束着，衬着他过于苍白的肤色。

那人是去年被接回北庭月宫的慕须京。

用铃萝的话来说，他天生就长着一张坏人脸。

两个人沉默地对视一眼后，慕须京绕过她，神色漠然地朝前走去。

铃萝也未多停顿，双手笼袖离去。

她刚出剑庐，就见一只狸猫抱着把剑从高墙上翻下来，正巧落在她身旁。

一人一猫无言对视片刻后，大狸猫转身就跑，被飞来的剑阵钉倒在地，“哇哇”大哭。

“干……干吗又用剑阵困猫啊！”大狸猫哭道。

铃萝走过去说：“开黑店骗钱就算了，今天你又改偷剑了？”

“我这可是花钱买的！”大狸猫委屈巴巴地说道，“我小师叔买的木剑模具！”

铃萝打量了一眼它怀里抱着的木剑，蹲下身摸了摸大狸猫的头，笑道：“跟你小师叔说，这剑我要了，多少钱去找我师兄拿。”

“等等——”

大狸猫眼睁睁地看着铃萝把剑抢走而无力反抗，“呜呜”地跑去找越良泽告状。

越良泽这会儿正跟白藏在西海城逛街。

白藏在找一个卖药的人。他搭着越良泽的肩膀，像是王城里出行的世家公子哥，懒散又对周遭的一切实物睥睨怠慢。而越良泽神色正经不乱，沉静淡雅。

两个人一静一动。

“昨日大掌教跟我说，太初内庭有魔气隐现，怀疑里面藏了一只魔。”白藏漫不经心地说道，“金鸾池宴与百日宴撞在一起，要确保所有人平安，所以要我帮忙查一查。”

越良泽问：“跟卖药的有什么关系？”

“前夜太初内庭死了一个弟子。”白藏说到这里眯了一下眼，将手中的玉灵珠递给他。

越良泽注入灵力，开启玉灵珠储存的画面。死去的弟子额头发黑，皮肉干瘪，失了血气，成了干尸。

越良泽说：“他吃了乾转丹？”

“来太初的时候就听说有人为了在金鸾池宴大会上拿魁首，拔镇仙玉，吃禁药提升修为。”白藏说，“乾转丹为灵脉注入魔息，刺激灵脉自我保护，以达到短时间内大幅度提升能力的效果。

“但如果服用者掌控不好，就会像玉灵珠里记录的一样，被魔息吞噬，失了所有血气而死。”

“乾转丹是禁药，仙门不会炼制，普通修者没法炼制。”越良泽沉思道，“有人针对这次金鸾池宴大会贩卖禁药捣乱？”

“目的暂时不清楚，但我能肯定已经有不少人吃了乾转丹去参加比武。”白藏眯起眼打量着来往的人们，“有人贩卖禁药捣乱，就算太初不拜托我们，圣剑宗也得管这事。

“乾转丹炼制需要魔息，而太初内庭可能藏了一只魔。”

越良泽将玉灵珠还给白藏，淡淡地说："太初大掌教与二掌教为何分别告知我们不同的消息？"

白藏笑得懒散："其中一个人心里有鬼呗。"他刚说完，就见一只大狸猫在屋檐上朝他俩张牙舞爪地比画着，边跑边抹眼泪。

白藏无言片刻后叹息道："真不知道我当初看上它哪一点。"

大狸猫蹦跶着跳下来，跟在越良泽身边跑着说："小师叔，你要我拿的剑被那天极女弟子抢走了！"

白藏摸着下巴问："她抢把木剑干什么？"

越良泽不动声色地说道："去参加比武。"

白藏听得愣了愣，随后说道："那还挺狂。"

铃萝真的拿了把木剑回来。

楚异扶额，在其他人震惊地看过来时忍不住捏了捏眉心，近乎咬牙切齿道："你还真敢啊。"

"这有什么敢不敢的？"铃萝拿着楚异递给她的小刀在剑上刻画，"木剑也是剑，分什么高低贵贱？这是师兄你说的。"

楚异抹了把脸，冷笑道："我说的就一定对吗？"

"当然不。"铃萝淡定地否认，"但我可以选择信不信。"

"你要是托大被打脸，到时候可别说是我师妹。"楚异漠然道，"丢不起这个脸。"

铃萝："哈！若到时候他们连把木剑都打不过，这些人的师兄们是不是该自裁谢罪了？"

楚异："那当然。"

铃萝扫了一眼入场的逍遥宗的人，弯着嘴角说道："这也是师兄你说的。"

她拎着木剑下去了。

裁判念道："下一场，逍遥宗，素商，东岛天极，铃萝。"

台下的素商听完愣住，握剑的手收紧。

铃萝已经上台，手中拿着一把木剑。

逍遥宗的人看到后颇为气愤。

"这人什么意思啊！"

"木剑？她这是看不起谁呢！"

"堂堂东岛天极，竟穷得连把剑都买不起吗？"

"素商！要是输给一把木剑的话你就别下来了！"

素商听得十分为难，咬牙上台，握剑的手却在抖。

台下逍遥宗的人看到这情形后个个恨铁不成钢："完了，没救了，她竟然在发抖！"

“一把木剑有什么好怕的？没出息！”

“行了。”大师兄井子凡蹙眉不悦地说道，“这次本就是带她出来见见世面，并非要她拿什么名次，没必要说些让她很有压力的话。”

其他人这才收敛了些，却还是在嘀咕着其他话。

素商深吸一口气，鼓起勇气朝铃萝看去。

她虽拿着一把木剑，但只往那里一站便给了素商难言的压迫感。

“若是害怕得连剑都握不住，你最好自己下去。”铃萝淡淡地说。

素商努力平复心情，双手握剑，总算止住了颤抖。

她聚气凝神，轻声说道：“请赐教。”

铃萝单手负背，抬剑指去。

素商先攻，她的站位和剑势都是对的，却太过规矩，铃萝不用多费心思就能猜到她下一次的攻击会落在何处。

铃萝没下狠招，而是在对战中让素商发现自己的失误并改进。

坐在台上的楚异看着，目露狐疑之色。我师妹有这么好心？这种程度的对手她一招就能让对方出局，却耐着性子跟人打陪练？

而逍遥宗的人惊讶道：“什么啊，素商竟然能打这么久！”

井子凡神色阴沉。他心有偏见，认为铃萝是在戏弄素商，打逍遥宗的脸。

素商虽紧张，却也渐渐发现铃萝的用意，有些惊讶和错愕，剑势慢了。

铃萝说：“专注。”那清冷的嗓音瞬间唤醒素商。

两剑相撞时，铃萝说：“你的剑招虽对了，却没能调动相同的剑意。

“当剑势非我意，那剑招只有形却无力，看似漂亮却没一点儿用。你不该再练剑招，而应去学如何调动灵力参与你的剑势。”

铃萝话音落下，刚才还温和的剑势忽然反压，蛮横凶狠，将素商逼得节节败退，乱了招式。

“可惜你修炼数年也未得要领，你的师父可真是误人子弟。”

木剑横切斩下，将素商击退，手中长剑脱落。

铃萝站在台上，居高临下地往逍遥宗的方向看去。

井子凡等人正对她怒目而视。

你凭什么说我们师父！

那目光无声透露着这样的话。

铃萝却弯着嘴角，恶劣地笑道：“我师兄可说，若是输给一把木剑，那这人的师兄们都该自裁谢罪。”

周边认识他的人个个目光惊悚地看过来：“楚兄，没想到你这么狂妄啊！”

“师弟，听见没？都给我打起精神来！不能让师兄我丢这个脸！”

“不是，师兄，那是天极的剑道天才，就算拿把木剑我也打不过啊！”

楚异额角狠狠一抽，恨不得亲自上台将这位天极的剑道天才暴揍一顿。

素商看着铃萝欲言又止，铃萝却已转身，等待下一位挑战者。与第一场不同，接下来的四场铃萝都结束得干净利落，只一剑便分胜负。之前对她拿木剑上台认为她狂妄的人都有了改观。她狂是狂了些，但他们还真打不过她。

铃萝下去时，听见裁判念道：“下一场，南山雪河，董灿，西海太初，琮秀。”

过道里走出的青年左肩前有一朵白色的印花，是西海太初亲传徒弟的标志。

两个人在过道上相遇，一上一下，彼此打量着。两个人都是被冠以“剑道天才”四字称呼的人。

铃萝的视线落在琮秀手中的剑上，那是一把有着半弯弧度的神武，名曰静夜。

西海太初的剑道天才琮秀，在金鸾池宴大会上败给东岛天极的剑道天才铃萝后大受打击，紧接着又失去了镇教之宝镇仙玉，从此为镇仙玉所困，死追着越良泽不放，每次找上门去对战都输。

谁都看得出来琮秀这辈子都赢不过越良泽，可有一次他赢了。南江城一夜厮混后，她到翌日下午才醒。睡眼蒙眬时，她看见男人坐在床边穿衣，裸露的背上有剑伤，是那把名为静夜的剑独有的伤痕。

铃萝眨了眨眼，清醒了一些，出言问道：“昨日伤你的是太初的琮秀？”

越良泽穿衣的动作微顿，他沉默着没说话，却合上了衣，遮掩了伤痕。

铃萝哼笑了一声：“我刚才看见了，那是被静夜剑伤到的痕迹，以他的修为他竟然能伤到你，还是在背上，看来他进步神速啊。”

越良泽侧身，伸手遮住了她的眼，黑长的眼睫轻刷着他的掌心。

“你醒来的第一句话是跟我谈别的人？”他低哑着嗓音说。

“什么别的人？我说的是你的伤。”铃萝不满地试图挥开他的手，却被越良泽握住手，“我就想知道谁把你伤成这样的，是不是他？”

越良泽静默片刻后，轻飘飘地答了一句：“是。”

那次琮秀终于赢了越良泽。

尽管静夜伤到越良泽是真的，可铃萝始终不太相信。铃萝看着琮秀手里那把剑，半眯着眼，在两个人走近时，她将灵力注入剑中，迸发强大的剑势。这股剑势霸道，直冲琮秀。他虽惊讶，却立马反应过来。两股剑势相冲，掀起阵阵烈风。



这两个人的剑势突然碰撞引来在场所有人的关注，众人好奇的同时也期待着他俩就此一战，看热闹总是不嫌事大。

铃萝与琮秀擦肩而过时收回剑势，面不改色地走了。琮秀怔了怔，侧身朝她看去，眉头微蹙。在他看来，铃萝刚才是在挑衅自己。可那股强劲霸道的剑势也激起了他心底的战意。

铃萝其实就吓吓他而已。忆起往事，她总觉得这把剑不可能那么容易伤到越良泽。那男人真的是又闷又呆，她不问他就死也不说，问了不想说也绝不会说清楚。她当时问越良泽琮秀是如何赢的，他愣是半个字不答，只遮着她的眼。最后铃萝恼了，嘲笑他活该输给琮秀，会被其他仙门的人笑话一辈子，越良泽还是不答。

他覆着铃萝的双眼，似有一丝难以察觉的叹息："我们说说别的吧。"

"说什么？"铃萝凶巴巴地问道，"我跟你之间有什么好说的？"她被遮了眼，看不见此时的越良泽是何表情，只听越良泽低声说道："昨日是我冒犯。"

铃萝不由得听笑了："'冒犯'二字就想撇清了？丹水真君，你说十二大仙门的人要是知道你昨夜在我这里做了什么，他们该怎么想？"

"我都能猜到他们会骂你不知羞耻，有辱仙门名声，自甘堕落，不配他们心中高洁——"

她没说完就被人俯身吻住。

铃萝睁大了眼，听到越良泽哑声说："随他们怎么想。"

"你不是要拿我练美人尖吗？不用下毒，我陪你练。"

之前说不让她练的人是谁？这位仙门的骄傲真的堕落了。

铃萝嘴角嘲讽的笑意都被他以吻封缄。那时她是真的决定炼化了越良泽，但后来发现这人实力太强，炼化不了。

越良泽仗着她炼化不了他才敢如此夸下海口，却在那段日子里真的为所欲为了。

现在想来，铃萝总觉得自己当时做了个错误的决定。男人的话果真不能信，上一秒还跟她说什么有他在一天绝不让她练成此术，后一秒就自甘堕落、温温柔柔地说他陪她练。这人实在是卑鄙无耻。铃萝心中想着，来到看台过道上，却被人拦了路。

素商站在前方，紧咬着唇，眼神犹豫，胆怯地唤道："铃……铃萝……"

铃萝停下，抬眼看去。

"我能跟你谈谈吗？"素商说到最后越发小声，十分紧张，掌心全是细汗。

水天镜逆转时空前铃萝拒绝了她，因此错失知晓某一个真相的机会，很久以后，是越良泽告诉了她。也是这真相让她在向逍遥宗复仇时，特意放过了素商。

"去哪儿谈？"铃萝说，这次选择听素商亲口告知她真相。

素商见她答应，有些惊喜又激动，忙说道："这边就好，耽误不了你多长时间。"

两个人去了比武台外边。

午时阳光正烈，铃萝站在树荫下，回身问道："谈什么？"

素商揪着衣袖，鼓起勇气说道："先前瞧你面熟，我就在想是不是你……如今你变得很厉害，不会再被人欺负，陈师兄知道一定会很开心的。"

铃萝沉默地听着。她十四岁那年与妹妹玉芝流落街头，活在烂巷里与乞丐为营。

妹妹体弱多病，因心结而不会说话。铃萝在那天出去偷包子时被陈师兄抓到，却也让她免被铺子老板责打。

陈师兄帮她将脸上的污垢擦干净，笑着说："看你刚才跑那么快，体质不错啊。"

那时的陈师兄也不过是个十七八岁的少年。然而他天资聪颖，在修行一道上颇有天赋，在逍遥宗弟子中地位较高。

陈师兄说，玉芝像他死去的小妹，他小妹也是不会说话。

铃萝在心里反驳，我妹妹才不哑。

陈师兄又怜二人无处可归，便带她们回了逍遥宗。

在逍遥宗山门口，铃萝第一次见到锦苑。

少女穿着她曾经也有过的金缕衣裙，手腕与颈项上挂着的金饰熠熠生辉，发上一支玉簪都是名贵难得的。

"师兄，你回来得好慢哪。"锦苑朝回来的陈师兄展颜笑着，发现他身后的两个女孩时神色立马变了，嫌弃之意毫未遮掩，"这两个脏兮兮的乡野丫头是怎么回事？乞丐都跟着师兄你到山门口来了！"

"锦苑，哪有你这么说人的？"陈师兄牵着两个小丫头的手进了山门，跟后边的素商说道："素商，带她们去洗洗，再给她们换上干净的衣服，我已经买好了。"

"师兄！"锦苑在后边不满地说道，"你都没给我买过衣服！"

铃萝她们在逍遥宗的日子并没有多快乐，因为锦苑常常来找麻烦挑刺，但至少不怕挨饿挨冻，被人笑话就笑话了。

再说陈师兄慢慢养好了玉芝的身体，玉芝不再似以前那般脆弱，气色也好了许多。

铃萝是真心感激他。她喜欢二师兄于休，也是因为在于休身上看见了陈师兄的影子，他们一样温柔善良。铃萝相信，妹妹养好身体后，再等一段时间化解了心结，就能重新说话。就算她一个人，也能保护好玉芝。因为这份保护他人的心情，她接受了陈师兄的提议，修道练剑。玉芝的心结让她难以再说话，铃萝的心结让她无法再握剑。当她终于能握住剑不再发抖，一心想着变强后保护妹妹不再受难时，玉芝却永远离她而去了。

铃萝不能接受这个事实，更不能接受玉芝以那般屈辱的姿态死去。那日下了雨，锦苑在酒楼里见了死去的女孩，十分满意，坐着马车回山门，中途被铃萝拦下。

铃萝问锦苑："为什么？"

锦苑不耐烦地说道："哪有什么为什么？我要的东西只能是我的，谁也别想跟我抢。

"怪只怪你们姐妹俩挡了我的路，你们根本不配与我争，却妄想得到不该属于你们的东西。"

锦苑在马车里，掀着车帘看着她，神色嘲讽地说道："就凭你那连剑都拿不稳的手，在这儿吓唬谁呢？”

铃萝的手在发抖，因为自己身体里忽然爆发的灵力翻涌咆哮着，她想要找到发泄口。她双目赤红，满心杀意，手中剑势响应主人的内心与欲望，只一掠而过的剑风就将那马车劈成了两半。

马儿惊恐地跑走了，锦苑因大意从车上摔下，很是恼怒。

“你这——”她还没说完，就被迎面而来的剑意骇住，忙拔剑抵挡。

铃萝当时只想杀了她为妹妹复仇，手中招式如何、剑势力道如何、得罪逍遥宗会有什么后果等她都没想。她只要锦苑死，以告慰妹妹的在天之灵！

锦苑大声斥责她，没一会儿就开始哭喊求饶，先前的高傲姿态全然不再，凌厉的剑势削过她的皮肉，刺进肌肤，痛苦让她丑态百出。

“你放过我……铃萝，我错了……你放过我，我以后一定……”

那一剑没有丝毫犹疑地斩下了少女的头颅。铃萝杀红了眼，爆发的力量早已不受自己控制，身体被暴戾与狂怒两方接管，她只拿着手中的剑一路杀出了逍遥宗。

那不同寻常的灵力波动，让逍遥宗的人注意到不对劲，很快派人来查看，被容弦哭着告知锦苑死在了铃萝手里。大长老震怒，逍遥宗派出数十名高手前往追击铃萝。

“陈师兄那日得知玉芝之事，肝胆俱裂，找了你许久。大长老要与你不死不休，陈师兄知道你肯定打不过大长老，也逃不过逍遥宗多位高手的追杀，便去求大长老与宗主，在殿外跪了一夜，又被罚鞭刑。”素商说着这些时，眼里泪花闪烁，十分难过。她抬手抹着眼泪，哽咽道：“他说他对不起玉芝，也对不起你，是他错了，没能保护好你们。”

铃萝听着，依旧神色漠然。那日在东岛天极审问厅里，容弦字字句句地控诉着，说陈师兄因为锦苑的死自责不已，最后自裁了。以前她信了。

铃萝以为她杀了锦苑，让收留她跟玉芝的陈师兄难以面对逍遥宗的人，无法交代，所以才了结自己。直到那年她带着杀意上逍遥宗，在半山腰被越良泽拦下。

铃萝提着剑，眉眼间带有戾气，只淡然说道：“让开。”

越良泽青衣抱剑，也淡然说道：“我不是来拦你的。”

铃萝抬眼看着他：“那你为何在此？”

越良泽说：“岐山降魔乱时，我救了一个逍遥宗的人，她名叫素商。”

铃萝弯着嘴角，嘲讽道：“你今日想从我手里再救她一次？丹水真君可真是温柔多情。”

“她跟我说，逍遥宗有位姓陈的师兄救过你。”越良泽并未恼怒，沉静地说着，“这位陈师兄在你离开逍遥宗后，曾下跪求他师尊放过你，又懊悔自己没能保护好你跟玉芝，觉得一切错都在自己。”曾经记忆中的声音与此时眼前的人的声音重叠着。

素商泪眼汪汪地看着她说道：“陈师兄实在是太自责了。他曾经没能保护好有哑疾的妹妹，又没能保护好同样失去家人，无法发声的玉芝——

“他跟宗主说，愿以死替你偿还锦苑一命，只求宗主不要再为难你。”

越良泽的声音说：“也许其他人都认为他是自责而死，但你应该知道，他真正为何而死。”

“我知道你与逍遥宗绝无和解的可能，但陈师兄他……至少我想让你知道，他究竟为何而死。”素商抹着眼泪，目光坚定地看着铃萝，“他到死都是站在你这边的。铃萝，也许旁人可以误解他是为了锦苑而死，但你一定要知道，陈师兄是想要保护你。”

那日的天空不似今朝明媚，而是乌云压境。

越良泽说完真相后，侧身让开了。

铃萝握紧手中的剑，语气发狠地说：“谁要你跟我说这些了？”

越良泽瞥她一眼：“我也不想再跟你说别的男人对你如何好。”

那乌云黑压压的，把所有光都遮掩了，也把她心底的许多话都埋葬了。

今日阳光甚好，蓝天白云，微风和煦。

铃萝迎着素商的泪眼，略略垂首，说道：“谢谢。”

# 第二十三章

# 镇仙玉动

素商听着这声道谢，反而有些发愣。

记忆里的女孩跟眼前的人有着很大的差别，此时此刻犹如一盆冷水把她从头浇到尾，素商彻底清醒。

铃萝已经变强大了。

如今的铃萝是参息真君的亲传徒弟，是东岛天极的剑道天才，是能拿着一把木剑横扫金鸾池宴大会的强者，已无须再怕是否被逍遥宗通缉追杀。

只有自己还在原地踏步，连修行中差了什么都不知道。

素商抹了把眼泪，气势又蔫了，陷入害羞状态中：“我要说的……就是这些……”

铃萝“嗯”了一声，又抬眼打量一会儿素商，说：“我之前说的修行缺点你记住了吗？”

素商微微睁大了眼：“记……记住了。”

铃萝说：“你资质不错，换了修行方法进步会很大。”

“谢谢……”素商有些晕乎。

她性子胆小害羞，没什么朋友，平时又因常受师兄们的挑剔而自卑，就连师父指导她修行也只是三言两语地敷衍着。

从未有人对她的修炼一事上心认真教导过。

素商感动得眼眶都红了一圈。

铃萝却已转身离去。

这次提前从素商这里得知陈师兄死亡的真相，铃萝倒要看看到时候越良泽再赶过来能说些什么。

铃萝觉得自己最近的回忆里总是有越良泽，明明曾经不觉得他有多重要，如今却发现哪里都有他，真是奇怪了。她重新回到比武场看台上，楚异还在位子上没走。

见铃萝回来，他冷笑道：“你还真敢说啊。”

什么赢不过一把木剑之人的师兄们就该自裁，他的玉听瞬间被听闻此消息的好友们刷爆，害得他直接把玉听关了。

铃萝面不改色道：“我师兄是参息真君的大弟子，修真界的法术天才，我当然敢啊。”

楚异：“你以为夸好话就有用吗？你今年的零花钱没了。”

“不给就不给。”铃萝颔首，哼道，“反正二师兄会给我。”

楚异再次冷笑：“你二师兄的钱也是我给的。”

铃萝一时不知说什么好，毕竟她平日的爱好之一就是花钱。吃的、玩的、穿的东西，只要她在那一瞬间觉得喜欢看得上就都想买，因此她经常买到身无分文，没钱以后遇上喜欢的东西就全靠常霏与于休接济。尽管只要她说一声，云守息都会帮她摆平这种事，但铃萝宁愿自己出去接活赚钱也不想让云守息掺和自己的爱好。

“等我赢了大会夺得魁首，收了十二仙门的魁首大礼，到时候还怕没钱吗？”铃萝觉得自己真是个天才。

楚异对她自信能得魁首的事已经不想再说什么，他瞧着台上与人对战的琮秀问铃萝：“刚才下去时你挑衅他干什么？”

“看他有把好剑，一时没忍住。”铃萝懒懒地答道。

楚异说：“那把剑叫静夜，长袖与它比起来虽然差了点儿，但可比木剑好多了，活该你不带长袖来。”

铃萝神色不屑地说道：“谁怕谁呀？”

楚异没问素商叫她出去说了什么，反正瞧她回来时面色如常，怎么都不像是受欺负的样子。

两个人静静看了一会儿琮秀的比武。

西海太初的剑道天才年纪跟铃萝差不多，身为二掌教的小儿子，身份尊贵，闭关四年悟纵道剑意，入世三年后已到生死境边缘。破生死境，他便成半仙。欲得道飞升者，必破生死境。修者实力深浅不一，而生死境就是一道修者之间的分水岭，不仅高深，还很玄乎。有人摸索到了边缘，却有可能一辈子都破不了。

铃萝身边的楚异在去年刚破生死境，祝贺的消息和礼物都收了好几日才结束。

楚异见琮秀连静夜都没出剑鞘就轻松打败对手，若有所思道：“有这虐菜的工夫，他还不如去钻研如何破生死境。”

铃萝说：“他要是破了生死境，按照规矩就没法参加金鸾池宴大会了。”

楚异：“破生死境可比拿金鸾池宴魁首更重要。”

铃萝听了这话后却眯着眼笑。

对琮秀和西海太初来说，镇仙玉比破生死境更重要。

“师兄，你就不觉得是西海太初害怕镇仙玉真的被其他仙门的人拿走，所以宁愿让这位太初的天才花时间拿魁首而不是去破生死境？”

楚异看了她一眼，挑眉问道：“上次魁首是我你知道吗？”

铃萝眨了眨眼。

楚异冷哼道：“我都拔不出来的镇仙玉，就不可能有人拔出来。”

铃萝：“哦。”

楚异又说道：“我可以勉强相信你能拿把木剑夺得魁首，但敢肯定你绝对拔不出镇仙玉。”

从太初建教至今已上千年都无人能撼动镇仙玉半分，大家对这把拎不动的老祖宗神武早已没了胜负心。每年金鸾池宴大会拔剑都是走个形式而已。

铃萝听得眼角轻抽。她当时都没碰到镇仙玉就被越良泽给先拔出来了！这么一想她又觉得不服。万一她先碰到镇仙玉，真的能将其拔出来呢？铃萝脑子里有了危险的想法。场上的琮秀连赢五场，轻松下台。铃萝没有要走的意思。

“你等着看谁？”楚异又似百无聊赖地开口问她。

铃萝：“看人。”

楚异面无表情地起身，说道：“我走了。”

铃萝没动。

几场比武之后，从比试过道里走出一个身着耀眼金装的少年。

南山雪河的大少爷，今年刚满十八。

风天耀身份尊贵，自小在万千宠爱中长大，无论穿着、饰品还是佩剑抑或修行，都跟普通人有着明显的区别。入场时少年神采飞扬，睥睨全场，姿态带着惯有的傲慢。

他抬剑指着台上的人倨傲道：“你这五连胜，在本少爷这里可就要断了。”

被铃萝先前的嚣张样子刺激到，这位大少爷便要侍从也去寻了把木剑来，誓要把东岛天极的嚣张劲压下去。

风天耀这次出行西海太初参加金鸾池宴大会，总共带了四个侍从，这会儿侍从正在看台边鼓掌吹哨地喊：“少爷加油！”

“少爷必胜！”

“少爷全场第一！”

“少爷冲啊！”

不少南山雪河的人也加入了助威呐喊中，场面一度十分热闹。

风天耀很是享受。他就喜欢听人夸他，往死里夸。

周边的人都在笑，铃萝却只是看着风天耀。

他对战的时候并未用全力，相对轻松。

南山雪河风掌门唯一的亲儿子，从小就被捧在大人们的手心里宠着，大家只给他最好的东西，修炼也是，丹药、武器都是绝佳上乘的。

风家的神术剑意，是目前修真界剑道一术中最强的。南山雪河因此术也是剑修最多的仙门。神术剑意是风家特有的，普天之下，只有风家血脉才能修炼。风天耀继承风家强大的剑术灵脉，若是他成功掌握神术剑意，在玄苍大陆的剑道一术上便再无敌手。

常霏跟宋圆圆过来时，发现铃萝竟看得认真。宋圆圆伸手在她眼前晃了晃，纳闷地问道："铃萝，这场单方面的碾压比武，你怎么看得这么认真？"

"看这大少爷耍威风啊。"铃萝微眯着眼，懒懒地答，"少年神采奕奕，骄傲得很。"

"风家的大少爷有那么好看吗？"常霏也纳闷地问她。

铃萝摆了摆手："徐慎呢？我之前见他追着比武的人出去了，发传信也没有回应。"

常霏惊道："男的女的？"

"男的。"

"哦，那没事了。"

宋圆圆捧着坚果盒吃着，含混地说道："我也传信找他，没回，他追个男人干什么？"

常霏伸手抓了一把坚果塞嘴里："倒是这风大少爷的支持率最高，因为他掌握了神术剑意，大家一致觉得他最有希望得魁首。"

"就西海城那个金鸾池宴大会赌场，你们押了谁？我押了这位大少爷。"宋圆圆说，"神术剑意一出，那真是天下无敌手啊！"

常霏摸着下巴说道："我也押的风天耀，按照实力分析他最有胜算。"

铃萝微微睁大了眼朝两人看去。

宋圆圆对上她的目光，连连摇头："当然，我们也肯定觉得你能与之一战！铃萝，我相信你！"

铃萝说："你们不想输钱就赶紧改了押我赢！"

常霏轻咳一声，故作正经地说道："铃萝你放心，我肯定也押了你赢的啊！"

铃萝目光锐利地问："你押的第几名？"

宋圆圆向铃萝比画了一个"三"。

铃萝气笑了："第三名！第二名是谁！"

"息怒，息怒。"宋圆圆把坚果盒递给她，"西海太初的琮秀不是已到生死境边缘了吗？"

"生死境边缘跟神术剑意碰撞，大家肯定更想看这个！"常霏也把手里的坚果递过去说，"何况坊间早有人传消息说你这次出来忘记带剑，只一把木剑对上这两个人你肯定是没戏的。"

"谁传的？"铃萝神色郁郁。

西海城坊间，楚异正跟一帮好友厮混。大家都是带师弟、师妹们出来见世面的，多的是话题聊。有人问：“楚兄，你家小师妹真就一把木剑比武啊？”

“谁让她自己忘带佩剑？”楚异面不改色地说道，“这次出来主要是让她见见世面，没想着夺魁，她随便打打就行。”

“你这话说得，人家小师妹拿把木剑也是英姿飒爽的，台上招式比得可顺了，我看你们几个上去也未必能赢。”好友之一说道。

“我打不过，但太初跟雪河那两个人可就不一定了啊。”

“神术剑意不说，风天耀那把剑也是大有名堂的。”

“琮秀的静夜也是传世神武，到他这里都第六代了，纵道剑意是太初的上乘心法剑术，不能小看啊。”

“那我这大会前三名怎么押啊？还带小师妹玩吗？”

“保险起见前两名你就选太初或者雪河的呗。”

见好友们都去押名次了，楚异不紧不慢地走在后边。

第一日的比武激烈残酷，让人期待明日有更多精彩的对决。

铃萝趁暮色时分，大家都忙着填饱肚子或是聚众玩乐赏樱时，悄悄避开各种巡逻守卫去了金鸾池宴台。这已是太初内庭，淡蓝色的弱水到处都是。金鸾池宴台呈半圆弧形，建在大片弱水之上，而那一大片弱水延伸出去老远，一眼看去仿佛是片巨大的湖泊。

夕阳余晖洒落，因为金鸾池宴遮挡了光芒，它阴影之下的弱水是漂亮的淡蓝色，一柄黑色长剑在台下的弱水中半埋在地里。这是一把黑色的巨剑，剑刃宽阔，看上去就很重，一人单手难以握住。

铃萝往前一站，剑柄已到她的大腿处。

她试图伸手时，听人问道：“你在这里干什么？”

铃萝回首看去，越良泽正站在金鸾池宴台上居高临下地看着她。

他逆着光，铃萝微眯着眼，瞧着高台上挺拔修长的身形。

铃萝往前走两步进了阴影里，这才避开光线，看清上边的越良泽后说：“你怎么也在这里？”

越良泽指了个方向：“我下厨时看了一眼窗外，瞧见你在这里。”

他住的庭院将厨屋窗户一开，外面就是偌大的弱水湖与金鸾池宴台。

铃萝不得不感叹，太初对圣剑宗的安排可真是上道。

“来这里能干什么？当然是来看镇仙玉的。”铃萝神色轻松，一点儿也没有被人发现的心虚样子，指着镇仙玉说，“我想拔剑试试。”

越良泽顺着她的指尖指的方向看去。那把黑色的巨剑安静地竖立在弱水中，经过千年的岁月风霜，屹立不倒，默默等待着那个将它从这里解放的人。

越良泽收回视线，说："你去拔剑吧，我帮你看着。"

铃萝不由得听笑了，转身朝镇仙玉走去。

"天下人都知道镇仙玉在西海太初的哪里，偶尔路过的太初弟子都能过来顺手拔一下，有什么好怕的？"

铃萝说着，伸手握住了镇仙玉的剑柄。

无事发生。

镇仙玉像死了一样。

铃萝不用修为纯靠力气拔剑，镇仙玉纹丝不动。她不信邪，又用灵力拔剑，镇仙玉依旧不理她，半点儿反应也没有。

铃萝死心了，她和镇仙玉没有缘分。这破剑怎么就看上了越良泽？她抬脚轻踹了一下镇仙玉，镇仙玉仍旧不理她。

铃萝回头喊道："你下来！"

越良泽垂眸看去，就听铃萝说："来拔剑。"

"你站那里放风可不算是同伙，至少要做了一样的事情才算。"铃萝蛊惑着他。

她倒要看看重来一次，镇仙玉选择的是否还是他。

越良泽下台朝镇仙玉走去。他对镇仙玉没有想法，想都没想是否能拔出镇仙玉的事，上前很是随意地伸手握住了剑柄。可就在他握住剑柄的瞬间，镇仙玉醒了。

越良泽甚至没使劲拔剑，镇仙玉就已发出一声低鸣，剑势横扫整个太初内庭，弱水沸腾翻滚，咆哮着竟掀起高高的水墙——

铃萝拉着越良泽就跑，太初大掌教等人却已到弱水，两个人只得躲进了金鸾池宴台里。

镇仙玉剑势横扫太初内庭，太初大掌教等人第一时间放下手头事务御剑而来，速度之快，让铃萝来不及离开。两个人匆忙之间躲进了金鸾池宴台，在屏风遮挡了入口的狭窄小隔间里。

越良泽全程处于被铃萝拉着跑的被动状态。那一瞬间他还来不及惊讶镇仙玉的反应，就被那只冰凉的手牵住，注意力因此全转到了铃萝身上。

各方剑光袭来，越来越多的人到了弱水镇仙玉前。

铃萝听见台下的太初大掌教沉声道："把这一片封锁起来，没我的命令谁也不准踏入半步。"

这隔间太小，容纳两个人有些勉强。铃萝拉着越良泽进来时没管太多，这会儿见他比自己高，便扣着他的脖子低下头以防高过屏风被发现。

金鸾池宴台上黑漆漆一片。

暮色已过，夜空中已是满天星子。

越良泽被她拉着弯下腰，侧过头去，勉强卡在她的肩颈的位置，鼻间能闻到铃萝身上的淡香。狭小的空间逼迫得两个人靠近的距离十分暧昧。

太近了，肌肤相贴，那淡淡的清香沁入胸腔，狠狠地烙印在他的记忆中。这样的距离，以前是她，现在也是她。

铃萝注意着外边的情况，全然不觉得两个人的姿势太亲密了。

越良泽眉头轻蹙，抓着铃萝的手转换了一下姿势，他背靠着屏风直起身，将铃萝卡在臂弯间圈着她的脖颈，半抱在怀里。

铃萝抬眼看他，狭窄空间里虽黑，可他俩距离太近，越良泽因此看清了这璀璨星眸。

越良泽抿着唇，看似镇静，眼神示意屏风的高度，要她放心，屏风比他高一些。

铃萝这才转开视线，注意着外边的动静。

太初的两位掌教和各方堂主都到了。

"刚才的剑势……难道是……"风堂主犹豫着，目光震惊地落在镇仙玉上。

"不一定吧。"二掌教沉声道，"镇仙玉并未有松动的痕迹。"

他将手放在剑柄上使劲试了试，镇仙玉没有反应。

"来时可见到有可疑的人？"二掌教又问。

"未曾。"太初大掌教说着，目光锐利地扫了周围一番。

他能通过声息确定人数。

金鸾池宴台上，屏风后的两个人都懂得避开大掌教的声息判断，越良泽还怕铃萝修为不行，伸手在她的肩前点了指诀封住声息。

铃萝目光幽幽地瞥了越良泽一眼，这男人竟然小看她！我会控制不住区区声息吗！

想要避开大掌教这种级别的声息判断，起码也得是破了生死境以上修为的人才行。越良泽知道铃萝很厉害，却没听说她破了生死境，以防万一这才动手。

若是大掌教上台直接拨开屏风查看，这无处可逃的两个人必定会被发现。可有时人的自负会让自己做出错误的判断。

大掌教把视线落在镇仙玉上，沉声说道："我第一个到这里，并未见有别人。"

"那这是镇仙玉自己发出的剑鸣吗？"钱堂主绕着镇仙玉走了一圈，摸着下巴若有所思着，"上次它有动静还是几百年前，那会儿教内两派斗争，这次又来？"

这话有点儿深意，两位掌教都看了他一眼。

钱堂主举手做投降状："算我多嘴。"

"爹！"远处懒散御剑而来的男人落地时差点儿一个趔趄摔倒，还好同时落下的琮秀扶了一把。

大掌教见儿子连御剑都如此散漫，再对比琮秀的从容不迫样子，心里不悦极了。

"莽莽撞撞的像什么样子！"大掌教恨铁不成钢地教训道，"你如今都是当爹的人了，怎么学不会稳重点儿？"

齐祥摸着脑袋被训斥得一脸莫名其妙："爹，娘说这边有异动让我过来看看，我刚到还一个字都没说呢，您怎么就开训了？”

听着儿子半是不服气半是委屈的话，大掌教直气得额角狠抽。

屏风后的铃萝听得嘴角微弯。

越良泽的视线从她的嘴角掠过，心想这有什么好笑的?

其他几位堂主都憋着笑，只有齐祥一个人真心实意地搞不懂自己为何挨训。

琮秀上前一步到二掌教身旁，打量着镇仙玉低声问：“是它有异动吗？”

“大掌教来这边时未见他人身影，但镇仙玉剑势爆发，还惊动了弱水。”二掌教沉吟道，“也许是有什么东西刺激了它。”

大掌教与他对视了一眼。

另一位堂主过来说：“周边也看了，没有什么奇怪的地方。”

大掌教等人在镇仙玉前等了许久，想着它是否会再显异象。

铃萝等得无聊，下巴搁在越良泽的胳膊上，依着他的胳膊站着偷懒。

越良泽没有异议。他侧首看向屏风外，注意着台下众人的一举一动。若是他们想离开，只有屏风这一条路。屏风正对着台下的镇仙玉，有好几个人都是面对屏风这边站着，他俩若是出去必定会被发现，只能等着。

镇仙玉如今安安静静的，又进入了装死状态。人们陆陆续续离去，先是两位掌教，接着是风堂主、钱堂主——到最后只剩下一人，琮秀。琮秀自小就对镇仙玉有执念。

他想要拔出镇仙玉。得不到镇仙玉，只因为自己还不够强，琮秀如此理解着，日日修行，努力提升自己的修为。如今年纪轻轻就窥得生死境边缘，算得上是天赋异禀，可他依旧拔不出镇仙玉。

琮秀伸手紧握剑柄，眼中好奇与失落之色交叠着，最终只余下一声叹息。

铃萝轻轻打了个哈欠，不太安分又小心翼翼地伸手揉了揉眼睛。

这琮秀剑也拔了，总该认清事实，知道自己不是镇仙玉的命中人，该走了吧?

铃萝期待着，却见琮秀一撩长袍，盘腿御剑坐下，与镇仙玉面对面，也与屏风面对面。

琮秀打算在这里看到天亮。

铃萝恨不得掐死他。

越良泽也没想到琮秀竟然不走，还摆出一副静坐到天明的姿势。

铃萝气得低头在男人结实的胳膊上撞了一下。

越良泽：这可不是我的错。他眼里闪过一丝无奈之色。

铃萝一扭身，整个人都钻进他的怀里，让越良泽瞬间挺直了背。比起少年时，铃萝对这具成年后的身体更熟悉，也更愿意亲近。曾经两个人在那些日夜里的亲密缠绵，本该存在于她的回忆里的气息与感受，却在当下再次拥有。

他拥有干净舒爽的气息、结实可靠的胸膛，长臂带着三分禁锢的力道圈着她的肩膀，铃萝眨了眨眼，隔着冰凉的衣料，隐约能听见男人沉稳的心跳声。因为这过分熟悉的气息，铃萝不自觉地侧身滚进了越良泽的怀里，带着某种难言的习惯，身体比大脑先做出反应，现在才想起这是水天镜逆转时空后对那些往事毫无所知的越良泽。

越良泽不知道，那些回忆都成了她一个人的小秘密，晦涩难言。

铃萝闷在越良泽的怀里时，越良泽挺直了腰背，站姿非常乖巧。之前卡在铃萝的颈项间半抱着她的手，这会儿已经整个圈住她。

越良泽不自觉地放轻呼吸，低垂下眼。

铃萝从他怀里抬首，眼里映了点点星光，她踮了一下脚，越良泽便弯腰低头。

“他在那里不走了。”铃萝压低声音说。之前有大掌教等人在，两个人不好低声交流，怕被发现，如今只剩一个未破生死境的琮秀，便没有顾虑了。

“他要是在这里守一夜，我们也别想出去了。”她压着声音，平日里明媚的嗓音有了一丝沙哑。

越良泽喉结微动，低声说：“我想想办法，让无生去找三师哥把人引开。”

铃萝朝他眨了眨眼，黑长的眼睫轻颤。

越良泽想把这双眼遮住。他被自己这突如其来的想法怔住，不动声色地别开视线，控制着声息不出异样，死也不让铃萝察觉半分，又在心里嫌弃自己刚才突然跳出来的卑鄙想法。

“你能拔出镇仙玉。”铃萝小声说，“西海太初可要讨厌你了。”

越良泽说：“我没拔。”

“但是你拔得出来，这破剑真没眼光。”铃萝说，“你有无生，又有镇仙玉，你可真花心哪。”

越良泽抿了抿唇，无奈地说道：“我有无生就不需要镇仙玉了。”他不拔剑就是。

“你更喜欢无生吗？”铃萝问。在她的记忆中越良泽虽然得到了镇仙玉，却又把它插回去了。

镇仙玉等了上千年，终于等来有缘人，却刚出来快活没一会儿，就被有缘人无情抛弃。

“无生轻，于我而言手感好。镇仙玉重，是巨剑，威力虽强，但不适合我。”越良泽耐心解释着，“而且我只是动摇了它，并非能将剑拔出弱水。”

铃萝眨着眼看他：“这是谦虚还是炫耀？”

他面不改色地说道：“是声明，我不要镇仙玉。”

铃萝：“哦，那你比我还狂。”

铃萝似若有所思，轻声说道：“你还真是喜欢无生。”

无生没有辜负越良泽的喜欢。它在白藏进院时，就飞到他身边“嗡嗡”地响，把人引到了厨房窗边，指引着他朝金鸾池宴的方向看去。

无生跟白藏的剑灵交流着：

“快救救他！那女人又肖想无敌的我和我无敌的剑鞘，她又在说服主人放弃老子！”

白藏的剑灵传递给他的信息是：“镇仙玉让它滚，它过不去，你师弟跟那个不回信的姑娘在金鸾池宴台那边！孤男寡女三更半夜的——快告诉小师弟有点儿分寸，不要欺负小姑娘！”

白藏“哦”了一声：“这种事他比我有分寸。”所以他完全不用担心，洗洗睡吧。

无生：“我说的是这个意思吗？”

屏风后的两个人等呀等，仍旧不见援兵来。

铃萝靠在他的怀里说：“你还是换剑吧，无生不靠谱。”

越良泽沉默，这次无法反驳。等到最后，铃萝抓着越良泽的衣服靠在他怀里睡着了。而越良泽就因为碰了一下镇仙玉，因此被罚站一整夜。

# 第二十四章

# 一枝棠花

日出时，天际大片朝阳火红。

修剑道者有着最强体魄的好处终于派上用场，哪怕在外被罚站一夜，也不怕就此感染风寒病倒。越良泽瞥了一眼屏风外，琮秀还在镇仙玉前；再低头看回怀中，铃萝一手抓着他胸膛的衣服，手指弯曲着，侧着头，睡相十分乖巧，一整晚也没折腾什么，就这么靠着他安安静静地睡着，真是没半点儿戒心。越良泽在心里叹气。她侧头睡的姿势醒来脖子肯定僵了，越良泽另一手虚抬，犹豫着要不要给她揉揉，却听外边传来熟悉的声音。

“在这里看了一夜，镇仙玉有动静吗？”白藏走进弱水，朝琮秀走去。

琮秀御剑落地，略一垂首以示打招呼，摇头道：“什么都没有发生。”

白藏又问：“昨日听大掌教说它爆发剑势横扫内庭，以前从未有过这种情况？”

琮秀目光黯淡，彬彬有礼地答道：“就我所知是没有的，不知这次是为何。”

白藏同琮秀聊了一会儿镇仙玉，还暗夸了他几句，最后才说道：“你今日还有比试，却在这里一夜未睡，不怕有影响？”

“无碍，今日也不是争夺魁首，有余力应付。”琮秀微笑着答着，像是要继续守下去。

白藏就知道他会这么说，所以将手中的玉牌递过去：“来时见了二掌教，他要你回去休息，至少先吃个早饭。”

琮秀接过玉牌，有些无奈，却还是拱手道谢：“多谢白藏真君。”

“去吧，我也想一个人跟镇仙玉说说话。”白藏手里钩着一个小酒坛，开了封盖又合上，反反复复。他转身面向镇仙玉，火红的朝阳落在黑色的剑身上，它沉默着，却掩不住一身光芒。白藏眯着眼，腰间别着的长剑没有剑鞘，看上去平平无奇，就是一把再普通不过的佩剑。

朝阳的光芒落在这剑身上时，什么都映照不出。这把名叫天地镜的剑的剑灵正兴奋地跟镇仙玉搭着话。镇仙玉沉默着，不想搭理它。白藏没管剑灵的交流，只抬头朝金鸾池宴台上看了一眼。越良泽的手停在半空中，迟疑着不知该碰铃萝哪里好，最终他哪里也没碰，低声叫她："铃萝，醒醒，可以走了。"他一夜未出声，也没睡，还得注意周遭的动静，再开口时嗓音沙哑，听起来疲惫至极。

铃萝对这声音太敏感了，恍惚间以为还在从前的日子里。她又握紧抓着衣服的手，转头埋在他的怀里下意识地汲取温暖，不满地嘀咕着："不准一直叫我的名字，不准睡着不走，我跟你说过多少——"这个人不是那时候的他！铃萝瞬间清醒，后话卡在嘴边吞回了肚子里。小隔间里诡异地安静了一会儿。

铃萝抓着衣服的手没放，她懊恼地咬了一下唇，凶道："我刚才说梦话，你什么都没听见！"

越良泽"嗯"了一声，从胸腔发出的声响，听不出情绪起伏。之前犹豫着不知放哪里的手规矩地收了回去，他说："我三师哥在外面，可以出去了。"

铃萝只注意到自己的失误，正无限懊恼着，倒是完全忽略了越良泽。她率先离开温暖的怀抱朝外走去。铃萝想，以后可得离这男人远点儿，至少距离不能像刚才那么近。那些记忆反反复复地在她的脑海里浮现，她忘不掉、丢不了，一不注意就晃神又做错事、说错话。怎么也得等到以后他又闯竹林阵法救人拦她修炼后，她才能说某些话。

白藏是背对着屏风的，十分善解人意。

铃萝抬手揉了揉僵硬的脖颈，故作镇定地跟越良泽说："那我先回去了，今日还有比试。"

越良泽站在屏风前看着她，沾染了晨露气息的男人身上似乎还有未退的夜色。

"去吧。"他说，"你要吃早点吗？"

铃萝想也没想地就答："吃。"

越良泽说："我让太初斋堂给你送一份过去。"

"不是你做的吗？"铃萝眨巴着眼问。

越良泽抬手顺着之前被铃萝抓皱的衣服，不动声色地说道："斋堂的比较快。"她乍一听这话也没觉得有什么不妥之处。

铃萝见不是他做的，便说道："那不用了，你叫的话他们反而会多疑嘴碎，我回去跟师兄去西海城吃就好。"

越良泽"嗯"了一声，目送铃萝远去。

白藏悄悄收回放出去的听音咒，"啧"了一声，转身朝金鸾池宴台走去，将手里的小酒坛扔给越良泽。

"不喝。"越良泽又把酒坛扔回去了。

"这可是你自己酿的桃酒。"白藏把玩着手中的酒坛，陪他边走边说，"师弟，她不吃我吃，你早点要做什么？”

越良泽：“不做。”

“那你吃什么？”

“不吃。”

“不饿？”

“不饿。”

白藏服气。

“你跟人姑娘置什么气？”白藏伸手揽过他的肩膀，笑着安慰，“没缘分的事就算了，总有下一个。”

越良泽静了片刻，低垂眉眼，说：“吃粥。”

内庭到西院有一段距离。铃萝回去的速度很快，进门就她扑倒在柔软却冰凉的被子里，把自己裹成一团在床上“嗷嗷”叫着滚了一圈。她竟然当着越良泽的面说出那种话，实在是太丢脸了！干脆她趁他实力还没强到后来的程度直接杀了灭口吧！

铃萝把自己闷在被子里捂着，呼吸不够才掀开探出头来。只要一想到她揪着越良泽的衣服在他怀里说了什么，铃萝就恨不得让时光倒流一次。她不贪心，只要回到她刚醒那会儿就可以。

铃萝揉着额角，深呼吸平复情绪。冷静下来后，开始想怎么杀人灭口才不会提前被十二大仙门追杀。首先那个三师哥就很棘手。至少她现在还打不过，又是在太初的地盘，这里面还有一只魔。想起这个人，铃萝眼皮一跳，听见开门声，她起身从窗口探头看去，竟然瞧见楚异从外边回来。

两两相望，楚异皱眉问：“你没睡？”

铃萝也问：“你怎么才回来？”

原来昨晚他俩都没有回来的吗？楚异挑着眉，漫不经心地说道：“跟朋友玩到现在，倒是你，没睡干什么去了？”

“我要睡了。”铃萝郁郁地转身回去躺下。

楚异过来敲她的门：“天都亮了，起来，你今天还有比武，错过时间可就算你输。”

“饿。”铃萝有气无力地说道。

楚异刚要再敲门，却见一只大狸猫抱着食盒走到门边喊：“开门！闲云客栈独家早点！我小师叔亲手做的！”楚异心想圣剑宗的人跟猫怎么又来了？

铃萝起来开门，大狸猫把食盒放她身边，气喘吁吁地说道：“趁……趁热吃，我小师叔说，你昨晚到现在都没吃东西，还在外受一夜寒风，所以煮了驱寒暖胃的早粥，祝你比武顺利。”

楚异低头看了一眼：“就一碗？”

大狸猫挥爪："就只给她一个人的啊！"

还有两小碟配菜。

楚异黑着脸鄙夷地看了一眼大狸猫。

大狸猫：这可不是我的错吧！

大狸猫完成任务，麻溜地跑了。

铃萝朝内庭的方向看去。就凭这碗粥，灭口就暂时算了。楚异靠在门边，看舒舒服服喝热粥的人，盘问道："圣剑宗那小子怎么知道你昨晚到现在什么都没吃，还在外受一夜寒风，你昨晚都没回来？"

铃萝："这不是回来了吗？"

楚异皱眉："说的是昨晚，你昨晚跟他在外边干吗了？"

铃萝："说出来你也不信。"

"你先说。"

"去拔镇仙玉了。"

楚异冷笑："你问问你自己这话敢信吗？"

铃萝低头喝粥："信。"

昨夜镇仙玉的异动被大掌教封锁了消息，少有人知。

楚异问："你们谁拔出镇仙玉了？"

铃萝："他。"

楚异有点儿惊讶了。不该是他狂妄至极的师妹拔出镇仙玉？

铃萝喝完粥，舔了舔嘴角，感受体内暖意，挥挥手打发楚异说："我要换衣服，师兄该懂得避嫌。"

楚异摔门而去。

第二日的比武规则仍旧不变，还是连赢五场则胜。难度却比昨日增加了太多。

常霏最先败下阵来，气喘吁吁地跟几位伙伴说："这人真是不要命了，打法到后期完全狂暴了啊，他不要命我要，太恐怖了！"

"前期至少跟你五五开，后边弱势一会儿怎么爆发这么强的？"宋圆圆琢磨着难以理解。

铃萝打了个哈欠，眯着眼，懒洋洋的样子一看就没睡醒。等她上场时她还是拿着把木剑。对手拿着的是把上品武器。看台较为偏僻的角落里，二掌教正带着圣剑宗的两位弟子观看今年的比武大会。



"此人手中拿着的是一把上品武器，剑中精品，无论怎么看，都赢了那木剑。"二掌教缓缓说道，"但木剑这方的剑势更胜一筹。"

白藏笑问："二掌教觉得这场谁会赢？"

二掌教说："有的对局输赢看的是剑，有的输赢重点却在握剑的人身上。我认为这场比的不是剑的贵重，而是剑势的强弱。”

白藏勾着嘴角，心中却在吐槽：你这不说了废话？

场上这灵力碰撞谁都看得出来那木剑的主人有多横。

二掌教的醉翁之意不在台上的比武，而在身旁抱着黑剑的青年身上。

“能驾驭无生这种有自我剑灵的杀器，本人也需要十分深厚的修为实力，剑器与人是相辅相成的，而无生从未有过败绩，这也跟它的主人一样。”

白藏靠着椅背笑道：“无生也输过。”

二掌教愣了一下：“这倒是未曾听说，无生是世间杀伐之气最重的剑，能输给谁？”

越良泽看了一眼下方比武的人，淡淡地说道：“曾输给一枝棠花。”

一枝棠花？二掌教听蒙了，无法理解。白藏也看了自家师弟一眼，有点儿纳闷。说无生输过是输给它的剑鞘断意，可不是什么棠花才对。

越良泽却想起曾在东岛天极被铃萝拿着一枝棠花比剑，却连连惨败。他觉得他自己输过，并非没有败绩。

二掌教缓了缓，故作镇定地继续说道：“可是什么未曾听过的神武？”

“不是神武，就是普通的花枝。”越良泽看着下方铃萝的一招一式说道，“对有的人来说，神武是锦上添花，心剑亦是剑，堪比神武。”

“哪怕她手中拿的是木剑，使出的却是神武的力量。”强大的剑势在台上掀起阵风，对方被铃萝一剑击退，武器脱手落地传来脆响。

这人心有不甘，立马反身重新拿起剑，咬碎牙间之物，剑势中的灵力爆发，再次朝铃萝攻去。铃萝依旧站在原地，眼中有点点嘲讽之意。她只抬手一剑横在身前，两剑相撞，对手被强横霸道的剑势撞飞，直接摔下台去。她并没有秀什么剑技，只靠强横的剑势就赢了这一场。

裁判道：“东岛天极铃萝胜，第二位挑战者，逍遥宗，井子凡。”

越良泽本要随白藏离去，却在听见这个名字时停下，重新看回台上。

井子凡沉着脸上台，手中长剑坠着点点流萤，指尖流泻的灵力包裹着剑身。他没有轻敌，上来就拿出了全力。

“我早就想与你一战，今日总算是有机会了。”井子凡冷冷地说，“当年你杀了锦苑，还害得我师兄为此事自裁，那时我就告诉自己，绝不会放过你！”

铃萝听了这话也不恼怒，而是笑问道：“那你今日是来比武，还是来杀我的？”

“若是离了这太初，你就该小心了。”井子凡抬剑指着她。

铃萝只弯唇一笑，没说话，挽剑时身形已瞬移前进，眨眼间来到井子凡身前。

好快！井子凡心中惊讶，被迫防守阻挡对面的进攻。

铃萝不再只用剑势，她剑招刁钻，封了井子凡的所有走位，步步相逼，每一剑都比上次更难对付。她对战的经验可比井子凡丰富得多。

井子凡集中注意力防守，在铃萝的进攻中根本找不到机会反击，她每一次都恰到好处地限制着他的剑招。在旁观者眼中，井子凡就是在被动挨打，虽然现在还能抵抗几分，但已渐渐处于下风，变得狼狈吃力。

“你学艺不精，跟陈师兄比可差远了。”铃萝一剑打在他的手背上，卡住剑与剑的距离，近身时给了井子凡莫大的压迫感。他急切地想要拉开距离，却被铃萝一拳揍在腹部飞了出去。铃萝站在台上，居高临下地看着摔下台爬不起来的井子凡说：“若是离了这太初，你就该小心了。”

井子凡听得恼怒，面色赤红。

逍遥宗的人朝这边跑来：“大师兄！”

“大师兄你没事吧？”

“素商还不快点儿把大师兄扶起来！”

常霏拉着起身欲过去的素商，笑道：“你一个女孩子过去很危险的啊！”

“我去，我去，毕竟是我们伤的我们负责。”宋圆圆装模作样地起身掸了掸衣袖，“逍遥宗的兄弟们等等！我喝杯茶就来！”

井子凡捂着腹部痛苦地起身，不甘心地朝台上的铃萝看去。

铃萝只轻蔑地笑了下。

裁判也不管他们的私人仇怨，开始宣告下一个挑战者。

“师弟。”已经走了一段距离的白藏回头喊他。

越良泽迈步跟上去。

二掌教笑道：“参息真君的徒弟，就是拿把木剑也不能小看。”

“上次的魁首也是天极的弟子。”白藏揽过越良泽的肩膀，依旧是那副哥俩好的样子，“今年似乎还会是天极。”

“我倒是有不同的看法。”二掌教摇头，同他们走远。

铃萝跟逍遥宗的恩怨纠缠太深。曾经她也毫不客气地将井子凡从台上打落，被怀恨在心，逍遥宗不断地找她的麻烦，又总是被她羞辱。

素商说得对，彼此是绝对无法和解的。

铃萝连赢五场下台，扫了一眼宋圆圆，挑眉问：“徐慎呢？”

“昨晚就没瞧见他，玉听传信也不回。”宋圆圆摸着脑袋说，“常霏已经去西海城找人了。”

宋圆圆比武还没结束，所以走不开。



“今日比试他也没有来吗？”她问。

宋圆圆纳闷地说道：“我刚才去隔壁比武台打听过，到时间他没出现，已算弃权。”

“我也去找找。”铃萝低声说道，“有人比武用禁药，你自己小心些。”

宋圆圆瞬间睁大了眼。什么人啊这是，竟然在如此神圣的比武中用禁药！

铃萝离开比武台，去了西海城。她跟常霏传信联系着，想起水天镜逆转时空前西海太初的祸事，祈祷徐慎没有被卷入其中。

“昨日你不是说徐慎追着他的比武对手离开了吗？我托太初的詹容师兄问了昨日的比武名单，得知那人的名字叫方灿。”

常霏的传信写着：“方灿是南山雪河的弟子，住在西市常平酒楼，我正过去找他。”

铃萝也朝常平酒楼走去。这家酒楼位置较为偏僻，不在热闹的主道上，周边气氛云淡风轻，弥漫着一股爱来不来的佛系味道。铃萝刚进酒楼门口就察觉不对。那小二和掌柜一个趴在柜台上一个趴在桌上沉沉睡着，楼上传来声响也不见有半点儿反应。

“你个杀人凶手给小爷站住！”上边传来常霏的声音，从楼梯转角处跳下来的黑衣蒙面人刚好遇上进门来的铃萝。

常霏勒着一人的脖子从楼梯口看下去，朝铃萝喊：“他是个药贩子！”话音刚落，蒙面人便拔剑朝铃萝攻来，速度很快，眨眼间已到她身前。铃萝以樱喜挡下，却见蒙面人忽然分裂成了三人！

万花影！

铃萝惊讶时，这三个人影都非常干脆地放弃攻击直往外冲，朝着不同的方向离去。楼上的常霏看后直骂卑鄙不要脸！铃萝却没放弃，樱喜种灵专克万花影，无论多少幻身都只会挑取真身抽枝、发芽、开花，散落的樱花化作汹涌的花潮将飞上屋檐的人拦下。对方仍旧在逃，且精通幻术，在铃萝追上屋檐时就已开了三个新的幻影阻拦她，却全被铃萝识破。双方斗法，发现彼此都是狠角色。

花潮犹如瀑布汹涌地从天而降，掀起四五道花墙将前路堵住，蒙面者险些被突然降落的花墙砸中，疾退中没稳住身形，从屋檐上摔落下去。

铃萝落地欺身近战，蒙面者反应神速地拔剑，铃萝以樱喜对战，没了用木剑戏耍的心思。樱喜已全部展开，扇面是绚烂夺目的樱林图，掉落的流萤落在蒙面者衣上，瞬间化作凌厉的剑光，却被躲开斩断。两个人对招的速度都很快，不过眨眼间就有多道剑光落在身前。铃萝近日对战都十分轻松，没能让她想要认真打上一场，眼前的蒙面者倒是意外地激起了她的战意。对方却无意多纠缠，所以一找到机会就想要退走拉开距离。蒙面者单手挡剑，一手掐诀，脚底卷起厉风，在风声呼啸那一瞬间与铃萝拉开距离退至老远的半空中。

乘风咒。铃萝抬首看去，笑道：“谁还不会了？”她单手掐诀，也用乘风咒瞬间追到蒙面者身旁，在他眼里看见惊讶之色，樱喜瞬收再开，扇面已是落花图。无数的花瓣化作剑刃近距离猛刺，蒙面者即使反应神速地挡了结界，却不过转瞬就被万千剑刃刺穿，从半空钉死在地上。蒙面者闷哼一声，血瞬间流淌一地。樱喜化出的剑刃刺中他的手臂和肩膀等，只避开了要害。

“再跑啊。”铃萝足尖点地，正要朝蒙面者走去，却见他身后凭空出现一条长长的黑线，那黑线猛地张开，露出一团巨大的黑影。似一团浓稠的黑雾，又像是黑色的水在缓缓流动，阴冷的气息扑面而来，让人感觉如与深渊对视。

铃萝停下脚步，神色微怔。眼前这是二十六魔的死雾门。黑雾中伸出一只白骨手抓着蒙面者往死雾门里拉去，钉在蒙面者身上的剑刃都“咔嚓”断裂。铃萝蹙眉，这白骨手将蒙面者拉进门里，又从门里推出一只魔给她。死雾门关上，细长的黑线瞬间湮灭。僻静的巷子里只剩下一个人和一只燃烧着的火魔。

铃萝与地上的圆球火魔对视一眼，刚露出嘲笑的眼神，那小圆球就跳了一下，耀眼的火光闪烁，随着愤怒的咆哮声，火光中出现的是一只高过屋檐的巨魔。巨大的火魔似猴形，全身都燃着火焰，长长的尾巴横扫时带起阵阵火球飞向铃萝。樱喜花潮竖墙抵挡，巨火魔朝铃萝冲过来，一拳打出的烈风都是热乎的，从她耳旁飞过时，铃萝似乎闻到了头发丝被烧焦的味道。

它敢烧我的头发！铃萝气极，正打算开剑阵让它尝尝什么叫作万剑穿心时，身后却有一金一黑两道剑光飞来，同时准确无误地将朝她跑来的巨火魔斩成两半。

烈烈火焰消失，只听阵阵“刺溜”声，白烟弥漫。

铃萝回头看去，越良泽单手持剑站在高墙上，逆着光，衣袂轻晃。

楚异站在墙下的路口，手中剑出鞘。他身后站着一名穿粉裙、披斗篷的蒙面姑娘。姑娘正将被剑意掀飞的斗篷帽子重新戴上。

铃萝被这姑娘吸引了目光，面色古怪道：“师兄，你怎么在这里？”

刚要问铃萝是否有事的越良泽闭嘴了，还好他开口慢。

# 第二十五章

# 月宫之主

楚异先抬头看了一眼墙上的越良泽，挑眉问："刚巧路过，圣剑宗的人怎么也在？"

他这两天对圣剑宗很有意见。

送早膳就送，但你只送一份是什么意思？不知道这西院里住着两个人吗？

"察觉到有魔气。"越良泽面不改色地说道。

铃萝朝越良泽那边走近几步，打量着楚异身后的姑娘："你不是跟子修师兄他们出去玩了吗？"

"中途换人了。"楚异没有要介绍身后的姑娘的意思。

倒是粉裙姑娘比了个手势："你没事吧？"

楚异侧目看去，微微蹙眉。

铃萝装作不知对方的身份，也用手语回她："没事。"

粉裙姑娘又看向越良泽，比着手语："多谢。"

铃萝看后心中嘀咕，为什么这姑娘要跟他道谢？

越良泽只看了一眼，没说话。

楚异语气幽幽地说："你们都会手语？"

"只有师兄你不会。"铃萝说，"前年云尊主在习堂教过，你没去。"

楚异面无表情地说："我都入世了还要去习堂听课吗？"

他不懂手语，但粉裙姑娘只在跟他在一起时才会开口说话。

铃萝也懒得管他跟"天上月"的事，解释了自己为何在此，只是隐瞒了死雾门出现的事。

"因为巨火魔突然出现，让那药贩子跑了。"她说，"我要继续去找徐慎。"

"不用找了，我来之前在另一个药贩子那里找到他了，他受了些伤。"越良泽说，"来的路上遇见常霏，我已经把人交给他。"

铃萝看了他一眼，有点儿惊讶。

越良泽补充道："前几日我三师哥就在查禁药的事。"

"这事圣剑宗是该管。"楚异淡淡地说道，"我先把人送回去，再去看徐慎。你别在外边乱跑，回太初去，再过两日师父他们也要来了。"

铃萝神色倨傲，不听楚异的话，转身跟他们背道而驰。

她走在宽阔的官道上，高墙的阴影将光明分了一半，她在被太阳照射的明亮一边。

越良泽落在她后边几步，走在高墙的阴影下。

铃萝余光瞥见，恍惚想起以前也是在这样宽阔寂静无人的官道。那时暮色四合，天际大片火烧云，整个天空像是着火一般，美得惊心动魄。她守了三月的危城抵抗妖魔入侵，早已到了极限，好在援军终到。她累得倒下，醒来时发现自己正被越良泽背着走回住处。中途她醒来，入眼的是高墙之后绚烂的天空、耀眼瑰丽的云层和晚霞。彼时她还是云守息的乖徒弟，因此事与云守息有关，醒来问的第一句话是："我师父呢？"

两个人身上都负了伤。可铃萝在他背上只感受到了沉稳可靠，仿佛不顾一切地继续睡都行，纵使妖魔大军闯进了城里，也无须她担心，这人会先拦在她前方。

晚霞的光芒落在男人身上，是温柔的橘红色。

越良泽低声说："参息真君要明日才到。"

她想向云守息证明弟子出息了，却没能在最风光时见到师父，有点儿失落，便只"哦"了一声，沉默着不说话。又走了一段路，铃萝才问："那你怎么比我师父还先到？"

"听说守城的人是你就过来了。"他答得很平静。

铃萝嘀咕道："你不会又想跟我抢功劳吧？"

越良泽被她气笑了。

"我什么时候跟你抢过？"他问。

铃萝答得理直气壮："前年太初金鸾池宴，你不就突然出现抢我的风头？"

越良泽："我也不知道能拔出镇仙玉。"

铃萝将下巴搁在他的肩上哼道："那还是抢了。"

越良泽逐渐无奈："没抢过你的功劳。"

铃萝歪头看着他："去年冬日村开山造路，大家都说是我跟你一起造的。"

越良泽说："的确是我跟你一起造的，小东山是我用无生劈开的。"

"明明更多的山是我劈开的！"铃萝不服气地说道，"我才不要跟你分享！"

越良泽淡淡地说："不要就不要。"

铃萝收紧双臂，将头埋在他温暖的肩背上闷哼着说："之前不要，这次守城勉为其难地跟你分享，就一点点，你的名字得排我后面。"

越良泽没回话，嘴角却弯了一瞬。

那日官道上没有一辆马车来往，只有被夕阳拉长的重叠身影。

记忆里的火烧云被眼前正午的烈日取代。

铃萝停下脚步回头看去：“你跟着我干什么？”

“送你回去。”越良泽平静地答着，“防止你再遇上火魔。”

火魔是不死火，杀不尽的。

“它就算再出现我也能解决。”铃萝说着，站在阳光下抬起手给自己扇了扇风，“倒是这天气热了，走着累。”

越良泽站在阴影中眨了一下眼，说：“那你过来。”

铃萝颔首看着他。

越良泽又说道：“走阴凉处。”

铃萝深吸一口气，说：“不要，我就喜欢走有阳光的地方！”

于是越良泽给她捏了个清风咒，驱除炽热，有徐徐凉风在她周边徘徊着。

她还不信了。铃萝又说：“我是走得很累，不是热。”

这男人要是敢说让她御剑，她就当场拿樱喜抽他。

越良泽不动声色地说：“过来休息一会儿再走？”

铃萝面无表情地说：“你别跟着我了，再跟过来我就杀了你。”

瞧她气鼓鼓地转身快步离去，越良泽眼里掠过一丝笑意。

他跟了上去，铃萝回头就是一道剑意，被越良泽挡开，他伸出手说：“过来，我背你回去。”

“晚了！”铃萝哼道。

越良泽的手自阴影中伸出，暴露在日光之下，骨节分明。

铃萝说：“你过来。”

凭什么她过去？

于是他整个人都从阴影中来到阳光下，弯腰背着铃萝往太初的方向走去。

今日的官道也很安静，没有马车来往。

这熟悉的肩背和气息……铃萝微不可察地轻轻吸气。

“你知道我师兄身边的女人是谁吗？”铃萝问道。

越良泽垂眸，收敛眼中的深意：“知道。”

铃萝惊讶了：“知道？你竟然知道！不该是只有我知道吗！”

“那你说是谁？”铃萝问道。

“北庭月宫的宫主。”越良泽说，“我刚来太初时与师哥一起去拜见过。”

北庭月宫的宫主不一定是姜家人，但宫主夫人必须是姜家人。

姜妙于三年前嫁给宫主，第二年夫君就不幸病逝，姜妙暂代宫主之位。按照规矩，谁若娶了她，谁就是北庭月宫的下一任宫主，她却把亡夫的私生子慕须京接了回来。

更别提这私生子就比她小两三岁。

“她刚才为何跟你道谢？”铃萝问。

越良泽没有隐瞒，如实答道：“为我没当着你的面指出她的身份。”

铃萝撇了撇嘴，有些无奈地笑了一下。这“天上月”只跟她喜欢且愿意亲近的人开口说话，别人就只有看手语的份。

铃萝又小声问道：“你猜北庭月宫的宫主跟我师兄在一起干什么？”

越良泽问：“你很在意吗？”

铃萝纳闷地反问道：“你不好奇吗？”

越良泽：“不好奇。”

那你真是无趣。铃萝心中想着。

若是旁人，铃萝不会跟他们谈“天上月”与楚异的事。可越良泽不一样。很多事情她就是能不自觉地跟越良泽说起，没有负担，也想要倾诉。

铃萝对此的解释是：反正以前也说过，他也不会出去乱说。与其自己一个人憋着秘密，不如拉上他一起分享。

见铃萝沉默不语，越良泽以为自己态度不好，迟疑片刻，还是问道：“你觉得他们在一起干什么？”

铃萝听了这话就很开心，这个人嘴上说不好奇，心里还是想知道的吧！

“姜家人天生极品灵骨，灵骨你知道吧？双修最佳选择。”铃萝一本正经地说着，“灵力很强，非常强，但姜家人做不了宫主，至多只能当宫主夫人，无法掌管整个北庭月宫，说好听点儿是居于幕后，历代经历看下来就是个双修工具。”

越良泽后悔发问了：“这些话你在我这里说就算了，别让第二个人知道。”不然她就只有等着被月宫的人追杀到天涯海角，连云守息都保不了。

铃萝哼道：“别人我还不屑说呢！”

越良泽怔了怔，眼神不自觉地柔和了几分。

“姜家人虽然厉害，但不被准许修炼，连最简单的咒律都不让学。月宫有一种秘药，能让人把所有修炼相关的修为全部忘掉，她每月都得喝一次。直到死。”

铃萝将声音放轻：“她现在跟我师兄在一起，是想让师兄教她修炼。”

“大家都知道，我师兄咒律一术最厉害。”月宫是不会有人愿意教姜妙修炼法术的。剑道又不适合她偷偷摸摸地学，只有咒律最为合适。那日姜妙在樱林偷练咒律阵法，不巧被楚异发现，这才有了接下来的事。



越良泽听完，低声回：“不是件好事。”

若是这件事被发现，那被月宫追杀到天涯海角的人就变成楚异了。这情况云守息是真的保不住。

“我师兄最不喜欢管别人的家事。”铃萝笑道，“但他好像答应了宫主，我们看热闹就好了。”

这话让越良泽低垂眉眼。看热闹就好，这态度似乎不是他想的那样。

“若是被月宫的人发现这事，他会很危险。”越良泽说。

铃萝不甚在意：“他不后悔就行，再说到时候会有宫主保他。”

北庭月宫姜家，身负极品灵骨，千年来月宫压制着姜家的人不让他们修行，可若是这极品灵骨学会了咒律——

铃萝蛮喜欢“天上月”的。对方乖巧不言比手语时像妹妹玉芝，两个人身上还有着某些相似的点，她们都在最糟糕的境遇里始终没有放弃自己，努力为自己而活。

越良泽背着铃萝，一直走到了太初山门。

在山门下时铃萝说道：“到这里就行，要是进了山门被别人看见该胡说八道了。”

越良泽便放她下来。

“你在查禁药一事，要不要我帮忙？”铃萝笑眯眯地看着他，“有我帮忙说不定今晚就能解决此事。”

“你专心比武。”越良泽摇头，“这事我跟师哥会查。”

你这可是拒绝了一个大好机会！铃萝听了此话后，毫不犹豫地转身朝太初山门走去。

宋圆圆听说徐慎受伤一事，比完武就离开太初去西海城见人了。

常霏跟他们发传信解释了之前的情况。他找到方灿时，方灿正带着另一个人跟蒙面的药贩子交易，买药的人中途犹豫反悔不买了，跟方灿起了冲突，常霏又到了。

方灿气急败坏地吼道：“你竟然喊了别人来！”

对方还没来得及解释，就被蒙面者一剑穿心。

常霏说：“方灿一开始也是经别人介绍买的药，后来缺钱，就帮着一起卖。”末了还批评道，“这要命的买卖他也敢做，真是疯了！”

徐慎察觉到方灿不对劲，跟踪之下发现禁药一事，那天跟方灿交易的是另一个药贩子。

“臭小子，这么大的事也不知道跟我们商量再动手！”宋圆圆在玉听里骂骂咧咧，“要不是小阿爹到得及时，他就没了！”

不怪徐慎，那会儿他因为玉听的提醒差点儿暴露，这才关掉玉听。他只打算跟到对方的据点记住在哪里就回去，却不想还是被发现了。

铃萝回了西院，靠在窗前把玩着玉听。她还在想突然出现的死雾门。二十六魔，是对堕落入魔的修者的称呼。二十六魔跟普通魔的区别，便在于会开启瞬间传送的死雾门。

铃萝知道太初里藏着一只魔，也知道是二十六魔之一，却没想到这魔会开死雾门去救蒙面者。曾经她来西海太初就只是比武，并未参与其他事，都是真相大白后听说的。铃萝吹了声口哨，一只黑谷鸟飞来落在窗前打量着她。她掐诀用了共生灵，黑谷鸟展翅朝太初内庭飞去。

太初大掌教的儿子齐祥喜得一女，百日宴将近，各仙门都要来人赴宴送礼。齐祥的妻子是北庭月宫前宫主最小的妹妹，名叫秦月。北庭月宫的人因此提前到达太初。黑谷鸟飞到内庭秦月的住处，发现姜妙也在，便停下暂时观望。秦月抱着孩子坐在院中阴凉处，身后花枝招摇，同坐在一旁的还有姜妙与慕须京。这可真是诡异又莫名刺激的组合。

铃萝借黑谷鸟的双眼饶有趣味地看着。

秦月一直在同慕须京说话，对旁边的姜妙爱理不理，余光都没给一下。

慕须京神色沉郁，并未答话。

秦月说：“若是哥哥还在，定不会让你受这些苦。”她说着眼里浮现泪花，拿着手帕擦了擦。

慕须京仍旧不答。

秦月这才不满地看向姜妙说：“你在这里，他都不敢同我搭话！”

姜妙起身离开，姿态从容不迫，临行前还不忘垂首致礼。可她一走，慕须京也起身跟着。

秦月喊道：“须京，让她走！”

慕须京脚步不停。

姜妙回头，朝慕须京比着手语。

慕须京：“看不懂。”

姜妙抿唇，低声说道：“回去。”

声音清脆干净，有如天籁。

慕须京抬了一下眼皮看着她：“我不需要听你的命令。”

姜妙便不再说什么，转身离开。

慕须京跟在她身后。

倒是秦月气得不行，引来侍女们劝慰。

黑谷鸟也跟着北庭月宫的两个人离去。

铃萝从以前开始就觉得慕须京是个怪胎。他天生坏人脸，过于苍白的皮肤显得他还有一丝稚嫩感，可整日阴郁无表情的态度让人不敢靠近，不敢搭话，也猜不透他究竟在想什么。从乡野间被接回富丽堂皇的北庭月宫，在旁人眼中他是从草窝里飞出的凤凰，也是进了凤凰窝的野鸡。不管是凤凰还是野鸡，他都跟后娘相处得不是很好。两个人年纪相仿，一同出行在外，不知情的人绝对想不到二人的关系。

姜妙回了自己的住处，门口等候一时的男人眉头微蹙，在姜妙目不斜视地进屋后，跟慕须京说："你在外看着。"

慕须京便停在外边。黑谷鸟的振翅声落入他的耳里，他抬头看了一眼，剑光从他的指尖飞出，将黑谷鸟从天上射杀落地。

铃萝："这怪胎！"戒备心竟然这么重，他竟连只鸟都不让进！什么谈话要这么死守严防？

铃萝捏了捏眉心，缓了缓被突然射杀的头晕感。她不信邪地又招来一只黑谷鸟。黑谷鸟在内庭里看了一圈，找到了詹容，他正跟在风堂主身后，二人朝着弟子舍堂的方向走去。

风堂主的脸色很是难看。

詹容说："这已经是第六起了。"

风堂主沉声问："还是乾转丹？"

詹容点头，又说道："大掌教已经封锁消息，可这些因为乾转丹被魔气吞噬死去的弟子，都参加了今年的金鸾池宴大会。"

"出息！"风堂主怒道，"一个个平日里不好好修炼，竟然想要靠旁门左道来赢！"

"堂主息怒，比起教内的，西海城内还有十六名其他仙门的弟子因禁药而死。"詹容说，"数量或许还在增加。"

他们这可得给其他仙门一个交代。

风堂主说："禁药来源还在彻查，那些人本心不坚，为了欲望妥协吃了禁药也不是我们能管的，先把名字都记下来，到时候交给各仙门处理。"

詹容点头称是，皱着的眉头却未舒展："堂主，还有一事……"

"说。"

"昨夜探查魔息的樱铃又响了。"詹容说，"二掌教言，它就在内庭，而今日有人说斋堂的井口有臭味，我去看后发现有魔残留的痕迹。"

"井口？"风堂主猛地转身朝他看去，"这该死的东西想干什么！"

詹容垂首说道："已经派了药斋的人查探清理，并时时守着。"

风堂主满面怒容，对这魔很是厌恶。仙门弟子接连死去的消息根本瞒不住，随着今日突发多起死亡事件，西海城内谣言四起。

铃萝因为楚异回来，这才断了共生灵。

楚异进院说："徐慎没什么大碍，禁药一事有太初跟圣剑宗的人在查，我们就别管了。"

铃萝微微颔首捏着鼻梁，闻言侧首看过去说："你不帮詹容？我看他为这事一直愁眉苦脸的。"

"詹容又没找我帮忙，他对太初维护得很，这种丑事可不想让我知道。"楚异说着，进屋的动作一顿，往后撤了两步，看着窗前的铃萝眯起眼说道，"我回来的时候，听外边各家仙门弟子都在讨论一事。”

“什么？”铃萝好奇地问道。

楚异回道：“不知哪个疯子传的谣言，说昨夜镇仙玉有异动，剑势横扫内庭，是在响应它的主人，这届比武大会定有人能成功拔剑。”

铃萝缓缓举手：“这可不是我传的。”

“你虽然狂妄但还有脑子，可惜更多没脑子的人都信了此谣言，正为谁能成功拔剑而讨论得热火朝天。”楚异嘲讽道。

“呼声最高的是谁？”铃萝问。

“反正不是琮秀，大家都知道他拔过很多次。”楚异说完目光点了她一下，“也不是你。”

铃萝睁大了眼：“为什么！”

虽然她真的拔不出，但也不甘心连猜测都排不上名字！

楚异：“因为镇仙玉太重，你看起来太瘦，拿不动。”

铃萝冷笑道：“这帮歧视女孩子的人都该去死。”

“所以只剩下风天耀和慕须京。”楚异继续说道。

铃萝恹恹地说道：“没眼光。”

楚异问：“镇仙玉这事你还知道什么？”

铃萝：“没了。”

楚异顿了顿，狐疑地问道：“他真拔出镇仙玉了？”

“不说镇仙玉了，师兄，我们说说北庭月宫的宫主吧。”铃萝坐下，趴在窗前看着他，“今日我瞧见她与慕须京走在一起，两个人之间的气氛可不太好。”

楚异挑眉，没兴趣地说道：“别人的家事关我什么事？”

铃萝听笑了。

楚异进屋时说：“倒是比武最后那日师父会到太初，你若是想要长袖，最好现在就跟于休说。”

“不要。”

楚异进屋拿了钱袋子出来：“那要不要出去吃肉？”

“要！”

这师兄妹二人当真什么也不管，去西海城胡吃海喝，逍遥自在。

铃萝坐在酒楼窗边，低头看着下方灯火通明又热闹的街市。她咬着筷子时，瞧见人群中与宋圆圆一起在外巡查的越良泽笑弯了眼。

铃萝给宋圆圆发传信：大师兄请吃肉，安方酒楼，速来。

宋圆圆听见玉听响了，拿出一看，顿时双眼放光，立马寻找安方酒楼的位置，抬首没一会儿就看见朝他招手的铃萝。

“小阿爹！你先自己查着，我稍后就来帮你！”

宋圆圆毫不犹豫地奔向了酒楼。

越良泽觉得这便宜儿子果然不要也罢。

他在热闹的街市人群中朝楼上的铃萝看去，眉目疏朗。

除了楚异，另外两个人都没有要叫越良泽一起吃的意思。

铃萝跟宋圆圆深知把人叫来了他也只是在旁边坐着不会吃。

铃萝一直好奇越良泽这怪癖怎么来的。曾经她拿刀架在越良泽的脖子上让他吃买来的烤包子。那些日子她魔性正浓，常常失控，周身充满杀戮之气，越良泽又总是拦着她，偶尔气疯了，她就拿他撒气。

“把自己端得高高在上，好像其他人都是污泥似的不肯触碰半点儿，你凭什么？”铃萝在南江城楼阁将装食的碟子摔在桌上，拿起烤包子说，“今日你不吃也得吃！”

两个人打起来，越良泽一开始是游刃有余的，可铃萝魔性爆发，越良泽若是不停手如她所愿，这对战将波及他人。

铃萝手中长剑雪白，细长漂亮，任何人第一眼注意到的都不是它的剑势，而是会惊叹它太过漂亮，从剑柄到剑尖，其中剑刃的光泽与弧度都是让人惊艳的存在。

那是世间最美的神武剑，不分正邪，只会用尽全力地去实现主人的要求与欲望。

铃萝力量失控，她手中的剑的破坏力就会变强。越良泽知晓再打下去对谁都不好，只好妥协，被铃萝一剑击退倒地，冰冷的长剑横在他的脖子上，割出血痕。

铃萝将烤包子递到他的唇边，冷冷地问道：“吃不吃？”

越良泽咬牙，目光黑沉如浓夜，似非常艰难地咬下一口烤包子。

铃萝：“你到底在看不起什么？不是你做的东西又怎么样？难道别人做的东西就比你低贱了？”

她要越良泽吃完。越良泽每吃一口，她眼里的嘲讽之色就多一分。

直到他吃完一个掌心大小的烤包子后，铃萝才放开他，嘲讽的话刚开了个头，就见越良泽似再也忍不住，别过身去，无法克制地全吐了出来。他吃不了，厌恶着也恐惧着。这一瞬间，月色也藏进了乌云中。越良泽直起腰，抬手擦拭嘴角，即使月光被藏起来了，铃萝也能察觉他苍白的脸与震颤的瞳孔。

他此时狼狈不堪。

铃萝注意到他握剑的手甚至在发抖。那双眼低垂着，不敢看她。

铃萝却看出向来沉静漂亮的眼眸也在发抖，竟出现了恐惧之意。

铃萝无法理解，却瞬间冷静下来。

铃萝久违地尝到了后悔的滋味。入魔不悔，杀人不悔，偏偏逼越良泽吃东西这事让她悔了。在越良泽转身欲离开时，铃萝狠狠地说：“你若是现在走了，就再也别想出现在我眼前！”

越良泽顿住，沉默着没再动。

铃萝看着他的背影，瞬间有些无措彷徨，像是知道做错了事却不知该怎么善后。

两个人在庭院中站了许久，最后还是越良泽先开口，哑着嗓音说："夜深雾重，你该去睡了。"

铃萝皱着眉头，握剑的手紧了又松，反反复复。

"你——"她刚开了个头，就见越良泽转过身来。

他已平复情绪，即使脸色依旧苍白，眼神却一片沉静。

"铃萝……算了，"越良泽似不可闻地轻叹一声，"去休息吧。"

铃萝没动。越良泽先走了，回的是铃萝的楼阁，并未离去。

铃萝在心里骂自己废物，都入魔了，为什么还要有悔意?

可她第二日去扫荡了街市上的大部分食材回来囤着，跟越良泽说："你想做什么做什么。"

那次的事之后，铃萝再没失控过。

# 第二十六章

# 双剑之战

铃萝单手支着下巴，看越良泽在人群中越走越远，久久没有收回目光。

楚异就看不惯，嫌弃地说道：“瞧你在那里看半天，干脆把人叫上来一起吃，让他付钱。”

宋圆圆摇着头说道：“我小阿爹只吃自己做的东西。”

楚异更看不惯了：“这么挑嘴，看不起谁？”

这话戳了铃萝一刀，让她想起不好的回忆，她转头狠狠地瞪了一眼楚异：“只吃自己做的食物怎么就看不起别人了？人家爱怎么吃就怎么吃！”

楚异挑眉：“我说他挑嘴你发什么脾气？”

铃萝：“我没有发脾气！”

楚异：“你再凶？”

铃萝气呼呼地咬着筷子。

宋圆圆给两个人夹肉打圆场。

最后宋圆圆打包了部分肉回去给常霏与徐慎吃，铃萝也去看了受伤的徐慎，夜深才跟楚异回太初。

翌日，前来观看比武的人越来越多，比武选手却越来越少。

接下来的每一场比武都精彩刺激，不会出现瞬秒的情况，各方实力皆属上乘，刀剑相拼，看得人热血沸腾。

铃萝一大早就坐在看台上看热闹。

今日的比武规矩是需一方连胜三场，但因为彼此实力相当，一直出现赢一场输一场的局面，暂时还没有过连赢的人，直到风天耀上场。

“他这把若是再赢下去，就该我上场了。”宋圆圆摸着自己的令牌说，“好像打不过。”

铃萝说："自信点儿，把'好像'去掉。"

"今早碰见小阿爹他也这么说。"宋圆圆翻了个白眼，握拳挥打空气，"好歹我也打进了前三十名，无憾了！"

铃萝颔首道："去吧，这魁首我替你拿了！"

宋圆圆起身道："冲啊！"

旁边的楚异："……"

后排的楚异的好友子修正捂着肚子狂笑："你这师弟、师妹教得不错嘛！"

风天耀的最后一位对手是宋圆圆。

他今日不再追求刺激用木剑，而是拿出了自己的神武，朔方。

朔方剑阔，是适合男人的剑，在剑刃内里一圈有金色的凹槽，凹槽十分细致难辨。

传闻朔方剑鸣犹如虎啸，虎啸震山林百兽，朔方则可号令百剑。

风天耀小小年纪就得如此神剑，可见风掌门对这小儿子有多宠爱。

常霏照顾受伤的徐慎没来，铃萝靠着椅背，拿玉听传信给两个人转述现场情况。

宋圆圆虽然胖了些，但天赋不差，平日修行也用心，更别提他的师父是范堂主，每日严格按照规矩盯着他修炼。

范堂主对他上心，也督促了宋圆圆的进步。

宋圆圆认真做一个剑修，追求大道飞升，与风天耀比武也很认真。

这样的对手，这样用尽全力的一场比武本身也很难得。

"有两下子嘛！"台上的风天耀挑眉笑道，"看你长得圆胖，还以为你是个跑几步就该喘的角色，更别提费灵力对剑了。"

宋圆圆狐疑地问道："你这是歧视胖子？"

风天耀手中长剑一挽，剑尖画出一个圆形的禁制，本人还有些纳闷："什么歧视？胖子不都这样的吗？"

宋圆圆以剑抵挡禁制中飞出的剑刃，没好气地说道："这就是歧视！"

两边打得有来有回，看似势均力敌，但内行人都知道宋圆圆被压制了，他一招一式逐渐吃力，风天耀却越战越猛。

"神武朔方果真名不虚传啊。"后排的子修撑着椅子感叹道，"即使没有发出剑啸也在影响对手的武器，让其越战越怕。"

宋圆圆的剑名春绣，虽比不上神武，却也是上品武器，与他本人十分契合。

但朔方天生就有压制其他剑的威慑力。



"剑与剑之间的比试。"楚异一语双关。

武器与武器。

人与人。

铃萝懒懒地说："现在知道我用木剑是多么聪明了吧？"

子修摸了摸鼻子，楚异不客气地嘲讽道：“你的木剑，朔方还用什么剑啸压制，直接斩断就是。”

铃萝冷哼一声，不理他了。

宋圆圆到了后期就是被风天耀追着打，气喘吁吁也逃不过从各处急速飞来的剑刃，最终被一剑击飞落下台去。

风天耀站在台上，骄傲地接受完各方欢呼，转身指着宋圆圆说：“喂，减肥啊！下次就能跑快点儿。”

宋圆圆翻了个白眼。

铃萝低头给常霏发比武结果。

子修摇着头说：“这大少爷还真是，半点儿不懂说话的艺术。”

楚异：“就是四肢发达头脑简单，情商低下。”

铃萝懒懒地说道：“你们都不觉得那是真心在嘲讽吗？”

“雪河风家的少爷极其爱面子，喜欢被人夸，惹了他说几句漂亮话恭维着多半就没事。他本人看起来没什么坏心思，说话是真的直。”子修摸着下巴说着，近日他常跟住在太初的仙门弟子们喝酒、聊天、赏樱，把他们的脾气摸了个透。

楚异评价：“像不像狗？冲你‘嗷嗷’叫时你能感觉到是什么意思，但永远听不懂它真正的意思。”

子修伸手捂他的嘴巴，挤眉弄眼着：“喂！那好歹是掌门之子，你这么说不太好吧！”

铃萝夸道：“大师兄看得真准。”

楚异挑眉。

子修对这师兄妹俩感到头痛。

铃萝下场比武时，依旧拿着一把木剑。

前些天的比武已经让众人看出她的实力深不可测，再没人会因为一把木剑而小瞧她，大家反而暗暗激动着想看看这把木剑最终能走多远。

若是她仅靠一把木剑赢了朔方和静夜，简直不敢想象。

如今只要是铃萝的比武，看台上几乎是座无虚席。

外边听说铃萝上场的人都会跑着赶来观看。

“师妹的人气可真高啊。”子修看着陆陆续续进场的其他人说，“我们要不要趁机给师妹喊喊口号加加油，带动一下气氛，像雪河的人一样？”

楚异嫌弃道：“要喊你喊，喊了别说认识我。”

他死也不要做这种丢脸的事！

子修见他如此抗拒，只好耸肩作罢。

回太初的越良泽见路上不少人急匆匆地朝比武场的方向赶去，途中还听见铃萝的名字，不免抬首看了一眼。

这一眼他看见的不仅有比武台，还有前路迎面走来的男人。

男人一袭玄色轻装，腰间别着一把普通佩剑，微垂着头，暴露在衣外的所有肌肤都异常苍白，在阳光之下接近透明。

他走来时越良泽刚好挡了路，于是他抬了抬眼皮。

这个人浑身沉郁气息，很符合无生的喜好。

无生微微颤抖着，多出的一圈断意轻轻晃动，它发出想要将这人斩于刀下感受他的血肉的信号。

越良泽按住别在腰间的无生，颤抖瞬间停止，他侧身让路。

慕须京垂眸看了一眼无生，两个人擦肩而过。

后边有人碎碎念，越良泽耳力好，无法避免地全都听了。

“北庭月宫的私生子……整天阴着一张脸，好像谁欠他钱似的……”

“在月宫人缘也不好，没人敢跟他说话，你看他傲慢的样子。”

“好像与宫主关系也不好……”

“修炼还不如谭师兄，也不知道这次怎么让他来参加的。”

“你懂什么？他姑姑可是太初的少夫人啊！”

越良泽敛下心神，进了比武场。

宋圆圆眼尖，一下就看见了他，便朝他招手。

看台上基本都坐满了人，他进来找位子都费劲。

越良泽在宋圆圆身旁坐下，有些惊讶：“这么多人？”

“铃萝受欢迎啊。”宋圆圆嘿嘿笑着，“大家都想看她那一把木剑怎么吊打其他人手中的神武！”

铃萝一直表现得游刃有余，从容不迫，始终占据上风，连赢三场。

此时大会比武只剩下四个人：东岛天极的铃萝、南山雪河的风天耀、西海太初的琮秀、北庭月宫的慕须京。

裁判当场抽签，今日对决出胜者两个人，明日便是夺魁之战。

抽签结果：铃萝对战慕须京，风天耀对战琮秀。

这让铃萝有点儿惊讶。

曾经她抽签的对手是琮秀，风天耀是跟慕须京打。

重来一次怎么抽签结果都变了？



她有些纳闷地看了一眼裁判的方向。

“这个有点儿看头。”子修激动地扒拉着楚异的胳膊，“木剑对战普通佩剑，绝了！”

楚异面不改色地看着。

慕须京跟另外两个人不同，这一路打来，手中剑并非神武，也不是什么了不起的上品武器，而是一柄普通佩剑。

楚异觉得这人对比武并不是很感兴趣，态度略显敷衍。比武很快开始，本就还剩零星座位的看台变得爆满。

“说起来北庭月宫的事你知道吗？”子修神神秘秘地问道，“跟这私生子相关的。”

楚异：“没兴趣。”

如果说楚异是不喜欢管别人的家事，铃萝就是懒得管情爱之事。所以当年楚异说值得后，铃萝就不管其中纠葛如何，只在楚异需要帮忙时动动手。

宋圆圆看着台上的铃萝与慕须京，兴奋地问越良泽：“小阿爹，这把你怎么看？”

越良泽说：“木剑赢。”

“你对铃萝是真有信心啊！我看着都悬，慕须京可不像之前那几个人，若是铃萝赢了，接下来就要对战风天耀或者琮秀，对那二人，那把木剑是真不好对付。”宋圆圆噼里啪啦地说着，台上二人却已开打。

开场十分快速，两个人上台仅对视一眼，没有多余寒暄，同时拔剑开战。

宋圆圆看着台上激荡的剑势都惊了，这打得毫无预兆，也太凶了吧！

铃萝看了一眼慕须京手中的剑，想起前几日她去剑庐买木剑时遇见他，当时不知何意，现在看来，他这剑也是去剑庐买的。

北庭月宫总不会吝啬于给他一把像样的武器吧？铃萝以前对慕须京并没有关注太多，也未曾同他打上一架，如今对战，能感觉到他剑势猛烈，一招一式都带着狠劲，给人逼迫感，像是被困在笼子里疯狂挣扎撕咬的野兽。

凌厉的剑风扫过，铃萝偏头躲开，轻挑了一下眉。

两剑相撞，迸发的剑气竟擦出些许火花。

铃萝却笑道：“你倒是用点儿月宫的剑法，还是说你一招都没学会？”

慕须京蹙着眉，仍旧是一副阴郁漠然之色。

“看不起。”他说。

铃萝：“你是看不起月宫剑术还是看不起我？”

慕须京扫了她一眼：“剑术。”

“巧了。”铃萝竖劈一道剑势斩去，剑刃未至，剑风已将冲过来的慕须京拦退，“我也看不起。”

“漂亮！漂亮！”子修激动地抓着楚异的胳膊摇晃，“这一剑漂亮！”

楚异被他晃得满头黑线。

看客们都在激动地解说着。

宋圆圆摸着脑袋问越良泽：“怎么感觉哪里不对啊？”

“他没用月宫的剑术。”越良泽耐心解释，“他灵力颇深，剑道一术却不是出自月宫，也不是十二仙门的。”

宋圆圆心里咯噔了一下："总不会是他自创的吧！"

那这是什么怪物天才？

"不是。"越良泽看破了却没说。

无生又在震颤，断意随之晃动。

如果说之前它想斩的人是慕须京，现在感受着台上的剑势碰撞，想斩的人变成了铃萝。

断意拼命拦着：你清醒点儿！你斩她，主人就要斩你了！

无生：可恶！

铃萝与慕须京一战备受关注，风天耀与琮秀在隔壁比武台，两边都打得火热，获胜的人就要迎接明日的夺魁之战。

魁首不仅能站在镇仙玉前拔剑，还能收到十二仙门的魁首礼，成为这一届十二仙门弟子中的第一人，名扬天下。

可每个人来参加比武的原因都有所不同。

铃萝感受着慕须京越发凶猛的剑势，像是遭到阻拦受了伤依旧不停歇地冲上前撕咬着猎物，让人压抑感十足。

若是她心神不稳，就会被这压迫感极强的剑势影响，容易乱了招式，生出许多不必要的想法。

这样的剑术——带着点儿邪气。

铃萝半眯着眼，剑风吹得她长发扬起，衣袖翻飞，露出一截雪白的手臂。

"我知道你为什么只拿把普通佩剑来比武了。"

她轻声说这话的时候，慕须京双手握剑，自上而下地朝她斩来。铃萝不躲不避，以被灵力覆盖的木剑硬接这一剑。

慕须京苍白的脸就在她的眼前，隔着两把剑的距离，那双阴郁的浅褐色眼眸正看着她。

这是他第二次与铃萝对视。

铃萝笑弯着眼，眼里略有几分深意，以只有两个人才能听见的声音说了一句话。

同时，她扭转剑柄，破了慕须京的剑势，飞斩出的剑刃刮过他的脸颊，斩断几缕黑发，也在他的脸上划了一刀。

剑刃飞斩出老远，直逼看台，被早有准备的裁判抬手画了结界挡住，避免伤及他人。



慕须京退后三步，脸上伤口渗血，鲜血滑至下颌，滴落到胸膛衣襟上。

他手中的剑断了。

"赢了吧？这是赢了吧？把剑都斩断了就是赢了吧！"子修激动地摇着楚异。

楚异伸手推他，没好气地说道："滚！人没下台不算输！"

慕须京把手中的断剑扔了，抬首冷冷地朝铃萝看去。

铃萝也扔了手中的剑，漫不经心地说道：“剑断了，不如我们比一比咒律？”

裁判对眼前的情况无奈地挠了挠头。

虽然规则没有禁止用咒律，但毕竟这是剑术为主的比武啊！

这两个人都扔了剑是啥意思？

慕须京转身下台，跟裁判说道：“我认输。”

语气无甚波动，他也不理会在场其他北庭月宫的人谴责或鄙夷的目光，径直离去。

裁判高声道：“东岛天极，铃萝胜！”

没过一会儿，隔壁也传来消息：“南山雪河，风天耀胜！”

子修开心疯了：“赢了！哈哈哈哈——师妹赢了！哈哈哈——”

楚异：“是我师妹不是你师妹，你这么开心干什么？”

“你不懂，我可是押了铃萝夺魁首！”子修说，“我这个人就是喜欢剑走偏锋！”

楚异上下打量了他一番：“输了你可别哭着来找我。”

“我对铃萝有信心！要不然咱们今晚先去把风天耀打一顿？”子修兴奋地搓着手说道，“你下个阵法，我下个咒律，或者干脆下药卸他个七八成的修为，再不行咱们去把他的朔方偷了扔东海里喂鱼！”

楚异起身冷笑道：“我看是我先把你扔去东海里喂鱼，喂鲨鱼。”

铃萝捡起刚才被自己丢掉的木剑，听见风天耀的名字时才松了一口气。

还好他的名次没变，不然她这一趟真是白来了。

重来一次后面对以前的经历和人，她心态大变，但总有些事，再重复千百遍，她依然乐此不疲，其中就包括在金鸾池宴夺魁首一战中狠挫风天耀的自信与傲气。当年她能做到，如今修为比那时更厉害，依然能做到。光是想想她都开心。

铃萝弯着嘴角，慢慢走下台。

场内有很多人，楚异下了看台带她离开，防止某些不识趣的人凑上来。

一行人出去的时候刚巧撞上过来看比武的南山雪河的人，风天耀被他们簇拥在中心，探头朝比武场里边看去时失望又不耐烦地说道：“什么啊，慕须京这家伙竟然输了，要我跟个女的打。”

“哎，少爷。”眼尖地瞧见铃萝出来的侍从小声提醒他别再说了。

子修正围着铃萝边走边给她扇风，笑眯眯地问：“咱们铃萝师妹这一场下来肯定累极了，要不去西海城泡个温泉除除疲惫，再吃一顿西海城最好的烤肉，恢复体力备战明日夺魁！师兄我知道哪家温泉最好、最便宜——”

铃萝：“子修师兄，要泡就泡最贵的。”

子修说：“最贵的那我肯定也知道啊！”

“走！”

“好！”

楚异喊着走在前边的两个人说：“悠着点儿，没钱了！”

铃萝挥了挥手：“常霏有！”

这会儿太阳还没下山，温泉馆在半山腰，来往的人很多，正逢花季，道路两旁的樱花缤纷。他们在山道口遇见了圣剑宗的两名弟子。

铃萝还没开口招呼越良泽，就见子修师兄很是开心地朝白藏招手喊道：“嘿！白兄！”

正跟越良泽说话的白藏扭头看过来，也笑了笑，跟过来的子修搂着肩膀一副哥儿俩好的样子说道：“这不是子修嘛，来这里泡温泉哪？”

“我师妹今日比武赢了，带她来消消疲惫，好好备战。”子修说，“你这两天在忙什么呢？想找你喝酒赏花都没空，今天正好碰上，一起呗？”

楚异低声问铃萝：“这小子不知道对方是谁？”

铃萝无所谓地说道：“看样子是不知道。”

“我带师弟入世历练呢。”白藏朝越良泽歪了一下头：“阿泽，来认识一下，这是子修，我最好的酒友。”说这话时他眨了一下眼。

越良泽明白了，是最好的酒友，之一。

楚异却挑了一下眉，师弟？

越良泽朝子修略一垂首。

“白兄的师弟就是我的师弟，以后有什么难处尽管找我！”子修揽着白藏，“今天难得遇上，历练明日再做呗！”

“也行，”白藏摸了摸下巴，“那阿泽你自己忙去，我先跟子修玩，事后找你。”

越良泽：师哥，为什么不带我一起玩？

“那走嘞！”子修一手拉过楚异，“来，来，来，跟你介绍我最好的酒友！白藏白兄！”

楚异眼角轻抽：你上次还说最好的酒友是我！

铃萝落在后边，走过越良泽身旁时笑了一下：“这位师兄，今天就不带你玩了，历练加油噢。”

越良泽的视线落在铃萝身上，干净明亮。

“比武时，你跟慕须京说了什么？”

“嗯？”铃萝侧首看过去，“你看了？”

越良泽点头。



铃萝弯着嘴角，笑容恶劣：“说了点儿只有我跟他才知道的小秘密。”

越良泽双手笼袖，闻言眨了一下眼。

“是什么秘密？”他问。

铃萝：“想知道？”

越良泽点头。

“不告诉你。”铃萝朝他做了个鬼脸，踏着台阶追上前边的楚异。

越良泽看着她，见她跟楚异几个人进了温泉馆才收回视线，转身离开。

温泉池雾气氤氲，花树枝丫从两旁伸出，偶有一两片落入池中。

铃萝一个人趴在池边上，露出白皙的肩背，舒适地合眼静神，今日与慕须京对战的一招一式在她的脑海中回放着。

那带着点儿邪气的剑术她以前见过，只是没想到慕须京也会。

她对月宫的事知道得多不算多，少不算少，除了在岐山救楚异，而后帮楚异拦杀部分月宫的人外并未参与其他。

北庭月宫杀楚异，是云守息出面干涉的。

岐山那日，云守息隔得太远，来不及救人，铃萝这才去的。

岐山也是十二仙门之一，又与云守息有难以化解的仇恨。

就如她与逍遥宗。

云守息的徒弟上岐山求人，遭遇可想而知。

但这个慕须京——

铃萝睁开眼，歪头朝池上的花枝看去。

一只红眼乌鸦停在花枝上低头看着她。

这乌鸦单足站立，另一只爪子抓着一颗白色的丹药。

铃萝：卖药的人都找到她头上来了。

红眼乌鸦展翅飞落在她手边。

铃萝：“你看我需要吗？”

红眼乌鸦点头。

铃萝面无表情地说：“滚。”

红眼乌鸦将乾转丹放下。

“风天耀有神术剑意，有朔方，你有什么？”那乌鸦发出晦涩难辨的声音，听不出男女，“你若是想赢，它可助你一臂之力。”

“没记错的话，我前两天才打伤了一个药贩子。”铃萝单手支着脑袋看着它，“我若是想靠区区乾转丹赢这场比武，何必多管闲事？”

红眼乌鸦扑棱着翅膀飞上花枝，居高临下地看着她。

“你赢不了神术剑意。”

铃萝笑道：“阁下莫非吃过神术剑意的苦？”

红眼乌鸦不答，化作黑雾散去。

铃萝伸手拿过那颗乾转丹，将它化为齑粉。

简直岂有此理。

水天镜逆转时空前对方没来找她卖药，如今她实力更强后反而来找她卖！

这人机会都看不准还做卖药的生意，活该亏本被人追着打！

铃萝想着，没了心思再泡下去，起身穿衣离去。

她最先出温泉馆，站在山道上，意外地瞧见了等在下边的越良泽。

他怀里抱着一盒炒栗子。

铃萝走下台阶，问他："你做的？"

"不是，师哥传信要我买的。"越良泽说完看向她，"你怎么先出来了？"

"饿了。"铃萝朝他伸出手。

越良泽将栗子盒递给她，拿出一颗给她剥壳。

铃萝抽了抽鼻子，闻着糖炒栗子香甜的味。

"我明日对战风天耀，你说我有胜算吗？"铃萝抬眼去看越良泽。

越良泽专心剥壳，闻言答了一声："有。"

"胜算大吗？"

"大。"

"那我能赢咯？"

"能。"

铃萝满意地眯起了眼。

"他的剑可是朔方啊。"铃萝语气幽幽，假意惆怅地说道，"神武剑啸压制，是把剑都怕了。"

无生不服气地"嗡"了一声。

无敌的我和我无敌的剑鞘都不可能怕！明日你不敢上让老子来！直接把它斩得七零八落！

越良泽说："无生不怕它。"

"那是你的无生。"铃萝哼了一声，想起了什么，补充道，"我的剑也不怕。"

无生：木剑都没灵智，它懂什么叫怕？

断意：你跟我玩吧，不要再多嘴了！

剑灵安静了。

越良泽将剥好的栗子给铃萝。

"你知道神术剑意吗？"他问。

铃萝懒洋洋地说："风家传承，世间最强剑术，当然知道。"

"朔方不是问题，神术剑意才是。"越良泽说，"他学会了三成，但跟你打还不够。"

铃萝咬着栗子转头看着他："那你呢？"

越良泽淡淡地说："也不够。"

铃萝忍不住想笑："那他要是完全掌握了神术剑意呢？"

越良泽歪头想了一瞬："他若是完全掌握了神术剑意，我也不可能只在原地踏步。"

说得也是。

铃萝眨巴着眼。

那年在南山雪河，越良泽与风家一战让她记忆深刻。

"你们两个怎么自己在下边偷偷吃栗子？等等我们一起吃啊！"

上边传来子修师兄的声音。

铃萝将栗子盒还给越良泽，越良泽将剥好的栗子给她。

"师哥。"越良泽转而将栗子盒给白藏。

白藏看了看，纳闷地问道："为什么你给我的都是带壳的？"

越良泽双手笼袖，面不改色地答："你没让我买不带壳的。"

"哎呀，这有何难？我剥栗子可有一手了，白兄你看着，一二三——"

"子修好手力！"

"厉害吧！哈哈哈！"

楚异没管他俩，看了一眼玉听，跟铃萝说："师父到了。"

铃萝感受着栗子的香甜粉糯口感，闻言只"哦"了一声。

夜色已至，明月半隐。

云守息站在西海太初山门前，身旁的于休正与二掌教和琮秀说话。

琮秀不动声色地打量着这位东岛天极的三掌门，传闻中境界已到飞升边缘的修者至尊。

云守息的眉目含笑，神色三分温和，一举一动都让人不可忽视。

台阶下传来青年的笑闹声，三五个身影走了上来。

"我觉得吧，那位大少爷还是差了点儿，不然白兄你今晚跟我一起去偷朔方，你跟楚兄负责偷剑，我负责把它扔到东海里，这样就——哟，参息真君！"

子修吊儿郎当的模样立马端正。

白藏顺着他的视线看去。

楚异在山门口就看见人也觉得有点儿惊讶，上前唤道："师父。"

云守息嘴角微弯，道："过来吧。"

他是在黑夜中也如明月般耀眼的存在，高高在上，强大俊美，被奉为修者至尊，各仙门掌门见了他也要敬三分，弟子见了他会俯首行礼。

越良泽落在人群最后，徐徐抬眼朝那位至尊看去。他曾因这人而感到自惭形秽。三掌门俊美、温柔，有着一切美好模样。他与之相比，只有"不配"二字。

时光飞逝，几年过后，他长大了，身高与之不相上下，因此不需要再仰视这个男人，而是与之平起平坐。飞往青石坊的信灵鸟为何一封信也没送到？青石坊是参息真君的地盘，由他掌控。曾经越良泽只在意铃萝没有回信，如今只需要认真想想，便知道那信为何到不了了。

“铃萝。”云守息看着走在楚异身后的人，在对方到身前时伸手摸了摸她的头，温柔笑道，“近日辛苦了。”

白藏伸手揽过越良泽的肩膀，轻声笑道：“东岛天极的参息真君，要不要去认识一下？”

越良泽也轻声回：“不用，参息真君与我应该挺熟。”

# 第二十七章

# 神术剑意

二掌教不会冷落云守息，也不会怠慢圣剑宗。

瞧见白藏与越良泽，他便笑道：“参息真君，那二位是圣剑宗的人。”

圣剑宗？

云守息抬首看去，眉目含笑。

白藏不得不上前招呼道：“参息真君安好。”

云守息笑道：“圣剑宗，久仰。”

他余光轻扫旁边的越良泽，而越良泽面不改色，没有动作。

见自己的师弟完全没有要去跟人认识一下的想法，白藏也随他，因而没有介绍。

“明日夺魁比武，今夜天极和雪河都到人了。”二掌教笑呵呵地说道，领着他们朝山门内走去，“风掌门比你先到一会儿，正在大掌教那边闲谈，参息是否也去会会？”

云守息说道：“不了，明日总会见的。”

“内庭那边已为你安排了住处，这就过去吗？”二掌教又问。

云守息侧首问铃萝：“你们两个住哪儿？”

铃萝说：“西院。”

云守息：“那就去西院吧。”

二掌教无奈地说道：“前些日太过忙碌，十二仙门弟子都被安排在西院，参息你不如叫上他们一起去内庭。”

云守息刚要拒绝，就见铃萝拉了一下他的衣袖，朝他轻轻眨了一下眼：“师父，我想住内庭，那边风景好。”

内庭和西院隔得那么远，她找越良泽还得跑老远，都住内庭多好啊。

云守息宠溺地看了她一眼，说道：“那就去内庭吧。”

楚异凉凉地睨了一眼自家师妹：你去内庭看的是风景吗？

子修眼巴巴地看着这帮去内庭的人：喂！考虑一下你们最好的酒友住西院啊！

分道扬镳时，白藏朝子修挥了挥手，然后转头跟越良泽说："今晚吃什么？"

越良泽瞥了一眼师哥抱着的栗子盒说："栗子烧鸡。"

"那不错啊。"白藏语气愉悦。

二掌教跟云守息说："这次金鸾池宴大会有些古怪的事，涉及十二大仙门，还是请参息先去大掌教那边商议片刻。"

云守息略一沉思，最后点头答应。长辈一走，就剩下小辈们自己玩。琮秀带铃萝三人去内庭住处，无意的安排最为精妙，这住处就在圣剑宗的对面，两边仅一道之隔。天极掌门果真有牌面。

白藏倒是跟楚异招呼道："楚兄住这里？还挺近，常来串门啊。"

楚异："行啊。"

于休跟铃萝狐疑地朝楚异看去。

温泉馆之后，这两个人的关系倒是突飞猛进啊。

琮秀把人领进门后跟于休交流着。

铃萝去院墙边踮脚朝外看，外面是月光下泛着温柔蓝光的弱水湖。

楚异在院内的躺椅上坐下，于休送走琮秀后回来，将给铃萝从天极带来的酸梅盒放在石桌上。

"师父这么早赶来干什么？"楚异捏了颗酸梅扔嘴里吃着，双手枕在脑后靠着躺椅，姿态懒懒散散的。

于休说："当然是来看铃萝参加金鸾池宴大会，当年师兄你参加大会的时候，师父不也提早来了吗？"

铃萝回来在石桌边坐下。

云守息作为师父真的很好。他对自己的每个徒弟都上心，认真教导修行，弟子闯祸他也担着、护着。妖魔横行，维护世间秩序和平安时他也全心付出，偏偏就对她是个病态的偏执狂。

铃萝偶尔想起这事都觉得郁闷。她自认眼光不差，崇拜的云守息是真实让她感受到美好向往的，可惜命运让她发现这份美好之下的恶意，对云守息的感情瞬间复杂起来。

这个男人的爱太疯狂，一定程度上影响了铃萝对情爱的理解和看法，导致她对他人的爱意嫌弃又厌恶。



铃萝摸了摸自己的头发，之前云守息的视线就在她的头上停了片刻，因为铃萝没有梳着他喜爱的发饰，也没有佩戴他给的金簪，更没有穿他喜欢的衣裙。

云守息等会儿回来肯定要跟她唠叨这件事，然后让她改回去。

铃萝抓着自己编的小辫子眯了眯眼，发尾轻扫脸颊，冰冰凉凉的。

“铃萝，明日对战风天耀你有信心吗？”于休问道。

楚异冷笑了一声：“她怎么会没信心？来太初的第一天她就认为自己是魁首了。”

“当然有信心。”铃萝捏着颗酸梅，“风天耀有什么难打的？”

看着她这不屑一顾的态度，于休无奈地摇头，果然还是他熟悉的师妹。

“不要太有压力，你已经很厉害了。”于休说。

铃萝：“可我还想拿第一。”

“有野心也不是坏事。”于休笑道，“只是我明日得去平遥城追查白玲珑的事，不能看你夺魁一战。”

“白玲珑？”楚异挑眉，“他们又来了？”自从那年有堂主死于白玲珑之手后，天极与白玲珑便是不死不休的关系，这几年一直有摩擦。白玲珑从十二人变成十人，惨死两名伙伴，也因此一直在找天极的麻烦。

于休肃容道：“田蓉师姐你记得吗？”

楚异：“谁？”

“天昼宗的师姐，”于休耐心地说道，“二掌门闭关前带的最后一个弟子，田蓉。”

铃萝咬着酸梅看过去，她有印象。

楚异颔首：“想起来了，这师姐入世许久后没了消息，怎么突然提起她？”

“梦川坊传言，田蓉师姐与白玲珑一起行事，伤天极弟子，大掌门下令将其抓回山门。”于休说，“而我跟师父寻礼时遇见了她，她身上有魔的气息，受重伤时被二十六魔的死雾门救走了。”

“死雾门？”楚异坐直了身子。

铃萝面不改色地继续吃着酸梅。

“二十六魔跟白玲珑有关系？”楚异问。

于休摇头说：“正在查，最迟明日一早，大掌门就会下达通缉令，天极在外弟子都将执行命令。”

楚异：“那我去，你在太初看着她。”

于休笑道：“师兄不急于一时，金鸾池宴过后，师父怕是也要让你跟铃萝去的。”

楚异翻着白眼说道：“你懂什么？我可不要再一个人带她出门了。”

于休很是不解他对铃萝的嫌弃。

明明他带铃萝出门时师妹很乖的啊。

如果说铃萝跟楚异在一起是要什么都让师兄去拿、去办，那么跟于休在一块儿就是“师兄你要什么我帮你去拿、去准备”，对比非常鲜明。

难怪于休无法理解楚异的暴躁情绪。

“二掌门呢？还在闭关？”楚异又问。

于休点头说：“这事还是师父去找二掌门说的，但她并无看法，一切交给大掌门处理。”

楚异“啧”了一声：“二掌门的弟子一个个都不让人省心。”

她最得意的徒弟被关在娑婆界里，最后一个徒弟如今又堕魔伤本门之人，完全是走了上一位弟子的路。

铃萝单手支着下颌，无声笑着。

别说二掌门，自家师父还不是一样？

三个人闲聊时，不经意间闻到异样的香味，从对面传来的香时有时无，勾人食欲。

于休朝对面看了一眼：“好手艺。”

铃萝跟楚异却同时起身朝外走去。

“你们干什么去？”于休不解。

楚异说：“去新交的酒友那里串门。”

于休哑然。

“那是圣剑宗——”

铃萝走了一半，又回来把于休拉上一起去：“圣剑宗怎么啦？圣剑宗也吃栗子烧鸡！”

白藏开的门，发现对面的天极三弟子全到了。

“我这受欢迎的程度有点儿让人意外。”白藏摸着下巴说完，就见铃萝往厨房跑去，笑着摇头说道，“阿泽，你可得多做几盘菜了。”

只有于休还规规矩矩地打招呼，楚异介绍完这是他师弟后，白藏便揽过于休的肩膀，笑眯着眼说道：“师弟、师妹都齐了，楚兄好福气啊。”

楚异懒懒地说：“师妹可以给你。”

白藏笑道：“那我师弟该高兴疯了。”

楚异立马漠然道：“当我没说。”

于休茫然地站在两个人之间。

铃萝站在窗边探头往里看。

越良泽说：“还没好。”

铃萝：“那你可得快点儿，要是我师父回来了大家都没的吃了。”

越良泽淡淡地说道：“参息真君怎会如此小气？”

“哦。”铃萝说，“有的人小气起来难以想象。”

庭院里，于休坐着，白藏站着给他倒茶。



于休还是有些拘谨：“这不太妥吧？”

“哪里不妥？”白藏笑着说，“于兄别怕，只一起喝喝酒、吃吃饭而已，哪有那么多不妥的？”

“又没有讨论法术、门规等大逆不道的东西。”楚异说，“普通酒友、饭友算什么私交？”

于休头痛地朝楚异看去，这还不是私交？

白藏笑着朝厨房指去，跟于休说：“于兄，像他们那种才是要被各大仙门批评忌惮的私交，我们这种算不了什么。”

于休扭头看去，就见偷吃的铃萝正抓着越良泽的衣袖擦眼泪。她被辣哭了，边擦边骂。越良泽很无奈，顺手递给她清水，又帮她擦了擦眼泪。

于休觉得跟那两个人比起来，他们这桌连茶杯都没碰一下，可真是清清白白。

铃萝怕云守息回来搅局，于休也怕被师父发现他们与圣剑宗人来往，只有楚异没有压力，吃得慢条斯理，再看看如饿虎吞食的师弟、师妹，楚异很是纳闷。

时间掐得刚刚好，三个人离开圣剑宗的院门时，就撞见了回来的云守息。

云守息站在门前笑道：“玩得开心吗？”

于休跟铃萝默默躲去大师兄身后，楚异说：“师父用过膳了吗？”

云守息说：“本是等着你们三个人再吃的。”

于休听完无比愧疚。

楚异还不觉得哪里不对，便说道：“那师父先歇着，我去——”

他话没说完，白藏就端着一盘香味四溢的烤包子出来了：“参息真君回来了？这盘刚出炉的烤包子给你们，在大掌教那边谈事怕是还没用膳吧？”他将烤包子给了离得最近的铃萝。

铃萝端着烤包子，神色微愣。

烤包子？

一模一样的烤包子。

她瞬间想起曾经失控逼迫越良泽硬吃烤包子的一幕场景，再抬头又见白藏身后的越良泽嘴里叼着一个刚咬下去的烤包子——

一幕幕画面闪过，铃萝急道：“你不准吃！”

其他人都惊讶地朝两个人看去。

越良泽被铃萝这么一吼，吃也不是，不吃也不是，迟疑片刻，还是没有咬下去。

白藏纳闷地问道：“为什么不准吃？那是他自己做的。”

铃萝结结巴巴地解释道：“因为……我……我喜欢吃这个！”

于休跟楚异这会儿难得默契，想把铃萝直接关回院里去。

云守息静静看着她，只眯了眯双眼。

越良泽听了这话后，转身又给她端了一盘。

“给你。”他说，“以后你想吃就不再用寄的，直接当面给你。”

云守息的眼神冷了。

铃萝端着两盘烤包子朝云守息走去。

她心里气得嗷嗷叫。

我才不喜欢吃！

我最讨厌烤包子了！

你最好一辈子都不要吃！

云守息回到院里，问三个徒弟："你们跟圣剑宗关系很好？"

于休摇头："刚认识。"

楚异也说道："今天才说上话。"

还剩一个铃萝未回答，她把烤包子放桌上，云守息的余光一直追随着她。

"前两日因为买卖禁药一事遇上了火魔，幸得圣剑宗出手相救。"铃萝说完又问道，"师父吃吗？"

楚异听完这话不由得感叹自己还是小看了他师妹，她遇上火魔是事实，但两个人关系好可不是因为这事。他虽然想起了越良泽曾是天极的弟子，但并不想说破，因为这不是什么好事。这事传出去别人肯定会嘲笑说天极不要的弟子转眼成了圣剑宗的徒弟，这些言论对天极不利。

"那还真是要感谢他们。"云守息在桌边坐下，漫不经心地说，"圣剑宗在十二大仙门之外，却也凌驾其上，有着监督和审判的权力，各家为了避嫌，都会与圣剑宗的人保持距离。"

"弟子知道。"于休认真垂首。

也就他对云守息言听计从。另外两个人虽然表面一副"弟子明白"的表情，但心里都是叛逆的。

楚异嘴里叼着一个烤包子，心里赞叹好吃时，给铃萝使了一个眼色："师父还饿着呢，去给他做点儿吃的东西。"

铃萝："师父，这烤包子……"

云守息微微笑道："不想吃。"

"那师父想吃什么？"

"你随便做点儿东西就是。"

铃萝起身去了小厨房。没了养尊处优的生活，她也会自己动手做些饭菜。

太初安排得很细致，小厨房里的食材都是新鲜的，部分一天一换。

铃萝捣鼓着手中的食材，沉思着要不要直接下毒让云守息魂归西天算了。可云守息要是现在死了，以后对她有利的那些事就不会发生，她仔细想想觉得有点儿亏，那就让他带着爱而不得的折磨先继续这样活下去吧。

如今是她知晓一切，引导走向的人是她不再是云守息。她得仔细想想怎么做才能让自己更开心些。

铃萝做了两菜一汤，端出去给云守息时，师兄们已经进屋休息去了。

云守息单手撑着下颌，歪头看着她。当年的少女已长高许多，面容也发生了变化，越来越漂亮，记忆中曾经空白的脸填上铃萝的五官，彻彻底底变成了她。

“师父。”铃萝在他对面坐下，将那盘烤包子拿到自己身前放着，“趁热吃吧，师兄们睡了吗？”

“嗯。”云守息轻应了一声，拿起筷子时说，“怎么换了发饰？”

“不好看吗？”铃萝故作不解地问，“这些日子许多人夸我这发饰好看，衣服也好看，哪里都好看。”

云守息看着她说：“以前的更好看，换回去吧。”

“师父喜欢以前的吗？”她问。

云守息低垂着眼“嗯”了一声。

“可梳着那发饰好几年，早就腻了。”铃萝笑盈盈地看着云守息，在他抬首看过来时又说道，“师父要不要也试着喜欢一下我的新发饰？”

云守息微眯着眼，气势一瞬间有些阴冷。换作以前铃萝就乖乖换了，肯定不敢惹他生气。

但现在，来，你生气我看看？

铃萝把玩着自己的发辫轻扫着脸颊，漂亮的桃花眼半眯着，带着点儿蛊惑之意，让云守息心下微沉。

“我没看腻，你怎么会先腻了？”云守息低声说道。

云守息以前之所以那么顺利，全因为铃萝太听话。

师父说怎么样好看她就怎么打扮，完全没有怀疑过什么，就连有人说云守息可能喜欢她，还被她打了一顿，理由是侮辱师父，挑拨他们的师徒关系。

直到后来被云守息用卷神锁困在水笼里，变得不人不鬼，还得整天听云守息在她耳边诉说充满爱意的话，她才醒悟过来，并从一开始的震惊、不敢相信，变为后来的恶心、嫌弃、憎恨。

师父是世上最好的师父，可为什么非要这么对她呢？

铃萝直视着云守息的双眼，放开手中的发辫，乖巧地应道：“那我明日换回去。”

打不过，没法杀，她先忍了。

云守息眼里这才重新有了笑意：“早些休息吧。”

铃萝起身，又问：“师父，这四年里青石坊收到过圣剑宗信灵鸟送来的信件吗？”

云守息面不改色，夹菜的动作都没顿一下：“没有。”

铃萝忍不住在心中感叹，这人真的不要脸。

“那真是奇怪，有个圣剑宗的弟子说他给我寄了十四封信，我却一封都没收到。”铃萝气恼地说道，“他竟然骗我！”

云守息笑问：“谁？”

“那位白藏真君的师弟。”铃萝离开石桌，“他竟以这种谎话来哄骗我，真是一个爱说花言巧语的人。”那木头可与这四个字毫不相干哪。铃萝假装气呼呼地回屋去了。

云守息眼里的笑意消散，只剩下阴郁之色。

铃萝回屋睡下，夜里多梦。

往事在梦中沉浮，她看见自己被困在无边海下，月明珠照亮她的周围，身边光影斑驳，她却游不出这片结界，被水压镇在此处，只能绝望地仰望上方。水中寂静，那个身影却总会按时到来。

她也看见站在山巅的男人提着手中的剑背对着她，剑刃滴血，男人冷冷地说：“你只是一个连剑都握不住的废物。”然后他越走越远。女人的哭泣声伴随着漫天而落的箭雨传来，女孩干净的声音叫着她姐姐，又甜又软。女孩把被打落的木剑捡回来递给她，生气地说：“我姐姐是天下最厉害的剑修！他们才是废物！”也有人跪下感激她：“多谢道君！若非道君开路，我等世代都将困守于此！”

“这龙车可是那位叫铃萝的女道君造的，没它你们早死了！”

“龙车飞云，造此物者乃修界第一人哪！”

“要不是她守城三个月，这地方早被魔军踏平，你们都该尸骨无存！尊她一声真君怎么了？就算叫她一声城主都不为过！”

曾经她荣耀与赞美加身，受世人尊敬、他人崇拜，但这些荣誉也能转瞬即逝。

“畜生！畜生不如！”

“怎能容你诋毁参息真君！你也不看看你都做了些什么！”

“我早说那不可能是她一个女人能做出的龙车！”

“你不要胡说！那妖女跟我们城半点儿关系都没有！”

“女人是弱者，而你是蝼蚁。”

那把剑横在她与世人之间。于是她把持剑的人打倒在地，问：“你可有半点儿悔意？”

没有。于是她的剑斩下。

天空中出现的那只眼睛注视着她，试图阻止她毁掉这个世界。

她指着冥渊说：“你拦不了我。”

世界崩塌。

铃萝梦里最后看见的，是散落的断意、出鞘的无生。



魁首之争，又恰逢百日宴，十二大仙门的人在昨日也陆陆续续到来，今早又到了不少人，西海太初上下都很热闹。

铃萝一早起来换了发饰，头戴金簪，身着淡蓝色的长裙出门。

楚异站在门口回头看向她，只挑了一下眉，没有多问。

“于休天明就走了，师父被二掌教请去，应该是商议禁药的事。”

两个人朝金鸾池宴台的方向走去。

今日夺魁比武，地点从比武台改到了金鸾池宴台。

参宴的十二大仙门的人都已在宴台上落座，侍从弟子们正接连呈上食盘小碟，琴乐悠扬，场面热闹。

风天耀已站在弱水中，提剑颔首，神色桀骜地背对着朝阳。

铃萝下到弱水中时看的却是金鸾池宴台。

此次大会打进前百名的弟子都被邀请了，但部分人因为吃了乾转丹身亡，弟子这边的气氛并不是很好。反观各大掌门贵人的区域，彼此之间倒是其乐融融、言笑晏晏。

楚异去往云守息身旁坐下，说：“铃萝今日怎么还换了衣着和发饰？”

云守息笑问道：“不好看吗？”

楚异点头：“昨日的比今天的漂亮。”

云守息淡笑道：“是吗？我倒觉得她今日的装扮最适合她，也最漂亮。”

楚异不动声色地喝着茶水。

北庭月宫的人坐在他们对面。

姜妙戴着面纱安安静静地坐着，身旁是慕须京。

在他人谈笑时，她低头打量着桌案上的食物，眼里带着点儿好奇和探究之色，伸手欲拿起吃食时，那碟子被慕须京拿走了。

姜妙看他一眼，比了个手势。

慕须京仍旧是那三个字：“看不懂。”

姜妙不言。

他们旁边是南山雪河的人。

南山雪河风掌门风云鸿气势如山，冷峻，给人的压迫感十足，本人也是修真界的一座大山，当今剑术最强者。

不提南山雪河真传，单就是家族传承神术剑意风云鸿就已习得炉火纯青，与妖、魔两界对战更是战功赫赫，是当今剑修们最崇拜、尊敬的人。

他携夫人李氏而来，李氏体弱畏寒，身披狐裘，眉目淡然，朱唇艳艳，仍可见其绝色风姿。

南山雪河掌门娶了一个教坊女子，这件事也曾轰动一时，旁人都说风掌门就是图个新鲜，却不想风云鸿独宠膝下一子，夫妻二人恩爱无比。

李氏看着下方的风天耀，目光柔和：“耀儿可比以前厉害了？”

风云鸿回道：“那是当然。”

“比武虽重要，可也要注意身体才好。”李氏说，“若是受伤了怎么办？”

“男孩子受点儿伤无所谓，”风云鸿瞥了一眼下方的镇仙玉，“只要能赢就行。”

李氏朝铃萝看去，目光带着点儿好奇："这女孩看上去与耀儿年纪相仿。"

风云鸿："大一些，耀儿比她年轻，更有进步空间。"

铃萝略过其他人朝越良泽看去。

越良泽正跟身边的画皮灵大狸猫玩石头剪刀布。

铃萝："幼稚！"

她走入"弱水中"，与风天耀站在镇仙玉前，眼中映着对方桀骜的脸。

风天耀持剑道："看在你是个女孩子的分上，我可让你三招。"

铃萝笑道："上一个说要让我三招的人，剑都断了。"

这两个人都是天不怕地不怕的性子，狂妄有加。

风天耀磨着牙，被铃萝说得有几分恼："本少爷可是好心，你倒是不识趣，还威胁我断剑，真是笑话！我手中的可是神武朔方，到时候看看到底是谁的剑要被断！"

铃萝问："你有师兄吗？"

台上喝酒的楚异有了不祥的预感。

风天耀睥睨着她说道："我当然有，还不止一个，怎么？"

铃萝抬剑指着他，目光清明："那你可要认真了，我师兄说，若是有人输给这木剑，那这人的师兄们都该自裁谢罪。"

风天耀："可以，有趣！你是第一个比本少爷还狂的女人！"

云守息笑着看了一眼楚异，楚异疯狂摇头。

"你在说什么大话！"风天耀手中剑风起，冷笑道，"你这木剑撑不过三招！"

铃萝手中灵力散开，剑风横扫："你就只会靠神武耀武扬威吗？"

风天耀被她说得很是不悦，在裁判划出比武范围的下一瞬就动了，两股霸道又强势的剑意相撞，摩擦出闪烁的火花。

木剑与神武相撞时发出的沉闷声响，却如惊雷落在看客的心中。

朔方迸发一道金色剑光斩去，将覆在木剑上的灵力斩开，在木剑上砍缺了一道口子。

风天耀嘿笑了一声："话说得那么漂亮，可你也不过如此啊！"

他加重手下力道，剑刃再次往前，压着木剑剑尖往下，封了铃萝回撤的路，目标明确，就是要将她手中的木剑斩断。

楚异本以为铃萝会以咒律挡开攻势，却见她依旧在跟风天耀拼剑势，神武朔方气势如虹，直将木剑斩下，木剑断成了两截。

这几日跟铃萝对战的人都有一个目标，那就是斩断她的木剑，但谁也没有成功。

铃萝的剑势太猛，一般人根本近不了身碰到那把木剑，如慕须京那般刀剑相撞，又破不开覆盖在木剑上的灵力，完全拿她没办法。

可朔方斩断了木剑。

一直在吃东西的慕须京听见后边其他人的惊呼声，这才朝台下看去。

斩断木剑的那一瞬间风天耀转剑横切，朝着铃萝的腰腹攻去，想要将她击出比武范围，却没能如意。

铃萝足尖轻点，瞬间与他拉开距离躲过这招。风天耀继续追击，对上没有剑的铃萝越发肆无忌惮。

“你剑都没了，还挣扎什么？”风天耀冷哼道，“本少爷看在你是女人的分上没下狠手，若是下场太过难看，我可怕参息真君骂我。”

这人一如既往地让她讨厌啊。整天将“女人”二字放在嘴边，他就差把“看不起女人”这几个字明明白白地写在脸上了。铃萝跟他玩了几招近战体术，每一次都完美避开朔方的剑势攻击，反倒逼得风天耀束手束脚。

越良泽看得仔细。

白藏端着酒杯轻晃：“跟朔方打，就算是木剑也会被影响，她断剑这招不错。”

越良泽弯了一下嘴角，看出铃萝故意断剑的人不多。

李氏轻声问道：“她不是没剑了吗？”

风云鸿神色冷峻，眼眸中映着下方交战的两人的身影。

没有剑的铃萝却还未出局，风天耀打得很是恼火，蓄力一剑朝铃萝斩去，金色的剑势甚至将弱水也斩开了：“你烦不烦啊！”

铃萝退开时被剑势逼迫着往上跃起，下坠时足尖点在朔方的剑刃上，迎着风天耀愤怒的眼神嘲笑道：“剑这种东西，当我想要的时候它就会存在。”她落回弱水中站立时张开手，木剑已被朔方刚才的攻击斩得七零八落，此时却被灵力带起飞速聚拢在铃萝的手中，成为一把被灵力连接起来的新剑。

台上的琮秀有些惊讶，虽然知道铃萝灵力深厚，从她之前以灵力覆盖木剑对抗各种上品武器就知道，但以灵力驭残剑，对他来说也是有些棘手的。

“你……”风天耀愣怔片刻，很快不屑地说道，“一把废剑！本少爷能斩断第一次，就能再斩断无数次！再说，你以为你能靠灵力让它维持形状多久？”

风天耀扬眉，手中剑势变换，朔方迎着烈日骄阳让人无法直视，同时发出一声低沉的剑啸。

剑啸声透着无上威严气势，引得在场所有人的武器都有了异动。

朔方剑啸，万剑臣服。

也有人的剑在“嗡嗡”响，试图抗拒朔方剑啸。

大掌教按了一下自己的佩剑，笑道：“不愧是神武朔方。”

风云鸿嘴角微弯：“让诸位见笑了。”

两名圣剑宗弟子的剑却无半分异动。

倒是剑灵们自顾自地聊了起来。

天地镜咋呼道：“不要脸啊这么欺负人家小姑娘！你一个神武跟一把木剑动剑啸要脸吗？要脸吗？要脸吗！”

断意：“不要脸！不要脸！不要脸！”

无生：“睡了，懒得理。”

镇仙玉：“都滚！”

朔方：“你们不听就不听，干吗骂我！”

朔方剑啸威猛，铃萝迎着厉风，手中剑势不减，再次与风天耀硬碰硬。

两边的剑招都又猛又凶，且带着不退不止的战意。

“剑啸用过了，你的神术剑意呢？”铃萝问。

风天耀越打眉头皱得越紧。

他发现朔方的剑啸对铃萝的剑半点儿影响都没有。

朔方凶它，木剑也凶朔方。

不应该啊！

那本就是被朔方斩断的剑，按理说应该更加惧怕朔方，完全没法再战的！

“对付你一个女人还需要用神术剑意？”风天耀冷笑，“你也太看得起自己了！”

他刚说完这话，铃萝就以势不可当的剑招完全压制他，瞬移到了他身前。

她太快了！

风天耀心中震惊，刚刚他竟然看不清铃萝的任何招式！

他在这片刻震惊中忘记如何反抗，被铃萝抽了一剑，剧痛让他醒过神来，铃萝的下一剑却斩在他的手上，没有一点儿迟疑，哪怕这剑斩下就会断了他的一只手！

风天耀竟感觉到了一丝害怕。恐惧让他拼命抬剑抵挡，却见那木剑斩下时碎开，部分剑刃穿过他，带着厉风狠击他的腹部，将他击飞。朔方脱手掉落到了弱水中。

风天耀闷哼一声，稳住身形没有倒下，却见朔方掉落在地，顿时感到无比屈辱。

铃萝完全没有尊重神武的意思，将朔方踹过去，说道：“再给你一次机会，风家大少爷。”

风天耀被彻底激怒，呼吸都沉了几分。他张开五指，召唤朔方回到手中，眼神变得认真，面色却因为愤怒稍显扭曲。手中的剑发出尖厉的啸声，宴台上的掌门们为了避免后方弟子的佩剑被朔方影响，此时建起了结界。金色的流光聚拢在风天耀四周，在他上方，有一只若隐若现的龙头，两条龙须垂落在他的身侧轻轻晃动，传来无上威压。



风家神术剑意，学成者一招一式都有神龙之力庇护，亦可使出神龙之力。敌人将会感到龙威注视、长须缠首、爪擒四肢、鳞割血肉、尾碎心脉，其势不可当，其威斩天下万物，因此得世间最强剑术之称。

风天耀仅学会了三成，却已足够让在场没破生死境的人感到如窒息般的威压，就连远在金鸾池宴台上的宋圆圆几个人都不自觉地屏住呼吸，注意力全放在他的剑上。

常霏惆怅道："要不是这结界拦着，我的剑怕是经不住吓，得自己断掉。"

徐慎专注地看着下方的两个人，闻言说道："那正好换一把。"

靠前的楚异不自觉地正襟危坐认真起来。这神术剑意可不是开玩笑的，换了他也不敢说自己一定能赢。

琮秀放在身侧的手紧握成拳，眼里带着点儿不甘心之色。他就是输在风天耀的神术剑意下，世间最强剑术，哪怕只习得一二，也让人感到莫大压力。

若是换了已掌握全部神术剑意的风掌门，琮秀眼皮一跳，让自己静心，不要再多想。

白藏摸着下巴，慢悠悠地说："这三分神术剑意气势拿出来了，但他被愤怒掌控，会乱了招式。"

"乱不乱招式，风天耀都赢不了她。"越良泽的视线落在迎着龙威注视的铃萝身上，她身上有一圈金线缠绕着，是龙须，"她到生死境了。"

"嗯？"白藏意外地朝自家师弟看去。

下方的风天耀却动了，朝铃萝突进，剑招金光闪烁，龙须将铃萝困在原地无法动弹，可她脸上不见惧色，她反而抬起手，似要拦下风天耀。

风天耀冷笑着低吼："你拦得住吗！"

剑光大闪，将两个人淹没，台上的众人都提着一颗心想要看看结果如何，却见一道剑光冲天而起，金色的龙须因此断裂！"嘭"的一声，风天耀被拦腰击退飞了出去！弱水晃荡，竟响起了水声。

李氏捂住了嘴，身边的风云鸿微微蹙眉。

琮秀惊得起身，难以置信地朝铃萝看去。

她竟然……怎么可能！

"这……"大掌教挑眉，"竟然在此时破了生死境，参息，你可真有个好徒弟啊。"

云守息看着台下的铃萝，笑道："我这徒弟总能给我惊喜。"

其他仙门的人都笑呵呵地祝贺。

"什么？什么？什么！"常霏激动得差点儿跳起来，被宋圆圆跟徐慎按住，"铃萝破生死境了！"

"不仅破生死境，她还把人打出比武范围了。"宋圆圆激动地吼道，"她赢了！"

金鸾池宴台上哄闹起来时，铃萝却背对着他们，慢慢走向被击飞在外倒地的风天耀。

她每走一步，脑子里想起的话就多一句。

"那妖女跟我们城半点儿关系都没有！"

"畜生不如！"

"女人是弱者，而你是蝼蚁。"

“你只是一个连剑都握不住的废物。”

风天耀被击飞，朔方剑再次脱手掉在他旁边。他疼是疼，却没有出血，但已经快被气得吐血了。

“你……”他话还没说完，就见铃萝抬剑指来。

“起来。”铃萝轻声说，“连剑都握不住的废物。”

风天耀真是要被气得吐血了。他堂堂南山雪河的大少爷，什么时候被人骂过废物！他爹娘都没舍得骂过他！

“少爷我跟你拼了！”风天耀拿起朔方就朝铃萝斩去。

铃萝求之不得，仰首笑着迎战，一道无比霸道强横的剑意却拦在两个人之间，将二人定住。

金鸾池宴台上的风云鸿指间流转着神术剑意的流光。

风天耀咬牙不甘地喊道：“爹！你放开我！她刚才竟然骂我！我要跟她再打一场！”

云守息屈指轻弹，将束缚着铃萝的剑光碎掉，对风云鸿说道：“今日比武胜负已分，比以往都要精彩。”

其他人都开始打圆场。

二掌教说道：“今年各家皆是人才辈出，一时竟不知该艳羡何人才好。”

福罗门跟着说道：“一个已学会神术剑意，一个年纪轻轻就破生死境，这般好苗子老朽恨不得都带回自家宗门去！”

青阳宗主笑道：“我看你可是抢不过风掌门和参息真君哪。”

大掌教起身，走向前方一边笑着说场面话，一边给裁判使眼色，让他去准备魁首礼呈上来。

“此次金鸾池宴大会魁首比武，东岛天极，铃萝胜！按照历代规矩，前三者皆可站在镇仙玉前拔剑一试，你们二位可想好谁先来？”

大掌教笑看着下方的二人。

“我来！”风天耀率先抢答。

跟铃萝呛声是一回事，想拔剑又是另一回事，后者吸引力大过前者。

铃萝把玩着手里的木剑，侧身退了一步，让他先去拔剑，却扫了一眼金鸾池宴台一角的越良泽。

越良泽哑然，端茶递至唇边装模作样地喝着。



白藏还在问他：“你怎么看出她到生死境了？”

越良泽说：“刚到太初那天，在山门时接了她的一剑。”

那一剑流露出的灵力运转让他捕捉到了熟悉的气息，是已到生死境边缘，甚至能够突破的感觉。

可铃萝本人压着没有突破，反而等到今天。

众人皆知，若是破了生死境的人，就不能参加金鸾池宴大会比武。

越良泽虽然看破了，却什么也没说。

此时几乎所有人的目光都聚焦在镇仙玉上，一年又一年，在太初其实每年都有人拔剑，可结果都是一样的，但只要没人能成功拔剑，就意味着还有无限可能。

时间久了，人们反而希望自己能见证奇迹发生，哪怕明知风天耀也拔不出，却还是不由自主地想看他拔剑的瞬间。

风天耀拔剑非常有仪式感。他擦了擦脸，又搓了搓手，气沉丹田，恭恭敬敬地伸出手，缓缓握住黑色的剑柄，感受着镇仙玉的冰冷触感。

越良泽也在看下方的人，甚至隐隐约约能听见剑灵的声音。

镇仙玉又在嘶吼一个“滚”字。

无生：对！握上去！侮辱它！它脏了！它已经被别的人握住剑柄！脏死了！主人是不会要你的！你也配不上我无敌的主人！

越良泽想，果然他听得最清楚的还是无生嚣张的喊话。如果可以，镇仙玉出来后想做的第一件事应该就是把无生斩了。

风天耀拔剑失败。无论他怎么沉住气发力握着剑柄试图动摇它，都是无用之功。

镇仙玉不听他的。

“怎么可能！”风天耀不服气，要跟这把剑杠上。

天地镜嘲笑朔方：“你的主人看上镇仙玉，不要你了！哈哈哈哈哈！”

朔方哭号道：“你闭嘴！你不要再跟我说话！你烦不烦！”

风天耀双手蓄满灵力，再次握住镇仙玉拔剑，仍是无事发生。

大掌教轻轻摇头：“看来也是无缘人。”

风天耀气得在心里暗骂一声，按着腰间佩剑朔方黑着脸气冲冲地回了宴台上。又输了比武又拔剑失败，风大少爷很受打击。可他走了没两步又回头朝铃萝看去，指着她说道：“你来！”

他不信这女人能拔出镇仙玉！

铃萝之前过了瘾，现在对这镇仙玉兴趣缺缺，懒得理它。

可若是不拔剑又会惹各方猜忌，于是她慢慢走上前，随便伸手握住镇仙玉，在其他人屏息等待时，却挑了一下眉。她之前就没有拔剑成功。在她手握剑柄时现场有了异样情况，那只藏匿在西海太初的魔出来了。不过脚背深浅的弱水忽然高涨而起形成冲天水幕隔绝了宴台上众人的视线，一团黑雾在弱水中挣扎散开，逐渐形成一个人形朝镇仙玉飞去。

风天耀愣了一下，那黑影穿过他，空气中冰冷的气息震慑得他动弹不得。

“什么人！”台上的大掌教怒喝。

风云鸿瞬移到风天耀身前，那黑影撞上来时却似雾散开，另一团黑影已到镇仙玉前。

“魔息？”风云鸿沉声道。

台上有人惊呼：“怎么会有魔出现！”

云守息手中的剑出鞘，剑光瞬间斩开水幕，却已有人比他先到镇仙玉面前。

黑雾人影朝铃萝伸出细白森然的手骨，在旁人眼中，这白骨魔的速度太快了，哪怕是云守息的剑光也来不及，在其他人掠去台下时，最先赶到镇仙玉面前的越良泽下意识地拔剑拦下了对方。

那偌大的重剑，在此沉寂千年的神武，历经无数人试图拔剑却失败，沉默地看着世事沧海变幻。如今西海太初的镇教之宝镇仙玉，被这个男人轻而易举地拔出，并斩出横扫整个太初的剑势。剑光大放，呼啸的剑势引得这片弱水咆哮而起，飞射的弱水都裹挟着霸道无比的剑势，与那剑意融为一体，成为可割破皮肉的剑刃朝白骨魔飞去。

铃萝被越良泽护在身后，旁人都被镇仙玉霸道的剑势波及必须靠灵力护体站稳身形时，她却一根头发丝都没被伤到。

两次金鸾池宴，这人都是因为飞身来拦白骨魔才拔出镇仙玉。

白骨魔被镇仙玉斩碎成雾散去，不见踪影。

镇仙玉的剑势动荡好一会儿才停歇，掀起水墙的弱水重新落下，发出阵阵“哗啦”的水声。

台上多人因震惊起身，看着台下手握重剑的青年时目光都在颤抖。

越良泽逆着光侧身，看向身后的铃萝，手中是完整的镇仙玉。哪怕它半截被埋入地下千年之久，却不见腐朽，光泽明亮，黑如鸦羽，自带狂放不羁的霸道之意。

他却看都没看镇仙玉一眼，而是问铃萝：“伤到哪儿了？”

铃萝想真是没有对比就没有伤害。你还有心情问我伤到哪儿了，怎么不看看现在是什么气氛！

她干巴巴地说：“伤到心了。”

越良泽蹙眉，握着镇仙玉的手紧了紧：“心脉？”

铃萝咬牙切齿地说：“你拔出镇仙玉抢我的风头伤我的心了！”

铃萝颔首，示意他看看后边金鸾池宴台上是什么气氛。

越良泽回首看去，众人都像是被某种法术定住似的，却一个个将目光落在他身上，看看镇仙玉，又看看他，视线来回移动，复杂无比。就连师哥白藏也摸着下巴若有所思地看了看他，最后朝他竖了个拇指。

大掌教喉头滚动，一时失声。怎么可能……怎么是他！

宋圆圆激动得差点儿晕过去，抓着呆住的常霏摇晃：“镇仙玉被我小阿爹拿出来了！四舍五入镇仙玉就是我的传家宝啊！”

常霏瞬间清醒："我的天哪？"

徐慎拍了拍宋圆圆的肩膀，说："师兄还差个养子，我可以。"

越良泽看了一圈，沉默半晌后，面不改色地将镇仙玉插了回去。

镇仙玉："……"

无生："哈哈哈——"

"你……这是何人？"风云鸿看着越良泽问道。

二掌教欲言又止，目光复杂。

白藏起身说道："诸位见笑了，这是我师弟，越良泽。"

十二大仙门的人听了这话后面色各异。

他们不认识越良泽，却认识入世许久的白藏，如今仙首令也是由白藏代管着。

圣剑宗，怪慈仙首的徒弟，这身份足够让他们忌惮。

"不愧是仙首的徒弟，刚入世就能拔出镇仙玉。"风云鸿淡淡地说道。

白藏笑道："此次前来只为参加太初百日宴，参加金鸾池宴大会只是顺便，也并无拔剑之意。刚才有魔入场制造混乱，师弟也是救人心切，得了意外之喜。"

换了别家师哥是不敢接南山雪河的掌门这话的，可手握仙首令的白藏，可算是能与十二大仙门的掌门们平起平坐。

大掌教此时有些急了，大庭广众之下直接问道："你们真不知道能拔出镇仙玉？"

白藏慢慢朝台下走去："大掌教，若是我们知道，来的第一天就拔剑给您看了。太初严格限制人拔剑，可天下之大，总有人拔得出来，这只是早晚的事。"

这话有深意，太初的人听了不免有些不悦，却碍于此人的身份难以发作。

铃萝却觉得他说得没错。

镇仙玉只是太初建教时遗落此地的，并非太初之物。祖师爷也曾言金鸾池宴大会是为镇仙玉寻找真正的主人，可后代们各有想法，逐渐更改金鸾池宴大会的规矩，严格控制外人拔剑的机会，已然是将镇仙玉划分成太初所掌之物。

镇仙玉可以被拔出来，也期待被拔出来。但拔出此剑的人，必须是西海太初的人。大掌教呼吸微沉，袖下双手紧握着。

乱了，乱了，一切都乱了。

"你可以……再拔一次剑吗？"他看着越良泽，目光微沉。

越良泽无言，却再次轻松地将镇仙玉从弱水中拔出。

大掌教深呼吸，走上前去，缓缓伸出手，想要再触碰镇仙玉，却被镇仙玉的剑势挡开。

镇仙玉认主。

大掌教眼里的光芒黯淡了几分，他朝眼前的青年拱手道："千年来，它总算找到了自己的主人。"

越良泽却蹙眉，说道："我不需要它。"

镇仙玉心都要碎了。

无生颤动，却是因为兴奋激动。

"我非它的有缘人。"越良泽将镇仙玉插了回去。

大掌教眼里光芒明灭，正要开口，铃萝却抢先说道："那你也可以带着它换个地方。"

"铃萝。"云守息温和地唤道，"过来。"

铃萝收声，朝他走去。

越良泽迟疑了一瞬，最终还是没改变主意，任由镇仙玉回到弱水中。

铃萝看后在心里骂他笨蛋。

"你打算将它就放在这里吗？"大掌教盯着眼前的青年问道，"如今这镇仙玉只有你一人可触碰，就算将它放在此地，也无人能撼动它半分。"

越良泽说："我已经有无生。"多出散开的那一圈断意轻轻摩擦着他的手背。

无生开心死了。

大掌教听了这话后，转头去看台上的白藏。

白藏说："他做决定就行。"

大掌教长叹一声，再次朝白藏拱手："今日事发突然，刚才多有得罪。"

"哪里，哪里。"白藏笑眯着眼，玩笑着说道，"换作是我也忍不了的。"

大掌教沉声说道："魔息突现一事，我太初定会彻查，包括此次大会比武涉及的乾转丹一事。今日魁首已定，祖师爷传承千年的遗愿，为镇仙玉寻找主人一事也得以完成，是为大喜。为此太初今晚将设宴承山殿，邀诸位同庆！"

什么话都让太初说了，其他人并无异议，再说他们并没有西海太初那么在乎镇仙玉，又过瘾看了镇仙玉出世的画面，都迫不及待地想要找人诉说此事。

设宴正合心意。

宴会在西海太初的最高处承山殿举办，一眼可看尽世间最大的樱林。

今晚的主角有两个人，一是夺得魁首同时破生死境的铃萝，二是拔出镇仙玉的圣剑宗弟子。

宴会上，不少人给越良泽敬酒，包括大掌教等人，他都神色平静地回"心意已领"，却不举杯。

白藏笑道："诸位莫怪，我师弟只吃自己做的食物，就连师尊也拿他没法。若有敬酒，我全替他喝。"



诸位掌门长老闻言，神色各异，有不屑不悦，也有理解释然。

可白藏也说了，连怪慈仙首都不勉强他，旁的人又哪里敢硬逼他？

在他人谈笑、喝酒、吃肉时，越良泽却双手抱剑，安安静静地坐在白藏身边，听着看着，偶尔白藏问话便应答几句。

铃萝那边却热闹许多，碰盏声脆响悦耳。楚异面无表情地将她囤在桌案后的酒坛子都给移放去了云守息身后。铃萝回头一看，酒没了，要拿就得去云守息那边，顿时扭头狠狠地瞪了一眼楚异。桌尾的宋圆圆悄悄朝铃萝招手，铃萝猫着腰过去，楚异拉了子修给她打掩护。

常霏塞给铃萝一个小酒坛子，压低了声音问："铃萝，你帮我问问，师兄还缺养子吗？他也不需要太费心，放养都行。我也不是为了什么传家宝镇仙玉，就是觉得人生到了这个阶段还差一个小阿爹。"

铃萝抱着酒坛瞪眼看他："什么养子？他不是有宋圆圆了吗？你怎么不问问我缺不缺？魁首不比拔了把破剑好吗？你是不是看不起我！"

常霏被她的一连串话给说蒙了，结结巴巴地问道："那……那你缺吗？"

铃萝凶他："你看我缺吗？"

常霏扭头抱着徐慎哭。

徐慎没管他，而是认认真真地递了杯酒给铃萝："阿娘。"

宋圆圆批评道："我都看不下去了！"

话音落地立马遭到了三个人鄙夷的目光：你最先开始的好吧！

这夜宴许久才散，一部分人回去休息，一部分人约了去赏樱，太初得以安静。

铃萝洗漱后躺在床上，刚闭上眼，就想起今日越良泽拔出镇仙玉的那一幕画面。他不想要镇仙玉，旁人却对这镇仙玉有千百种想法。今夜镇仙玉会"失窃"，明日他又拿不出证据证明那时他独自一人在何处做了什么，当时可是被有些仙门人嘲讽得厉害。

她无奈地睁开眼，起身去敲楚异的门："师兄。"

楚异在里边懒懒地问："干吗？"

铃萝说："借你的剑一用。"

窗户一开一合，楚异的佩剑黑羽已被扔出。

"明早还我。"楚异懒得管她要干吗，喝完酒这会儿正困得要死。

铃萝拿着剑去找越良泽。对门院里没人，她便去了樱林。

越良泽被师哥白藏拉去赏樱，白藏却跟他的酒友们聊开心了，赏樱途中把师弟给丢了。

越良泽一个人站在樱林河边等师哥回来。

他绝对想不到自己会在这里等一夜。

白藏也想不到自家师弟会如此耿直。

在越良泽抱剑静心时，却听到身后有脚步声传来。他侧首看去，见铃萝提剑迎着花雨从山道上走来。

铃萝刚想发话，却顿住，挑眉朝下方看去。

在越良泽左边的阴影小道中，缓缓走出一个清瘦的人影。

月光将他的肤色映衬得越发白皙，还有一丝瘆人。

来人是北庭月宫的私生子。

他在这里干什么？

铃萝还没想出个所以然来，就见朝越良泽走去的慕须京拔出了腰间的佩剑。

那不再是普通佩剑。

下一瞬他已掠至樱树河边，越良泽也以无生挡下这一击。

慕须京动作很快，招式万变，樱林里响起声声剑鸣。

比起跟铃萝比武那次他的速度和招式都更上一层楼。

越良泽抬眼时，今晚的第二把剑映入他的眼里，强势霸道地将冲他而来的剑横切斩退。

铃萝持剑指向被斩退的慕须京，傲慢地说道："你干吗呢？我先来的。"

慕须京看了一眼铃萝说："你让开，我跟他打。"

"凭什么？"铃萝冷笑，"我先来的，要打也是我先跟他打，你排队。"

越良泽听得哑然。他没想到今晚这一个两个的大半夜不睡觉，竟都跑来找他打架。

慕须京手中长剑反射着天上的月光，清冷又邪气。

他换了招式，依旧未退。

越良泽对铃萝说："你先等等，我也想试试他手中的剑。"

铃萝回头瞪他。

越良泽越过她，将她护在身后。

铃萝站在樱树下气呼呼地说道："那谁赢了就跟我打！"

她话音刚落，这两个人的身影就动了。

两个人虚晃出残影，双剑相拼，月下落花翻转也不及他俩交手时招式变换的速度快，道道相撞的剑光将落花斩碎，樱林花雨不知觉间又多了许多。

普通人看着这场景只会觉得眼花缭乱，都是残影飞来飞去，铃萝却看得很清楚，一招一式，灵力运转，剑意变幻。

慕须京用的依旧不是北庭月宫的剑术，攻势却比上次与她比武时更快。她认得这是谁的剑术。越良泽该比她更清楚。铃萝眨了眨眼，眼里映着此时认真对战的越良泽的身影。

水天镜逆转时空前，也是铃萝为复仇而入魔的第二年，越良泽在南江城待的第二十三日。铃萝放弃了美人尖，又从二十六魔的其他人那里抢了本邪剑谱，准备着手练妖魔的剑术。她不喜欢自己挥斩出的每一剑，因为每一道剑意都有着纯正的浩然之气。在那时的她眼中，那是最没用的东西。

可越良泽说："你控制不了的。"

铃萝气道："要你管！我不练美人尖了，你怎么还不走？我看起来很好说话吗？"鉴于前几天她硬逼越良泽吃街上买来的烤包子，过后又感到后悔，于是也就嘴上凶他，并未动手。

那夜她躺在床上，睁眼闭眼都是越良泽狼狈不堪的模样。

他转身迈步时，无论多少次，铃萝都觉得他会一去不回。她像是把什么东西弄碎，再也修不好了。可阻止越良泽离去，看那个男人背对着她无言静默的时候，也是一种残忍折磨。

铃萝难得懊恼，皱着眉头，在黑暗中也抬手遮住了眼。自从她说拿越良泽练美人尖，两个人基本每晚都同室而眠，尽管后来铃萝无数次说过不会继续修炼禁术，他可以自行离去，越良泽却没走，连哄带骗地选择留在她身边。最后她自己也就嘴上凶两句，懒得付出行动。今晚人没来，她倒是睡不着了。

铃萝越想越气。我干吗了？不就让你吃个包子吗？不能吃就不能吃，那你怎么不说！你说不吃啊！

她浑然忘记了自己当时魔性失控，越良泽若是不妥协，她能把整个南江城毁掉。

铃萝还在心里嘀嘀咕咕地碎碎念，忽然听见门开了，熟悉的气息飘了进来，脑子里所有声音都散去。

越良泽进屋的动作很轻，他刚沐浴回来，发干了，身上却有雾感。那股她喜欢的浴后淡香时有时无，在男人走近床边时变得清晰。

铃萝放缓呼吸，装作已经睡着。屋里的灯早熄了，越良泽进来时也没点，他在昏暗的屋子中熟门熟路地来到床边，却静静地站立片刻，似乎在确认她是睡着了还是醒着。

铃萝在心里想：今晚可能、也许、大概算我不对，那就勉为其难地让你今夜睡在我旁边吧。

越良泽静了好一会儿，才弯下腰去。衣料摩擦的声音窸窸窣窣地响起，铃萝感觉到他在身旁躺下，又钻进被子里，带着冷气与之后的暖意。

这男人还得寸进尺地伸手揽过她的腰，小心翼翼地从后方抱着她，温热的胸膛抵着她的背，她隐约能感受到那颗跳动的心脏。

铃萝想起越良泽望向自己说"算了"的时候，眼睫轻颤，今晚就随他吧。

越良泽在她的颈项间埋首，姿态强势地拥抱着她，无边的黑暗遮掩了他的脆弱样子。

"铃萝。"他轻声叫着女人的名字。

铃萝安静地听着，他总是喜欢叫她的名字。

越良泽的声音很轻很轻。

他说："我不想吃。"

两个人的发丝交缠在一起。

铃萝听着男人微微颤抖的声音。

“也不想再也见不到你。”

铃萝不知自己出于何种心理短暂地向越良泽妥协了。翌日她去扫荡了街市上的大部分食材回来，跟越良泽说他想做什么就做什么，以后也不会再逼他吃东西，然后要他做完就走，这次就不杀他了。

越良泽看了看满屋的食材，眼里是笑意：“竟不知道你到底是要我走还是不想我走。”

“你最好现在就走，我随时会改变主意，杀了你对我百利无害。”铃萝冷冰冰地说，“我现在不动手只是不想怪慈来找我的麻烦耽误时间。”

越良泽的脸上却不见半点儿恼意。

铃萝拿来邪剑谱要挑剑术练，翻完全书，最后入她的眼的也就一个，一个名叫“半日劫”的邪剑术。

越良泽看后沉默片刻，将做好的零食碟子放在桌上，跟她说：“你要练这剑术？”

铃萝哼道：“怕了？”

“它已经失传了。”越良泽在她身旁坐下，给她剥着坚果壳，“这剑术只能一传一，生死皆可，但方法特殊。”

什么叫作生死皆可？

铃萝偏头看着他，狐疑地问道：“你知道？”

“我曾跟半日劫的剑术传人交过手。”越良泽耐心地解释道，“它虽然是邪剑术，但学此术者修为越是精湛，妖邪气便越发微弱。”

“修为至强者，可达到一息不存。”他刚入世时，曾受邀进山除一魔。

这魔杀一百二十三人，屠了从此处过的好几队王城兵马，是周边村镇和边境行军将士的大威胁。如此为害世间秩序的魔，被普通人忌惮又厌恶，虽想把这魔除去，奈何对方实力强劲，军士数次不敌，只得广招天下修者前来除魔。

那也是越良泽用无生斩杀的第一只魔。

虽说是魔，可他是一个入魔的男人。

雪山之中，男人在屋前提着剑朝他笑道：“是人是魔有什么区别？都一样的。”

男人虽只有一把普通佩剑，却斩杀了许许多多来此除魔的修者。

魔息来自男人本身，并非他的剑意。



越良泽在对战中从男人口中得知了半日劫这等邪剑术。

“此剑术只单传一人，就算我死了，它也会自己找到继承者延续下去。”男人狰狞地笑着，“你杀不完的！”

越良泽杀了他，碎了佩剑，让其灰飞烟灭，以为这样就能阻止半日劫寻找继承者。

后来他却又遇上了会此剑术的人。

铃萝当时嘲笑他道："既然半日劫找到了继承者，你又怎么说它已经失传？"

"因为现在已经没人会了。"越良泽说，"半日劫真的死了。"

铃萝不信他的话，约了二十六魔中的几人对剑，对方却不得要领，光她一个人习得皮毛，却不得剑意精髓。

她气呼呼地跑来找越良泽："你可有半日劫的记忆？"

越良泽似早知她会来要，不紧不慢地递给她玉灵珠说道："里面存了。"

铃萝反反复复地看了他曾与半日劫对战的玉灵珠，最后确定，这半日劫是练不成的。

那时她没问最后一个会半日劫剑术的人是谁，也没问半日劫如何死的。

因为她没过两天，就丢下越良泽离开了南江城。

如今再看，越良泽与慕须京从前是认识的，可能还有许多她不知道的事。

铃萝回过神来，见这两个人还在打，便气呼呼地转身走了。

刀剑声清脆，越良泽瞥见离去的铃萝，收剑停战，本欲再攻的慕须京也因此停住。

"铃萝。"越良泽叫她。

铃萝回头："干什么？"

越良泽眨眼："你怎么走了？"语气还有一点点茫然。

铃萝冷笑了一声："你有人陪着练剑，我干吗不走？我还想回去睡觉。"

越良泽收剑，不理慕须京，朝铃萝走去："你来找我何事？"

慕须京神色阴郁地问道："你走什么？"

越良泽说："不打了。"

慕须京："她之前说了，谁赢再跟谁打。"

"你赢不了我。"越良泽侧首，轻挑着眼尾，"你今夜找我比武，应该是知道我就是杀死你师父的人。"

慕须京神色无波地看着他。

他知道杀人的是圣剑宗弟子，却不知那人是何模样。

铃萝却奇怪地问道："姜妙没告诉你他是圣剑宗的人吗？"

怎么说也是北庭月宫的现任宫主，慕须京只知道那些轻视姜妙的人才会叫她的名字，因此不由得看了一眼铃萝。

慕须京："她的手语看不懂。"

慕须京又问越良泽："你为何笃定我赢不了你？"

"你师父能做到让妖邪气一息不存，可你还差了些，与你对战中我还是能察觉到邪气，若是你与掌门级别的人对战，被察觉到邪气会给你自己惹来祸端。"越良泽淡淡地说，"你没能做到让邪气一息不存，也走不出这剑阵。"

慕须京眉头微蹙，脸上罕见地有了一丝情绪变化。

他低头看去，原本散落的樱花不知何时已成了一个剑阵，正被他踩在脚下。

“你剑术不错，咒律却一塌糊涂，竟然半点儿都没察觉到。”铃萝问，“你师父没教你？”

慕须京静了片刻，才漠然道：“他不是我师父，我找你也不是为了报仇。”

铃萝：“那你一上来就开打？”

“只是想试试能斩杀半日劫的人是何等实力，为自己日后可能遇上做准备。”慕须京轻轻扬眉，面带三分讥讽之色，“你的剑一开始对我就有杀意不是吗？”

无生：那是你的荣幸！

越良泽说：“我与半日劫一战，是因为那人入魔为害一方，而非针对这剑术，我对半日劫并无偏见，你学会了我也不会时刻盯着你。”

慕须京淡淡地说道：“说不定我日后也会跟他一样，杀人不眨眼。”

越良泽：“等到那时再说。”

慕须京抬眼看着他：“到那时再杀我？”

“杀你的人不一定是我。”越良泽转身看向他，却朝铃萝的位置歪了一下头，“你也并非一定会入魔重复那人的路。”

铃萝打量了慕须京一眼，发现这人有点儿意思。

慕须京是北庭月宫前任宫主的私生子。所谓私生子，是从小养在乡野里，与北庭月宫和修者没有半点儿关系。他虽有灵力，却没有受过任何教导，也对修者没有半点儿憧憬之心，直到他被带回北庭月宫，但也没人认真教导他。慕须京会的剑术是半日劫，仙门正派不齿且抵制的邪剑术。他只会这个。这剑术罕见，没什么人知道，月宫的人甚至以为是他自创的，还夸他是天才。

除了这两个人。

越良泽与慕须京说完，这才回头看向铃萝，问：“你怎么知道半日劫？”

铃萝面不改色地说瞎话：“古籍里记载过，比武那次察觉到剑术里的邪气，我就诈了他一下，没想到猜对了。”

铃萝见这两个人一直看着自己，没好气地说道：“看我干什么？我对这剑术又不歧视，你爱练不练，入不入魔看自己的本事。”

慕须京得到了意料之外的回答，静默片刻后收剑，转身离去。

“哎，站住！”铃萝却叫住了他，“我们帮你保密，你得帮我做一件事。”



慕须京回头看去：“何事？”

铃萝指着越良泽说：“在这儿陪他练剑，练到天亮。”

慕须京不解地看着铃萝。

越良泽愣住了：“为什么是他陪我练？”

“我也在啊。”铃萝眨着眼，“我也想多过几招半日劫。”

慕须京没得选择，走了没两步，又回头重新拔剑。

铃萝不要越良泽回去，让他在这儿练剑，只为了明日丢了镇仙玉后，让那几个嘲讽越良泽的人闭嘴。

有的话太刺耳，她听着都生气。只是她没想到中途来了个慕须京，天降帮手，不要白不要。

本是在樱林里等白藏回来的越良泽，莫名其妙地跟两个人对剑到天明，朝阳初升时三个人才从樱林离去。

铃萝纳闷地看了一眼身边的两个人：“你们跟着我走干什么？”

越良泽：“我住你的对面。”

慕须京：“我也住内庭。”

# 第二十八章

# 镇仙玉失

三个人刚出樱林，就听到太初传来尖锐的啸声，警示的灵鸟在上空盘旋着，声声不绝。值夜巡逻的弟子们还来不及休息片刻，就绷紧神经开始传递消息查看真假。

铃萝打了个哈欠，看着周边急急忙忙出来的人们说：“回去也睡不了了。”

慕须京蹙眉，似想起什么，加快脚步率先离去。

越良泽看了他一眼说：“着急就用瞬影。”

于是慕须京单手掐诀，身影一掠就不见了。

铃萝没好气地说道：“我让你俩练剑，你教他咒律干什么？”

越良泽抱剑答道：“他打不过我，练剑术没用，不如教他一些咒律，你看他学得也挺快。”

铃萝又重复了一遍：“教他干什么？”

越良泽沉默片刻才答：“让他在月宫能过得好一点儿。”

铃萝问：“可怜他？”

越良泽摇头。

两个人走在回廊中，铃萝轻哼一声，懒洋洋地说道：“擅自教导其他仙门弟子修炼，这事要是被传出去，各大仙门都要骂死你，而且他一个北庭月宫的大少爷，月宫却半点儿咒律法术都不教他，你也不觉得有问题？”

越良泽认真答题：“他被孤立了？”

铃萝凉凉地睨他一眼：“你就仗着自己是圣剑宗仙首的徒弟胡来，不需要你干预的时候插手其他门派弟子的修炼问题是大忌，要是他说自己的咒律是你教的，我看你到时候怎么办。”

越良泽听后沉默下来。见他好一会儿没说话，铃萝又问道：“知道怕啦？”

越良泽摇头，回道：“你说得对，圣剑宗有师尊撑腰，我的确可以胡来。”两个人在前边拐角处遇见了匆匆而来的詹容，詹容停下脚步朝越良泽看去。

越良泽略微垂首礼貌招呼，铃萝问："詹容师兄，不知这一大早是出了什么事？"

詹容见到两个人愣了愣，向来不急不缓的人此时沉声说道："前边传来消息，说镇仙玉不见了。"

铃萝虽已知晓发生了什么事，却还是露出惊讶的表情问："镇仙玉怎么会忽然不见？"

"还请两位随我去金鸾池宴台一看究竟。"詹容说道。

越良泽不言，却跟着他走了。

金鸾池宴台此时已聚拢不少人。各家有头有脸的人物都到了，看见被詹容领来的越良泽时，部分人都变了变神色。

风堂主在弱水中怒喝："定是昨日那魔再次捣乱，偷走了镇仙玉！"

"可这镇仙玉不是只有那名圣剑宗的弟子才拔得出来吗！"一名手拿纸扇打着哈欠的男人冷笑着看向走来的越良泽，"除了他以外，还有谁能撼动镇仙玉半分？"

越良泽没理他，倒是先看了一眼空无一物的弱水，原本被他留在这里的镇仙玉却不见踪影。

云守息瞧见跟越良泽一起来的铃萝时眯起了眼，而这徒弟识趣，在他开口前就自己过来了。

"昨日大家可都看见了，大掌教想要碰一下镇仙玉都被弹开了，说明如今这天下，能拿起镇仙玉的就他一人。"

岐山少主崔火乌拿着纸扇指向越良泽，神色略显傲慢与审视："在场最有可能偷走镇仙玉的人也只有他。"

大掌教沉着脸色站在一旁，只看了一眼越良泽，没说话。

崔火乌却觉得自己说得很有道理："诸位仔细想想——"

"想什么？"楚异懒懒地嘲讽道，"太过明显的事情不用动脑子都知道，但别人可不一定真会做出这种没脑子的事。"

崔火乌被他说得愣了愣，接着冷着脸问道："你是在说我没脑子？"

楚异哼笑了一声："我可没说。"

"可除了丹水真君外，的确没人能触碰镇仙玉。"琮秀往前走来，目视越良泽发问："你可知道些什么？"

"不知道。"越良泽被众人或是怀疑或是嘲讽的目光盯着，依旧站在那里抱着剑，沉静中带着点儿高冷，"昨日金鸾池宴大会后我再没到过此地，也没碰过镇仙玉。"

崔火乌冷笑道："这镇仙玉何时不见的？那时你又在哪儿？"

铃萝不由得瞥了一眼此人。

岐山少主，专爱找人麻烦挑刺，天不怕地不怕，最讨厌圣剑宗和东岛天极。

大掌教转身看向身后的弟子：“木河，你说。”

名叫木河的太初弟子咬牙说道：“昨夜是我当值巡逻内庭，于卯初时见镇仙玉还在，到辰初就不见了踪影。弟子还以为眼花，特地下到弱水中查看，依旧不见镇仙玉。”

铃萝记得曾经崔火乌问越良泽卯初到辰初这段时间在哪儿、在做什么，越良泽说他在樱林等白藏。

崔火乌又问：“可有人能证明？”

越良泽淡淡地回道：“我一个人。”

于是崔火乌等人就乐疯了，抓着这点往死里嘲他：“早有预谋！没想到你堂堂圣剑宗竟行如此苟且之事！真是见不得别人好，抢人家的神武还不够，不好意思直接带走，就想要偷偷拿走，可要脸？就算是圣剑宗，做出此等有辱仙门的事来也不妥吧？没想到你长得人模人样，却是这种卑鄙不堪之人！”

旁观者听得都生气。

别看平时各家忌惮圣剑宗，对圣剑宗人客客气气尊敬有加，背地里却总是有怨气和不满情绪，表面跟你和和气气夸你天才年轻有为，背地里见你喝杯酒都要在心里骂一声登徒浪子行为放荡。那些人表面敬你，但你最好别犯错，若是有不妥之举，立马会遭到多家责问谩骂。

铃萝眯着眼看着崔火乌得意的脸，果然他听完木河的话后，立马质问越良泽：“这个时间段你在哪儿？在做什么？”

越良泽的脸上不见慌乱或是恼怒神色，他还是一样回答：“在樱林等人。”

崔火乌又问道：“可有人能证明？”

越良泽抿唇，不想把他人卷进麻烦里。

铃萝一边在心里骂他烂好人一边走出来答道：“我。”

楚异惊讶地看着自家小师妹走上前去，姿态倨傲地对那岐山少主说道：“我能证明，那时我在樱林看到他与人练剑。”

云守息神色淡淡地看着为人出头的铃萝，没说话。

倒是崔火乌见又是东岛天极的人跟他呛声，脸色又沉了一分，继续问道：“你见他与何人练剑？”

“我。”跟北庭月宫一行人来的慕须京面无表情地说，“昨夜我与他在樱林练剑直到天明，刚一路从樱林赶过来。”

崔火乌看见是他愣了一下，不屑地说道：“你一个下等私生子的话——”

“啪”的一声脆响，惊呆在场众人。

姜妙收回打崔火乌一巴掌的手，恢复乖巧礼貌的姿态，面纱之上的眼静静地看着他。

崔火乌捂着被打得火辣辣的脸，难以置信地朝姜妙看去：“你竟敢——”

"崔少主。"云守息淡淡地出声道,"你身前的人可是月宫宫主,还轮不到你质问她。"

崔火乌咬牙,面色阴沉地冷哼了一声。

姜妙这才转开视线,朝云守息颔首致意。

"谁知道你们二人是不是联合起来撒谎骗人!"崔火乌仍不依不饶。

铃萝神色嘲弄地看着他:"崔少主若是不信,可去樱林河边看看,昨夜练剑在那边留下的痕迹可不少,一查就知。"

大掌教闻言,给琮秀使了个眼色,让他过去看一看。琮秀使出瞬影立马消失不见。

铃萝不慌不忙地说道:"剑招留下的痕迹,可推断出时间长短,我们到天明才离去,刚出樱林就遇上许多人匆忙朝这边赶来,又在回廊上遇见了詹容师兄。"

"詹容师兄可做证,我们是从樱林方向出来的吧?"

詹容上前回道:"确如铃萝所说。"

崔火乌冷眼看着铃萝说道:"你们没事大半夜地找他在樱林练剑?我看你们三个人关系倒是很好啊!"

铃萝微微笑道:"同为破了生死境的剑道天才,自然有许多话可讲,等崔少主何时也悟了,我也能同你说道论剑。"

"参息真君可有个伶牙俐齿的好徒弟。"崔火乌咬牙切齿道,"可就是跟圣剑宗走得太近了。"

云守息说:"崔少主如此针对圣剑宗,也是难得一见,作为岐山之主的儿子,倒也不算太差。"

这话是连父子俩一起嘲讽了,崔火乌岂能忍?他当场怒喝:"云守息!"

风云鸿淡淡地说道:"行了,你一个小辈,怎能直呼参息之名?"

风天耀站在旁边朝崔火乌翻了个白眼。

蠢货!嘲讽圣剑宗肯定没人说他半句,这人却不知好歹地连参息真君也牵连进来,这谁敢帮他?

一声怒喝传来:"小辈?他也不看看自己跟个小辈计较什么!"

岐山之主崔狩御剑而来,落在崔火乌身前,冷眼朝弱水中的云守息看去。

崔火乌叫了声爹,声音饱含委屈,刚刚蔫掉的气势瞬间又高涨回来。

崔狩看了一眼铃萝,手中剑意迸发:"你这徒弟不知好歹,出言顶撞我岐山少主,这口气可不能这么算了!"

铃萝都没把这剑意放在眼里,在云守息欲动手时,越良泽却比他快了一步拦上去,这剑意撞上他瞬间被破掉了。一声轻笑传来,声音似有些远,但瞬间人已到弱水上方。

"那崔少主不分青红皂白就诬蔑我师弟偷了剑,处置罪人似的高高在上地指责不停，这口气还真不能就这么算了。”

白藏御剑下至弱水越良泽身前时，一道白色剑光越过了云守息、风云鸿，以二人都无法拦下的速度目标明确地直击崔火乌。

崔火乌感觉到厉风袭来，却被那带着丝丝杀意的剑势定住，宛如被数条毒蛇缠住四肢般无法动弹，只恐惧地等待死亡降临。

他眼珠震颤，父亲拔剑抵挡，却被这剑光击退数步，虽勉强挡下，却闷哼一声受了伤。

在场众人都有些惊讶，这一剑重新唤起了他们对圣剑宗的忌惮之心。

白藏平时总笑眯眯的，跟各大仙门来往待人处事都很上道，谁都没见过他恼怒生气的样子，也少有见他出手的时候。但刚刚那一剑让他们想起，圣剑宗的弟子虽少，却都是怪物。

崔火乌额上汗珠滴落，对上白藏笑眯起的眼时打了个冷战，立马回头去扶人：“爹，你没事吧？”

“诸位，是否有些心急了？”白藏笑道。

大掌教很是头痛，上前说道：“各位，丢剑已让我无颜去见祖师爷，你们就不要再吵来吵去了。”明明最愤怒的人是我，你们吵什么啊？

关键时刻去樱林查看的琮秀回来复命。

他对大掌教说道：“樱林的确有三人的剑招痕迹，从痕迹来看，他们确在樱林待了一晚。”

大掌教皱着眉头，看起来苦恼极了。

“虽有证明，却还是难以解释镇仙玉为何会被别人带走。”琮秀蹙眉道。

白藏不慌不忙地说：“昨日诸位都看见了，我师弟说不要后把镇仙玉放了回去。”

“退一万步说，他又想要镇仙玉，拿了又怎么样？按照规矩如今镇仙玉本就是他的剑。”

这话问住了大多数人。

白藏虽然笑着，但说出的话已经不再客气。

太初的人听着这话面子上都有点儿挂不住。

大掌教沉声道：“既有物证又有人证，我自然是相信圣剑宗的，只是此事蹊跷，别人要如何将镇仙玉从弱水中拿出再带走……”



他话未说完，就被越良泽打断：“不需要拔剑就能带走。”

“什么？”大掌教愕然，抬眼朝越良泽看去。

“不需要拔剑？”风堂主睁大了眼，“怎么可能！它可是在这里上千年——”

“用阵法换走不就好了？”铃萝懒懒地开口，“移形换物的天罩阵，把镇仙玉从这里带走理论上是可行的，就看有没有人真能完整布下如此强大的阵法。”

她敢说，就因为真的有人能做到这点。

楚异眼角轻抽，提着铃萝的后领把人捞回来瞪了她一眼，无声警告她再瞎出头等会儿怕是要被师父骂死。

铃萝轻哼一声，把手中的剑还给他。

“理论上可行？哼，简直可笑！别提这个阵法有多么难以施展，当今会的人数怕是不超过一只手，再说这是镇仙玉！阵法力量要强过镇仙玉，我看你简直是在痴人说梦！”崔火乌又忍不住开杠了。

铃萝笑眯起眼，心里却有了杀意。

这废物还真把自己当回事了，没人理也要出来刷刷存在感，生怕她忘记以前那些破烂事所以提醒提醒？

“崔少主这话非也，不是痴人说梦，而是庸人少见。”白藏笑道，“二十六魔的死雾门与刚才说的天罩阵差不多一个原理。”

大掌教听得眼皮一跳：“二十六魔死雾门？”

越良泽双手掐诀，灵力覆盖下方的弱水，众人肉眼可见被覆盖的弱水晃荡着掀起不同的小漩涡来，唯有一处十分平静。

那是镇仙玉待的位置。

弱水不见动荡，反而在灵力的入侵下逐渐形成一面水镜后碎掉。

“这……”风堂主惊愕道，“的确是天罩阵！”

“谁？是谁用天罩阵将镇仙玉偷走了！”

“如今会天罩阵的有几人啊？”

“在场的有吗？”

各方人马开始低声讨论，却见那碎掉的水镜后钻出一缕黑色的魔息。

“是魔息！”崔火乌喊道，“昨日那白骨魔突然出现，定是那时就在镇仙玉附近布阵企图偷走它！”

“有道理。”

“这魔未免太过嚣张！岂能容它！”

“既然此事与魔有关，我等自是不能袖手旁观！”

其他仙门的人开始正义凛然地宣布，缉拿此魔，夺回镇仙玉。

铃萝翻了个白眼。

一帮觊觎镇仙玉的废物。

“简直岂有此理！”风堂主怒道，“这魔竟敢在我太初闹事偷剑，不可饶恕！大掌教，还请下令！”

大掌教眉眼间也有怒气，他沉声道：“传令下去，太初在外入世弟子，立马探查这白骨魔的消息，将镇仙玉寻回，交给圣剑宗！”

几位堂主和琮秀听了这话后都抬头看着他。

琮秀紧握双拳。他始终认为镇仙玉就应该待在太初！

其他仙门的人都在跟大掌教说着愿助一臂之力，一同讨伐那偷剑的白骨魔。

白藏扭头看向越良泽，低声问：“你还要这剑吗？”

越良泽摇头：“若是找到也不必……”

话还没说完就被人扔了一脑袋的栗子。

越良泽愣愣地回首，就见被楚异提着后领带走的铃萝正气鼓鼓地看着他，像只奓毛的猫。

越良泽默默把掉在弱水里的栗子捡起来，改口说道：“无论如何，也不能让镇仙玉被他人拿去做出危害世人的事。”

铃萝被楚异带着跟云守息一起离开了金鸾池宴台。

云守息问道：“收到掌门发的通缉令了吗？”

楚异说：“收到了，如今白玲珑还剩下六人，其中一人被田蓉师姐护着逃进了平遥城。”顿了顿他又补充道，“大掌门传的通缉令，是要就地格杀，只取半魂复命。”

“等百日宴过后就去帮于休吧。”云守息淡然说道，“二掌门虽没说出来，却也不希望最后的徒弟也走上那条路。”

“若遇上田蓉，留她一命带回天极。”

楚异点头。

铃萝问：“师父，白骨魔偷镇仙玉的事我们不管吗？”

楚异没好气地想：你可真是哪壶不开提哪壶。

云守息轻笑一声，走在前头没有回首：“暂不管，等掌门发话。”

百日宴在后天，诸位前来参宴的仙门人都传信回宗门告知了镇仙玉一事，很快，全修界都知道镇仙玉被一只魔用天罩阵偷走了。

无论是十二大仙门的人，还是别的小仙门的人或是散修，都开始寻找这只魔的踪迹。

百日宴仍旧如期举行，西海太初近日事端多，镇仙玉被盗后，上下巡逻守卫都加强了一番，各地严防死守着。

几大仙门的人更是连夜讨论那魔是如何避开众多耳目，在西海太初设下天罩阵来去自如的。

此时宴会，没了金鸾池宴的参赛弟子，多了两家结亲的亲朋挚友。

铃萝坐在桌案边看着来往的人们，低声问楚异：“詹容师兄看上去脸色不太好。”

楚异：“换了天极出这些事你的脸色能好？”

铃萝正襟危坐："能。"反正以后对天极大逆不道的那些事都是我做的。

楚异以目光警告她："你可别再瞎掺和圣剑宗的事，没发现这两日师父都不怎么同你说话了？"

我可是求之不得啊师兄。

铃萝端起杯子递至唇边，遮掩微弯的嘴角。

"最先反驳那崔少主的人是师兄你，关我什么事？"

楚异："就你会说？"

铃萝理直气壮地说道："会说所以多说点儿怎么了？"

铃萝瞧见崔火乌跟他的狐朋狗友们聚在一起喝酒笑闹，眼神盯着来往女宾客窃窃私语说着下流话。她眯着眼看了一会儿，不可避免地想起水天镜逆转时空前的岐山一战。她到后再没让崔火乌动楚异一根手指头，可细想楚异身上的伤，就知道他当时都遭受了什么。那时她只觉得师兄自己都无悔，她也就没意见。毕竟那夜她杀了岐山之主，世上只有她一个人知晓楚异遭受了什么。可如今再瞧着崔火乌的样子，她竟觉得恼怒与可惜。

铃萝抿了一口酒水，压低声音跟楚异说："师兄，要不要我现在就替你把岐山少主杀了？"

楚异额角狠抽，黑着脸扭头瞪着她，"什么叫替我？还杀岐山少主？你是不是又想让我背锅！"

楚异冷漠地说道："少喝点儿酒，别发酒疯。"

铃萝又看了看北庭月宫的方向。慕须京仍旧守在姜妙身边，似保护也似监视。姜妙戴着面纱，眼神落在桌案上的食盘上，眼里有点点好奇之色，趁身边的侍女不注意想要偷拿东西时，被慕须京拦下。

她看了慕须京一眼，慕须京却没看她。几次三番后，姜妙朝慕须京比了个手语。

慕须京仍旧是那句话："看不懂。"

姜妙又重复了一遍，微弯着眼，竟笑了。

慕须京这才看向她。

他问："什么意思？"

姜妙不答，乖巧地坐着。

铃萝心说：人家就是欺负你看不懂，所以肆无忌惮地当着你的面骂了两次滚。

百日宴上，她做了个决定。

铃萝跟楚异说："师兄。"

正整理盘子里的食物位置的楚异头也不抬地说道："又怎么了？你爱杀谁杀谁，别想我给你背锅。"

铃萝说："百日宴后，你别回天极，跟我去平遥城帮二师兄吧。"

“不去。”楚异想也没想地拒绝。

他这次回天极，会遇上去天极拜访的姜妙，然后双方羁绊越深。

铃萝心说：你别教了，我帮你教她。于是铃萝又问道：“为什么不去？你不是不喜欢回山门吗？”

楚异：“回山门和跟你待在一起相比，我觉得前者更好。照看师弟、师妹什么的，太累了。”

铃萝：“你是师兄啊！大师兄！”

楚异面不改色地说道：“大师兄出来这么久照顾你参加金鸾池宴大会累了，修炼也到了瓶颈，该回山门闭关了。”

“你闭关还不如跟我去平遥城抓人，修炼修炼，剑道修炼自己领悟远不如在实战中进步快。”铃萝碎碎念道，“你不要回天极了，跟我去平遥城吧。”

楚异：“不去。”

“去吧。”

“不去。”

“去不去？”

“不。”

铃萝气得咬牙：“你要怎么才肯去？”

楚异不为所动：“说什么也不去。”

铃萝气得甩袖离去。她先回了院里，有想法就立马行动，关在屋里开始制作一只灵鸟，将部分咒律学法刻入它的体内。

中途门外传来云守息的声音唤她：“铃萝。”

铃萝开门出来：“师父？”

云守息站在院中，身姿挺立，面上带着温柔的笑容。

“天极有异动，我明日得先回去。”云守息说着朝她伸出手，铃萝走过去，“小异之前不放心，让我将长袖给你带来，但我相信你，所以金鸾池宴大会时没给你。”

“谢谢师父。”铃萝伸手接过长袖。

云守息笑道：“你一直压着生死境没破，也不容易。”

铃萝听得眼皮一跳，被他看出来了。

“出行在外，自己要多加小心。”云守息伸手，动作温柔地替她整理着鬓发，话说得轻松，“捉了田蓉就回来吧，你们师兄妹三人都入世，留为师一人在青石坊，也有些寂寞。”

铃萝点着头：“好，等白玲珑一事解决，我就立马回去陪师父。”

云守息眼里的笑意越深，他屈指轻轻划了一下她的脸颊：“途中可别再跟圣剑宗的人有所牵连走太近，那不是什么好事。”

“弟子谨记。”铃萝一脸认真的表情。她对云守息从头到尾都只有师徒情谊。

翌日，云守息离开西海太初，楚异跟铃萝送他至山门。要走的人不少，大家都在山门这边撞见。

楚异说：“我也跟师父先回去。”

云守息刚要点头应允，就听铃萝说：“不行！不要！”

“师兄，你跟我去平遥城吧。”铃萝再次说道，“去帮二师兄。”

楚异就有点儿纳闷：“于休又不是应付不了。”

铃萝：“白玲珑六打一，算上田蓉师姐就是七打一！”

楚异说：“白玲珑的人又不是全都在平遥城。”

铃萝说得仿佛真有那么一回事：“师兄你忘记田蓉师姐还跟魔有关了吗？再算上魔就是八打一！师兄，师门情谊也不会让你眼睁睁地看着二师兄被欺负还不去帮忙吧！”

楚异被她说得皱眉，还真去算了一下有多少人，最后觉得简直胡说八道，便摆手说道：“不去。”他转身要跟云守息走，被铃萝抓着衣角：“师兄！”

云守息在其他仙门人笑看过来时，淡淡地甩袖离去：“你们二人决定。”他着实丢不起这脸。

楚异被铃萝拉着走不了，深吸一口气，回头看她：“我就是想回去休息一阵，带你这段时间老子每天都提心吊胆着，生怕你拿着剑控制不住就把谁给砍了要我善后！”

铃萝眼巴巴地看着他，装作被凶哭的模样说：“二师兄平日对我们这么好，常在山门少有外出的时候，要是这一趟有什么三长两短，大师兄你真承受得住吗？”

楚异见惯了她用这招迷惑师父、师弟然后甩锅给自己，面无表情地说道：“行了啊，再演翻脸。”

“大师兄，难道你就不顾我们多年的师门情谊吗？”铃萝吸了吸鼻子，瞥见旁边的子修，可怜巴巴地喊道：“子修师兄！”

子修正跟白藏和越良泽说：“别管他俩，这么多年这把戏我都看腻了，他哪里敢真把铃萝凶哭，都是演的，让这两师兄妹自己玩吧。”

结果下一秒听见这声可怜巴巴的“子修师兄”，他立马义愤填膺地朝楚异跑过去，说道：“你这师兄怎么当的？竟然当着这么多人的面把我们小师妹给骂哭了！不管她说什么，我命令你现在、立刻、马上答应！”

白藏揽着越良泽的肩膀笑得快直不起腰来。

越良泽轻摸了一下鼻子，还以为她真哭了。

一个铃萝就算了，再加一个子修楚异就受不了了，同样离开太初的其他仙门人也不断朝这边看来，楚异最后忍无可忍，拎着铃萝的后领妥协道：“行了，闭嘴，要去平遥城就快去！”

铃萝抬手指着山下，立马恢复嚣张傲慢的姿态：“走！二师兄你等着，我带大师兄来救你了！”

楚异哭笑不得，嫌弃地把她扔去一旁，跟子修下山入西海城买东西。

铃萝落在后边，跟走下来的越良泽说：“你是笨蛋吗！”

越良泽眨了眨眼看着她，她凶完楚异后轮到我了吗？

铃萝恨铁不成钢地看着他：“之前就跟你说了不要镇仙玉可以把它带去别的地方，不要放在太初，你看剑没了吧！你不要就不要，把这把剑换个地方放着又不是什么难事……你这么看我干吗？不是我要镇仙玉，是我帮宋圆圆提醒他的笨蛋小阿爹保护好他的传家宝！”

越良泽停下脚步，铃萝也停下看着他。

“丢了就丢了。”越良泽说着，伸手将她眼睫上挂着的泪珠拭去，“我再找回来便是。”

# 第二十九章

# 少时好友

铃萝一时也没觉得这动作有什么不妥的，又说道："你不会还傻乎乎地以为真是太初疏忽，让那白骨魔偷了剑吧？"

越良泽双手抱剑，轻轻摇头，低声说："是魔偷的就不会用天罩阵。"

这是仙门法术，大家之所以认定是魔做的，无非是靠阵法散后的那抹魔息。前有人卖需要魔息炼制的禁药乾转丹害死多家仙门弟子，夺魁之战时那魔还现身当着众人的面想抢镇仙玉，这偷剑的名声扣到魔身上没人会觉得有问题。

"你这是要去哪儿？"铃萝边走边问。

越良泽说："陪师哥出来走走，他让我暂时不要离开太初。"

白藏看穿了太初的把戏，知晓离开太初去外边那就真的到死也找不到镇仙玉了。因为镇仙玉此时此刻就在西海太初。

"那你们可得再待上一些时日了。"铃萝弯唇笑着。

太初里藏着的那只魔可还没走。它也在等，等太初松懈的时候，就真的把镇仙玉给抢了。

铃萝可懒得告知他这些事，按水天镜逆转时空前的情况来说，她算是魔的同伙，可不是跟这些大仙门的人同一阵线的。

越良泽同她一起朝西海城走着："你喜欢镇仙玉？"

"没有，是宋圆圆要我提醒你看好传家宝，不要再交给西海太初。"铃萝表情傲娇地说着，"就你清高不屑一切，但你也不想想镇仙玉这样的神武能卖多少钱，你当年不是还算过的吗？"

她真是太看得起他了。买卖普通神武就算了，镇仙玉能卖？可看着铃萝批评得头头是道，越良泽便虚心点头配合她说着受教记住了。

"你换了佩剑？"越良泽垂眸看向她腰间的长袖。

铃萝说："它叫长袖，是大师兄触发万妖混沌掉落的，暂时先用着，等白玲珑的事结束后我再去寻剑。"

越良泽问："去何处寻剑？"

铃萝笑着压低声音神秘地说道："去普通人到不了的地方。"

越良泽轻挑眉，铃萝却一个转身到他前边，面向着他倒退着走："我走啦，要去平遥城帮我二师兄。"她边走边说，"你都是圣剑宗的人了，再被崔火乌那种人诋毁不要半个字都不说，就算不在意，你不说话，那帮废物只会得寸进尺地以为你怕了，然后更加吵闹。"

越良泽恍惚间感觉似回到那年天极山下码头。他与铃萝第一次分别，夕阳沉没时，她跟自己说要离开去历练，叮嘱着他被人欺负应该找谁帮忙，又要他把名字记下，等她回来帮忙教训报仇，彼此都以为这是一个小约定。她会回来，他能等到，会再次重逢，可再重逢时已经隔了太久。

"我走了。"铃萝转过身去。这次没有说谁要等谁，何时再见。

晨风拂面，冰凉无比，越良泽喉咙里压着数言欲张口，却听到楚异在前边叫她，铃萝就此离他越来越远。

子修跟楚异和铃萝两个人说："要不要我也去？"

"你去有什么用？"楚异嫌弃道，"去帮忙捡剑？"

子修无语道："怎么说我当年也是横扫巫山、岐山、云山三座大山门的大剑修啊！"

"那是以前，现在废了，老实当你的闲人去。"楚异接过甜点铺递过来的袋子后说，"走了。"

子修朝两个人挥手："一路小心啊！"

完了他立马回头招呼白藏："白兄！今儿去哪儿玩？"

平遥城离太初很远，算是在南山雪河的管辖范围。

铃萝御剑也花了一天多的时间，快到平遥城时，御剑之路被结界拦下，两个人落在城外。

楚异从容收剑，不紧不慢地解释道："这是南山雪河管辖城区，非雪河修者御剑都会被这结界拦下，除非有通行证。"

铃萝面无表情地听着。

"你第一次到南山雪河的地盘，没有通行证，所以只能走进去，或者——"楚异话还没说完，就见这师妹从旁边的客栈马厩里牵了匹还在嚼草的马出来。

铃萝："师兄，我要这个！"

边上的小厮看着他们，缓缓伸出了手。

楚异面无表情地上前交钱。刚交了银钱，他就见旁边的马车启动，木雕精致，车帘唯美，一看就是世家小姐贵人的车。只是这车里有血腥之气。

楚异跟铃萝都朝马车看去，赶车人似乎很着急，离去的速度很快。

铃萝牵着马，慢悠悠地走着。

楚异问："你买了不用干什么？"

"等他们走远些。"铃萝抬着下巴示意前边道上的马车，"不想惹麻烦。"

那马车里有三个人，至少有一人是重伤状态，为了掩盖车里的血腥味，马车上挂了香囊。

楚异听了这话后，拉了匹马翻身骑上朝前赶去。

他们距离平遥城不算太远，那马车的速度却像是在逃命般，见楚异追上来，赶马车的人慌忙又加快了速度。

车里的人咬牙注意着，若是楚异对他们有什么异动，就立马出手。

双方无声地角逐着，马车总是领先一点点，差一点点就被楚异追上。

铃萝觉得大师兄也是挺恶劣的，故意给人压力让人跑快点儿。

进城这一路的气氛莫名地紧张刺激，时时刻刻会触发一场刀剑相撞的刺激战斗。

城门就在前方，楚异吹了声口哨，忽然间超过马车，直往城门奔去。

马车主人：你有病吧！

入城口有专门的马车道，双方就此分开。

铃萝在后边牵着马慢悠悠地走着。

楚异回头看后气笑道："你买它不骑着跑还用走的？"

铃萝答得理直气壮："我本来也没说要骑它进城啊。"

楚异听得想掐死她。

修者与普通人不同，进城登记会将修者的身份验明，不过也有隐瞒修者身份的人，这方面并不强求。

平遥城是座大城，来往商行、镖局众多，经济繁荣，世家贵族也不少，因为是距离王都最近的大城之一，各方面都可媲美王城。

进城就是热闹的主道，楚异牵着马说："问你二师兄在哪儿。"

铃萝低头看着玉听，翻了翻消息："二师兄还没回，但常霏说他们在盯听花坊的修者药铺。"

修者也会生病，甚至一些病症只发生在修者身上，有时受伤也需要药物调节，散修们的丹药多是靠药铺买来的。

田蓉救走受伤的白玲珑，白玲珑为修者，若是要救治，大概率要从药铺拿药，而田蓉自己也被云守息打伤，从药铺下手这个思路没错。

在铃萝的记忆里她没有参与平遥城的抓捕，那会儿她已经去寻剑了。

如今她只是为了让楚异跟姜妙在天极避开无法深交，反正师兄也是单相思，不如放过自己，好好当他的逍遥仙。

整天情情爱爱的才是阻碍修炼飞升的最大原因，如果可以这辈子他就别再吃情爱的苦了。

“如今平遥城大大小小的修者药铺都有天极的人盯着，找到人是迟早的——”铃萝低头看着玉听上的消息还没看完，原本乖乖跟在她身边的马儿忽然发疯似的朝前跑去。

楚异挑眉，还没嘲笑她，自己手中牵着的马儿也不顾一切地朝前跑去。

两个人木木地看着呼啸而去的马儿。

“阿三、阿四！爹爹总算是找到你们俩了！”前头从旁边酒楼出来的白衣少年含泪迎向这两匹骏马，一人两马抱头痛哭，“爹爹以后再也不会让你们被那贼人拐去！都是爹爹的错！”

原本跟着白衣少年一同出来的姜俊见状立马退避三舍，抬手捂脸做不忍直视状。

两匹骏马亲昵地蹭了蹭少年的脸，显然是认识的。

铃萝收起玉听，神色郁郁。

“我看中的马跟别的男人跑了。”她说。

楚异：“那似乎本来就是他养的马。”

铃萝：“我花钱买的！”

“我的钱。”楚异懒得理会多生事端，反正进城后也用不了什么马，便将试图过去把马抢回来的铃萝拉走，“先去找于休，别管马。”

铃萝双手掐诀，打算施个咒律小小发泄一下，却瞥见白衣少年身后的姜俊，一时愣住，手中的咒诀散去。

姜俊怎么在这里？

“俊俊！你快过来，这就是我昨日跟你说的被贼人偷走的天山骏马，阿三和阿四！”

平遥城甘王家的小世子，甘卯喜滋滋地牵着两匹马朝姜俊招手，热情地给双方介绍着。

姜俊捂着鼻子后退：“别，别，别，世子住手！我对天山马过敏，快拿开！”

甘卯震惊地问道：“还有人会对天山马过敏的吗？”

姜俊：“在下正是！”

甘卯将马儿交给仆从，又接过手帕擦了擦手，纳闷地朝姜俊走去。

“那也太可惜了，我这天山马可是——”甘卯话还没说完，一只传信灵鸟就从上空飞落在他身前。

他抬手接过信看后撇嘴说道：“阿姐又叫我回去了，这才出来一会儿，一顿饭的工夫，她又要我回去！我几岁了？”

姜俊上前劝道：“最近平遥城不太平，众多修者入城，不是好事，郡主也是怕你在外有危险。”

“我出来又不是不带麒麟卫，就算有修者对我出手也不怕，阿姐也太过大惊小怪了。”甘卯挥散传信灵鸟，拉着姜俊说，“走，被阿姐关了那么多天，今日我一定要玩个痛快再回去！”

姜俊没再阻拦，任由他拉着自己进入人群，反正最后受罚的只有这小世子。

铃萝看着姜俊跟甘卯混入人群里越来越远，不由得眯了一下眼。

楚异问：“你盯着人家看这么久想什么？”

铃萝哼道：“觉得他眼熟。”

姜俊就是记忆中同她一起“狼狈为奸”的同盟。原来他以前跟甘家的世子认识。那年昌月魔来她的天照山讨要一物，刚进山就跟越良泽打了起来。一个人以为她的天照山潜进了来刺杀她的仙门人，另一个人是出门采山果，完全是被动接招，却不怕，反而差点儿把昌月魔伤了。

铃萝及时出现拦下二人，问昌月魔：“你打他干吗？”

昌月魔反被她问得愣住：“圣剑宗的人不该打？”

铃萝又问越良泽：“上次清舜来你不打，他来你怎么就动手了？”

越良泽淡淡地回答：“他先动手的。”说完他也不管二人，认认真真地重新摘山果。

昌月魔觉得两个人之间的气氛有些诡异，却被铃萝勒令闭嘴不准多问否则将他送下山去。他便没多管，而是向铃萝讨要一物。

“你拿乾坤炉镇压怨魂干什么？”铃萝手里把玩着一个金色的小巧香炉问道。

昌月魔答：“给故人洗魂，让他在下边能安宁些。”

铃萝把乾坤炉给他，随口问道：“你有什么故人成了怨魂？”

昌月魔沉默片刻后，转身离去：“少时好友。”